ରାଣୀ ମହଲ

ଭାନୁମତୀ ସାହୁ

ବିଦ୍ୟା ପବ୍ଲିଶିଙ୍

ଟରୋଣ୍ଟୋ, କାନାଡ଼ା ॥ ଭୁବନେଶ୍ୱର, ଓଡ଼ିଶା

ରାଣୀ ମହଲ
(ଉପନ୍ୟାସ)

ଲେଖିକା   : ଭାନୁମତୀ ସାହୁ
ଅନ୍ବେଷଣ, ୫୭/୭, ଭାଗବତ ସନ୍ଧାନ କଲୋନୀ,
ଜି.ଜି.ପି., ଭୁବନେଶ୍ୱର-୨୫, ମୋ: ୬୩୭୧୮୧୯୩୬୫୫
Email : vsahoo1961@gmail.com

ପ୍ରକାଶକ   : ଡ. ତନ୍ମୟ ପଣ୍ଡା, ଡ. ସୁନନ୍ଦା ମିଶ୍ର ପଣ୍ଡା
ବିଦ୍ୟା ପବ୍ଲିଶିଙ୍ଗ୍ ଇଙ୍କ୍, ଟରୋଣ୍ଟୋ, କାନାଡ଼ା

ପ୍ରଥମ ସଂସ୍କରଣ   : ଅକ୍ଟୋବର, ୨୦୨୩

....

RANI MAHAL
(A Novel by Vanumati Sahoo)

ISBN : 978-1-990494-69-7

First Edition   : October, 2023

Published by   : Dr. Tanmay Panda & Dr. Sunanda Mishra Panda
Vidya Publishing Inc.,
Toronto, Canada || Bhubaneswar, Odisha

Website   : www.vidyapublishing.com
Email   : vidyapublishinginc@gmail.com
Cell   : +1 6478389884

Odisha Contact : Nirmalya Garden, Plot 516/1719, House 10,
KIIT Post Office, Patia, Bhubaneswar - 751024
Cell   : +91 8000455611

Cover Design   : Niranjan Tripathy
Printed in India

ଉତ୍ସର୍ଗ

ପ୍ରଫେସର ଶାନ୍ତନୁ କୁମାର ଆଚାର୍ଯ୍ୟ
(ଜନ୍ମ : ୧୫ ମେ, ୧୯୩୩)

ଶିଶୁ ସାହିତ୍ୟ ପାଇଁ ଜାତୀୟ ପୁରସ୍କାର (୧୯୬୧ ଓ ୧୯୬୭), 'ନର କିନ୍ନର' ଉପନ୍ୟାସ ପାଇଁ ଓଡ଼ିଶା ସାହିତ୍ୟ ଏକାଡେମୀ ପୁରସ୍କାର (୧୯୬୭), 'ଶକୁନ୍ତଳା' ଉପନ୍ୟାସ ପାଇଁ ସାରଳା ପୁରସ୍କାର (୧୯୮୭), 'ଚଳନ୍ତି ଠାକୁର' ଗଳ୍ପ ସଂକଳନ ପାଇଁ କେନ୍ଦ୍ର ସାହିତ୍ୟ ଏକାଡେମୀ ପୁରସ୍କାର (୧୯୯୩), କଲିକତାର ଭାରତୀୟ ଭାଷା ପରିଷଦର କୋଣାର୍କ ପୁରସ୍କାର (୧୯୯୪), ନୂଆଦିଲ୍ଲୀର କଥା ଭାରତୀ ଫାଉଣ୍ଡେସନର କଥା ପୁରସ୍କାର (୨୦୦୩), ସାହିତ୍ୟ ଭାରତୀ ପୁରସ୍କାର (୨୦୦୪), ଅତିବଡ଼ି ଜଗନ୍ନାଥ ଦାସ ପୁରସ୍କାର (୨୦୧୪) ଇତ୍ୟାଦି ପୁରସ୍କାର ଓ ସମ୍ମାନରେ ମଣ୍ଡିତ ଓଡ଼ିଶାର ଯଶସ୍ୱୀ ସାହିତ୍ୟିକ ଶ୍ରୀ ଶାନ୍ତନୁ କୁମାର ଆଚାର୍ଯ୍ୟଙ୍କୁ....

... ଭାନୁମତୀ ସାହୁ

ଏହି ଉପନ୍ୟାସରେ ବର୍ଣ୍ଣିତ ଚରିତ୍ର ଓ ଘଟଣାମାନ ଲେଖିକାଙ୍କ ସମ୍ପୂର୍ଣ୍ଣ କଳ୍ପନାପ୍ରସୂତ । ଯଦି ଏହା କୌଣସି ବ୍ୟକ୍ତିବିଶେଷଙ୍କ ସହ ମେଳ ଖାଉଥିବ, ତେବେ ତାହା ସମ୍ପୂର୍ଣ୍ଣ ରୂପେ ଆକସ୍ମିକ ବୋଲି ଧରିନିଆଯିବ ।

ସାମାନ୍ୟ କଥନ

'ରାଣୀ ମହଲ' ଉପନ୍ୟାସଟି ମୋର କଳ୍ପନା ପ୍ରସୂତ । ଏହି କାଳ୍ପନିକ ଚରିତ୍ରଗୁଡ଼ିକର ଜୀବନ୍ତ ରୂପ କେଉଁଠୁ ଉଡ଼ିଆସି ମୋ ମନର ତନ୍ତ୍ରୀକୁ ଛୁଇଁଦେଲେ ଭାବିବାକୁ ସମୟ ପାଇନି । ଭାବନାର ବଳୟ ଭିତରେ ରାଜାରାଣୀଙ୍କର ଜୀବନର କାହାଣୀ ଲେଖିଛି କଳ୍ପନାର ପୁଟ ଦେଇ ।

ମନେପଡ଼େ ପିଲାଦିନେ ଅନେକ ରାଜାରାଣୀ କାହାଣୀ ବହି ପଢ଼ିଥିଲି ଖୁବ୍ ଉତ୍ସାହରେ । କେବେ ଦେଖିନି କୌଣସି ରାଜପ୍ରାସାଦର ଦୃଶ୍ୟ ଆଖି ସାମ୍ନାରେ । ତଥାପି ଇଚ୍ଛାହେଲା ଲେଖିବାକୁ ରାଣୀ ମହଲର ଗାଥା । ଏହାର ଚରିତ୍ରମାନେ ସ୍ୱପ୍ନ ପରି ଭାସି ଆସିଛନ୍ତି ସମୟ ସ୍ରୋତରେ ଯାହାକୁ ମୁଁ ସାଉଁଟି ଆଣିଛି ମୋ ଲେଖନୀ ମୁନରେ ।

ଏହି ଉପନ୍ୟାସଟି 'ବର୍ତ୍ତିକା' ପୂଜା ସଂଖ୍ୟା ୨୦୨୨ରେ ପ୍ରକାଶିତ ହୋଇ ପାଠକୀୟ ସ୍ୱୀକୃତି ଲାଭ କରିଅଛି । ଦୀର୍ଘ ଦଶବର୍ଷ ଧରି ପ୍ରତ୍ୟେକ ବର୍ଷ 'ବର୍ତ୍ତିକା' ପୂଜା ସଂଖ୍ୟାରେ ମୋର ଗୋଟିଏ ଲେଖାଏଁ ସମ୍ପୂର୍ଣ୍ଣ ଉପନ୍ୟାସ ପ୍ରକାଶିତ ହୋଇ ଆସୁଅଛି । ଏଥିପାଇଁ ମୁଁ ଏହାର ମୁଖ୍ୟ ସଂପାଦକ ଡକ୍ଟର ନବକିଶୋର ମିଶ୍ରଙ୍କୁ ଧନ୍ୟବାଦ ଅର୍ପଣ କରୁଅଛି ।

ମୋର ସ୍ୱାମୀ ଉଭିଦ ବିଜ୍ଞାନୀ, ପ୍ରଫେସର ଡ. ଅରୁଣ ଚନ୍ଦ୍ର ସାହୁଙ୍କର ଅକୁଣ୍ଠ ସହଯୋଗ ଓ ଆନ୍ତରିକ ପ୍ରେରଣାରେ ଏହି ପୁସ୍ତକଟି ଆମ୍ର୍ପ୍ରକାଶ କରିଥିବାରୁ ତାଙ୍କୁ ମୋ ହୃଦୟର ଗଭୀରତମ କନ୍ଦରରୁ କୃତଜ୍ଞତା ଜ୍ଞାପନ କରୁଅଛି । ଏତଦ୍‌ବ୍ୟତୀତ ମୋର ପୁତ୍ର ଡାକ୍ତର ଅନୁଭବ, କନ୍ୟା ଡାକ୍ତର

ଅନୋଜା, ଜମାତା ଡାକ୍ତର ସାଇପ୍ରସାଦ, ବୋହୂ ଇଂ ଅମୃତା, ନାତି ନାତୁଣୀ ଓ ଭାଇବନ୍ଧୁଙ୍କ ସଦିଚ୍ଛା ପାଇଁ ସେମାନଙ୍କୁ ଏ ଅବସରରେ ସ୍ମରଣ କରୁଅଛି । ସୁନ୍ଦର ଅକ୍ଷରସଜ୍ଜା ନିମନ୍ତେ 'ଗୁଡୁ ଡିଟିପି ଆର୍ଟ'ର ଶ୍ରୀ ବିଜୟ କୁମାର ମହାନ୍ତି ଧନ୍ୟବାଦାର୍ହ । ସୁନ୍ଦର ପରିପାଟୀରେ ଓ ଅଳ୍ପ ସମୟ ମଧ୍ୟରେ ପ୍ରକାଶ କରିଥିବାରୁ ମୁଁ ଏହାର ପ୍ରକାଶକ 'ବିଦ୍ୟା ପବ୍ଲିଶିଂ'ଙ୍କୁ ଧନ୍ୟବାଦ ଅର୍ପଣ କରୁଅଛି ।

ସର୍ବଶେଷରେ ମୁଁ ମା' ସରସ୍ୱତୀ ଓ ଶ୍ରୀ ଗଣେଶଙ୍କ ଅଦୃଶ୍ୟ ଆଶିଷ କାମନା କରି ସେମାନଙ୍କ ପାଦପୟରରେ ଶତ ଶତ ଭୂମିଷ୍ଠ ପ୍ରଣାମ କରୁଅଛି ।

ଭାନୁମତୀ ସାହୁ

॥ ଏକ ॥

ରାଣୀମା', ରାଣୀମା' । କବାଟ ଭେଦକରି ସ୍ୱର ଶୁଣାଯାଉଥିଲା ବିଶ୍ୱସ୍ତା ଦାସୀ ଝିଅର ।

— ରାଣୀମା', ରାଣୀମା' ଉଠନ୍ତୁ । ସୂର୍ଯ୍ୟ ଆକାଶରେ କେତେବେଳୁ ଆସିଲେଣି ।

କୃଷ୍ଣା ଦେବୀ, ଯିଏ ଅତୀତରେ ରାଣୀ ଥିଲେ ଏହି ରାଜ ଅନ୍ତଃପୁରରେ, ଆଖି ଖୋଲି ରହିଁଲେ ଝରକା ଆଡ଼କୁ । ପରଦାକୁ ଭେଦକରି ଆଲୋକ ଆସି ପଡ଼ୁଥିଲା ଘରର ଚଟାଣରେ । ତଥାପି ଉଠିବାକୁ ଦେହରେ ଆଉ ବଲ ନାହିଁ । ସେମିତି ପଲଙ୍କରେ ପଡ଼ି ରହି କ୍ଷୀଣ ସ୍ୱରରେ କହିଲେ – ଭିତରକୁ ଝଲି ଆଲୋ ଲଲିତା ।

କବାଟ ଖୋଲିଲା ଲଲିତା । ଅର୍ଦ୍ଧବୟସୀ ସ୍ତ୍ରୀଲୋକଟିଏ । ପାଖରେ ଆସି ଠିଆହୋଇ ଜୁହାର ହେଲା ପ୍ରଥମେ ।

— ଆଲୋ କେତେ ଜୁହାର ହେବୁ ? ପ୍ରତିଦିନ ସକାଲ ପାହିଲେ ଆଗ ଠାକୁରଙ୍କୁ ମୁଣ୍ଡିଆ ନ ମାରି ମୋତେ ମାରୁଛୁ କାହିଁକି ?

— ରାଣୀମା', ତମେ ମୋ ପାଇଁ ଦେବୀ । ତମେ ହିଁ ମୋର ସବୁକିଛି । ତମ ଯୋଗୁ ମୁଁ ମୋର ଘର ସଂସାରକୁ ନେଇ ଖୁସିରେ ଅଛି ।

— ମୋର ରଣ ଶୁଝିବାକୁ ପଣ କରିଛୁ ନା କ'ଣ ? ଏହି ନବେ ଉପରେ ବୃଦ୍ଧାଟି ଉପରେ ଏତେ କୃତଜ୍ଞତା ଜଣାଉଛୁ । ଦେଖୁଛୁ ମୁଁ ଏବେ ଆଉ ଭଲରେ ଚଲାବୁଲା କରିପାରୁନି । କେତେଦିନ ଏମିତି ପଡ଼ିରହିବି ଆଉ । ବରଂ ରାଜା ସାହେବଙ୍କ ପରି ମୋର ଜୀବନ ଝଲିଯାଆନ୍ତା ହେଲେ !

ହଠାତ୍ ଲଲିତାର ହାତ ଝଲିଗଲା ରାଣୀ ମା'ଙ୍କ ମୁହଁ ପାଖକୁ । ଏମିତି କହନ୍ତୁ ନାହିଁ ବୋଲି କାକୁତିମିନତି ହୋଇ କହିଲା ଲଲିତା ।

- ବୁଝିଲୁ ଲଳିତା, ତୋ ମା' କେବଳ ନଥିଲା ମୋର ବିଶ୍ୱସ୍ତା ଦାସୀ, ସେ ମଧ୍ୟ ଥିଲା ମୋ ଅନ୍ତରଙ୍ଗ ଭଉଣୀ । ସେ ଏବେ ଆରପାରିରେ । ତା'ର ଅଧୁରା କାମକୁ ତୁ ପୂରଣ କରିବାକୁ ଅଣ୍ଟା ଭିଡ଼ିଲୁ । ପାରିବୁ ତ ମୋର ଶେଷକାମର କଷ୍ଟକୁ ?

- ସବୁ ପାରିବି । ମା'କୁ ମରଣ ମୁହଁରେ କଥା ଦେଇଛି, ତମକୁ ଛାଡ଼ି କୁଆଡ଼େ ଯିବିନି । ତମେ ବଞ୍ଚିଥିବା ପର୍ଯ୍ୟନ୍ତ ତମର ସେବା କରିବି ।

- କେବଳ ମୋ ମଲାପରେ ତୁ ମୁକ୍ତି ପାଇଯିବୁ ଲୋ । କେତେଦିନ ଏ ମୃତ୍ୟୁ ଶଯ୍ୟାରେ ବି ଉପଦେଶ ଶୁଣି ତୁ ଚୁପ୍ ରହିବୁ ? ଭଙ୍ଗାଦଦରା ରାଜଉଆସରେ ପଡ଼ିରହିଥିବୁ ତୁ ? ଏଇ ତ ପିଲାମାନେ ଯିଏ ଯୁଆଡ଼େ ଯାହାର ଭାଗ ନେଇ ଚାଲିଗଲେ । ବଡ଼ ରାଣୀ ମା'ଙ୍କ ଝିଅମାନେ ସହରରେ ବଡ଼ବଡ଼ ହୋଟେଲ, ବିଲ୍‌ଡ଼ିଙ୍ଗ୍ କରି ଚାଲିଗଲେଣି । ମୁଁ ଏ ମାଟି କାମୁଡ଼ି ପଡ଼ିଛି ଯେ ତମମାନଙ୍କୁ ଘାଣ୍ଟୁଛି । ଦୀର୍ଘଶ୍ୱାସ ଛାଡ଼ି ରାଣୀ କୃଷ୍ଣା ଦେବୀ କହିଲେ ।

- ଏମିତି କହନ୍ତୁ ନାହିଁ ରାଣୀମା' । ତମ ଦୟାରୁ ଆମ ପିଢ଼ି ଏହି ଉଆସରେ ରହିଆସିଲୁଣି । ଆମର ଖାଇବା, ପିଇବା, ରହିବା ଖର୍ଚ୍ଚ ଆମକୁ ପଡ଼ୁନି । ଏବେ ମୋ ପିଲାମାନେ ଚାକିରୀ କରି ସହରରେ ରହିଲେଣି । ଆମେ ଦୁଇପ୍ରାଣୀ, ସାନ ଝିଅଟିକୁ ଧରି ଏଠି ତ ଅଛୁ । ଦେଖାଯାଉ, ତା' ବିଭା ଜାତକ ଖୋଲିଗଲେ ତା'ର ହାତକୁ ଦି' ହାତ କରିଦେବୁ । ତମ ଦୟାରୁ ସବୁ କାମ ସୁରୁଖୁରୁରେ ହୋଇଯାଉଛି । ଆମର ଚିନ୍ତା କାହିଁ ? ଆଶ୍ୱସ୍ତ ହୋଇ ଲଳିତା କହିଲା ।

ମୃଦୁ ହସିଲେ କୃଷ୍ଣା ଦେବୀ । ମନେ ମନେ ଗୁଣିହେଲେ- ଏବେ ଲଳିତା ନିଜ ଚିନ୍ତାରେ ଏତେ ଭାରି ହୋଇଗଲାଣି ଯେ ଅନ୍ୟର ଚିନ୍ତାରେ ମୁଣ୍ଡ ଭାରି କରିବାକୁ ବଳ ନାହିଁ । ଖାଲି ଗୋଟିଏ ଆଶ୍ୱାସନା ଭିତରେ ଲଳିତା ବଞ୍ଚିଆସିଛି ଆଜିପର୍ଯ୍ୟନ୍ତ । ଅନ୍ୟମନସ୍କା ହୋଇ ଉଠିଲେ କୃଷ୍ଣା ଦେବୀ ।

- ହାତ ଧରୁଛି ରାଣୀମା' । ଉଠନ୍ତୁ । ଆସ୍ତେ ଆସ୍ତେ ଉଠି ଆସନ୍ତୁ । ମୁଁ ବ୍ରସ ଓ ପେଷ୍ଟ ପାଖକୁ ଆଣୁଛି । ଆପଣଙ୍କୁ ବ୍ରସ କରେଇ ଦେବି ।

- ଟିକିଏ ଥୟ ଧର । ମୁଁ ଆଜି ନିଜେ ବ୍ରସ୍ କରିବି । କେତେଦିନ ତୋ ଉପରେ ଏମିତି ଜୋର ଦେଇ ଚାଲିଥିବି କହିଲୁ ? ରାଜାଯୁଗ ଗଲା । ଆମର ସବୁ

ସୁଖ ସୁବିଧା ଗଲା । ଦାସୀ, ପୋଇଲି ଗଲେ । ରାଜଉଆସରେ ଗଛପତ୍ର ଉଠିଲାଣି । ତାକୁ ମରାମତି କରିବାକୁ ପାଖରେ ସମ୍ବଳ ନାହିଁ । ଏପରି ସହରଠାରୁ ଦୂରରେ ରାଜପ୍ରାସାଦର ମରାମତି କରିବାକୁ ପିଲାମାନେ ଅନିଚ୍ଛୁକ । ଟଙ୍କାର ହିସାବ କିତାବ ଅନୁସାରେ ପାକ୍ଷିକୁ ଲଗାଯାଉଛି କାମରେ । ଉଆସ ଭାଙ୍ଗିଗଲେ ପଦା ହେବ । ତା'ପରେ ବିକ୍ରିହେବ ପିଲାଙ୍କ ଦ୍ୱାରା । ଶହେ ବଖରା ଘର ଭିତରେ ମୋ ପରି ଜଣେ ବୃଦ୍ଧା ହିଁ ରହୁଛି ରାଜପରିବାରର ସ୍ମାରକୀ ବହନ କରି । ଆଉ ତମେମାନେ କେତେଜଣ କେତେଟା ଭଗ୍ନଗୃହକୁ ନିଜର କରି ରହିଲ ଯେ କ୍ଷତି କାହାର ହେଉନି । ସମସ୍ତେ ହିଁ ଲାଭବାନ ହେଉଛନ୍ତି ଯେ ମୋ ପରି ଜଣେ ବୃଦ୍ଧାକୁ ନିଜପାଖରେ ରଖ୍ ହନ୍ତସନ୍ତ ହେବା ଅପେକ୍ଷା ତମମାନଙ୍କ ଗହଣରେ ଛାଡ଼ିଦେଇ ଶାନ୍ତିରେ ନିଶ୍ୱାସ ମାରିବା ହିଁ ଭଲ ।

— କାହା ଉପରେ ଏତେ ଅଭିମାନ କରୁଛ କି ରାଣୀମା' ? ରାଜାଯୁଗ ଗଲା, ଏବେ ମନ୍ତ୍ରୀଯୁଗ ଆସିଗଲା । ମନ୍ତ୍ରୀପଦ ପାଇଁ ତମପୁଅ ଲଢ଼ିଥିଲେ ଗତ ନିର୍ବାଚନରେ । ସେ ତ ମଝିରେ ମଝିରେ ଏଠିକୁ ଆସନ୍ତି ତୁମକୁ ଦେଖିବାକୁ ପରା ।

— ବୁଝିଲୁ ଲଳିତା, ଜମି ଜାଗା ବିକ୍ରିକରି ଦୁଇକୋଟି ଟଙ୍କା ଖର୍ଚ କଲା ଗତ ନିର୍ବାଚନରେ । ପାଣିରେ ପଡ଼ିଗଲା ଟଙ୍କା । ହାରିଲା ନିର୍ବାଚନରେ । ଏବେ ପୁଣି ନିର୍ବାଚନରେ ଲଢ଼େଇପାଇଁ ଆହୁରି କେତେ ଜମି ଜାଗା ବିକ୍ରି କରିବ ବୋଲି କହୁଥିଲା । ଯାହା କରୁଛି କରୁ । ତା' ଅର୍ଜିତ ସମ୍ପତ୍ତି ତ ନୁହଁ । ପୂର୍ବପୁରୁଷଙ୍କ ସମ୍ପତ୍ତି ବିକିଭାଙ୍ଗି ଅପଯଶ କରିବେ । ମୋର ସମୟ ସରି ଆସିଲାଣି । ଅଭିଯୋଗର ସ୍ୱର ଶୁଭିଲା ରାଣୀ କୃଷ୍ଣାଙ୍କର ।

— ଏମିତି କହନ୍ତୁ ନାହିଁ । ଆପଣ ନିଜର ନିତ୍ୟକର୍ମ ସାରି ଦେଲାପରେ ଡାକ୍ତର ଆସି ପହଞ୍ଚିଯିବେ । ସେ ପୁଣି ଆପଣଙ୍କ ଶରୀର ବିଷୟରେ କିଛି ଶୁଭ ସୂଚନା ଦେବେ । ଆପଣ ନିଶ୍ଚୟ ପୂର୍ବବତ ଚଳପ୍ରଚଳ ହୋଇପାରିବେ ।

— ହଁ । ତମମାନଙ୍କ ପରି ଏପରି କେତେଜଣ ମୋର ରଣ ଶୁଭିବାକୁ ବସିଛ ବୋଲି ତ ବଞ୍ଚିଯାଇଛି । ସେ ଗୋପାଳ କୁଆଡ଼େ ଗଲା କି ? ଏପର୍ଯ୍ୟନ୍ତ ଆସିନି କାହିଁକି ? ତା'ର ସାତଟା ବେଳେ ଆଗମନ ହୁଏ ପରା ।

– ସେ ଯାଇଥିବ ଡାକ୍ତରଙ୍କ ବସାକୁ । ତା'ର ସକାଳ ସକାଳ ଡ୍ୟୁଟି ହେଲା କାରରେ ଡାକ୍ତରଙ୍କୁ ଆଣିବ ଓ ଛାଡ଼ିବ ।

– ବିଚରା ! ଭାରି କଷ୍ଟ ପାଇଲା ଅର୍ଶ ରୋଗରେ । – ଦୀର୍ଘଶ୍ୱାସ ଛାଡ଼ି ରାଣୀ ମା' କହିଲେ ।

– ରାଣୀମା' ଆପଣଙ୍କୁ ବାଥ୍ ରୁମ୍କୁ ନେବି ନା ଏଠି ସ୍ୱଞ୍ଜିଙ୍ ‌ କରିଦେବି ?

– ଟିକିଏ ନ ଗାଧୋଇଲେ ଭଲ ଲାଗୁନି । ହାତଗୋଡ଼ ନଚାଲିଲେ ସ୍ୱଞ୍ଜିଙ୍ ‌ କଲେ ଚାଲିଲା । ଗାଧୋଇଲେ ମନଟା ପ୍ରଫୁଲ୍ଲ ରହେ ପରା । ଆଉ ସମ୍ଭବ ହେଉନି ମୋ ଅଚଳ ଅବସ୍ଥା ଯୋଗୁ ।

– ଗରମ ପାଣି ଟିକିଏ କରୁଛି । ଥଣ୍ଡା ପଡ଼ିଛି ବହୁତ ।

– ତୁ ତ ସବୁ ଜାଣୁ ମୋ କଥା ଓ ରୀତିନୀତି । ତୋ ମା' ହେମା ତତେ ହିଁ ମୋତେ ସମର୍ପିଦେଇ ଆଖି ବୁଜିଛି । ହେଲେ ତୋ ଝିଅ ଚିତ୍ରଲେଖା ଆଜିକାଲିର ଝିଅ । ତାକୁ ଏସବୁ ଅଡୁଆ ଲାଗୁଥିବ ମୋ ପ୍ରତି ତୋର ଏତେ ଆନୁଗତ୍ୟ ଦେଖି ।

– ରାଣୀମା', ପାଞ୍ଚଟି ପିଲାଙ୍କୁ ତମେ ହିଁ ବାହାସାହା କଲ । ଆଉ ଏ ଚିତ୍ରଲେଖାର ବୟସ ଅଠର ପୁରିଲା । ଭାବୁଛି ବି.ଏ. ପଢ଼ା ସରିବା ପରେ ବାହା କରି ଦେବି । ସେ ଆହୁରି ଅଧିକା ପଢ଼ିବ ବୋଲି ରୁହୁଛି । ତା'ର ଦୃଷ୍ଟିଭଙ୍ଗୀ ଅଲଗା । ଆପଣଙ୍କ ଉପରେ ତା'ର ଭଲପାଇବା ଅଧିକା ।

– ସେ ଯୁଗ ଗଲା । ଯେତେବେଳେ ମୁଁ ଦଶବର୍ଷର ଝିଅଟିଏ ହୋଇ ରାଣୀମହଲରେ ପାଦ ଥାପିଥିଲି ବାହାଘର ବିଷୟରେ କିଛି ଧାରଣା ନଥିଲା । ଆଉ ରାଜାଘର କଥା ତ ଜାଣୁ । ତୋ ମା' ହେମା ହିଁ ମୋର ସମସାମୟିକା ଥିଲା । ସେ ଯେତିକି ମୋ ପାଇଁ କଷ୍ଟ ସହିଛି ତୁ କ'ଣ ଜାଣିଛୁ ? ସେ ଥିଲା ମୋ ସଂପର୍କୀୟ କାକାଝିଅ ଭଉଣୀ ।

– ଏବେ ସେସବୁ ଜାଣିବା କି ଦରକାର ? ରାଜାଙ୍କ ରାଜୁତି ଗଲା । ଆଉ ଶୋଷଣ ମଧ୍ୟ ସରିଗଲା । ଏବେ ଅନୁତାପ କରିବା କଥା ନୁହେଁ ।

ହସିଲେ ରାଣୀମା' । ଆଲୋ ବୋକୀ ଆମେ ସିନା ରାଜାଙ୍କ ରାଣୀ ହେଲୁ । ଆଉ ପୋଇଲିମାନେ କିପରି ଜୀବନ ବିତାଇଲେ ନିଜେ ତ ମା'ଠାରେ ଦେଖିଛୁ । ତୁ ମୋ ଝିଅ ପରି । ମୋ ଉପରେ ଆସ୍ଥା ଓ ବିଶ୍ୱାସ ତୁ ରଖି ଆସିଲୁଣି ଆଜିପର୍ଯ୍ୟନ୍ତ ।

ଚମକି ପଡ଼ିଲା ଲଳିତା । ଆଷ୍ଚର୍ଯ୍ୟ ହୋଇ କହିଲା 'ମୁଁ ପୁଣି ଝିଅ କାହାର ?'

— ହଁ ହଁ । ସବୁ ଗୁପ୍ତ କଥା । କିଏ କାହା ଆଗରେ କହିବୁଲୁଛି କି ପ୍ରେମର ଜୀବନ ଗାଥା । ରାଣୀମହଲ କଥା ରାଣୀମହଲରେ ହିଁ ମରିଯାଏ ଆପେ ଆପେ । ଏସବୁ ବିଶ୍ଳେଷଣ କଲେ ବିଶ୍ୱାସ ଭିତରେ ଅବିଶ୍ୱାସ ହିଁ ଜଳଜଳ ଦିଶିବ ।

— ରାଣୀମା' କ'ଣ ସବୁ କହିଯାଉଛ ମୁଁ ବୁଝିପାରୁନି ।

— ଏତେ ବର୍ଷ ଚୁପ୍ ଥିଲି । ମରିବାପୂର୍ବରୁ ସତ କହି ମରିବି । ଶୁଣେଇବି ତୋ ଜନ୍ମ ବୃତାନ୍ତ । ତୁ ଦେଖିନୁ ତ ତୋ ବାପାଙ୍କୁ ?

— ନାଇଁ । ଏକ ପାଇକ ଥିଲା ପରା ?

— ହଁ, ହଁ । ସେ ବୀର ବନମାଳୀ ହିଁ ସବୁ ଜାଣେ । ସେ ପାପକୁ ମୁଣ୍ଡରେ ବୋହି ମଲାପଛକେ ପାଟି ଫିଟାଇଲା ନାହିଁ । ଯାକୁ କହନ୍ତି ଯାହାର ରଣୀ ହେଲା ତା' ସୁଧମୂଳ ଶୁଝି ମଲା । ମୁଁ ତ ଉଆସ ଛାଡ଼ି କୁଆଡ଼େ ଯିବିନି । ଏଠି ହିଁ ମରିବି । ଗୋଟିଏ ବେଦବାଣୀ କହୁଛି ଶୁଣେ ।

'ଗୃହ ସ୍ୱୟଂ ଗୃହପତି ଓ ଗୃହପତ୍ନୀକୁ ସମ୍ବୋଧନ କରେ — ହେ ଦମ୍ପତି ନିଜ ବିବେକ ବଳରେ ମୋତେ ସୁରକ୍ଷିତ କର । ମୋତେ ଯଶସ୍ୱୀ କର । ପ୍ରଜାଯୋଗରେ ସୁପ୍ରଜା ନିର୍ମାଣ କର । ମୁଁ ତୁମର ତପୋଭୂମି, ସାଧନାଶାଲା । ଯୁଗଯୁଗ ଧରି ଗୃହ ଯଜ୍ଞକୁ ଜଗି ରହିଛି । ଗୃହବାସୀଙ୍କର ଆଗମନ, ଆଚରଣ ଓ ପ୍ରସ୍ଥାନରେ ମୂକସାକ୍ଷୀ ହୋଇଛି ।'

ଦମ୍ପତି ସାଧୁବାଦ କହନ୍ତି— "ହେ ଗୃହ । ତୁମେ ଆମର ଇଷ୍ଟ ଯଜ୍ଞ । ଆମ କର୍ତ୍ତବ୍ୟପାଲନର ପବିତ୍ର ପୀଠ" ।

— ରାଣୀମା କେଉଁଠୁ ଜାଣିଲ ? ଶାସ୍ତ୍ରଜ୍ଞାନ ଆପଣଙ୍କ ମୁଖରେ ଅଛି ।

— ପ୍ରିୟବ୍ରତ ଭାଷ୍ୟ, ଯଜୁର୍ବେଦ ୧, ୧୯ରୁ ଜାଣିଲି । ଆଉ ଏଠାର ଆମ ପୁରୁଷ ପୁରୁଷର ଗୃହକୁ ତ୍ୟାଗକରି ଯିବି କୁଆଡ଼େ ? ଯିଏ ଯୁଆଡ଼େ ଯିବାକଥା ଯାଆନ୍ତୁ । ମୁଁ ଏଠି ହିଁ ମୋ ଗୃହରୁ ପ୍ରସ୍ଥାନ କରିବି ପରଧାମକୁ ।

— ତମେ ଶତାୟୁ ହୁଅ । ଏପରି ଆମକୁ ଭଲପାଇବାର ସ୍ପର୍ଶ ଦେଉଥାଉ ।

— ତେବେ ତୁମକୁ ଦାସତ୍ୱ ଯନ୍ତ୍ରଣାର ବୋଝରେ ଆହୁରି ଭାରି କରିଦେବି କି ? — ପାଣିଚିଆ ରୁହାଣୀରେ ଅନ୍ୟମନସ୍କା ହୋଇଉଠିଲେ କୃଷ୍ଣା ଦେବୀ ।

– ତୁମେ କି ଦାସତ୍ୱରେ ଆମକୁ ବାନ୍ଧି ରଖିଛ କି ? ଆମେ ତ ଏହି ଗୋଟାଯାକ ଉଆସରେ ନିର୍ବିଘ୍ନରେ ଚଳପ୍ରଚଳ କରି ଦିନ କାଟୁଛୁ । ଏହି ଉଆସର ପାଣି ପବନ ତ ମୋ ଜନ୍ମ ପୂର୍ବରୁ ମୋତେ ଛୁଇଁ ଦେଇଥିଲା ।

ଚକିତ ହୋଇ ରହିଁଲେ କୃଷ୍ଣା ଦେବୀ ଶୂନ୍ୟ ଆକାଶକୁ । ତା'ପରେ ଅସ୍ପଷ୍ଟସ୍ୱରରେ କହିଲେ– ତୋ ମା' ହିଁ ପ୍ରତାରଣାର ନାଗଫାସ ଭିତରେ ପଶିଗଲା । ସେହି ବନ୍ଧନରୁ ମୁକ୍ତି ପାଇବାକୁ ତାକୁ ବହୁତବର୍ଷ ଲାଗିଗଲା । ବିଚରା ବନମାଳୀ ହେମାକୁ ଅପେକ୍ଷା କରିକରି ଦେହମନର ବାସ୍ନାକୁ ଭୁଲିଗଲା । ବୀର ପାଇକ ହୋଇ ମୁଣ୍ଡ ନୁଆଁଇ ରହିଗଲା ରାଜା ସାହେବ ମହେନ୍ଦ୍ରଙ୍କ ସମ୍ମୁଖରେ । ଏ ତ ଥିଲା ବିଧିର ଏକ ବିଡ଼ମ୍ବନା ।

– କ'ଣ ଶୁଣେଇବାକୁ ରହିଁ ରାଣୀମା' ?

– ତୋ ବାପାର ଅପୂରଣୀୟ ଇଚ୍ଛାକୁ ଦୁଃଖାଚ୍ଛନ୍ନ କରିଥିଲେ ମୋ ସ୍ୱାମୀ ମହେନ୍ଦ୍ର ଦେବ । ମୋ ସାରାଜୀବନର ଦୃଶ୍ୟ ଏବେ ମଧ ମୋ ଆଗରେ ଜଳଜଳ ଦିଶୁଛି । ଏତେବର୍ଷ ତୋ ମା' ହେମା ସହ ସାଥ୍ୱହୋଇ ରହିଲି । କେବଳ ସେ ମଧ ପଦୁଟିଏ ରାଜାଙ୍କ ବିରୁଦ୍ଧରେ କହିଥିଲା । ମୁଁ ଜାଣେ ତୋ ବାପା ବନମାଳୀଙ୍କୁ ସେ ଖୁବ୍ ଭଲପାଏ । ମୋ ଅନୁମତିରେ ତା' ସହିତ ଭେଟ କରିବାକୁ ଯାଏ । ତଥାପି ଦୁହେଁ କେବେ ରାଜନଅର ଛାଡ଼ି ଲୁଚ଼ି ଗଲେନି କାହିଁକି ? ଅନେକ ଥର ସେମାନଙ୍କୁ ପ୍ରବର୍ତ୍ତାଇଛି ଓ ସାହାଯ୍ୟ ମଧ କରିଛି ଦୁହେଁ ଲୁଚ଼ି ପଲେଇଯିବାକୁ । କିନ୍ତୁ କି ମୋହ ମୋ ପ୍ରତି ତୋ ମା'ର ଥିଲା ଯେ ମୋତେ ଛାଡ଼ି ଜମାରୁ ଯିବାକୁ ରହିଁଲାନି । ମୁଁ ହିଁ ଚିରକାଳ ତା'ର ରଣୀ ହୋଇଗଲି । ତା' ରଣର ବୋଝରେ ଏବେ ମଧ ମୁଁ ଭାରି । ଯାହା ତାହାର ପ୍ରାପ୍ୟ ତାକୁ ଦେଇପାରିନି ମୁଁ । ଅନେକ ଥର ଚେଷ୍ଟା କରିଛି ତାକୁ ବନମାଳୀକୁ ଫେରାଇଦେଇ ସୁଖରେ ରହିବାକୁ କିନ୍ତୁ ରାଜାସାହେବଙ୍କ ଆଖିର ସୁଖ ଭିତରେ ବାନ୍ଧି ହୋଇ ସେ ତ ପାଷାଣୀ ପାଲଟିଗଲା ।

– ଥାଉ ମୋର ଏ ବୟସରେ ଆଉ ଶୁଣିବାକୁ ଇଚ୍ଛାନାହିଁ ମା' ବିଷୟରେ । ଆସନ୍ତୁ ମୁଁ ତମର ସେବା କରିଦେବି । ଏତେଦିନ ଧରି ମୋ ମନରେ ତୁମ ଓ ରାଜା ସାହେବଙ୍କ ପ୍ରତି ପ୍ରଗାଢ଼ ଅନୁରାଗ ଭରି ରହିଥିଲା ତାକୁ ଚୁରମାର ହେବାକୁ ମୁଁ କେବେ ରହୁଁନି ।

— କିନ୍ତୁ ତତେ ନ ଶୁଣେଇଲେ ମୁଁ ଶାନ୍ତିରେ ମରିବି କେମିତି ? ମୁଁ ଆଖିବୁଜି ପଡ଼ି ରହିଲେ ତୋ ମା'ର ମୁହଁ ହିଁ ଦୃଶ୍ୟ ହେଉଛି । ସେ ଗୋଟିଏ ନାରୀ ମୂର୍ତ୍ତିଏ ଯିଏ ଅନେକ କଷଣ ସହିଛି । ସୁଖର ଡାକ ବଦଳରେ ଯନ୍ତ୍ରଣାର ନିରୀହପଣରେ କବଳିତ ହୋଇଛି । କେବେ ଦେଖିଛୁ ତୋ ମା'ର ଚିତ୍ରପଟକୁ ।

— ତା'ର ଚିତ୍ରପଟ ମୁଁ ଦେଖିବି କୁଆଡୁ ? ସେ ଥିଲା ପୋଇଲି କି ଦାସୀଟିଏ । ତା' ଚିତ୍ରପଟ ଆଙ୍କିବ କିଏ ?

— ତେବେ ସିନ୍ଦୁକଟିର ଚାବି ନିଅ । ଖୋଲ । ଦେଖିବୁ ତା' ଭିତରେ ତା' ଚିତ୍ରପଟ ଅଛି । ତୋ ମା'ର ଦଶବର୍ଷର ରୂପ ଅଛି ।

— ରାଣୀମା' ଏ କ'ଣ କହୁଛ ? ତୁମେ ପୁଣି ମା'ର ଚିତ୍ରପଟ ସାଇତି ରଖିଛ ତୁମ ପରିବାରଙ୍କ ଚିତ୍ରପଟ ଭିତରେ ।

— ସେ ମୋ ପରିବାରର ଜଣେ ଥିଲା । ଯେଉଁ ଶିଳ୍ପୀ ତା' ତୁଳୀରେ ତୋ ମା'ର ଚିତ୍ର ଆଙ୍କିଥିଲେ ସେ ଆଉ କିଏ ନୁହେଁ ତୋ ରାଜସାହେବ ହିଁ । ଦେଖିଲେ ମଧ ଭୀଷଣ ପୀଡ଼ା ଅନୁଭବ କରିବୁ ତୁ !

— ତେବେ ମୁଁ ଆଉ ଦେଖିବି ନାହିଁ ।

— ତୁ ଦେଖିଲେ ଜାଣିପାରିବୁ ତୋ ମା' କେତେ କଷ୍ଟସହିଷ୍ଣୁ । ସେ ଗୋଟିଏ ହୀରା ଥିଲା । ଖୋଲ ସିନ୍ଦୁକ, ଆଣ ସବୁ ଚିତ୍ରପଟ । ଦେଖିବୁ ଚିତ୍ରଲେଖାର ଅବିକଳ ଛବି ।

— ବାଧବାଧକତାରେ ଲଳିତା ସିନ୍ଦୁକରୁ ଚିତ୍ରପଟ ଗୁଡ଼ିକ କାଢ଼ି କାଠର ଟେବୁଲ ଉପରେ ରଖିଲା । ପୁରା ସିନ୍ଦୁକ ଫଟୋରେ ଭର୍ତ୍ତି । ତେବେ ରାଣୀସାହେବଙ୍କ ଫଟୋଉଠା ସଉକ ଥିଲା ବୋଧେ । କ'ଣ ପାଇଁ ହଜିଯାଇଥିବା ଲୋକଙ୍କ ଚିତ୍ରପଟକୁ ଦେଖିବାକୁ ଆଜି ଇଚ୍ଛୁକ ହେଉଛନ୍ତି ରାଣୀ ମା' । ମନରେ ଏତେ ପୁଲକ ଭରିଛି କେମିତି ?

ଶୁଣେ ଆଉ ଗୋଟିଏ ଟେବୁଲ ଆଣି ମୋ ପାଖରେ ରଖେ । ଗୋଟିଏ ଗୋଟିଏ ଫଟୋ ମୋ ପାଖକୁ ଆଣିବୁ । ମୁଁ ଚିହ୍ନାଇ ଦେବି ସମସ୍ତଙ୍କୁ । ଦେଖିବି ଚିହ୍ନିପାରିବୁ କି ନାହିଁ ତୋ ମା'କୁ ।

– ମା'ର ପିଲାଦିନ ଚିତ୍ରପଟକୁ ମୁଁ ଚିହ୍ନିପାରିବି କି ?

– ହଁ । କେଜାଣି କାହିଁକି ମନରେ ଉପୁଜୁଛି ତୁ ଚିହ୍ନିପାରିବୁ ବୋଲି ।

– ମୋର ବିବାହ ପରେ ମା'ର ମୃତ୍ୟୁହେଲା । ଚିହ୍ନିପାରିବିନି କେମିତି ?

– ତୋ ବିବାହ ବେଳକୁ ତୋ ମା'ର ବୟସ ଷାଠିଏ ପାଖାପାଖି ହେଲାଣି । ତୁ ପନ୍ଦର ବର୍ଷରେ ବିବାହ କରିଦେଲୁ । ତୋ ବିବାହ ପାଇଁ ମୁଁ ବେଶୀ ହିଁ ଯନ୍ତବାନ୍ ହେଲି । କାରଣ ପୁରୁଷର ଆଖି ତୋ ଉପରେ ନପଡୁ ଯେମିତି । ପିଲାଦିନର ଚିତ୍ର ସହ ବଡ଼ଦିନର ମୁହଁର ଚିତ୍ର ତୋ ମା'ର ଭିନ୍ନ ଥିଲା ।

– ଏ କ'ଣ କହୁଛ ରାଣୀମା' ?

– ଠିକ୍ କହୁଛି । ରାଜାଙ୍କର ଆଖି ପଡ଼ିଥିଲେ ତୁ ମଧ ବର୍ତ୍ତିପାରିନଥାନ୍ତୁ ନିଜର ସୌନ୍ଦର୍ଯ୍ୟର ଆକର୍ଷଣରେ । ଏହି ଦୁନିଆରେ ପୁରୁଷ ମନରେ ହିଁ ନାରୀ ନିଶାର ବହ୍ନି ଜଳୁଥାଏ ଅବେଳ ସବେଳେ । ତୋ ରାଜା ସାହାବଙ୍କ ଅନେକ ନାରୀ ଥିଲେ । କିନ୍ତୁ ପାଟରାଣୀଙ୍କ ଅଳ୍ପଦିନରେ ମୃତ୍ୟୁ ହେବାରୁ ମୁଁ ରାଣୀ ହୋଇ ଏହି ରାଜଉଆସକୁ ଆସିଥିଲି ରାଣୀର ଭୂମିକା ତୁଲାଇବାକୁ । କିନ୍ତୁ ମହେନ୍ଦ୍ରଦେବଙ୍କ ଅନେକ ପୋଇଲି ରାଜାଙ୍କ ମନୋରଞ୍ଜନ ପାଇଁ ସର୍ବଦା ଉପସ୍ଥିତ ଥିଲେ । କେବେ ଭାବିପାରିବୁନି ତୁ ପାଖରେ ସ୍ତ୍ରୀ ଥାଉ ଥାଉ ସ୍ୱାମୀଟି ପୁଣି ଶଯ୍ୟାସଙ୍ଗିନୀ କରେ ଅନେକ ଚପଳଛନ୍ଦାକୁ । ତୋ ମା' ମଧ କେମିତି ମୁକ୍ତି ପାଇଥାଆନ୍ତା ମୋ ସ୍ୱାମୀଙ୍କ କାମାତୁର ଆଖିର ଅଗ୍ନିରୁ ? ବେଳେବେଳେ ହୃଦୟ ଫାଟିଯାଏ ମୋର । ଭଙ୍ଗାରୁଜା କରେ ଅନେକ ଜିନିଷ, ନିଃସଙ୍ଗତାର ହାହାକାରକୁ ମନର ଶୋଷ ଭିତରେ ଶୁଖାଇଛି ମଧ । କିନ୍ତୁ ରାଜାଙ୍କ ଇଚ୍ଛାକୁ ପରିତୃପ୍ତ କରି ହସିଛି ଏକ ଶୁଷ୍କ ଭୂମିକଣ୍ଠରେ । କେବଳ ତୋ ମା' ପାଇଁ ବଞ୍ଚିଗଲି । ସେ ମୋ ପାଖରେ ଛାଇପରି ରହିଥିଲା । ମୋତେ କେବେ ମରିବାକୁ ଦେଇନଥିଲା । ସେ ଯେମିତି ଜଳିଥିଲା ମୋତେ ସେମିତି ଜାଳିବାକୁ କେବେ ଛାଡ଼ିନଥିଲା । ସେ ମୋର ସଖୀ, ସହଚରୀ କହିବାକୁ ଗଲେ ସଉତୁଣୀ ମଧ ଥିଲା । କିନ୍ତୁ ଆମ ଭିତରେ ଈର୍ଷା ନଥିଲା । ମୋ ସଫଳତାରେ ସେ ଅର୍ଘ୍ୟଥାଳୀ ଧରି ଠିଆ ହେଉଥିଲା । କିନ୍ତୁ ମୁଁ ତାକୁ ଦେଇଛି କ'ଣ ? ପୋଇଲିର ଆଖ୍ୟାଦେଇ ରାଣୀର ପଦମର୍ଯ୍ୟଦା ମୁଁ ହାତେଇଛି । ତୋ

ବାପା ବନମାଳୀ ସହ ତାକୁ ବିବାହ କରି ମଧ୍ୟ ତାକୁ ମୋ ଦାସତ୍ୱରୁ ମୁକ୍ତ କରିପାରିନଥିଲି । କେବଳ ସେ ମୋର ସହ ରହିଥିଲା । ଯେତେବେଳେ ବୟସର ଅପରାହ୍ନରେ ପହଁଛିଲା ସେତେବେଳେ ସେ ମୁକ୍ତ ହେଲା ରାଜାଙ୍କ କ୍ଷୁଧାରୁ । ଯିବ କୁଆଡ଼େ ? ତୋ ବାପା ପାଖକୁ ଯିବାକୁ ରୁହିଁଲା । ସେମାନେ ରାଜନଅରରେ ଗୋଟିଏ ଘରେ ରହିଲେ କିନ୍ତୁ କେତେଦିନ ଏକାଠି ଥିଲେ । ଗୋଟିଏ ବର୍ଷପରେ ତୋ ବାପାଙ୍କ ମୃତ୍ୟୁହେଲା । ଆମ୍ମହତ୍ୟାର ରୂପରେଖ ନେଲା । ତା'ପରେ ତୋର ଜନ୍ମ ହେଲା ସେହିଘରେ । ସେଠୁ ମୁଁ ତତେ ନେଇ ଲୁଚାଇ ରଖିଲି ଅନ୍ୟଠି । ମିଥ୍ୟା କହିଲି ମୃତ ଶିଶୁଟିଏ ଜନ୍ମିଛି ବୋଲି । ତା'ପରେ ତୋ ମା' ଆସି ପୁଣି ମୋ ଆଶ୍ରୟରେ ମୋ ସେବାରେ ନିୟୋଜିତ ହେଲା । ରହସ୍ୟ ହୋଇ ରହିଗଲା ତୋ ପିତାର ମୃତ୍ୟୁ ଖବର । ମୁଁ ଜାଣେ ତୋ ମା' ଜାଣେ ତୁ କାହାର ଝିଅ । ବିଚରା ବନମାଳୀ ହିଁ ସବୁ ଜାଣି ଯନ୍ତ୍ରଣାରେ ଫଉଫଉ ହୋଇ ଜୀବନ ହାରିଦେଲା । କିନ୍ତୁ ରାଜାଙ୍କ ବିରୁଦ୍ଧରେ ପଦଟିଏ କଥା କହିନଥିଲା ପାଟି ଖୋଲି ।

ଜାଣେନା ତୁ ମୋ କଥାକୁ ସତ ଭାବିବୁ କି ନାହିଁ ? ମୁଁ କିନ୍ତୁ ସତ କହୁଛି । ଯଦି କୌଣସି ପତ୍ନୀ ନିଜର ପତି ବିଷୟରେ ସବୁ ଜାଣି ମଧ୍ୟ ଚୁପ୍ ରହେ ତେବେ ସେ ମଧ୍ୟ ଅଣ୍ଣାର ଯନ୍ତ୍ରଣା ଭିତରେ ଘାରି ହେଉଥାଏ । ଆଃ ତୋ ମା'ଟି କେତେ ଭଲ ପାଉଥିଲା ବନମାଳୀକୁ । ତା କୁଆଁରୀ ପ୍ରେମରେ ତୋ ବାପାର ପ୍ରଥମ ସ୍ପର୍ଶର ଅପୂର୍ବ ପୁଲକ ଥିଲା ।

ବାଷ୍ପରୁଦ୍ଧ ହୋଇ ଉଠିଲା ରାଣୀମା'ଙ୍କର କଣ୍ଠ । ଭାବୁକ ସ୍ୱରଟି ଥମି ଗଲା । କାନ୍ଦୁରା ମୁହଁରୁ ଝରିପଡ଼ିଲା ଲୁହ ବିନ୍ଦୁମାନ । ଆଖି ବୁଜିଦେଲେ ଟିକିଏ ସମୟ ପାଇଁ ।

– କାନ୍ଦନି ରାଣୀମା' । ଅତୀତର ଗାଥା ଶୁଣିବାକୁ ମୋର ଧୌର୍ଯ୍ୟ ମଧ୍ୟ ନାହିଁ ।

ଚିହିଁକି ଉଠିଲେ ରାଣୀମା' । କହିଲେ – ତୁ ରାଜା ଝିଅ । ତୋ ଧୈର୍ଯ୍ୟଚ୍ୟୁତି ହେବନି କେବେ । ତୁ ଶକ୍ତିଶାଳୀ । ତୁ ନିଜ ପାଖରେ ଅବୋଧ ହୋଇ ରହିଯାଇଛୁ ।

ଚକିତସ୍ୱରେ ଲଳିତା ପ୍ରଶ୍ନ କଲା – ମୁଁ କ'ଣ ସତରେ ରାଜା ଝିଅ ?

– ହଁ । ତୁ ରାଜାଙ୍କ ଝିଅ । ମୋ ସ୍ୱାମୀ ମହେନ୍ଦ୍ରଙ୍କ ଔରସରୁ ଜନ୍ମିତ ହେଲୁ । ତୋ ମା' ତ ଏହି କଥାକୁ ଲୁଚାଇଲା ତୋ ବାପାଙ୍କ ପାଖରେ । ତୋ ମା' ରାଜା

ଉଆସରୁ ବିଦାହୋଇ ଯିବାପରେ ଆଠମାସପରେ ତୋ ଜନ୍ମ । ତୋ ବାପା ସବୁ ଜାଣିଲା ପରେ ଆଉ ନ ମରି ରହିଥାଆନ୍ତା କେମିତି ? ସେ ମଧ କେବେ ଭାବିନି ରାଜା ଉଆସରେ ତା' ସ୍ୱାତି ମଧ ସୁରକ୍ଷିତ ନଥିଲା ବୋଲି ମୋ ଭଉଣୀ ହୋଇ । ମୋର ଖାଇଥିଲା ବୋଲି ତୋ ମା'ର ଶୁଝିଦେଲା ତା'ରଣ ମଲାପୂର୍ବରୁ । ବାଧ୍ୟ ହୋଇ ଉନ୍ମୁକ୍ତ ହେଉଥିଲା ରାଜାଙ୍କ ସମୀପରେ ।

– ମୁଁ ତେବେ ତମର ଝିଅ । ରାଜାଙ୍କ ଝିଅ । ଚମକି ପଡ଼ି ଲଳିତା କହିଲା ।

– ଶୁଣେ ତୋ ସ୍ୱାମୀ ବିଭୂତି ଏକଥା ଯେମିତି ନଜାଣେ । ମୁଁ ତୋତେ ବିଶ୍ୱାସରେ ଏକଥା କହି ରଖିଛି । କିନ୍ତୁ ତୁ ନିଜ ଭିତରେ ଏହାକୁ ଗୋପନ ରଖିବୁ ।

– କଥା ଦେଉଛି ରାଣୀମା' । କେବେ ସ୍ୱାମୀ ପାଖରେ କି ସନ୍ତାନଙ୍କ ପାଖରେ ଏହି ଅବାନ୍ତର ଅନ୍ଧାର ଗାଥା କହିବି ନାହିଁ ।

– ଆ, ମୋ ପାଖକୁ ଟିକିଏ । ତୋତେ ଟିକିଏ ଆଉଁସି ଦିଏ । ତୋତେ ଟିକିଏ କନ୍ୟାର ସ୍ନେହ ଦିଏ । ମୋ ଜୀବନ ଧନ୍ୟ ହୋଇଯିବ । ମୋର ସନ୍ତାନମାନେ ଏବେ ମୋତେ ଛାଡ଼ି ସହରରେ ଅବସ୍ଥାପିତ । ବଡ଼ରାଣୀମା'ଙ୍କ ଝିଅ ମଧ ଏବେ ଏଠି ରହୁନାହାନ୍ତି । ପରିତ୍ୟକ୍ତ ଅବସ୍ଥାରେ ରାଜଉଆସରେ ପଡ଼ିଛି । ମୁଁ ହିଁ ଏହାର ମୂକସାକ୍ଷୀ ହୋଇ ପଡ଼ିଛି । ମୋ ପରେ ଏହା ବିକ୍ରିହୋଇ ଭାଗବଣ୍ଟା ହୋଇଯିବ । କିନ୍ତୁ ତୁ ପାଇବୁ କ'ଣ ? ତୋତେ ଭାଗ ଦେବ କିଏ ? ତୁ ପୋଇଲିର ଝିଅ । ଖଟୁଥିବା ବେଳେ ରହିଛୁ, ଖାଇଛୁ, । ଏଠୁ ଯିବାବେଳେ ନେବୁ କ'ଣ ସାଙ୍ଗରେ ମୋ ମମତା ଟିକକ ?

– ମୋର ଦରକାର ନାହିଁ ଧନଦୌଲତ । ତମେ ବଞ୍ଚିବାଯାଏ ମୁଁ କେବଳ ତମର ସେବା କରିବାକୁ ବଦ୍ଧପରିକର ।

– ମୋର ତତେ କିଛି ଧନ ଦେବାକୁ ମଧ ମନ । କିନ୍ତୁ ଅନ୍ୟମାନଙ୍କ ଅଗୋଚରରେ ମୁଁ କିଛି ଦେଇପାରିବିନି । କିନ୍ତୁ ମୋ' ନାଁରେ ଅନେକ ଜମି ଏବେ ମଧ ରହିଛି । ସେ ସବୁକୁ ମୁଁ ତୋ ନାଁରେ କରିଦେଇ ମରିପାରିବି ନାହିଁ । କେବଳ କେତେ ବାଟି ଜମି ଦେଇପାରିବି ।

– ମୁଁ ଘରି ଭିତରେ ପଶିବାକୁ ଚହୁଁନି । କେବଳ ତୁମରି ସ୍ନେହ ହିଁ ମୋର ପାଇଁ ଯଥେଷ୍ଟ ।

– ଜାଣେ, ମୋ ମୃତ୍ୟୁପରେ ତୋର ଜମିକୁ ମଧ କୋଟ୍ କେଶ କରି ଛଡ଼ାଇ ଆଣିବେ ରାଜାପରିବାରବୃନ୍ଦ । ତେଣୁ ଅନେକ ସୁନାରୂପା ମୁଁ ଗୋପନ ଜାଗାରେ ରଖିଛି । ତୁ ସେଗୁଡ଼ିକ ନେଇ ବିକ୍ରିକରି ଜମିବାଡ଼ି ଘରଦ୍ୱାର ତୋଳିବା ଆରମ୍ଭ କରେ । ସେଥିରେ ତୋ ସ୍ୱାମୀ ପିଲାମାନେ ଖୁସିରେ ଚଳିଯାଇପାରିବ ମୋ ମୃତ୍ୟୁପରେ ମଧ । ମୁଁ ମଧ କରଜ ମୁକ୍ତ ହେବି ।

– ଏ କ’ଣ କହୁଛ ତମେ ? ତମର ଜନ୍ମିତ ପୁଅ ମଧ ଅଛନ୍ତି । ସେମାନଙ୍କୁ ପଚାରି ବୁଝ ନିଜ ମନକଥା ।

– ସେମାନେ ତ ଶହ ଶହ କୋଟିର ସମ୍ପତ୍ତି ପାଇବେ । ଯେଉଁ ସମ୍ପତ୍ତି ହିସାବ ଭିତରେ ଅଛି ତାକୁ ମୁଁ ଲୁଚାଇ ଆଣି ତତେ ଦେଇପାରିବିନି । ତେଣୁ ମୋ କୋଠରୀର ଗୋଟିଏ ଗୁପ୍ତସ୍ଥାନ ଅଛି ଯେଉଁଠି ମୁଁ ମୋ ସମ୍ପତ୍ତିର ଅନେକ ଅଂଶ ପୋତି ରଖିଛି । ଆଜି ତତେ ସେ ସ୍ଥାନ ଦେଖାଇବି । ତୁ ତୋ ସ୍ୱାମୀଙ୍କୁ କହିବୁ ଖୁସିହୋଇ ରାଣୀମା’ ଆମକୁ ଏସବୁ ସୁନାରୂପା ଦେଇଛନ୍ତି । କିନ୍ତୁ ନିଜପିଲାଙ୍କ ପାଖରେ ଜମାରୁ କିଛି ଶୁଣେଇବୁ ନାହିଁ । ରାଜାଙ୍କୁ ବାହାହୋଇ ଆସିଲା ପରେ ତୋ ମା’ ଥିଲା ମୋର ସବୁଠୁ ଅନ୍ତରଙ୍ଗ ସଖୀ । ସେ ମୋର ମଧ ସଂପର୍କୀୟ । ରାଜପରିବାରରେ ସବୁଭାଇ ତ କେବେ ମହାରାଜା ହେବନି । ତୋ ମା’ ହିଁ ବାରମ୍ବାର ଉଭାଟିତ ହୁଏ ଏଠିକୁ ଆସି ରାଜଉଆସରେ ମୋ ସହିତ ରହିବାକୁ । କିନ୍ତୁ ସେ ପୋଇଲି ହୋଇ ମଧ ଆସିନଥିଲା ଏଠିକୁ । ସମୟକ୍ରମେ ରହିଗଲା ନର୍ତ୍ତକୀ ପରେ ପୋଇଲୀର ଆଖ୍ୟାରେ । ଚହିଁଥିଲେ ମୋତେ ମଧ ମୋ ପଦରୁ ବିଯୁକ୍ତ କରି ରାଣୀ ହୋଇ ବସିଥାଆନ୍ତା କିନ୍ତୁ ସେ ମୋ ସହିତ ବିଶ୍ୱାସଘାତକତା କରିନି । ଅଧିକାର ସାବ୍ୟସ୍ତ କରିବାର ଦ୍ବନ୍ଦ ମଧ କରିନି ।

– ତେବେ ମୋ ରକ୍ତରେ ରାଜବଂଶର ରକ୍ତ ପ୍ରବାହିତ କି ?

– ତୁ ରାଜାଙ୍କର ଝିଅ । ତୋ ମା’ର ରକ୍ତରେ ରାଜବୁନିୟାଦ୍ ରହିଥିଲା । ତୋ ରକ୍ତରେ ମଧ ଅଛି । ମୋ ସୁଖ ଦେଖିବାକୁ ସଖୀ ସାଜି ମୋ ସହ ଆସିଥିଲା

କାହିଁକି ଜାଣୁ ? ପରୀକ୍ଷା କରିବାକୁ ମହେନ୍ଦ୍ରଙ୍କର ହାବଭାବ । କିନ୍ତୁ ମହାବଳ ହାବୁଡ଼ରେ ପଡ଼ିଗଲାପରେ ଆଉ କେଉଁ ମୁହଁରେ ଫେରିଥାଆନ୍ତା ଏଠୁ । ରହିଗଲା ଏଠି ବିନା ନାଁ ନେଇ । ଇଚ୍ଛାଥିଲେ ରାଣୀ ହୋଇ ମହେନ୍ଦ୍ରକୁ ନଚେଇଥାଆନ୍ତା କିନ୍ତୁ କାହିଁକି ଇଚ୍ଛାକଲାନି ରାଣୀ ହେବାକୁ ଜାଣୁ । ରାଣୀହେଲେ ମଧ ସେ ତା ମନର ଘୃଣାର ଯନ୍ତ୍ରଣାକୁ ଭୁଲିପାରିବନି ବୋଲି ମୋତେ କହିଲା । କାଲେ ଘୃଣାର ଯନ୍ତ୍ରଣାରେ କେବେ ତରବାରୀ ଉଠିଯିବ ରାଜାଙ୍କ ବେକକୁ ମଧ କହିଥିଲା । ଖାଲି ମୋ ପାଇଁ ସହିଗଲା ସେ ।

– ଏହି ଅକଳ୍ପନୀୟ ଆବେଗରେ ଘାରିହୋଇଗଲା କ'ଣ ଶେଷ ପର୍ଯ୍ୟନ୍ତ ?

– ହୋଇପାରେ । ରହସ୍ୟମୟ ହୋଇଗଲା ତା'ର ସମୟ । ଯେତେବେଳେ ଯୌବନରୁ ମୁକ୍ତି ପାଇଲା ସେତେବେଳେ ତୋ ବାପା ପାଖକୁ ଦୌଡ଼ିଗଲା । କିନ୍ତୁ କେଉଁ ପିତା ଅନ୍ୟ ପିତାର ସନ୍ତାନକୁ ପିତାର ଆଖ୍ୟାଦେବ କହିଲୁ । ମିଳାପୂର୍ବରୁ ତୋ ମା'କୁ ଅନେକଥର କହିଥିଲା ବନମାଳୀ - ହେମା, ତତେ ମୁଁ ଭଲପାଏ । ରାଣୀମା'ଙ୍କ ସହିତ ମନ୍ଦିରକୁ କିମ୍ବ ବୁଲିବାକୁ ଯିବାବେଳେ ତୋ ଅନୁରାଗରେ ପ୍ରଥମେ ମୁଁ ଆସିଥିଲି । ସେହିଦିନଠାରୁ ତତେ ହିଁ ଅପେକ୍ଷା କରିଛି କେବେ ଫେରିବୁ ମୋ ପାଖକୁ ବୋଲି । ମୋ ବାପା, ମା' ଢଳିଗଲେ ତୋ ମୁଖ ଦର୍ଶନ ନକରି । ତୁ ମୋତେ ମନ୍ଦିରରେ ବିବାହ କରି ସ୍ୱାମୀର ଦରଜା ଦେଲୁ । ମୋ ଛୁଆକୁ ପେଟରେ ଧରିଥିଲୁ । କିନ୍ତୁ ତୁ ହେଲୁ ପରେ ଅସତୀ । ଅସତୀର ସ୍ୱାମୀ ପୁଣି ଥାଏ କି ଆଜି ଜାଣୁଛି । ଏବେ ତୋ ଜନ୍ମିତ ଶିଶୁର ଧ୍ୱନି ମୋ ଅନ୍ତରାତ୍ମାକୁ ଖନ୍‌ଭିନ୍‌ କରିଦେବ । ମୋ ସନ୍ତାନ ଭିତରେ ପିତୃତ୍ୱର ପରିଚୟ ଖୋଜୁଥିଲି କିନ୍ତୁ ତୁ ତ ରାଜାଙ୍କ ଦାୟଦକୁ ନେଇ ଏବେ ମୋ ପାଖକୁ ଛୁଟି ଆସିଲୁ କାହିଁକି ? ବରଂ ଫେରିନଥାନ୍ତୁ ମୋ ପାଖରୁ । ମୁଁ ତୋ ଅପେକ୍ଷାରେ ମରିଯାଇଥିଲେ ମଧ ତୋ ସତୀତ୍ୱକୁ କେବେ ଧିକ୍‌କାର କରିନଥାନ୍ତି । କିନ୍ତୁ ମୋ ପାଖରେ ଅତୀତର ସତ୍ୟକହି ମୋ ମନ ଜିତିବା ବଦଳରେ ତୁ ତ ହାରିଗଲୁ । କେଉଁ ଖୁସିରେ ଆଉ ବଞ୍ଚିଥାଆନ୍ତି । ନିର୍ମୂଳିଲତା' ପରି ମହେନ୍ଦ୍ରଙ୍କ ସୈନ୍ୟବାହିନୀର ସିପାହୀ ନା ସେନାପତି ହୋଇ ଗୁଡ଼େଇ ହୋଇରହିଛି ରାଜାଙ୍କ ଆନୁଗତ୍ୟରେ । ଏଇ ହାତରେ ଅନେକ ସୈନିକଙ୍କ ମସ୍ତକଛେଦନ କରିଛି । କିନ୍ତୁ ତୋତେ ମୁଁ ଆଜି ମାରିପାରୁନି । ତୋର ମୁଁ ଥିଲି

ପ୍ରେମିକ ପୁରୁଷ । ତୋର ଆକର୍ଷଣରେ ମୁଁ ମଧ୍ୟ ଯୁଦ୍ଧ କ୍ଷେତ୍ରରୁ ବିଜୟୀ ହୋଇ ଉଲ୍ଲାସରେ ଫେରୁଥିଲି । ଏବେ ସବୁ ପରିଷ୍କାର ହୋଇଗଲା ମୋ ଆଖିରେ । ବଞ୍ଚିରହିବାର ଖୁସିର ଉନ୍ମାଦନା ଆଉ ମୋର କାହିଁ ? ମୁଁ ଏବେ ମଧ୍ୟ ରାଜାଙ୍କ ସୈନିକ, ସେନାପତି ପାଇଁ ଉପଯୁକ୍ତ ଆଉ ନୁହେଁ । ତେବେ ଆଉ ଏ ଧରାରେ ଅପେକ୍ଷା କାହାକୁ କରିବି ? ମୁଁ କ୍ଷତ୍ରୀୟ ସନ୍ତାନ, ମୋ ଶରୀରରେ ପୂର୍ବପୁରୁଷର ରାଜରକ୍ତ ପ୍ରବାହିତ ମଧ୍ୟ । ତୋ କୋମଳ କାୟାକଣ୍ଠରେ ରାଜାସାହେବଙ୍କର ମଧ୍ୟ ଭୋକିଲା ଆଖି ପଡ଼ିଥିଲା ।

– ବାପା ତେବେ ରୋଗରେ ସଢ଼ି ମରିନାହାନ୍ତି କି ?

– ନା । ତୁ ତ ମଧ୍ୟ ସତ୍ୟ ବିଷୟରେ ଅବଗତ ନୁହଁ । ଅନ୍ୟମନସ୍କତାରେ ହଜିଗଲେ ରାଣୀମା' ।

– ରାଣୀମା' ଆଉ ଶୁଣାନ୍ତୁ ନାହିଁ ସେ ଦୂର ଦିଗ୍‌ବଳୟର ଅନ୍ଧାରି ମୂଲକର କଥା । ବିଦାରି ହୋଇଯିବ ମୋ ଛାତି । ମୁଁ ମଧ୍ୟ ଘୃଣା କରିପାରେ ରାଜପ୍ରାସାଦକୁ ।

– କରେ ମୋତେ ଘୃଣା । ମୋତେ ଛାଡ଼ିଦେଇ ଏଠୁ ଚାଲିଯାଆ । ମୁଁ ଏଠି ଏକେଲା ସଢ଼ି ସଢ଼ି ପ୍ରାୟଶ୍ଚିତରେ ମରିବି । କିନ୍ତୁ ବିତିଥିବା ମୁହୂର୍ତ୍ତର ଶୂନ୍ୟତାକୁ ତତେ ହିଁ କହି ନିଜେ ଆଶ୍ୱାସନା ପାଇବି । ବର୍ତ୍ତମାନ ତୁ ଖୋଜିବୁ ମୋ ବ୍ୟକ୍ତିତ୍ୱର ରୂପରେଖ । ତିରସ୍କାର କରିବୁ ମଧ୍ୟ । କିନ୍ତୁ ମୁଁ ଥିଲି ନିରୁପାୟ । ଗୋଟିଏ ଦଶ ଏଗାର ବର୍ଷର ରାଜାଝିଅ ବାହାହୋଇ ଆସିଲାବେଲେ ବିବାହର ମାନେ କେତେ ବୁଝିଥିବ ଆଉ ? ଆମେ ଦୁଇସଖୀ ଆସିଥିଲୁ ସବାରୀରେ । ହେମା ମଧ୍ୟ ଅତି ସୁନ୍ଦରୀ ଥିଲା । ସେ ମୋଠାରୁ ଅଧିକ ସମକକ୍ଷ ଥିଲା । କିନ୍ତୁ କେବେ କାହିଁକି ଈର୍ଷା ହୁଏନି ତା' ପ୍ରତି । ଦୁଇସଖୀ ଗୃହକୁ ପ୍ରବେଶ କଲାବେଲେ ସେ ମୋର ସଖୀ ରୂପେ ଆଖ୍ୟା ପାଇଗଲା । ଆମେ ପରାଜିତ ରାଜକନ୍ୟାମାନେ ଥିଲୁ ।

ଆଶ୍ଚର୍ଯ୍ୟ ହୁଏ ରାଜାଘର ଝିଅମାନଙ୍କ ସାଙ୍ଗରେ ପୋଇଲିଟିଏ ଆସିପାରେ କିନ୍ତୁ ସଖୀଟିଏ ନୁହେଁ । ରାଜମାତା ମୋ ସୌନ୍ଦର୍ଯ୍ୟରେ ଯେତିକି ବିମୋହିତ ନ ହେଲେ ତାଠାରୁ ଅଧିକ ବିମୋହିତ ହେଲେ ହେମାର ସୌନ୍ଦର୍ଯ୍ୟରେ । ସେ ତ ନାମୀଦାମୀ ରାଜାର କନ୍ୟା ନଥିଲା । ତାକୁ ପୋଇଲିର ଆଖ୍ୟା ଦେଇଦେଲେ

ଅନେକ । ବେଳେବେଳେ ଆଷ୍ଚର୍ଯ୍ୟ ହୁଏ ମୁଁ କାହିଁକି ସେତେବେଳେ କହିପାରିଲିନି ସେ 'ମୋର ଅନ୍ତରଙ୍ଗ ସଖୀ ବୋଲି' । ମୁଁ କିନ୍ତୁ ସେହି ସମୟରେ ଭାବିଥିଲି ସେ ମୋର ସଖୀ । ସମସ୍ତେ ଜାଣିଛନ୍ତି ଏକଥା । ଅଥଚ୍ ତିନିବର୍ଷ ମୋ ପାଖରେ ରହିବାପରେ ସେ ପ୍ରିୟ ଦାସୀ ହୋଇଗଲା ସମସ୍ତଙ୍କ ଦୃଷ୍ଟିରେ । ମୁଁ କେବଳ ତଟସ୍ଥ ହୋଇ ଶୁଣିଲି ଏକଥା । ହେମା ମଧ କୌଣସି ଆପତ୍ତି ଉଠାଇଲା ନାହିଁ । କାରଣ ଆମ ଦୁଇଜଣଙ୍କ ଭିତରର ଭଲପାଇବା ଖୁବ୍ ମଜ୍ଭୁତ ଥିଲା ମଧ ।

ବୟସ ବଢ଼ିବା ପରେ ରାଜାସାହେବଙ୍କ ସହ ମୋର ରହଣୀ ଆରମ୍ଭ ହେଲା । ମୋର ଉଆସର ପରିଚାରିକା ପରି ତୋ ମା' ମୋର ସେବାରେ ପରିତୃପ୍ତି ପାଇରହିଲା କେମିତି ଆଜି ମଧ ବୁଝିପାରୁନି । ଆସ୍ତେ ଆସ୍ତେ ରାଜା ସାହେବଙ୍କ ସ୍ୱାୟୁମାନଙ୍କର ପାପରଭାର ଉଘାଟିତ ହେଲା । ସେ ମୋ ଛଡ଼ା ଦାସୀ, ପରିଚାରିକାଙ୍କ ଉପରେ ମଧ ନିଜର ଶୋଷ ମେଣ୍ଟାଇବାକୁ ଆଗଭର ହେଲେ । ଦାସତ୍ୱର ଯନ୍ତ୍ରଣାରେ ଅନେକ ନାରୀ ଏହି ରାଜାଙ୍କ ଶୋଷଣର ଶିକାର ହେଲେ । ତଥାପି ପାଟି ଚୁପ୍ । ନିଃସର୍ତ ଭାବରେ ମଉଲାଫୁଲଟିଏ ପରି ପଡ଼ିରହିଲେ ରାଜପ୍ରାସାଦର କୋଣରେ । ତୋ ମା' ତ ମୋର ଦାସୀ ନଥିଲା ଥିଲା ସଖୀ । ତଥାପି ତା' ଉପରେ କୁତ୍ସିତ ଭାବନାକୁ ଅଜାଡ଼ି ନେଲାବେଳେ ଅକସ୍ମାତ ମୋ ଆଖିରେ ଧରାପଡ଼ିଗଲେ ରାଜାସାହେବ । ପରେ ସେ ରାଜନର୍ତ୍ତକୀ ହୋଇ ବଞ୍ଚିଲା । କିନ୍ତୁ ଏହାପୂର୍ବରୁ ସେ ତ ବନମାଳୀକୁ ମନପ୍ରାଣ ଦେଇ ଭଲପାଇ ବସିଥିଲା । ବିବାହ କରିବାପାଇଁ ମନସ୍ଥ କରିଥିଲେ ଦୁହେଁ ।

ସେଦିନ ଥିଲା ଜହ୍ନରାତି । ରାଜ ବଗିଚରେ ବିଛାଡ଼ିହୋଇ ପଡ଼ିଥିଲା ଜହ୍ନର ଶୁଭ୍ରକିରଣ । ବସନ୍ତ ରୁତୁ ପ୍ରେମର ରୁତୁ । ଗତିଶୀଳ ପବନର ସୁଗନ୍ଧ ମଧ ପ୍ରେମମୟ ଲାଗୁଥିଲା । ମୋର ବୟସ ଷୋହଳ, ଏଇ ଦୁଇମାସ ପୂର୍ବରୁ ରାଜାଙ୍କ ଉଆସର ରାଣୀ ମୁଁ । ତେଣୁ ବୟସର ପ୍ରେମ ରୁତୁରେ ଅପୂର୍ବ ଭାବପ୍ରବଣତା ହିଁ ଭରିଥାଏ ମନରେ । ମୁଁ ବଗିଚର ଗୋଲାପ ଓ ରଜନୀଗନ୍ଧା ସୁଗନ୍ଧରେ ଏତେ ବିମୋହିତ ଥିଲି ଯେ ବିଭୋରପଣରେ ଅପେକ୍ଷାରତା ଥିଲି ଯୁବରାଜା ମହେନ୍ଦ୍ରଙ୍କୁ । କିନ୍ତୁ ମହେନ୍ଦ୍ର କାହିଁକି ଏତେ ସମୟ ରାଜଉଆସରେ ଅଛନ୍ତି ବୁଝିପାରୁନଥିଲି । ତଥାପି ଅପେକ୍ଷା, ଅପେକ୍ଷାରେ ବଗିଚର ଦୋଳିରେ ଝୁଲୁଥିଲି । ପାଖରେ ତୋ

ମା' ମଧ୍ୟ ଥିଲା ମୋ ସହଚରୀ ହୋଇ । ରାଜା ଆସିବାପରେ ସେ ସେଠୁ ପ୍ରସ୍ଥାନ କରିଥାନ୍ତା ।

ବେଲେବେଲେ ଜହ୍ନକୁ ରୁହିଁ ହସୁଥିଲି । ନବ ବଧୂର ନୂପୁର ଧ୍ୱନିରେ ମୁଁ ମଧ୍ୟ ବିମୋହିତ ହୋଇ ଗୁଣୁଗୁଣୁ ଗୀତ ଗାଉଥିଲି । ପ୍ରେମର ଅମୃତଧାରାରେ ସ୍ନାନ କରିବାର ମୁହୂର୍ତ୍ତକୁ ଅପେକ୍ଷା କରୁଥିଲି ।

– ୟାପରେ କ'ଣ ଘଟିଲା ରାଣୀମା' ଉସ୍ତୁକତାରେ ପଚାରିଲା ଲଲିତା ।

ମୋ ବୟସର କିଶୋରୀ ତରଙ୍ଗରେ ମୁଁ ବୁଝିପାରିନଥିଲି ରାଜାଙ୍କ ମନର ପରିତୃପ୍ତିର ଧାର । ସେ ଯେ ପୂର୍ବରୁ ଅନେକ ନାରୀକୁ ଶୟ୍ୟାସଙ୍ଗିନୀ କରିସାରିଲେଣି ମୁଁ ଭାବିନି ମଧ୍ୟ । ଯଦି ଏଇକଥା ଜାଣିଥାଆନ୍ତି ତେବେ ତୋ ମା' ହେମାକୁ ଖୁସିରେ ଖୁସିରେ ବର୍ଷେ ଦୁଇବର୍ଷ ପୂର୍ବରୁ ବିଦାକରି ଦେଇଥାଆନ୍ତି । ନାରୀମାନଙ୍କର ହିଁ ସ୍ୱାମୀ ଇହକାଳ ଓ ପରକାଳର ଦେବତା । ନାରୀ ସ୍ୱାମୀ ବିନା ବଞ୍ଚିବାକୁ ତତ୍ପର ନୁହେଁ । କେବେ ମଧ୍ୟ ପୁରୁଷକୁ ଦୁର୍ବଲ ଭାବିବ ନାହିଁ । ପୁରୁଷର ପାପଶକ୍ତି ମନ ଦଶବର୍ଷ ଝିଅଠାରୁ ବୟସ୍କ ନାରୀ ପର୍ଯ୍ୟନ୍ତ ଆଖିରେ ମଧ୍ୟ ଇନ୍ଦ୍ରଭୁବନର ରଙ୍ଗ ତୋଳୁଥାଏ । କିଏ ଚିହ୍ନିଛି ପୁରୁଷଙ୍କ ଗୁଣ । ମୋ ବାପା ତ ଥିଲେ ସୁଚରିତ୍ରବାନ୍ । ମୋର ମା' ହିଁ ଜଣେ ରାଣୀ । ଦାସୀ ପରିବାର ନିଜ ନିଜ କ୍ଷେତ୍ରରେ ଅବସ୍ଥାପିତ । କିନ୍ତୁ ମହେନ୍ଦ୍ରଙ୍କ ଚରିତ୍ର ଅଲଗା ଅଟେ ଏହି ଧାରଣା ମୋ ମନରେ ଜନ୍ମିବ କାହିଁକି ? ବନମାଲୀର ପ୍ରେମର ଡୋରିରେ ତୋ ମା' ମଧ୍ୟ ଏଠୁ ଯିବାକୁ ପ୍ରସ୍ତୁତ ନଥିଲା ।

– ତେବେ ତମେ ତ ପ୍ରଥମ ରାଣୀଙ୍କ ମୃତ୍ୟୁପରେ ଦ୍ୱିତୀୟା ହୋଇ ବାହାହୋଇ ଆସିଲ । ସେ ଆରପାରିକୁ ଚାଲିଯାଇଥିଲେ କେଇବର୍ଷ ପରେ ?

– ହଁ ସେ ପ୍ରଥମା ରାଣୀଙ୍କ ଷୋହଲ ବର୍ଷରେ ଗୋଟିଏ ଝିଅ ଓ ସତର ବର୍ଷରେ ଆଉ ଗୋଟିଏ ଝିଅ ଜନ୍ମହୋଇ ଯିବାପରେ ପ୍ରସୂତିବେଲେ ମୃତ୍ୟୁବରଣ କଲେ । ରାଜା ମହେନ୍ଦ୍ରଙ୍କ ଅମାପଧନ । ନାଁ, ପ୍ରତିପତି ଥିଲା ତାଙ୍କ ପିତା ରାଜେନ୍ଦ୍ରଙ୍କର । ପ୍ରବଲ ପ୍ରତାପୀ ରାଜା ହିସାବରେ ଅନେକ କରଦରାଜା ତାଙ୍କ ଅଧୀନରେ ଥିଲେ । ମୋ ପିତା ଏମିତି ଏକ ଛୋଟ ରାଜ୍ୟର ଅଧିକାରୀ ଥିଲେ । ଆଉ ହେମାର ପିତା ରାଜାନଥିଲେ, ଥିଲେ ରାଜବଂଶଜ । ତେଣୁ ରାଜା ମହେନ୍ଦ୍ରଙ୍କ

ଆଦେଶକୁ ଅମାନ୍ୟ ନ କରି ମୋ ପିତା ମହେନ୍ଦ୍ରଙ୍କ ହାତରେ ମୋ ହାତ ଛନ୍ଦି ଦେଇ ଖୁସିରେ କହିଥିଲେ – ମୋ କନ୍ୟା ହୋଇଗଲା ସାମ୍ରାଜ୍ଞୀ। ଏସବୁ ତା' ପୁଣ୍ୟର ଫଳ। ଜଣେ ପରାଜିତ ରାଜା ହୋଇ ମୋ ପିତା ଆଉ କ'ଣ କରିପାରିଥାଆନ୍ତେ ?

ବୁଝିଲୁ ଲଲିତା, ଧନସମ୍ପତିର ପ୍ରାଚୁର୍ଯ୍ୟ ଭିତରେ ଯଦି ପୁଣ୍ୟର ସ୍ଥାନ ଥାଏ ତେବେ ନିଜେ ରାଜା ତ ପୁଣ୍ୟର ଅଧିକାରୀ ବଦଳରେ ପାପର ଅଧିକାରୀ ହୋଇଗଲେ କେମିତି ? ପୁଣ୍ୟରେ ସତ୍ୟ ତିଷ୍ଠିଛି। ଶାନ୍ତି ବିରାଜିଛି। ପାପରେ ତ ଆୟୁଷ କ୍ଷୁର୍ଣ୍ଣ ହୋଇଛି। ଅଶାନ୍ତିରେ ସମୟ କଟିଛି। ଅନନିଃଶ୍ୱାସୀ ହୋଇ ସ୍ୱାଭିମାନକୁ ମୁଁ ହିଁ ହାରିଛି। ପ୍ରେମ ଭିତରେ ପ୍ରତାରଣାର ନିଆଁକୁ ପାଇ ଅନ୍ଧିରେ ସାଇତିରଖି ନିଜେ ହିଁ ଜଳିଛି। ଲୁଚି ଲୁଚି ଅନେକ କାନ୍ଦିଛି। କିନ୍ତୁ ଖୁବ୍ ବାହାଦୂରୀ ମାରିଛି ଅନ୍ୟ ଆଗରେ। ରାଣୀ ସାହେବାର ମିଥ୍ୟା ଅହମିକାରେ ପ୍ରାଚୁର୍ଯ୍ୟରେ ଥାଇ ମଧ ପ୍ରେମର କାଙ୍ଗାଲ ହୋଇଛି। ରାଜାଙ୍କ ମନ ମୋ ପାଖରେ ତ ବଦ୍ଧପରିକର ନଥିଲା।

କୁଆଁରୀ ମନ ଅଭିସାରର ପ୍ରତିଟି ସ୍ପନ୍ଦନ ଭିତରେ ବେଳେବେଳେ ଅନ୍ୟର ଚୁଡ଼ି ଓ ରୁଣୁଝୁଣୁ ପାଉଁଜି ଶବ୍ଦ ଶୁଣି ଅବଶୋଷ ଭିତରେ ରାତ୍ରି କାଟିଛି। ଏ କ'ଣ ରାଜଉଆସର ନଗ୍ନ ଚିତ୍ର କି ? କାହାକୁ ଗୁହାରୀ କରିବି ? ରାଣୀମା' ମଧ ଏକା ଦଶାରେ ଜର୍ଜରିତା ଥିଲେ। ସେ କି ଆଶ୍ୱସନାର ସ୍ୱର ଶୁଣାଇବେ ମୋତେ ? ଆମ ଦେହରେ ରାଣୀ ହେବାର ପୁଲକ ଥାଇପାରେ, କିନ୍ତୁ ଦର୍ପଣରେ ନିଜ ମୁହଁ ଦେଖିଲାବେଳେ ନିଜ ଯୌବନ ଉପରେ ମଧ ପ୍ରଶ୍ନ ଉଠିପାରେ। ଉଦାସ ହୋଇଯାଏ ମନ ଆକାଶର ରଙ୍ଗ। ଅମାବାସ୍ୟାର କାଳିମା ମଧ ଲେପି ହୋଇଯାଏ। ଆଣିଲୁ ଗୋଟିଏ ଗୋଟିଏ ଚିତ୍ରପଟ। ଚିହ୍ନାଇଦେବି ତତେ।

ଲଲିତା ଆଣିଲା ଗୋଟିଏ ଚିତ୍ରପଟ। କହିଲା ରାଣୀମା', ଏଇଟା ତ ରାଜମାତାଙ୍କର ଚିତ୍ର। ହେଇ ଦେଖନ୍ତୁ ଏହି ବାରଣ୍ଡା କାନ୍ତୁରେ ଝୁଲୁଛି ମଧ ତାଙ୍କ ଫଟୋ। କେଡ଼େ ସୁନ୍ଦରୀ ଥିଲେ ରାଜମାତା।

ବ୍ୟଙ୍ଗବିଦୁପର ସ୍ୱର ଶୁଣାଗଲା ରାଣୀ ମା'ଙ୍କର। ଏମିତି ହିଁ ରାଜାପିତାମାନେ ଉଆସରେ ରାଣୀମାନଙ୍କ ଫଟୋ ଟାଙ୍ଗିଥାଆନ୍ତି। କିନ୍ତୁ କେତେ

ଜଣଙ୍କ ତନ୍ତ୍ରୀର ସ୍ବଳନରେ ରାଣୀଙ୍କ ପ୍ରତି ମନଛୁଆ ପ୍ରେମ ବହିଯାଏ କି ? ରାଜାଙ୍କର ରକ୍ଷଣଶୀଳ ଆଭିଜାତ୍ୟର ଚଳଣୀ ଭିତରେ ଦୁଃଖକୁ ରୁପି ହିଁ ହସିପାରନ୍ତି ରାଣୀମାନେ । ମୁଁ ସିନା ଜଣେ ରାଣୀଥିଲି ଏଇ ଉଆସରେ କିନ୍ତୁ ଅନ୍ୟ ରାଜାମାନଙ୍କର ଏକାଧିକ ରାଣୀ ଥିଲେ । ରାଜ୍ୟ ଲାଲସାର ବଶବର୍ତ୍ତୀହୋଇ ପରାଜିତ ରାଜାଙ୍କ କନ୍ୟାମାନଙ୍କୁ ଅଧିକା ରାଣୀ କରନ୍ତି ପୁନି । ସ୍ବାମୀମାନଙ୍କ ବୟସର ମାପ କାଠି ଦେଖାଯାଏନି ସେତେବେଳେ । ଝିଅତୁଲ୍ୟ କନ୍ୟାକୁ ମଧ ରାଣୀ କରି ଆଣନ୍ତି । ଏଇଥ୍ୟପାଇଁ ତ ରାଜଉଆସରେ ଷଡ଼ଯନ୍ତ୍ର ବାଟ ଫିଟିଥାଏ କିଏ କାହାକୁ ହରେଇବାରେ । ରାଜାଙ୍କ ମନକୁ ଯେଉଁ ରାଣୀ ଜିତିପାରିଲା ସେ ହିଁ ସବୁ ସୁଖ ପାଇଲା । ଯାହାହେଉ ରାଜାସାହେବ ମୋ ପାଇଁ ଆଉ ସଉତୁଣୀ ଆଣି ନଥିଲେ ସଂପର୍କକୁ ଷଡ଼ଯନ୍ତ୍ରରେ ଭରିଦେବାକୁ ।

    – ରାଣୀମା' ମୁଁ ଯାଉଛି । ଆପଣଙ୍କୁ ଜଳଖିଆ ଆଣି ପରିସିବି । କିନ୍ତୁ ଏ କମଲାରସ ଗ୍ଲାସଟି ପିଇଦିଅନ୍ତୁ ପ୍ରଥମେ ।

    – ଦିଏ ସେ ଗ୍ଲାସଟି । ମୋର ତ ସବୁ ନିତ୍ୟକର୍ମ ସରିଗଲାଣି । ତୋ ଯୋଗୁ ଏହି ହୁଇଲ୍‌ଚେୟାରରେ ବସି ଦେବୀ ଘର ପର୍ଯ୍ୟନ୍ତ ଯାଇ ପାରୁଛି ଟିକିଏ ପ୍ରଣିପାତ ଢାଳିବାକୁ । ଏତକ ପିଇଦେଇ ଔଷଧ ଖାଇବି । କିନ୍ତୁ ତୁ ସବୁ ଚିତ୍ରପଟ ନ ଦେଖି ମୋ ଖାଦ୍ୟପାଇଁ ଏତେ ବ୍ୟସ୍ତ ହୋଇପଡୁଛୁ କାହିଁକି ?

    – ଏତେ ବର୍ଷର କାହାଣୀ ତ ଗୋଟିଏ ଘଣ୍ଟାରେ ସରିଯିବନି । ଧିରେ ଧିରେ ମୋତେ ଶୁଣାଇବ । ତୁମର ଦେହକୁ ଆଗ ଜଗି ଚଳିବ ।

    ବିସ୍ମୟଭରା ଆଖିରେ ରୁହିଁଲେ ରାଣୀମା' ଲଲିତାର ମହୁଁକୁ । ତା'ପରେ ହତାଶିଆ ସ୍ବରରେ କହିଲେ–ତୋ ମା'ଙ୍କୁ ଦେଖିବାକୁ ତୋର ଆଉ ଆଗ୍ରହ ନାହିଁ କି ?

    – ମା' କେବେଠୁ ଗଲାଣି । ବାପା ଆରପାରିକୁ ମୋ ବାଲ୍ୟତାବସ୍ଥା ପୂର୍ବରୁ ଗଲେଣି । ଏବେ ସେମାନଙ୍କ ବିଷୟରେ ମୋର ଜାଣିବା କି ଦରକାର ?

    – ତେବେ ତୋ ମା'ର ଦୁଃଖ ଶୁଣିବାକୁ ତୁ ଆଶା ରଖିଛୁ ନା ନାହିଁ ? ମୁଁ ତୋ ଜନ୍ମ ବୃତ୍ତାନ୍ତ ନ ଜଣାଇ ଆଖି ବୁଜିପାରିବିନି । ଜାଣେ ମା'ର କୋଳରେ ହିଁ ମା' ପ୍ରତି ମମତା ଜାଗେ । ନିରାପଦରେ ଥାଏ ଶିଶୁଟି । କିନ୍ତୁ ତୋ ଜନ୍ମବେଳେ ତୋ

ପିତାର ସନ୍ଦେହ ଚକ୍ଷୁରୁ ତୁ ବର୍ତ୍ତିପାରିଥାଆନ୍ତୁ କି ନାହିଁ ବିଶ୍ୱାସ ରଖିଲାନି ତୋ ମା' । ଦିନେ କାକୁତି ମିନତି ହୋଇ ମୋତେ ଗୁହାରି କଲା – ହେ ସଖୀ । ତୁମେ ତ ଜାଣ ମୋ ଦୁଃଖର ପରିଣତି । ମୁଁ ଏଠି ଜତୁଗୃହରେ ଜଳି ଜଳି ରହିଲି । ତଥାପି ରାଜାସାହେବଙ୍କ ଦୟା ମୋ ଉପରେ ନଥିଲା କେବେ । ତାଙ୍କ ଶୋଷଣରେ ମୁଁ ମଧ୍ୟ ଆକ୍ରାନ୍ତ ହୋଇ ପାଟି ଖୋଲି ନଥିଲି ବନମାଳୀ ପାଖରେ । ଶେଷରେ ଏତେବର୍ଷ ଗୁଡ଼ିକ ବନମାଳୀଠାରୁ ଦୂରେଇ ରଖିବାର ତାତ୍ପର୍ଯ୍ୟ କ'ଣ ଥିଲା କି ରାଜା ସାହେବଙ୍କର ?

ଏହି ପ୍ରଶ୍ନ ଶୁଣି ମୁଁ କହିଥିଲି– ଗୁପ୍ତଚରଠାରୁ ହେମାର ଗୁପ୍ତ ବିବାହ ବନମାଳୀ ସହ ହେବା ଶୁଣି ରାଜା ବେଶୀ ଉତ୍କ୍ଷିପ୍ତ ହୋଇ ଉଠିଥିଲେ ମୋ ଉପରେ ।

ବାସ୍ ତା'ପରେ ରାଜାଙ୍କ କ୍ରୋଧାଗ୍ନିର ଶିକାର ହେଲି ମୁଁ ମଧ୍ୟ । ରାଣୀ ହୋଇ ରହିଲେ ମଧ୍ୟ ମୋ ଉଆସକୁ ଆଉ ଆସିଲେନି ବିଶ୍ୱାସଘାତିକାର ଆଖ୍ୟାଦେଇ । ନର୍ତ୍ତକୀଙ୍କ ଗହଣରେ ଓ ସୁରାସାକୀରେ ଚୁର ହୋଇ ବସିଲେ । ତଥାପି ମୁଁ ଅନେକ ଅନୁରୋଧ କରିଥିଲି ମୋ ଉଆସକୁ ଫେରି ଆସିବାକୁ । ରାଣୀ ମାତା ମଧ୍ୟ ଅକ୍ଷ ଥିଲେ ଏହି ବିଷୟରେ ।

– ସେଠୁ କ'ଣ ହେଲା ରାଣୀମା' ।

– ହେବ କ'ଣ ? ଅହଂରେ ନିମଗ୍ନ ମଣିଷର ହିତାହିତ ଜ୍ଞାନ ମଧ୍ୟ ନଥାଏ । ପାଖରେ ଯିଏ ଯାହା କହିଲା ତାକୁ ହିଁ ସତ୍ୟ ବୋଲି ଧରିନେଲେ । ଅନେକ ପାଖ ତୋଷାମଦକାରୀ ଏଇ ଦୁର୍ବଳମୁହୂର୍ତ୍ତର ସୁଯୋଗରେ ଧନସମ୍ପତ୍ତି ନିଜ ନାଁରେ କରି ଜମାଦାର ପ୍ରଥାରେ ଆରାମରେ ଚଳିଲେ । କିନ୍ତୁ ମୋ ପୁଅ ପାଇଁ ଓ ବଡ଼ରାଣୀଙ୍କ ପିଲାମାନଙ୍କ ସମ୍ପତ୍ତିରୁ ଭାଗ କମି କମି ଆସିଲା । ଏମାନେ ସବୁ ବେଶୀ ବଡ଼ ହୋଇନଥିଲେ । ତେଣୁ ବାଧ୍ୟହୋଇ ଦିନେ ରାଜାସାହେବଙ୍କ କଥା ରାଜମାତାଙ୍କ ଆଗରେ କହିଲି । ମୋ କଥା ଶୁଣି ରାଜମାତା ଉତ୍କ୍ଷିପ୍ତ ହୋଇ କହିଲେ – ତୋ ପାଖରେ ମୋ ପୁଅର ମନ ଛାଡ଼ିଗଲା କେମିତି ? ତୁ ତୋ ସଖୀ ହେଉକି ପୋଇଲି ହେଉ ତା କଥା ଏତେ ଭାବୁଛୁ କାହିଁକି ? ରାଜଉଆସରେ ଏସବୁ କିଛି ଅପରାଧ ନୁହେଁ । ରାଜାଙ୍କ ମନକୁ ଯିଏ ଆସିଲା ତାକୁ ରାଜାପାଇଲେ । ଏଥିରେ ତୋ ଦେହ ସହିଲାନି ବୋଧେ । ସେଥିପାଇଁ ବନମାଳୀ ପରି ଜଣେ ସିପାହୀ ପାଖରେ ତୋ ସଖୀକୁ ବିବାହ ଦେଇ କି ଭଲ କଲୁ ? ମୋ ପୁଅର ସୁଖ ସମ୍ପତ୍ତିଠାରୁ ବନମାଳୀର

ସୁଖ ସମ୍ପତ୍ତି ତୋ ପାଇଁ ବଡ଼ ନଥିଲା। ତୁ ନିଜର ଔଦ୍ଧତ୍ୟ ପାଇଁ ପଦାଘାତ କରିଛୁ ମୋ ପୁଅର ମନକୁ। ସେ ଏବେ ଯେଉଁଠି ରାତିଦିନ କାଟିଲା ସେଠାରେ ତୋର ବ୍ୟଥିତ ହେବାର ଆବଶ୍ୟକ ନାହିଁ। ତୁ ହେଲୁଣି ମା'। ଏବେ ଏକ ପୁତ୍ର ସନ୍ତାନର ମାତା ମଧ। ବଡ଼ରାଣୀଙ୍କ ପିଲା ମଧ ତୋର କର୍ତ୍ତବ୍ୟ ପରିସରରେ ଅଛନ୍ତି। ତୁ ସେମାନଙ୍କୁ ସମ୍ଭାଳି ରାଣୀର ଆଖ୍ୟା ନେଇ ବଞ୍ଚିରହିବୁ ସୁଖ ଐଶ୍ୱର୍ଯ୍ୟର ପ୍ରାଚୁର୍ଯ୍ୟରେ। ଅନ୍ୟମାନଙ୍କ କଥା ଭୁଲିଯାଆ, ନିଜର ସୁଖ ସୁହାଗ ଛାଡ଼ି କାହିଁକି ମନରେ ବିଷାଦ ଭରୁଛୁ ?

– ରାଜମାତା ଏପରି କହନ୍ତୁ ନାହିଁ। ଆପଣ କିଛି ବ୍ୟବସ୍ଥା କରନ୍ତୁ। ମୋର ଭୁଲ କେଉଁଠି ?

– ତୋର ବୟସ ଏବେ ବଢ଼ିଛି। କେବେ ବୁଝିଛୁ ମଉଳିଯାଉଥିବା ଫୁଲର ଆକର୍ଷଣଠାରୁ ସଜଫୁଲର ଆକର୍ଷଣ ଅଧିକା। ମୋ ପୁଅ ରାଜାପୁଅ। ମାନ ଧନ ଅଛି। ସେ ବୁଢ଼ାହେଲେ ମଧ ଯୁବକ। ତା' ପାଖରେ ଅନେକ ସ୍ତ୍ରୀର ଆକର୍ଷଣ ନାହିଁ ମଧ। କାରଣ ଜାଣୁ ଆମ ପରିବାରରେ ଏକ ପତ୍ନୀବ୍ରତକୁ ତୋ ଶ୍ୱଶୁର ହିଁ ଆରମ୍ଭ କରିଥିଲେ। ଏହି ବ୍ରତର ହିଁ ଏକମାତ୍ର ବିକଳ୍ପଥିଲା ରାଜଉଆସରେ ଷଡ଼ଯନ୍ତ୍ର ରୋକିବାରେ। ତେବେ ମୋ ପୁଅ ଅନ୍ୟକୁ ସ୍ତ୍ରୀ ଦରଜା ଦେଇନି କି ରାଣୀ କରିନି। ସେହି ପୋଇଲି, ପରିଚାରିକା ଦରଜା ଭିତରେ ବି ରହିଛନ୍ତି। ଏଥିରେ ତୋର ଆପତ୍ତି କାହିଁକି ? ହେମା ଏବେ ରାଜନର୍ତ୍ତକୀ। ତା ପାଖରେ ରାତିଦିନ କାଟିଲେ କ୍ଷତି କ'ଣ ? ତୁ ତା ମନକଥା ବୁଝୁନୁ କାହିଁକି ?

ଆଖରୁ ଲୁହ ପୋଛିଲେ ରାଣୀମା' କୃଷ୍ଣା। କହିଲେ ବିଚଳିତ ହୋଇ– ଆଗରେ ଚକ୍ ଚକ୍ ଦିଶୁଥିବା ନାରୀଟିର ମନ ମଧରେ ଏପରି ଭାବନା ଲୁଚିଥିଲା ବୋଲି ମୁଁ ସେଦିନ ଜାଣିଲି। ବିଦାୟ ନେଇ ମନଦୁଃଖରେ ଫେରି ଆସିଥିଲି। ନିଜକୁ ଆଇନା ସାମ୍ନାରେ ଦେଖ୍ ବିସ୍ମିତ ହୋଇଗଲି। ସତରେ ମୁଁ ଘରି ଭିତରେ ତିରିଶିବର୍ଷ ଅତିକ୍ରମ କରିସାରିଲିଣି। ଠିକ୍ କଥା। ରାଜାଙ୍କ ବୟସ ଚଳିଶ ଉପରେ। ତଥାପି ସେ ଯୁବକ। ମୋ ଦୁଃଖରେ ମୁଁ ଭାରି ହୋଇପଡ଼ିଲି। ସ୍ତ୍ରୀଲୋକର ବୟସର ଛାପ ତ ଆଉ କୁଆଁରୀ ରୂପକୁ ଫେରାଇ ଦେବନି। ଅପଲକ ନୟନରେ ଚାହିଁଲି ଆକାଶକୁ। ଜହ୍ନ ଉଇଲା। ତା' ଦେହରେ ପୂର୍ଣ୍ଣମାର ସୌନ୍ଦର୍ଯ୍ୟର ଛାପ ନଥିଲା ନବମୀ ରାତିରେ। ଜଲଜଲ ହୋଇ ଦିଶିଗଲା ରାଣୀ

ମହଲକୁ ମୁଁ ଆସିଲିଣି ପ୍ରାୟ କୋଡ଼ିଏ ବର୍ଷ ପାଖାପାଖି ହେବ । ରାଜାଙ୍କ ଆଖିରେ ମୁଁ ଆଉ ତରୁଣୀ ହୋଇ ରହିନି । ମା'ଟିଏ ହୋଇ ରାଣୀମା' ହୋଇଗଲିଣି । ତେବେ ତ୍ୟାଗର ଆଭରଣ ଭିତରେ ମୋତେ ହିଁ ଘୋଡ଼େଇ ହେବାକୁ ପଡ଼ିବ । ତଥାପି ମନରେ ହାରିନଥିଲି । ବୟସ ବଢ଼ିଲା ବୋଲି ସ୍ୱାମୀକୁ କେବେ ହଜେଇ ଦେବିନି ଦାମ୍ପତ୍ୟ ସମ୍ପର୍କର ବାଟବଣା ଠିକଣାରେ । ମନରେ ଆଶା ରଖିଥିଲି ନୂଆ ସକାଳକୁ । ଫିକା ମନରେ ପୁଣି ପ୍ରୀତିର ମଧୁର ଲଗ୍ନ ଆରମ୍ଭ କରିବାକୁ ଚେଷ୍ଟା କଲି ।

ଦିନେ ରାଜପିତାଙ୍କ ଆଖିରେ ମୋ ଲୁହ ଧରାପଡ଼ିଗଲା । ସେ ବ୍ୟସ୍ତ ହୋଇ କହିଲେ – ମୋ କର୍ମର ଫଳ ରାଜମାତା ଭୋଗିଲେ । ଏବେ ମୋ ପୁତ୍ର ମହେନ୍ଦ୍ର କର୍ମର ଫଳ ତତେ ମୁଁ ଭୋଗିବାକୁ ଦେବିନି । ଦେଖିବୁ ପୁଣି ଫେରିବ ମୋ ପୁଅ ତୋ ପାଖକୁ ।

ପୁନଶ୍ଚ ଜୀବନ୍ୟାସ ପାଇଗଲି ମୁଁ ଯେମିତି । ହେମା ପାଇଁ ମଧ ମୋର ଆଉ କିଛି ପ୍ରତିକାର କରିବା ନଥିଲା । ବନମାଳୀକୁ ରାଜଉଆସରୁ ବିତାଡ଼ିତ କରାଗଲା । ସେ ଚକିରୀରୁ ବରଖାସ୍ତ ହୋଇ ରାଜ୍ୟରେ ରହିଲା । ତୋ ମା' ହେମାକୁ ବନମାଳୀ ସହିତ ଛାଡ଼ିବାକୁ ରାଜି ହେଲେନି ରାଜା ସାହେବ । ତୋ ମା' ହିଁ ରାଜାଙ୍କର ମନ ଅନୁସାରେ ଚଳିବାକୁ ବାଧ୍ୟହେଲା । ନିଜର ଦାସତ୍ୱରୁ ମୁକ୍ତିହୋଇ ଚକିଯାଇଥାଆନ୍ତା କିନ୍ତୁ ସେ ଯିବାପରେ ପୁଣି ମୋ ଉପରେ ରାଜାଙ୍କର କୋପଦୃଷ୍ଟି ପଡ଼ିଯିବ ଭାବିରହିଲା । କିନ୍ତୁ ବୟସର ଅପରାହ୍ନରେ ପେଟରେ ଛୁଆନେଇ ବିତାଡ଼ିତ ହେଲା ମିଥ୍ୟା ଆରୋପରେ । ଜାରଜ ସନ୍ତାନର ଜନନୀ କହିଲେ ଅନେକ । ରାଜା ରୁଷ୍ଟ ହୋଇ କହିଲେ ବନମାଳୀର ସନ୍ତାନ ପେଟରେ ବହିଛୁ ତେଣୁ ଚକିଯାଆ ତା' ପାଖକୁ ।

ପାଟି ଖୋଲିପାରିଲାନି ହେମା ସତ୍ୟ ଉନ୍ମୋଚନ କରିବାକୁ । ତା' ପୁଣ୍ୟଠାରୁ ପାପ ଯେମିତି ଭାରି ହୋଇପଡ଼ିଲା ରାଜାଙ୍କ ଆଖିରେ । ମୁଁ ଅନେକଥର ମଧ ବୁଝାଇଲି ଏହି ଛୁଆଟି ତୁମର । କିନ୍ତୁ ରାଜାସାହେବ ଜମାରୁ ମୋ ସତ୍ୟକୁ ବିଶ୍ୱାସ ନକରି ବିଦାକଲେ ହେମାକୁ । ବନମାଳୀର ଛୁଆ ନୁହେଁ ବୋଲି କେମିତି ଜାଣିଲ ?

ଦାସତ୍ଵର ବୋଝଠାରୁ ଚରିତ୍ରର ବୋଝ ବେଶୀ ଭାରି ହୋଇଗଲା ହେମା ପାଇଁ । ସେ ବାଧ୍ୟହୋଇ ବନମାଳୀ ଆଗରେ ସତ୍ୟ କହି ପାରିଲା ନାହିଁ । କେତେଦିନ ପାପକୁ ନିଜ ଭିତରେ ରଖିପାରିଥାଆନ୍ତା ଆଉ । ତୋ ଜନ୍ମ ପୂର୍ବରୁ ସତ୍ୟ କହିଦେବାରୁ ତୋ ବାପାଙ୍କୁ ହରାଇଲା ମଧ୍ୟ । ତା' ପ୍ରଥମ ଗର୍ଭର ପୁତ୍ରର ମୃତ୍ୟୁ ହୋଇଥିଲା ଏହି ରାଜଉଆସରେ ।

– ତେବେ ଫେରିଲା ପୁଣି କେମିତି ରାଜଉଆସକୁ ?

– ଶୁଣ, ପିତାଙ୍କ କଥାରେ ଅମାନ୍ୟ ନହୋଇ କେତୋଟି ସର୍ତ୍ତରଖି ମୋ ଉଆସକୁ ରାଜାସାହେବଙ୍କ ଆଗମନ ହେଲା ପୁଣି ।

– କେମିତି ? କି ସର୍ତ୍ତ ?

ସମ୍ପତ୍ତିର ଚକ୍ ଚକ୍ ନିଶା ତ ସବୁ ନିଶାଠାରୁ ରାଜାଙ୍କ ପାଇଁ ଭାରି ମୂଲ୍ୟବାନ । ଧନ ନଥିଲେ ମନ ରଖିବେ କାହାରେ । ରାଜାପିତାଙ୍କର ଆକ୍ରୋଶକୁ ଏତେ ସହଜରେ ଦୂରେଇ ପାରିନଥାନ୍ତେ ରାଜାସାହେବ୍ । ମୋ ପାଖକୁ ପୁନର୍ବାର ଆସିଲେ ସ୍ଵାମୀ ହିସାବରେ ବାଧ୍ୟହୋଇ । ଆଉ ହେମାକୁ ମଧ୍ୟ ନିଜର ଭୋଗର ବିଳାସ ଭିତରେ ରଖି ଯନ୍ତ୍ରଣା ଆରମ୍ଭ କରିଦେଲେ । ହେମାର ନୀରବତାର ସ୍ଵର ଶୁଣାଗଲାନି ଆଉ ମୋତେ । ତାକୁ ଉତ୍ତରାଧିକାରୀର ସତ୍ୟ ଦେବା ସପକ୍ଷରେ ନଥିଲେ ବୋଲି ପରେ ରାଜଉଆସରୁ ବିଦା କରିଥିଲେ ।

□

॥ ଦୁଇ ॥

ହେମା ଆସିଥିଲା ମୋ ସାଙ୍ଗରେ ମୋ ଏକେଲାପଣର ସଖୀ ହୋଇ । ମୁଁ ଓ ସେ ଆମ ରାଜଉଆସରେ ଖୁବ ସାଙ୍ଗହୋଇ ଖେଳୁଥିଲୁ । ସେ ମୋ ଶୁଭବିବାହ କଥା ଶୁଣି ହସି ହସି କହିଥିଲା – ଏତେ ଛୋଟ କନ୍ୟାକୁ ବିବାହ କରିବେ କ'ଣ ରାଜା ? ଏ ଘୋର ଅନ୍ୟାୟ । ତୁ ବିବାହିତା ପୁରୁଷର ସ୍ତ୍ରୀ ହେବୁ କାହିଁକି ? ବିବାହ ପୂର୍ବରୁ ମାତାର ଆଖ୍ୟା ନେଇଯିବୁ କାହିଁକି ? ମନା କରିଦିଏ । ତୋ ସ୍ଥାନରେ ଆଉ ଗୋଟିଏ ରାଣୀମହଲର ଦାସୀକୁ ପଠାଇଦିଏ ।

ତା' କଥାର ମହଭ୍ବକୁ ମୁଁ ଯଦିଓ ଉପଲବ୍ଧ କରିଥିଲି ତଥାପି ଥିଲି ନିରୁପାୟ । ମୋ ପିତା ରାଜାଙ୍କ ଦାନରେ ଧନୀ । ସେ ଏହି ବିବାହରେ ଦ୍ୱିମତ ହେବେ କେମିତି ? ମା' ଓ ବାପା ମଧ ଖୁସି ହେଲେ – ମୋ କନ୍ୟା କୃଷ୍ଣା ସାମ୍ରାଜ୍ଞୀ ହୋଇ ରହିବ ଏହି ସାମ୍ରାଜ୍ୟରେ ।

କିନ୍ତୁ ସେମାନେ ବୁଝି ନଥିଲେ ସବୁ ରାଜ୍ୟ ରାମ ରାଜ୍ୟ ନୁହେଁ । କେଉଁଠି ମଧ କଂସର ରାଜୁତି, ଦୁର୍ଯ୍ୟୋଧନର କ୍ଷୁଧା ମହାଶକ୍ତି ହୋଇ ଆଶୀର୍ବାଦର ଅନ୍ୟପଟରେ ଅନ୍ଧକାର ଘରେ ରିହଛି ବୋଲି ।

ଛଲଛଲ ସଦାଚଞ୍ଚଳ ତୋ ମା'ର ମନକୁ କିଏ କାହିଁକି ବୁଝିବ ? ମୁଁ ବିବାହ କରି ଆସିଲାବେଲେ ଭୟାତୁର ଥିଲି ମଧ । ମୋ ସାଥିରେ ତୋ ମା' ହେମାକୁ ଆଣିଥିଲି ମୋତେ ଏକେଲାବେଲେ ଜଟିଲସମସ୍ୟାର ସମାଧାନର ବାଟ ଦେଖାଇବ ବୋଲି । କିନ୍ତୁ ସେ ନିଜେ ନିଜେ ରାଜାସାହେବଙ୍କ ଦୃଷ୍ଟିରେ ଏକ ଭୀତତ୍ରସ୍ତ ହରିଣୀଟିଏ ହୋଇ ପଡ଼ିରହିଲା ଏଠି । ଆମେ ପରା ପରାଜିତ ରାଜ୍ୟର କନ୍ୟାଥିଲୁ !

–ରାଣୀମା' ମୁଁ ଉଠୁଛି । ଯାଉଛି । ବହୁସମୟ ଧରି ଏଠି ଅଟକି ରହିଗଲିଣି ।

- ବ୍ୟସ୍ତ ହୁଅନା । ପୂଜାରୀ ଠିକ୍ ଖାଦ୍ୟ ମୋତେ ଆଣି ପରଶିବେ । ଯା'
କହିଦେଇ ଯିବୁ ।

- ରାଣୀମା' ଘରକୁ ଯାଉଛି । ମୋ ଝିଅ ଫେରିଲେ ଏଠିକୁ ଋଲି ଆସିଲେ
ଶୁଣିବ ବାର୍ଭାଳାପ ।

- ଆଉ ତତେ ଅଟକି ରଖିପାରିବିନି । ଘରକଥା ବୁଝୁ ଆସିବୁ ।

ଉଠିଲା ଲଳିତା ଭାବୁକଟିଏ ହୋଇ । ବିଦାୟ ନେଇ ଯିବାବେଳେ ତା'
ମନଟି ଭୀଷଣ ପୀଡ଼ାର ଜର୍ଜରିତ ଚିନ୍ତାରେ ମଗ୍ନ ଜଣାଯାଉଥିଲା ଯେମିତି । କଥା
କ'ଣ ?

ଲଳିତା ଘରକୁ ଫେରୁ ଫେରୁ ଭାବୁଥିଲା ସେ ପିଲାଦିନରୁ ଅନେକ ବଡ଼ ବଡ଼
ରାଜଉଆସର ଚିତ୍ର ଦେଖିଛି କିନ୍ତୁ କାହିଁକି ତା' ସ୍ୱପ୍ନରେ ଗୋଟିଏ ଛୋଟିଆ
କୁଡ଼ିଆଘର, ଅଣଓସାରିଆ ବାରଣ୍ଡାର ଚିତ୍ର ବାରମ୍ଵାର ଆସୁଛି । ବୋଧେ ସେଠି
ସେ ହିଁ ଜନ୍ମ ହୋଇଥିଲା । କିନ୍ତୁ ବଢ଼ିଥିଲା ଗୋଟିଏ ପକ୍କାଘରେ । ବୋଧେ ତା'
ଜନ୍ମିତ ସ୍ଥାନର ଚିତ୍ର ତା' ମନରେ ବାରମ୍ଵାର ଜାଗ୍ରତ ହୋଇ ଆସୁଥିଲା । କିନ୍ତୁ ବଡ଼
ହେବାପରେ କେବେ ରାଜପ୍ରାସାଦର ମାଟି ମାଡ଼ି ନଥିଲା ତଥାପି ଏହି
ରାଜପ୍ରାସାଦର କାରୁକର୍ଯ୍ୟ କାହିଁକି ତା' ସ୍ୱପ୍ନରେ ମଧ ଆସୁଥିଲା । ଅଢ଼ିହ୍ଲା ଋଳଘର
ଓ ଅଢ଼ିହ୍ଲା ପକ୍କାଘରର ପ୍ରାସାଦ ଭିତରେ ସେ କଟଉଥିବା ଘରଟିର ରୂପରେଖ ତା'
ଭିତରେ ନଥିଲା । ତଥାପି ତା' ମନରେ ଆଲୋଡ଼ିତ ହେଉଥିଲା ଏହି ଦୁଇଟି
ଘରର ଛବି । ପରେ ଛୁଆପିଲାଙ୍କ ସହ ରାଜପ୍ରାସାଦରେ ଆସି ରହିଲାପରେ
ବୁଝିପାରିଲା ଏହି ପ୍ରାସାଦରେ ତା'ର ନିଶ୍ଚୟ କିଛିଦିନ କଟିଥିଲା ପୂର୍ବ ଜନ୍ମରେ ।
ସେହି ମାଟିଘରେ ମଧ ତା' ପୂର୍ବଜନ୍ମଟି କଟିଥିବ ବୋଲି ଏ ପରିଣତ ବୟସରେ
ଧରି ନେଇଥିଲା । କିନ୍ତୁ ଏ କ'ଣ ଶୁଣୁଛି ସେ ଆଜି ଯେ ଏହି ଜନ୍ମରେ ଏହି ଘରର
ମାଟି ପାଣିପବନ ସହ ଜଡ଼ିତ ହୋଇ ରହିଛି । ଆଶ୍ଚର୍ଯ୍ୟ ଲାଗୁଛି ! ଅସ୍ୱସ୍ତ ସ୍ଥିତିର
ସ୍ୱପ୍ନ ତାକୁ ଦେଖାଯାଉଥିଲା କେମିତି ? ମନ ଭିତରେ ପଶିଆସିଲା - ଅଭିମନ୍ୟୁ ତ
ମାତା ସୁଭଦ୍ରାଙ୍କ ଗର୍ଭରେ ଥିବାବେଳେ ମଧ ଚକ୍ରବ୍ୟୁହର ରହସ୍ୟ ବିଷୟରେ ଶୁଣି
ପାରିଥିଲେ । ସେମିତି ସେ ମାତୃଗର୍ଭରେ ଥିବାବେଳେ ମା'ର ଆଖିରେ ଏହି ଦୃଶ୍ୟ
ଦେଖି ଭବିଷ୍ୟତ ସ୍ୱପ୍ନ ଭିତରେ ଗଛିତ ହୋଇ ଥାଇପାରେ ।

ଲଳିତା ବୁଲିପଡ଼ି ଏକଲୟରେ ରହିଁଲା ସେ ଥାକଗୁଡ଼ିକ। ଠିକ୍ ଏପରି କାରୁକାର୍ଯ୍ୟରେ ଥାକଗୁଡ଼ିକ ତା' ମନରେ ଆସି ଭ୍ରମ ସୃଷ୍ଟି କରୁଥିଲା। ଏତେ ବଡ଼ ବଡ଼ କୋଠରୀ। ଏତେ ସୁନ୍ଦର ସାଜସଜ୍ଜା ଦେଖ୍ ସେ ଦିନେ ସ୍ୱାମୀ ବିରଞ୍ଚ ଆଗରେ କହିବା ପରେ ସେ ହସି ହସି କହିଲେ – ତୁ ସ୍ୱପ୍ନ ଦେଖୁଛୁ ତ ! ଆର ଜନ୍ମରେ ସେଠି ଜନ୍ମ ହେବୁ।

ଲଳିତା ନିଜର ଅସ୍ପଷ୍ଟ ସ୍ୱପ୍ନଟିର କୁହୁକପେଡ଼ିକୁ ଭେଦ କରିପାରୁନଥିଲା। ତା'ର ବାହାଘର ହିଁ ରାଣୀମା'ଙ୍କ ନିର୍ଦ୍ଦେଶରେ ବିରଞ୍ଚ ସହିତ ସମ୍ପାଦନ କରିଥିଲେ। ଅନ୍ୟମାନେ ରାଣୀମା' ଓ ତା ପରିଚୟକୁ କେବେ ତା' ପାଖରେ ଉପସ୍ଥାପନା କରିବାକୁ ରୁହିଁନଥିଲେ। ଜାଣିଥାନ୍ତି ଲଳିତା ହେଉଛି ରାଣୀମା'ଙ୍କର ସବୁଠୁ ବିଶ୍ୱସ୍ତା।

ବିରଞ୍ଚ ମଧ ରାଜକର୍ମଚାରୀର ମାନ୍ୟତା ପାଇ ଭଲ ଟଙ୍କା ପାଉଥିଲା। ତେଣୁ ଘର ଚଳେଇବାରେ ତା'ର କିଛି ଅସୁବିଧା ମଧ ନଥିଲା। ବୋଧେ ଏସବୁ ରାଣୀମା'ଙ୍କ ଆଶୀର୍ବାଦର ଫଳ। ସତ୍ୟର ସାମ୍ନା କରିବାକୁ ବୋଧେ ରାଣୀମା'ଙ୍କ ଇଚ୍ଛା ନଥିଲା। ସେ ନିଜର ଲୁପ୍ତ ଅତୀତର ଛବି ରାଜସାହେବଙ୍କ ସମ୍ମୁଖରେ କେବେ ଆଉ ଆଣିବାକୁ ରୁହଁନଥିଲେ। କେଉଁଠି କାହାର ସ୍ଥିତି କେତେବେଳେ କିପରି ହେବ ସେ କଥା ଭବିଷ୍ୟତ ହିଁ କହିବ। ଆଜି ସେହି ଉଚାଉଚା କୋଠାଘରେ ସେ ରହୁଛି। କେଉଁଠି ପାରିଷଦବର୍ଗ ବସିବେ, କେଉଁଠି ନ୍ୟାୟଦେବାପାଇଁ ସିଂହାସନ ଉପରେ ସାମ୍ରାଟ ବସିବେ, ଏପରିକି ରାଣୀମାନଙ୍କ ମହଲ ଓ ସୁସଜ୍ଜିତ ଗୃହଗୁଡ଼ିକୁ ଆଖିରେ ଦେଖିଲାପରେ ବିସ୍ମରି ଯାଇଥିବା ସ୍ୱପ୍ନ ପୁଣି ଜାଗ୍ରତ ହୋଇଉଠୁଥିଲା। ଏବେ ଆଉ ପ୍ରଥମ ଦିନର ପୁଲକ ନାହିଁ। ଦେହସୁହା ହୋଇଗଲାଣି ଏହାର ଚଳଣୀ। ଏବେ ରାଣୀମା'ଙ୍କ ଦୃଷ୍ଟାନ୍ତ ନିଆଗଲେ ଜଣାଯାଏ ଯେ ନାରୀମାନଙ୍କ ମନରେ ପାର୍ଥକ୍ୟତା ବେଶୀ ନୁହେଁ। ସେମାନେ ସବୁ ସମୟରେ ସହିଷ୍ଣୁ ଓ ଧୈର୍ଯ୍ୟଶୀଳା ମଧ। ନାରୀମାନେ ହିଁ ମଣିଷପଣିଆରେ ପୁରୁଷମାନଙ୍କ ଠାରୁ ବେଶୀ ଭାରି ହୋଇ ବାରି ହୋଇପଡ଼ନ୍ତି। ଅନେକଙ୍କ ସମାଲୋଚନା ଶୁଣି ମଧ ଦିଗହରା କିମ୍ବା ଆଶାହରା ହୋଇନଥାନ୍ତି। ଏଇ ତ ରାଜାସାହେବଙ୍କ ଫଟୋ ଟଙ୍ଗାଯାଇଛି ବାରଣ୍ଡାରେ। କି ଅପୂର୍ବ ରାଜକୀୟ ଠାଣୀରେ ଦଣ୍ଡାୟମାନ ! କିନ୍ତୁ

ସଂଭ୍ରମତାର ଦମ୍ଭୋକ୍ତିରେ ନିଜ ପାଗଲପଣାର ପରବାୟ ବିଷୟରେ ତିଲେହେଲେ ଅନୁଶୋଚନା କରିନଥିଲେ । ମଧୁଶାଳାର ବିଭୋରତାରେ ସେ ହିଁ ହଜିଯାଉଥିଲେ । ସେଠି ରାଣୀମା'ଙ୍କ ପ୍ରେମର ପରିଭାଷାକୁ ଅନୁଭବ କରିବାକୁ ମଧ ରହୁଁନଥିଲେ । ନୃତ୍ୟାଙ୍ଗନାର ଗୀତର ତାଳେତାଳେ ଦୁଃଖକୁ ଭୁଲି ଅନ୍ତଃପୁରର ରାଣୀମା'ଙ୍କୁ ମଧ ଭୁଲି ବସୁଥିଲେ । ଅନାସକ୍ତ ଶ୍ରଦ୍ଧାକୁ ବହନ କରି ରାଣୀମା' ବଞ୍ଚିଥିଲେ କର୍ତ୍ତବ୍ୟର ଅନୁରାଗରେ । ତେବେ ରାଣୀମା' ଖୁସି ଥିଲେ ନା ନାହିଁ ? ଏ କ'ଣ ନିଃଶବ୍ଦ କ୍ଷରଣ ନୁହେଁ କି ?

ଏଇ ତ ରାଜାସାହେବଙ୍କ ମୃତ୍ୟୁ ପରେ ପରେ ଲଳିତାର ରାଜପ୍ରାସାଦକୁ ଆଗମନ କରିଛି ତତ୍ତ୍ୱାବଧାରିକା ହୋଇ ରାଣୀମା'ଙ୍କର । ପ୍ରାୟ ୟାରି ଭିତରେ କୋଡ଼ିଏ ବର୍ଷ ଅତିକ୍ରାନ୍ତ ହୋଇଗଲାଣି । କେବେହେଲେ ରାଣୀମା'ଙ୍କ ପାଖରୁ ତିରସ୍କାରର ଶବ୍ଦ ମଧ ଶୁଣିନି ସେ । କିନ୍ତୁ ଆଜି ଅତୀତର ଆଉଆଲରେ ଲୁଚିଥିବା ଜନ୍ମଗାଥାକୁ ରାଣୀମା' ତା' ଆଗରେ ଖୋଲିଦେଇ ଅରୁନକ ଭାବରେ ତା' ଛାତିରେ ହୃତ୍‌କମ୍ପନ ସୃଷ୍ଟି କରିଦେଇଛନ୍ତି । ପରମୁହୂର୍ତ୍ତଗୁଡ଼ିକ ତା'ର ଭଲରେ କଟିବ ତ ? ଯଦି ଏହି ଜନ୍ମବୃଭାନ୍ତଟି ରାଣୀମା'ଙ୍କ ସନ୍ତାନମାନଙ୍କର ପାଖରେ ଉନ୍ମୋଚିତ ହୋଇଯାଏ ତେବେ ଅବିଶ୍ୱାସର ପ୍ରତିବାଦ ସ୍ୱର ନିଶ୍ଚୟ ଉଠିବ । କି ଦରକାର ଥିଲା ତା'ର ଏଠିକୁ ଆସି ରାଣୀମା'ଙ୍କ ମନ ଜିଣି କାମ କରିବାରେ । ସେ ଏବେ ତା' ବୃଭିକୁ ବଦଳେଇ ପାରିବନି । ମା'ଙ୍କ ମୃତ୍ୟୁବେଳେ ପ୍ରଥମେ ଅଚିହ୍ନା ଘରେ ଦେଖ୍ ପରିଚୟ ପଶୁରିଲା ବେଳେ ଅଶ୍ରୁ ଭରି ନୟନରେ ମା' ମୁହଁରେ ନିଜର ମୁହଁର ଛବି ଥିବା ଦେଖ୍ ପ୍ରଥମେ ମଧ ଲଳିତା ଆଶ୍ଚର୍ଯ୍ୟ ହୋଇପଡ଼ିଥିଲା । ତେବେ ଇଏ ହିଁ ତା' ମା' । ମା' ଶବ୍ଦଟି ପାଟିରୁ ଉଚ୍ଚାରଣ କରୁ କରୁ ଅଙ୍ଗୁଳିର ସ୍ପର୍ଶରେ ମୁହଁକୁ ଛୁଇଁ ଦେଇ ଅସ୍ପଷ୍ଟସ୍ୱରରେ ମା' କହିଥିଲା– ତୁ ମୋର ଝିଅ ।

ବାସ୍, ସେତେବେଳେ ହାରିଯାଇଥିବା ମା'ଟିର ଇଚ୍ଛାଶକ୍ତି ଯୋଗୁ ଏହି ଶବ୍ଦଟି ନିର୍ଗତ ହେବାପରେ ପୁଣି ପାଟି ବନ୍ଦ ହୋଇଯାଇଥିଲା । ଅନ୍ତରଙ୍ଗ ମୁହୂର୍ତ୍ତର ଏହି ଶେଷସ୍ପର୍ଶ ଲଳିତାର ଅନ୍ତରକୁ ଛୁଇଁଯାଇଥିଲା । କିନ୍ତୁ ଆଖିରେ ଗୋପନ ରହିଥିଲା ମା'ର ପରିଚୟ ଓ ତା' ନିଜ ଗୁପ୍ତ ଠିକଣାଟି କେଉଁଠ ଥିଲା ସେ ଜାଣି ନଥିଲା । ତେବେ କ'ଣ ରାଜସାହେବଙ୍କ ଆକ୍ରୋଶର ଶିକାର ନ ହେବାକୁ ପୁଣି

ରାଣୀସାହେବା ମା' ଉପରେ ଦୟା ଦେଖାଇଥିଲେ କି ? ମୃତ୍ୟୁ ପରେ ପରେ ମା'ର ପଞ୍ଚମହାଭୂତ ଶରୀର ଲୀନ ହୋଇଯାଇଥିଲା ପଞ୍ଚମହାଭୂତ ଭିତରେ। ସତରେ ମା' ହିଁ ବଞ୍ଚିବା ଭିତରେ ପାଇଥିଲା କ'ଣ ? ସ୍ୱପ୍ନର ଚିତ୍ର ଆଙ୍କିବାକୁ ଯାଇ ସେ ମଉଳି ପଡ଼ିଲା କାହିଁକି ? କୁଆଡ଼େ ଗଲା ତା'ର ସ୍ୱାଭିମାନ ? କିଏ ଲୁଟିନେଲା ତା' ମନର ଅଭିମାନ ? ଛି-ଛି ଏପରି ଜୀବନକୁ ଭାବିନେଇ ଶିହରୀ ଉଠିଲା ଲଲିତା। ତେବେ ରାଣୀସାହେବାଙ୍କ ଯୋଗୁ ତାକୁ ପ୍ରାସାଦ ବାହାରେ କଳଙ୍କର ଛିଟା ସ୍ପର୍ଶ କରିନି। ଏହି ଦୁନିଆରେ ରାଜାଙ୍କର ଏହି ଅସଲ ଚେହେରାର ଆତଙ୍କରେ କେତେ ରାଜନଅର ନାରୀ ଅସୁରକ୍ଷିତ ଥାଇ ଗୃହବନ୍ଦୀ ଥିବେ କହିହେବନି। କେତେ କୁଆରୀମାନଙ୍କୁ ଆଘାତ ଦେଇଥିବେ ରାଜାସାହେବ। ଏବେ ସେହି ପାପର ମୁହୂର୍ତ୍ତରୁ ରାଜନଅର ମୁକ୍ତ। ଏହି ନୀରବ ପରିବେଶରେ ମଧ୍ୟ ବିଫଳ ଅସହାୟ ଆଖିରେ ଦେଖୁଛନ୍ତି ରାଣୀମା' ଅତୀତର କଳଙ୍କିତ ଅଧ୍ୟାୟର ଦାଗର ରୂପରେଖା।

ଦେଶ ସ୍ୱାଧୀନତାର ସ୍ୱାଦ ଋଙ୍ଖଳାପୂର୍ବରୁ ଓ ପରେ ପରେ ଆସ୍ତେ ଆସ୍ତେ ନାରୀମାନଙ୍କ ରାଜମହଲରେ ପ୍ରତିଛବିର ଦୃଶ୍ୟ ଆଖିରେ ପଡ଼ିଲାଣି। କିନ୍ତୁ ରୂପ ରୂପ ସେହି ଭିତରେ ମୁହଁ ବନ୍ଦ କରି ଲଲନାମାନଙ୍କର ଆର୍ତ୍ତଚିତ୍କାର ଆଉ ଏବେ ଶୁଣିବାକୁ ମିଳିନି। କେତେ ଆଜି ଭାବୁଛି ମୁଁ। ମନେମନେ ଗୁଣୁଗୁଣୁ ହେଲା ଲଲିତା। ତାକୁ ମଧ୍ୟ ମୁହଁ ବନ୍ଦ କରି ରହିବାକୁ ପଡ଼ିବ। ନଚେତ୍ ସେ ମଧ୍ୟ ବିରଞ୍ଚିଠାରୁ ପ୍ରତାରଣା ପାଇପାରେ। କିମ୍ବା ବିରଞ୍ଚି ତା' ବାପାଙ୍କ ପଥକୁ ଠିକ୍ ବୋଲି ଭାବିପାରେ।

— କ'ଣ କରୁଥିଲୁ ମା' ? ମୁଁ କେତେବେଲୁ ଅପେକ୍ଷା କରି ବସିଛି। ରାଣୀମା'ଙ୍କ ସେବାପାଇଁ ଏତେ ବିଲମ୍ବ ହେଲା କିପରି ? ଝିଅ ଚିତ୍ରଲେଖାର ସ୍ୱର ଲଲିତାକୁ ଶୁଣାଗଲା ଘରେ ପହଞ୍ଚୁ ପହଞ୍ଚୁ।

— ଏଇ ଏମିତି ରାଣୀମା' ପୁରୁଣା ସ୍ମୃତିକୁ ମୋ ଆଗରେ ବଖାଣୁଥିଲେ।

— ତେବେ ନିଶ୍ଚୟ ମଧୁର ସ୍ମୃତିଚାରଣ କରିଥିବେ ରାଜମାତା।

— ବୟସ ତ ଶହେ ପାଖାପାଖି ହେଲାଣି। ଅସୁମାରୀ ସ୍ମୃତି ତ ମନଭିତରେ ରୁନ୍ଧି ହୋଇ ରହିଛି। ତାକୁ ଶୁଣିବାକୁ ମଣିଷଟିଏ ମିଳିଗଲେ ସେ ସିନା ବଖାଣିବେ।

ମୁଁ ସବୁବେଳେ ତରବରରେ ସେବା କାମ ସାରି ଫେରି ଆସୁଛି । ସମୟ ମିଳିଲେ କହିବେ ତ ପୁଣି ।

— ତେବେ ତୁ ହିଁ ରାଣୀମା'ଙ୍କ ଗପପେଡ଼ିର କାହାଣୀ ଶୁଣି କି ଲାଭ ପାଇବୁ ? ବରଂ ମୋତେ କହିଲେ ମୁଁ ଗପ ଲେଖିଦେବି ।

— ଆଚମ୍ଭିତ ହୋଇ ଲଳିତା ରହିଁଲା ଚିତ୍ରଲେଖା ମୁହଁକୁ ।

— ମା', ଏମିତି ରହିଁଛୁ କ'ଣ ?

— ତୁ ପାଠ ପଢ଼ିବୁ ନା ଫାଲ୍‌ତୁ ଗପ ଲେଖିବୁ ।

— ମା' ତୁମେ କାହାକୁ ଫାଲ୍‌ତୁ କହୁଛ ? ଯେଉଁ କବିମାନେ କବିତା ଲେଖି ଯାଇଛନ୍ତି, ଯେଉଁ ଲେଖକମାନେ କାହାଣୀ ଲେଖିଯାଇଛନ୍ତି ଓ ଯେଉଁମାନେ ନାଟକ ଲେଖିଛନ୍ତି ସେ ସବୁ ତ ଆମର ପଢ଼ାବହିରେ ପଢ଼ୁଛୁ । ସବୁ ଦେଶରେ ସାହିତ୍ୟ ଟିକିଛି ଏହି କାହାଣୀ ଓ କବିତା ମାଧ୍ୟମରେ । ଅପେରା ଦେଖ କି ସିନେମା ଦେଖ ସେ ମନକୁ ମନ ସୃଷ୍ଟି ହୋଇଯାଇନି । ଜଣେ ଲେଖକର କାଳ୍ପନିକ ହେଉ କିମ୍ବା ବାସ୍ତବିକ ବିଷୟବସ୍ତୁ ଉପରେ ହିଁ ପର୍ଯ୍ୟବସିତ । ସାହିତ୍ୟରେ ମଧ ନୋବେଲ୍ ପୁରସ୍କାର ମିଳୁଛି । ସାହିତ୍ୟ ଆମ ସମାଜର ଚଳଣୀ ସହିତ ଅନେକ ସାମଞ୍ଜସ୍ୟ ବହନ କରିଥାଏ । ସେ ରାଜାଯୁଗ ହେଉ କି ମନ୍ତ୍ରୀ ଯୁଗ ହେଉ କି ପରାଧୀନତାର କି ସ୍ୱାଧୀନତାର ଯୁଗ ହେଉ ସେଥିର କାହାଣୀକୁ ନେଇ ହିଁ ସାହିତ୍ୟ ସୃଷ୍ଟି ।

— ତେବେ ଆମପରି ଲୋକମାନଙ୍କର କଥା ରହୁଛି କି ସାହିତ୍ୟରେ ?

— ତୁ ବେଶୀ ପାଠପଢ଼ିନୁ ବୋଲି କିଛି ବୁଝିପାରୁନୁ । ଗରୀବଠାରୁ ଧନୀ ଲୋକଙ୍କ ଜୀବନର ଛବି ହିଁ ଏହି ଗଳ୍ପ କବିତାରେ ଲିଖିତ ହେଉଛି । ମହାନ କବି ଉପେନ୍ଦ୍ର ଭଞ୍ଜଙ୍କ ନାଁ ଶୁଣିଛୁ ତ ? ସେ ସମୟର ସାହିତ୍ୟିକ ଜୀବନର ବିଭିନ୍ନ ଅନୁଭୂତିକୁ ଦେଶ, ସ୍ଥାନ କାଳ, ପାତ୍ର ଅନୁସାରେ ଅଭିବ୍ୟକ୍ତ କରିଛନ୍ତି ।

— ତୁ କ'ଣ ଏସବୁ ଗୀତ ପଢ଼ୁଛୁ କି ?

— ହଁ । ତୁ ରାମାୟଣ, ମହାଭାରତ ଶୁଣିବାକୁ ତ ଭଲପାଉ । କହ କିଏ ଲେଖିଛି ଏହି କାବ୍ୟଖଣ୍ଡଗୁଡ଼ିକ ।

– କେଉଁ ରୁଷି ହୋଇଥିବେ । ଆମପରି ଗରୀବମାନଙ୍କ ପାଠପଢ଼ା ନଥିଲା ପରା ।

– ତେବେ ରାମାୟଣ ଲେଖିଲେ ବାଲ୍ମିକୀ ରୁଷି ଓ ବ୍ୟାସଦେବ ମହାଭାରତ ଲେଖ଼ି ଦେଇଯାଇଛନ୍ତି ।

– ସୀତା ମାତା, ସତୀ ସାବିତ୍ରୀ, ଦମୟନ୍ତୀ, ଦ୍ରୋପଦୀ, କୁନ୍ତୀ, ମନ୍ଦୋଦରୀ ଆଦି ନାରୀମାନେ ବିବାହ ବନ୍ଧନରେ ବାନ୍ଧିହୋଇ ସାମାଜିକ ସ୍ୱୀକୃତିରେ ଉଚ୍ଛାସନ ପାଇଥିଲେ କିନ୍ତୁ କେତେ ନାରୀ ସାମାଜିକ ସ୍ୱୀକୃତି ନ ପାଇଁ ଛଟପଟ ହୋଇ ଅଣନିଃଶ୍ୱାସୀ ଥିଲେ । ସେଠି ସେମାନେ ନିଜ ସଂସାରକୁ ସଜାଡ଼ିବାର ଭୂମିକାକୁ ନିଭାଇ ପାରିନଥିଲେ । ସତ୍ୟକୁ ସାମନା କରିବାକୁ ସାହସ ମଧ୍ୟ କରିନଥିଲେ । ତେବେ ସେମାନେ ନଷ୍ଟନାରୀ ଆଖ୍ୟା ନେଇ ଅସହାୟତାରେ ମୃତ୍ୟୁବରଣ କଲେ ।

– ତୁ ତେବେ ରାଣୀମା'ଙ୍କଠାରୁ ଶୁଣିଥିବା କେଉଁ ଦାସୀ କିମ୍ବ ପୋଇଲି କଥା କହୁଛୁ ?

– ଓଃ ସେଠି ସେମାନେ ରାଜାଙ୍କର ଦାସୀ ପୋଇଲିଥିଲେ । ନିଜର ସ୍ୱାତନ୍ତ୍ରତା ନଥିଲା ନିଜର ସ୍ୱପ୍ନକୁ ସାକାର କରିବାକୁ । ସେମାନେ ତ ରାଜାଙ୍କ ଦ୍ୱାରା ଅତ୍ୟାଚାରିତା ହୋଇପାରନ୍ତି ବୋଲି ପ୍ରଥମରୁ ଭାବିଥିଲେ ।

– ଜୀବନରେ ଜଣେ କିଶୋରୀର ଭାବନା ନିଜର ନଥିଲା । ସେଠି ପିତା ଓ ପାରିପାର୍ଶ୍ୱିକ ରୂପଦ୍ୱାରା ରୂପିହୋଇ ଯାଉଥିଲା ।

– ଓଃହ, ଯାହେଉ ସେ ଯୁଗ ଗଲାଣି । ଏବେ ମୁଁ ଭାରି ସ୍ୱାଧୀନ ଭାବରେ ଚଲିପାରୁଛି ଏହି ରାଜନଅରରେ ମଧ୍ୟ ।

– ଆଜି ମଧ୍ୟ ନାରୀମାନେ ଏହି ପୁରୁଷ ପ୍ରାଧାନ୍ୟ ସମାଜରେ ଅସୁରକ୍ଷିତ । ତୁ ଯୁଆଡ଼େ ଗଲେ ସଂଧ୍ୟା ପୂର୍ବରୁ ଫେରିଆସିବୁ ।

– କୁଆଡ଼େ ବୁଲିବାକୁ ଯାଉନି । କଲେଜରେ ପଢ଼ି ସିଧା ଘରକୁ ଆସୁଛି । ଏହି ଛୋଟ ସହରରେ ଭୟ କ'ଣ ? ରାଜାଙ୍କ ଶାସନରେ ବେଶୀ ଭୟ ନାରୀ ପ୍ରତି ନିଶ୍ଚୟ ଥିବ ।

– ଯାହା କୁହ ଝିଅକୁ ବିବାହ ଦେଇସାରି ଶାଶୁଘର ପଠାଇଦେଲେ ବାପା ମା'ଙ୍କ ଚିନ୍ତା ସରିଲା । ତୋ'ପରେ ଝିଅଟି ମାଆ ନାମରେ ନାମିତ ହୋଇଗଲା

ପରେ ଆମେ ଖୁସି । ସେଥିପାଇଁ ରାଜାରାଜୁଡ଼ା ସମୟରେ ବାଲ୍ୟ ବିବାହ ପ୍ରଥା ପ୍ରଚଳିତ ଥିଲା ।

- ଛାଡ଼େ ଏସବୁ ବାହାଘର କଥା । ମୁଁ ଆହୁରି ବେଶୀ ପଢ଼ିବି । ଜିଲ୍ଲାପାଳ ହେବି । ଦେଖ଼ିବୁ ତୁ ?

ଚୁପ୍ ପଡ଼ିଗଲା ଲଳିତା । ତେବେ ଚିତ୍ରଲେଖା ମନରେ ଜିଲ୍ଲାପାଳ ହେବାର ନିଶା ତା' ମା'ଙ୍କଠାରୁ ଯୋଗସୂତ୍ରରେ ଆସିନି ତ ? ଅନ୍ୟମାନେ ତ ଯିଏ ଯାହା ରୁକିରୀ କଲେ ଖୁସି । ଅଥଚ୍ ଏକା ଜିଦି ତାର ସେ ଆଇ.ଏ.ଏସ୍. ପାଇବ । ଏଇଟା ତା' ସ୍ୱପ୍ନ । ସେ ତାକୁ ସାକାର କରିବାକୁ ସହର ଯିବ । କୋଚିଙ୍ଗ୍ ନେବ ଆରବର୍ଷ । ଜିଲ୍ଲାପାଳ ରୁକିରୀ ପାଇଲା ପର୍ଯ୍ୟନ୍ତ ହିଁ ସେ ପାଠପଢ଼ା ଛାଡ଼ିବନି ।

- ଭାବୁଛୁ କ'ଣ ? ମୁଁ କେମିତି କଲେକ୍ଟର ହେବି ଭାବୁଛୁ ? ଦେଖ଼ିବୁ ଦିନେ ତୋ ଝିଅର ଗୁଣ ଗାରିମାକୁ ।

- ତେବେ ତୁ ଭଲ ଅଫିସର ହୋଇ ନାଁ କରିବୁ ନିଶ୍ଚୟ ।

- ଦେଖ଼ିବୁ ତୁ । ବ୍ୟସ୍ତ ହୁଅନା । ଦେଲୁ ଖାଇଦେଇ ମୁଁ ପଢ଼ାରେ ବସିବି । ତୋର ରାଣୀମା'ଙ୍କ କଥାକୁ ନେଇ ମୋର ମୁଣ୍ଡ ପଶେଇବା ମଧ୍ୟ ଦରକାର ନାହିଁ ।

ପହଁଞ୍ଚିଗଲେ ବିରଞ୍ଚି । କହିଲେ ମୋତେ ମଧ୍ୟ ଖାଇବାକୁ ବାଢ଼ିଦିଅ । ଆଜି ମା', ଝିଅଙ୍କ କି କଥା ରୁଲିଛି ?

- ବାପା, ମୁଁ ମୋ ଲକ୍ଷ୍ୟରେ ପହଁଞ୍ଚି ପାରିବିନି ନା ନାହିଁ ? ପରୁରିଲା ଦୃଢ଼ସ୍ୱରରେ ଚିତ୍ରଲେଖା ।

- ନିଶ୍ଚୟ ପାରିବୁ । ମନକୁ ଦୃଢ଼ କଲେ କୌଣସି କାମରେ ମଣିଷ ଅସଫଳ ହେବନି କେବେହେଲେ । ଦୃଢ଼ ଇଚ୍ଛାଶକ୍ତି ହିଁ ସଫଳତାର ରୁବିକାଠି ।

- ମା' ଆଜି ରାଣୀମା'ଙ୍କ ପାଖରୁ କାହାଣୀ ଶୁଣି ଆସି ମୋତେ କେତେ ପ୍ରଶ୍ନ ପରୁରିଲାଣି ।

- ମା' ପାଠ ତ କମ୍ ପଢ଼ିଛି । ସେଇ ଦୃଷ୍ଟିରୁ ତା' ମନରେ ପାଠପ୍ରତି ଉତ୍ସୁକତା ରହିବା କଥା ।

- ଖାଦ୍ୟ ବଢ଼ାହେଲାଣି । ଆସ ଖାଇବ । ମୋ ପାଠ କଥାରୁ କ'ଣ ପାଇବ ତମେ ମାନେ ? ମୁଁ ତ ମୁର୍ଖଟିଏ । ଶାସ୍ତ ବିଷୟରେ ଜ୍ଞାନ ଶୁଣି ଟିକିଏ ପରୁରି ଦେଉଛି । ଅଜ୍ଞାନ ହିଁ ଅନ୍ଧ ସହ ସମାନ ମଣିଷଟିଏ ।

– ରାଣୀମା' କେମିତି ଅଛନ୍ତି ? ବିରଞ୍ଚ ପଚାରିଲେ ଖାଉ ଖାଉ ।

– ଏବେ ମଧ ଚଲାବୁଲା କରିପାରୁନାହାଁତି । ପିଲାମାନଙ୍କ ପାଖକୁ ଯିବାକୁ ରୁହୁଁନାହାଁତି ବୋଲି ରାଜନଅରରେ ଏକେଲା ଅଛନ୍ତି । ପିଲାମାନେ ତ ଖୁବ୍ ଯନ୍ତରେ ରଖନ୍ତେ ତାଙ୍କୁ ।

– ବୋଧେ ଏଥାର ମୋହ ଛାଡ଼ି ଯିବାକୁ ଇଚ୍ଛା ନଥିବ । ନିଜ ଉଆସରେ ସେ ନିଜର ଅତୀତର ସ୍ମୃତିକୁ ଦେଖି ଉଲ୍ଲସିତ ହେଉଛନ୍ତି । ଏହି ଆନନ୍ଦ ଅନ୍ୟ ନୂତନ କୋଠାଘରେ ମଧ ମିଳିନପାରେ ।

– ସତରେ ସାତପୁରୁଷର ଭିଟାମାଟି ଛାଡ଼ି ବୁଢ଼ାବୁଢ଼ୀମାନେ ଯିବାକୁ ରୁହନ୍ତି ନାହିଁ ଏଇ ମୋହରୁ । ଶେଷ ଜୀବନର ବିତସ୍ତହତା ଭିତରେ ସେମାନେ ସେହି ଭଙ୍ଗାଘରୁ ଗୋଟାନ୍ତି ସ୍ମୃତିର ମହକ ।

ଚିତ୍ରଲେଖା ଉଚାଟ ହୋଇ କହିଲା – ବାପା ନିଶ୍ଚୟ ରାଜନଅରରେ ଅନେକ କାହାଣୀ ଯୋଡ଼ିହୋଇ ରହିଥିବ ।

– କ'ଣ କହିବାକୁ ରୁହୁଁ ବିରଞ୍ଚ ପଚାରିଲେ ।

– ଏଇ ଯେମିତି ସ୍ୱାର୍ଥ ଦୃଷ୍ଟିରୁ ରାଜାଙ୍କ ଦୃଷ୍ଟିଭଙ୍ଗୀରେ ଲାଞ୍ଛିତା ନାରୀମାନଙ୍କ କାହାଣୀ ହୋଇପାରେ ।

– ତୋର ଏସବୁ ଜାଣିବାର ଆବଶ୍ୟକତା ନାହିଁ । ପାଠ ପଢ଼େ । ତୁ ମଧ ମା' ସହିତ ରାଜନଅର ବିଷୟରେ ଅଧିକ କଥା ହୁଅନି ।

– ଆମେ ଏଠି ରହିଛେ ଯେ କେଉଁ କାରଣରୁ ?

– ଖାସ୍ ତୋ ମା' ପାଇଁ । ସେ ତା' ମା'କୁ କଥା ଦେଇଥିଲା – ରାଣୀମା'ଙ୍କ ସେବାରେ ତୃଟି କରିବନି ବୋଲି ।

– କାହିଁକି ?

– ତୋ ଆଈ ଜାଣିଥିବେ । ରାଣୀମା' ଜାଣିଥିବେ ଆଉ ତୋ ମା' ଜାଣିଥିବ ଏ ବିଷୟରେ । କିଏ ଗୁପ୍ତକଥା ଖୋଲି କହିଲେ ସିନା ଜାଣିବା । ଆମକୁ କ'ଣ ମିଳିବ ଏସବୁ ଫାଲତୁ କଥାରୁ ? ବାଧହୋଇ ବହୁବର୍ଷ ହେବ ଏହି ଉଆସର ଝରି ବଖରାଘରେ ଆମେ ପଡ଼ିଛେ ଖାସ୍ ରାଣୀମା'ଙ୍କ ପାଇଁ । ସେ ଏଠୁ ଝଲିଗଲା ପରେ ଆମେ ମଧ ଝଲିଯିବା । ତୋ ମା' ତ ପ୍ରତିଶ୍ରୁତିବଦ୍ଧ ହୋଇ ରହିବାର

ଉଦ୍ଦେଶ୍ୟ କ'ଣ ହୋଇପାରେ ? ମୋତେ ମଧ୍ୟ ଭଲ ଝିଅଟିଏ କରେଇ ଦେଇଛନ୍ତି ସ୍ୱୟଂ ରାଣୀମା' ।

ଚିତ୍ରଲେଖା ଜୋର୍‌ଦେଇ କହିଲା – ଯାହାହେଲେ ହେଉଥାଉ । ଏଠି ରହିବାଦ୍ୱାରା ଆମର କିଛି ତ ଅସୁବିଧା ନାହିଁ । ରାଣୀମା' ମଧ୍ୟ ମୋତେ ଖୁବ୍ ଭଲ ପାଆନ୍ତି । ତାଙ୍କର ଏହି ପରିଣତ ବୟସରେ ମା' ସେବା କରି କିଛି ପୂଣ୍ୟ ତ ଅର୍ଜନ କରୁଛି । ମା' ଭାରି ଖୁସି ପାଉଛି ଯେମିତି ।

– ଆଉ କ'ଣ ପରସିବି ? ଡାଲି, ତରକାରୀ ଦେବିକି ?

– ଆମର ଆଉ କିଛି ଦରକାର ନାହିଁ । ତୁ ନିଜେ ତୋ ଖାଦ୍ୟ ବାଢ଼ି ଆଣି ବସିଯାଅ ଏଠି । ବିରଞ୍ଚିଙ୍କର ସ୍ୱର ଶୁଣାଗଲା ।

– ମୋର ଏବେ ଖାଇବା ବେଳ ହୋଇନି । ଆଉ ଅଧଘଣ୍ଟା ପରେ ଖାଇବି ।

– ତୋ ଇଚ୍ଛା । କହିଲେ ବିରଞ୍ଚି ।

ଯିଏ ଯୁଆଡ଼େ ଖାଇପିଇ ଗଲେଣି । ଲଲିତାର ମନ ଭିତରକୁ ପଶିଆସୁଛି ମା'ର ମୁହଁଟି । ଶଯ୍ୟାଶାୟୀ ହେବାପରେ ପ୍ରଥମେ ତାକୁ ଦେଖିବାର ସୁଯୋଗ ମିଳିଲା ଯେମିତି । ପିଲା ଜନ୍ମ ସମୟର ସ୍ମୃତିରେ ମା'ର ମୁହଁ ତ ମନେ ନଥିଲା । ସେହି ସ୍ନେହ ଛଳଛଳ ମୁହଁଟିରେ ଭରି ରହିଥିଲା ସହିଷ୍ଣୁତାର ଭାବ । ସେ କେବେ ତା' ମାତୃତ୍ୱର କୋଳରେ ତାକୁ ଧରିନଥିଲା । ସେ ମା' ହେବାର ସୌଭାଗ୍ୟ ସିନା ପାଇଥିଲା କିନ୍ତୁ ବଞ୍ଚିତ ହୋଇଥିଲା ପାଲିବାରେ । ଯେଉଁ ନାରୀଟି ମା'ର ଭୂମିକାରେ ଅବତୀର୍ଣ୍ଣ ହୋଇଗଲା ସେ ତ ମଧ୍ୟ ମାଆର ସ୍ନେହରେ ଭାରିହୋଇ ଯାଇଥିଲା । କେବେ ମଧ୍ୟ ମା' ଭୂମିକାରୁ ଦୂରେଇ ଯାଇନି । ବାହାଘର ସରିଲା ପର୍ଯ୍ୟନ୍ତ ଓ ପିଲାଛୁଆ ଜନ୍ମର ସବୁ କାମର ଦାୟିତ୍ୱ ତା' ଉପରେ ଥିଲା । ଅନ୍ୟଜଣେ ଜନ୍ମକଲା ମା'ଟିଏ ଥିବ ବୋଲି ଲଲିତା ମଧ୍ୟ ଦିନେ ଭାବିନଥିଲା । ଶେଷରେ ମା' ମୃତ୍ୟୁର ନିକଟତର ହେବାପରେ ତାକୁ ଆଣି ରାଣୀମା' ମା'ର ପ୍ରେମଡୋରିରେ ବାନ୍ଧିଦେଇ କହିଥିଲେ – ଏ ତୋର ମା' । କାହାକୁ ଏକଥା ଆଉ କହିବୁ ନାହିଁ ।

ନିଜ ମା' ବିଷୟରେ ସ୍ୱାମୀ ଆଗରେ ପ୍ରକାଶ ନ କରିବାକୁ ଅଜବ ପ୍ରତିଶ୍ରୁତିରେ ପ୍ରତିଜ୍ଞା କରାଇ ଦେଇଥିଲେ ରାଣୀସାହେବା ଏହି ଗୁପ୍ତ ତଥ୍ୟ ପ୍ରକଟ

ନହେବାକୁ । ମୃତ୍ୟୁବେଳେ ସନ୍ତାନର ମୁହଁଟି ଦେଖି ମା' ସତରେ ଶାନ୍ତିରେ ମରିପାରିଥିବ ତ ?

କିଏ ଜାଣେ, ସେ କି ଶାନ୍ତି ପାଇଲା ? ଅଶାନ୍ତିରେ ଘାଣ୍ଟି ହୋଇ ଅନିଚ୍ଛା ସତ୍ତ୍ୱେ ଏକା ଏକା ରାଜାସାହେବଙ୍କ ସନ୍ତାନକୁ ପେଟରେ ଧରି କାହିଁକି ମିଥ୍ୟାର ଆଶ୍ରୟରେ ବାଟବଣା କାମ କଲା । ବରଂ ଜନ୍ମ ପୂର୍ବରୁ ମାରି ଦେଇପାରି ଥାଆନ୍ତା ? ଏହା ପୂର୍ବରୁ ଅନେକ ସନ୍ତାନଙ୍କ ଭୃଣକୁ ନିଶ୍ଚୟ ହତ୍ୟା କରି ସତୀର ଆଖ୍ୟାରେ ପିତା ଆଗରେ ପରିଚୟ ରଖିଥିବ । କିନ୍ତୁ ଶେଷରେ ମାତୃତ୍ୱରେ ଭାରି ହୋଇ ଜନ୍ମଦେବାକୁ ଅଡ଼ିବସି ଛାଡ଼ିଲା ରାଜଉଆସ କାହିଁକି ? ନିଶ୍ଚୟ ରାଣୀମା' ଦେବେ ଏହାର ଉତ୍ତର ।

ଲଳିତାର ମନରେ କାହିଁକି କେଜାଣି ପୁରା ରାଜପରିବାର ବିଷୟ ଜାଣିବାକୁ ଇଚ୍ଛା ଜାଗ୍ରତ ହୋଇଗଲା । ସେ ପ୍ରାୟ ଦୁଇଟାବେଳେ ରାଣୀସାହେବଙ୍କ ପାଖରେ ହାଜର ହେବା କଥା । ଅଥଚ୍ ଏବେ ମନ ଅସ୍ଥିର ହୋଇଉଠୁଛି ରାଣୀମା'ଙ୍କ ସାନ୍ନିଧ୍ୟ ପାଇବାକୁ । ସେ ଯଦି ଜୀବନଭିତରେ ନିଜର ଅତୀତର ସମ୍ପଦକୁ ତା' ସହିତ ଯୋଡ଼ିବାକୁ ରଖିଛନ୍ତି ଏଥିରେ ସେ ତ ଆହୁରି ଆପଣାଭାବ ଜନ୍ମାଇବା କଥା । ଯଦି ରାଣୀମା'ଙ୍କ ସମସାମୟିକ ମା' ଥିଲା ତେବେ ମାମୁଁଘର ବିଷୟରେ ଜାଣିବା କଥା । ସେ ସତରେ ଜଣେ ସାଧାରଣ ନାଗରିକ ପରି ଜୀବନ ବିତାଇଲା । ଏ ନିଶ୍ଚୟ ଅନ୍ୟାୟ ଥିଲା ତା' ପ୍ରତି ।

ଲଳିତା ନିଜର ଖାଇବା ଆଣି ବସିଗଲା ଡାଇନିଂ ଚେୟାରରେ । ପୁରୁଣା କାଳିଆ ଏହି ଡାଇନିଂ ଟେବୁଲ୍ ଓ ଚେୟାରଗୁଡ଼ିକ ରାଣୀମା' ହିଁ ବାଧ୍ୟ କରି ଦେଇଛନ୍ତି ବ୍ୟବହାର କରିବାକୁ । କେଉଁକାଳରୁ ଏହିଗୁଡ଼ିକ ଅବ୍ୟବହୃତ ହୋଇ ଅନ୍ଧାର ଘରେ ପଡ଼ିଥିଲା । ତେଣୁ ଖଟ, ଟେବୁଲ୍, ଅନେକ ଘରକରଣା ଜିନିଷର ବ୍ୟବହାର ପାଇଁ ଲଳିତାକୁ ଦାନ କରିଛନ୍ତି ରାଣୀମା' ।

ରହିଁଲା ସେ କୁଟିକାମରେ ପରିପୂର୍ଣ୍ଣ ଚେୟାର ଓ ଟେବୁଲ ଆଡ଼େ । କେଉଁ ଯୁଗରେ ରାଜାମାନେ ସୌଖିନ୍ ଖାଦ୍ୟ ଏହିଠାରେ ଭୁଞ୍ଜୁଥିବେ । ପୁରୁଣା ବଦଳାଯାଇ ପୁଣି ଆହୁରି ଚକମକିଆ ଡାଇନିଂ ଟେବୁଲ୍ ଏବେ ରାଜଉଆସରେ ଶୋଭାପାଉଛି । ଦିନେ ରାଣୀମା' କହୁଥିଲେ "ଏହି ଡାଇନିଂ ଟେବୁଲ ମୋ ଜେଜେ ଶ୍ୱଶୁରଙ୍କର ଥିଲା । କିନ୍ତୁ ରାଜାସାହେବ ଏହାକୁ ବଦଳାଇ ଦେଇଥିଲେ ।

ନିଜ ରୁଚିରେ ଏହି ଖାଇବା ଟେବୁଲ ତିଆରି କରେଇଲେ ।" ଏହିପରି କେତେକେତେ କାରୁକାର୍ଯ୍ୟରେ ଭରା କାଠ ଜିନିଷ ଗୋଟିଏ ବଡ଼ଘରେ ବନ୍ଦ ହୋଇରହିଛନ୍ତି । ଜେଜେଶ୍ୱଶୁର ଥିଲେ ସିନା ମନ ଖରାପ କରିଥାଆନ୍ତେ । କିନ୍ତୁ ରାଜପିତା ପୁଅର ରୁଚିକୁ ସମ୍ମାନ ଜଣାଇ ହଁ ଭରିନେଲେ । ମୁଁ ତ ଏହାର ବିରୁଦ୍ଧ କରି କହିଥିଲି – ଏହି ଜିନିଷଟି ପୁଣି ଚକ୍ ଚକ୍ କରିପାରି ପାରମ୍ପରିକ ଜିନିଷ ପ୍ରତି ଆଗ୍ରହ ଦେଖାଇବା କଥା । ଶୁଣିଲେନି କିଏ । ଭାବୁଛି ମୃତ୍ୟୁ ପୂର୍ବରୁ ରାଜପ୍ରାସାଦର ଅନେକ ସ୍ତୁକୁ ମ୍ୟୁଜିୟମ୍‌କୁ ଦାନ କରିବି । ନଚେତ୍ ମୋ ପୁଅ ବା ବଡ଼ରାଣୀଙ୍କ ଝିଅମାନେ ଏହାର ମୂଲ୍ୟ ବୁଝିପାରିବେ ନାହିଁ । ଆଧୁନିକ ରୁକଟୃକ୍ୟ ଭିତରେ ଏଭଳି ପୁରୁଣା ଜିନିଷକୁ ଚିହ୍ନିବ କିଏ ?

ହାତ ଧୋଇଲା ଲଲିତା । ଯେଉଁ ଟେବୁଲରେ ରାଜାରାଣୀମାନେ ସୁନାପାତ୍ରରେ ଖାଉଥିଲେ ଆଜି ସେ କଂସା ପିତଳରେ ଖାଉଛି । ଫରକ ଏତି ଯୁଗର ପରିବର୍ତ୍ତନ । ଯେଉଁ ରାଜଉଆସରେ ରହୁଛି ଏବେ ସେ ରଙ୍ଗଛଡ଼ା ଶ୍ରୀହୀନ ହୋଇ ପଡ଼ିଛି । ଅତୀତରେ ଏହି ରାଜଉଆସ ଗହଳିଚହଳିରେ ଫାଟିପଡ଼ୁଥିଲା । କେତେ ଦାସୀ, ପରିଚାରିକା ସେବାରେ ନିୟୋଜିତ ଥିଲେ । ଆଜି ହାତଗଣତି ଆଠ ଜଣଙ୍କ ପରିବାର ଅଛନ୍ତି । ଅନେକ ରାଜଉଆସର କୋଠି ପରିତ୍ୟକ୍ତ ହୋଇ ରହିଲାଣି । ଅନେକ ଗଛବୃଚ୍ଛ ରାଜଉଦ୍ୟାନରେ ଅସ୍ତବ୍ୟସ୍ତ ହୋଇ ଉଠିଗଲାଣି । ସାପସୁପାଙ୍କ ବିଚରଣ ଯୋଗୁ ସେଠିକୁ ଯାଇ ବସିବା ମଧ୍ୟ ନିରାପଦ ନୁହେଁ । ପାଖରେ ଥିବା ହ୍ରଦକୁ ଏବେ ଆଉ ପକ୍ଷୀମାନେ ଆସୁନାହାନ୍ତି କେଳି କରିବାକୁ । ଏବେ ସେହି ହ୍ରଦର ପାଣି ଉପରେ ଲତାଗଛ ଗୁଡ଼ିକ ଢାଙ୍କିହୋଇ ଓହଲିଗଲାଣି । ଏବେ ସେବକାର ରୂପର ସମ୍ଭାର ଆଉ କେଉଁଠି ଦେଖିବାକୁ ମିଳୁନି । ରାଜଉଆସର ଏହି ଦୃଶ୍ୟ ଦେଖି ଦିନେ ରାଣୀମା' ଦୀର୍ଘଶ୍ୱାସ ଛାଡ଼ି କହିଥିଲେ – ମୋତେ ଟିକିଏ ସିଂହାସନ ପାଖକୁ ନେଇ ରଖ ଲୋ । ସେଠି ଟିକିଏ ବସିଗଲେ ମୋ ମନରେ ଗୁଞ୍ଜରିତ ହେବ ମୋ ଅତୀତର ରାଜ୍ୟ ଶାସନର ଭାର । ରାଜଦରବାରର ରୁବିଟି ଆଣି ବଢ଼ାଇଦେଲେ ଲଲିତାକୁ ସେଦିନ । କହିଥିଲେ– ଯାଆ ଆଉ ସମସ୍ତଙ୍କୁ ଡାକି ଆଣିବୁ । ତୁ ସେ ଦରବାରର କବାଟକୁ ଖୋଲିପାରିବୁନି । ମୁଁ ମୋ ଅତୀତର ସମ୍ମାନର ଗାରିମାରେ ପରିତୃପ୍ତ ହେବି ଟିକିଏ !

◻

॥ ତିନି ॥

ଖୋଲାଗଲା ଦରବାରର ଦ୍ୱାର । ବିରାଟ ଆକାରର ସ୍ଥାନଟି ଉପରେ ଏତେ ସୁନ୍ଦର ସାଜସଜ୍ଜା ହୋଇଛି । ଶଙ୍ଖମଲମଲର ଧଳା ଚଟାଣଟି ବିଭିନ୍ନ କୁଟିକାମ ଭିତରେ ଗଠିତ । ସିଂହାସନର ତଳେ ଅନେକ ସୁନ୍ଦର ସୁନ୍ଦର ଚୌକିଗୁଡ଼ିକ ଏବେ ମଧ ଧାଡ଼ି ଧାଡ଼ି ହୋଇ ପଡ଼ିଛି । ସେହି ପୁରୁଣା ଗାଲିଚ ଏବେ ମଧ ଯଥାସ୍ଥାନରେ ବିଛାଇହୋଇ ପଡ଼ିଛି । ନଗରବାସୀଙ୍କ ପାଇଁ ଦୂରରେ ଟିକିଏ ଖୋଲା ସ୍ଥାନ । ଆଶ୍ଚର୍ଯ୍ୟ ହୋଇଯାଇଥିଲେ ପ୍ରଥମ କରି ଦେଖୁଥିବା ଦାସୀ, ପରିଚାରକ ବୃନ୍ଦ । ଲଳିତା ମଧ ପ୍ରଥମେ ଦେଖ ପ୍ରଶ୍ନ କରିଥିଲା ଆଶ୍ଚର୍ଯ୍ୟ ହୋଇ
— କି ସୁନ୍ଦର ! ରାଣୀମା’ ଆପଣ ବସନ୍ତି କେଉଁଠ ?

— ସିଂହାସନର ପାଖକୁ ଲାଗିଥିବା ସୁବର୍ଣ୍ଣ ଚେୟାରରେ । ଦୀର୍ଘଶ୍ୱାସ ସ୍ୱରଟି ଥରଥର ଶୁଣାଗଲା ।

ତେବେ ସେହି ସୁବର୍ଣ୍ଣର ଆଚ୍ଛାଦିତ ସିଂହାସନ ଓ ଚୌକିର ସୁବର୍ଣ୍ଣ ଗଲା କୁଆଡ଼େ ? ଜିଜ୍ଞାସୁ ବ୍ୟକ୍ତ କଲା ଲଳିତା ।

— ସବୁ ହାରିଦେଲେ ରାଜା ପରାଜୟ ବେଳେ । ବିଜୟୀ ରାଜା ହିଁ ରାଜାସାହେବଙ୍କ ମୁକୁଟ ସହ ସୁବର୍ଣ୍ଣ ସିଂହାସନ ଓ ସୁବର୍ଣ୍ଣ ଚୌକି ସହିତ ଅନେକ ସୁନା, ହୀରା, ନୀଳା ଆଦି ସୌଭାଗ୍ୟ ଭାବେ ନେଇଗଲେ ନିଜ ଦେଶକୁ । ୟାପରେ ଆମେ ପୁରା ଆମ ସମ୍ପତ୍ତିର ବଡ଼ଭାଗ ହରେଇବସିଲୁ । ଶେଷରେ ଆମର ଜମିବାଡ଼ି ଧନସମ୍ପତ୍ତିର ଅଧିକାର କରିଗଲେ ଇଂରେଜଶାସକମାନେ । ଆମେ ହୋଇଗଲୁ ପୁରାପୁରି ନିରୁପାୟ । ଦେଖ ଏଠି ଜଣେ ପରାଜିତ ରାଜା ନତମସ୍ତକ ହୋଇ ଜିତିଥିବା ରାଜାଙ୍କ ପାଦତଳେ ଅର୍ପଣ କରି ଦେଉଥିଲେ ଅନେକ ଧନ । ଦରବାର ଚତୁର୍ଦ୍ଦିଗର ନଗରବାସୀ ମହାରାଜାଙ୍କର ଜୟ ମହାରାଜାଙ୍କର ଜୟ ହେଉ ବୋଲି ଉଚ୍ଚାଟ ଧ୍ୱନି କରୁଥିଲେ ।

ସବୁ ଶୂନ୍ୟ ହୋଇଯାଇଛି । କିନ୍ତୁ ଯେତେବେଳେ ମହାରାଜା ହାରିଗଲେ ତାପରଠାରୁ ରାଜଦରବାରର ମନ୍ତ୍ରୀ ପରିଷଦ ସଂଖ୍ୟା କମାଇ ଦିଆଗଲା । ଆମକୁ ଲାଗିଲା ଟଙ୍କାର ଅଭାବ । ଖର୍ଚ୍ଚ ପାଇଁ ଥାଟବାଟ କମିପାରିବନି ଆଉ, କିନ୍ତୁ ଖଜଣା ଟଙ୍କା ଆଦାୟ କାହିଁ ? ଶେଷରେ ଆୟଠାରୁ ବ୍ୟୟ ବଢ଼ିଗଲା । ଆଉ ଇଂରେଜ ଶାସକର ଖଜଣା ପରିଶୋଧ ନ ହୋଇପାରିବାରୁ ଖଣ୍ଡିଏ ଖଣ୍ଡିଏ ସ୍ଥାବର ଅସ୍ଥାବର ସମ୍ପତ୍ତି ବିକ୍ରି ହୋଇଚାଲିଛି । ବାଷ୍ପାୟିତ କୋହରେ କହିଲେ ରାଣୀମା' ।

– ଅସାଧାରଣ ଯୋଦ୍ଧା ଆଉ ଆଉ ରାଜ୍ୟ ପରାଜୟ ସ୍ୱୀକାର କଲା କେମିତି ?

ଆମ ରାଜ୍ୟର ସୀମା ଭିତରେ ଚତୁର୍ଦ୍ଦିଗରେ ସଶସ୍ତ୍ର ଅଶ୍ୱାରୋହୀ ଓ ସଶସ୍ତ୍ର ପଦାତିକ ସୈନ୍ୟ ପରିବେଷ୍ଟିତ ହୋଇ ରହିଥିଲେ । ରାଜା ସାହେବଙ୍କ ଅଙ୍ଗରକ୍ଷକ ଅନେକ ଥିଲେ । ଶିକାରୀ କରିବାକୁ ରାଜାଙ୍କର ଖୁବ୍ ଆଗ୍ରହ ଥିଲା । ଏଥିପାଇଁ ମହାରାଜ ରାଜ୍ୟଜୟ ପରେ ଖୁସିରେ ଶିକାର କରିବାକୁ ଚାଲିଯାଉଥିଲେ ପାତ୍ର ମନ୍ତ୍ରୀଙ୍କ ଗହଣରେ । ଏବେ ଆଉ ସେ ଯୁଗ ନାହିଁ । ଗଭୀର ନିଃଶ୍ୱାସ ନେଇଥିଲେ ରାଣୀମା' ।

ଗୋଟିଏ ମୂର୍ତ୍ତି ପାଖରେ ଅଟକି ଯାଇଥିଲା ଲଲିତା । ସେଠୁ ଆଉ ଟିକିଏ ଉପରକୁ ପାହାଚରେ ଚଟୁ ଚଟୁ କୃଷ୍ଣ ଚାହିଁଥିଲେ ରାଜାଙ୍କ ମୁହଁକୁ । ତାପରେ କହିଲେ– ଚାଲ ଏଠୁ ବାହାରି ଯିବା ।

ଲଲିତା ପହଞ୍ଚିଗଲା ରାଣୀମା'ଙ୍କ ଡାକରେ । ରାଣୀମା' ଆଖିବୁଜି ସେମିତି ପଡ଼ିରହିଥିଲେ । ଲଲିତାର ପଦଶବ୍ଦକୁ ବାରିପାରି କହିଲେ – ତୁ ଆଜି ଏତେ ଶୀଘ୍ର ଫେରିଆସିଲୁ ଯେ । ତୋ ଝିଅକୁ ଖାଇବାକୁ ଦେଇ ଆସିଲୁଣି କି ?

– ସବୁ କାମ ସାରି ଦେଇଆସିଗଲି । ସେ ତା' ପାଠ ପଢ଼ୁଛି । ମୁଁ ଘର ଭିତରେ ପଡ଼ିଥାଆନ୍ତି କାହିଁକି ? ଚାଲିଆସିଲି ତମଠାରୁ ଗପ ଶୁଣିବାକୁ ସିଂହାସନ ବିଷୟରେ ।

ହସିଲେ ରାଣୀମା' । କହିଲେ–ପିଲାମାନେ ରାଜାରାଣୀ ଗପ ଶୁଣିବାକୁ ଖୁସି ହୁଅନ୍ତି । କିନ୍ତୁ ଏବେ ମୁଁ ରାଣୀ ହୋଇ ଗପଟିଏ ହୋଇ ତୋ ଆଗରେ ବର୍ଣ୍ଣାଣିବି ନିଜ ଅତୀତ କେମିତି ?

– ରାଣୀମା', ଘାରି ଭିତରେ ମୋ ଅତୀତ ମଧ ଯୋଡ଼ିହୋଇ ରହିଛି । ମୁଁ ସିନା କେଉଁ ଅଜ୍ଞାତପଲ୍ଲାରେ ମୋ ଧୂଳିଘର ସାରିଦେଲି । ତଥାପି ରାଜକୁମାରୀଙ୍କ ଖେଳକୁଦ ଏଠି ଦେଖିଲି । ଏବେ ଆମ ରାଜକନ୍ୟା ବିବାହ କରି ଅନ୍ୟ ରାଜ୍ୟର ବୋହୂ । ସେଠି ନିଜ ରାଜଦରବାର କଥା ବୁଝାବୁଝି ଭିତରେ ଏତେ ବ୍ୟସ୍ତ ଥିବେଯେ ଆଉ ପିଲାଦିନ କଥା ମନକୁ କେତେବେଳେ ଟିକିଏ ଆସୁଥିବ କି ? ସବୁ ଭୁଲିଯିବେଣି ଆମ ଜେମାମାନେ ।

– ବୁଝିଲୁ ଲଳିତା, ଝିଅ, ବୋହୂ ଭିତରେ ପାର୍ଥକ୍ୟ ଅଛି । ବୋହୂହେଲେ ଦାୟିତ୍ୱ ଓ କର୍ତ୍ତବ୍ୟରେ ଭାରିହୋଇ ମୁଁ ଯେମିତି ଏଠି ପଡ଼ିଛି ମୋ ଝିଅମାନେ ମଧ ସେହି ରାଜଉଆସରେ ଅଛନ୍ତି । ରାଜ୍ୟଶାସନର ଭାର ନାହିଁ ବୋଲି ଆମର ପରମ୍ପରାଗୁଡ଼ିକ କ'ଣ ପଶୋରି ଦେଲୁକି ? ପ୍ରତି ପରମ୍ପରାକୁ ଆଖିରେ ଦେଖୁଛୁ ତୁ । କେମିତି ଅଜ୍ଞ ବହୁତ ପାଳନ ହେଉଛି । ମୋ ସ୍ୱାମୀ ରାଜାସାହେବ ବଞ୍ଚିଥିଲାବେଳେ ଅନେକ ଟଙ୍କା ଖର୍ଚ୍ଚ କରି ଧୁମ୍ଧାମ୍‌ରେ ପାଳନ କରୁଥିଲେ ରାଜକୀୟ ପରମ୍ପରାକୁ । ଦେୱାନଙ୍କ ଖର୍ଚ୍ଚକାଟ୍‌ ପରାମର୍ଶକୁ ମଧ ଶୁଣିବାକୁ ରାଜିନଥିଲେ । ବ୍ୟୟଭାର ଅଧିକା ହୋଇଗଲା ଏପରି ଖର୍ଚ୍ଚବାଚରେ । ତେଣୁ ଦୁର୍ଗ ଭିତରର ଏହି ରାଜପ୍ରାସାଦର ସ୍ଥିତି ସଙ୍ଗୀନ୍‌ ହୋଇଗଲା ।

– ଏ ଯେଉଁ ମିରିଗମୁଣ୍ଡମାନଙ୍କୁ ଘରକାନ୍ଥରେ ଟଙ୍ଗାଯାଇଛି ବୋଧେ ରାଜାସାହେବ ଶିକାର କରି ଆଣିଥିବେ ଜଙ୍ଗଲରୁ । ଏବେ ରାଜାବାବୁ ତ ଜର୍ମାନୀ ବୁଲିବାକୁ ଯାଇଛନ୍ତି ।

– ସେ ଯୁଗ ଗଲା । ଏବେ ନୂତନ ପିଢ଼ିର ମଣିଷଙ୍କ ଇଚ୍ଛା ତ ଭିନ୍ନ ।

– ହଁ । ରାଜା ସାହେବ ବାଘ ଶିକାର ମଧ କରିଛନ୍ତି । ଶିକାରର ନିଶା ଯୋଗୁଁ ରକ୍ତଜୁଡ଼ୁବୁଡ଼ୁ ଓ ଛଟପଟ ହେଉଥିବା ଅନେକ ଜୀବଜନ୍ତୁ ଆଣିଛନ୍ତି ଘରକୁ । ଏହି ବିଭ୍ୟସ ରୂପ ଦେଖିଲେ ଭାରି କଷ୍ଟଲାଗେ । ମୁଁ ଆମିଷ ଖାଏନି । ଆମର ବାପ ପରିବାରରେ ଆମିଷ ନିଷେଧ ଥାଏ । ତେଣୁ ମୁଁ ରାଗରେ କୁହେ – ଏତେ ନିରୀହ ପକ୍ଷୀ ପଶୁକୁ ହତ୍ୟାକରି ତୁମେ ଏତେ ଉଲ୍ଲସିତ ହୁଅ କାହିଁକି !

ଆମେ ରାଜପୁତ୍ର । ଆମର ଶାଣିତ ତରବାରୀ ରକ୍ତରେ ରଞ୍ଜିତ ହୋଇ ବିଜୟ ହୁଏ । ଯଦି ପଶୁପକ୍ଷୀଙ୍କ ମୃତ୍ୟୁରେ ଏତେ ଦୁଃଖିତ ତେବେ ଶତ୍ରୁର ନିପାତ କରିବ କେମିତି ?

– ରାଣୀମା' ଏବେ ପଶୁମାରିବା ଆଇନ ପରିସରଭୁକ୍ତ ହୋଇଗଲାଣି ।

– ସେତେବେଳେ ରାଜାଙ୍କ ଆଇନକୁ ସମସ୍ତେ ମାନୁଥିଲେ । ତେଣୁ ଏହି ହତ୍ୟାପାଇଁ ରାଜାମାନେ କି ଆଇନ୍‌ କରିଛନ୍ତି ଆଉ ? ମୁଁ ଭାବେ ନିରୀହ ପଶୁକୁ ଗୁଳିକରି ମାରିବା କି ଦରକାର ? ଆମର ଇତିହାସର ପୁରା ନକ୍ସା ମୋ ପାଖରେ ନାହିଁ । କିଏ କହନ୍ତି ଉତ୍ତର ଭାରତରୁ ଆସିଥିଲେ ଜଣେ ରାଜାଙ୍କ ନାତି । ଏହି ପାହାଡ଼ଘେରା ପର୍ବତର ଉଚ୍ଚା ଶିଖରରେ ନିଜ ରାଜ୍ୟ ସ୍ଥାପନ କରି ରହିଗଲେ କାଳକାଳ ଧରି । ପୁଣି କିଏ କହେ ଆମ ପୂର୍ବପୁରୁଷ ଦକ୍ଷିଣ ଭାରତରୁ ଆସି ରାଜ୍ୟ ଶାସନ କରି ରହିଗଲେ ଏଠି ଉଆସ ତୋଲି । ଅତୀତ ହିଁ ଇତିହାସ ହୋଇ ରହିଯାଇଛି ବିଭିନ୍ନ ରାଜ୍ୟରେ ମହାନତାର ପ୍ରତିପାଦନକରି । ଉତ୍ଥାନ୍‌ ଓ ପତନର ପ୍ରବାହ ଭିତରେ କେତେ ରାଜ୍ୟ ନିଷ୍ପିନ୍ନ ହୋଇଯାଇଛି ତ କେତେ ରାଜ୍ୟ ବିଜୟୀର ସ୍ମାରକୀ ବହି ମୁଣ୍ଡଟେକି ଇତିହାସ ଲେଖିଛି । ଆମ ଓଡ଼ିଆମାନଙ୍କ ବାହୁରେ ଅପ୍ରମିତ ଶକ୍ତି ଥିଲା ବୋଲି କାଶ୍ମୀରଠାରୁ କନ୍ୟାକୁମାରୀ ପର୍ଯ୍ୟନ୍ତ ରାଜ୍ୟ ଜୟ କରିବାକୁ ଆଗେଇଯାଇଥିଲେ । ଶୁଣିଛୁ ତୁ ଲାଙ୍ଗୁଳା ନରସିଂହ ଦେବଙ୍କ କୋଣାର୍କ ମନ୍ଦିରର ବିଷୟରେ । ଆଜି ବି ବିଶ୍ୱ ବିଖ୍ୟାତ ଲାଙ୍ଗୁଳା ନରସିଂହ ଦେବଙ୍କ ବୀରତ୍ୱର ଗାଥା ବିଶ୍ୱବାସୀଙ୍କ ପାଖରେ ପ୍ରଶଂସନୀୟ । କୋଣାର୍କର କଳାକୌଶଳ ଓ ଭାସ୍କର୍ଯ୍ୟକୁ ସେ ହିଁ ବିଶ୍ୱ ସମକ୍ଷରେ ତୋଲିଧରି ଅତୀତର କାରୁକାର୍ଯ୍ୟର ଗୌରବମୟ ଇତିହାସ ରଚିଛନ୍ତି । ଯଦି ମନ୍ଦିରଟି ପୁରା ଅକ୍ଷୁର୍ଣ୍ଣ ଅବସ୍ଥାରେ ରହିଥାଆନ୍ତା ତେବେ ବିଶ୍ୱ ଭାସ୍କର୍ଯ୍ୟର ଶ୍ରେଷ୍ଠ ସ୍ମାରକୀ ବହନ କରିଥାଆନ୍ତା । ସମଗ୍ର ଭାରତରେ ଓଡ଼ିଶାର ମନ୍ଦିର ନିର୍ମାଣ କାରୁକାର୍ଯ୍ୟ ସ୍ୱତନ୍ତ୍ର ସ୍ଥାନ ଅଧିକାର କରିଥିଲା । ରାଜାମାନଙ୍କ ପ୍ରଚେଷ୍ଟାରେ ଅନେକ ମନ୍ଦିର, ପୁଷ୍କରିଣୀ, କୂପ, ଆଦି ଜନହିତକର କାର୍ଯ୍ୟ ପାଇଁ ନିର୍ମାଣ ହୋଇଥାଏ ।

– ଯୁଦ୍ଧରେ ରାଜାମାନେ ପାରଙ୍ଗମ ଥିଲେ ।

– ଏହି ସମର ଶିକ୍ଷା ପିଲାଦିନରୁ ସେମାନେ ଗ୍ରହଣ କରିଥାଆନ୍ତି । ରାଜ୍ୟକୁ ଶତ୍ରୁ ମୁଖରୁ ରକ୍ଷା କରିବାକୁ ରାଜାମାନେ ହିଁ ପ୍ରଚେଷ୍ଟା ଜାରି ରଖନ୍ତି । ଉତ୍ତରାଧିକାରୀ ପାଇଁ ଅନେକ ରାଣୀ ମଧ୍ୟ ଗ୍ରହଣ କରିବାକୁ ପଡ଼େ ବେଳେବେଳେ ।

– ତେବେ ରାଣୀମା' ଆମ ମହାରାଜା କାହିଁକି ବହୁ ରାଣୀ ବିବାହ କଲେନି ?

– ଏହି ପ୍ରଶ୍ନ ତୋ ମୁଖରୁ ଶୁଣିବାକୁ ବାକିଥିଲା ମୋତେ କି ?

– ପାଟିରୁ ବାହାରି ପଡ଼ିଲା ।

– ହଁ ଶୁଣେ, ସବୁରାଣୀମାନଙ୍କ ଠାରୁ ପୁତ୍ର ଲାଭ ହେବ ବୋଲି କହି ହୁଏନି । କନ୍ୟାପରେ ଯଦି ପୁତ୍ର ନ ହୁଏ ତେବେ ରାଜା ରାଜ୍ୟର ସ୍ୱାର୍ଥ ଦୃଷ୍ଟିରୁ ଅନ୍ୟ ରାଣୀ ଗ୍ରହଣ କରନ୍ତି । ଏତଦ୍‌ବ୍ୟତୀତ ଯଦି ପରାଜିତ ରାଜ୍ୟରେ କନ୍ୟା ଥାଏ ତେବେ ସେ ଖୁସିରେ ବିଜୟୀ ରାଜାଙ୍କୁ କନ୍ୟା ସହ ଧନ ଦୌଲତ ଦାନ କରିଥାଆନ୍ତି । ତେଣୁ ରାଣୀମାନଙ୍କର ସଂଖ୍ୟା ବଢ଼ିଯିଲେ ।

– ତେବେ ସମସ୍ତେ ଏକମନ ନେଇ ଚଳିପାରିବେ ନାହିଁ ।

– ବିଭିନ୍ନ ମନକୁ ନେଇ ମହାରାଣୀ ହିଁ ଚଳାନ୍ତି । ଯାରି ଭିତରେ କାହା କାହା ଭିତରେ ମନୋମାଳିନ୍ୟ କି ଶୀତଳଯୁଦ୍ଧ ଋଳିଥାଏ ସେଥ୍‌ପ୍ରତି ଭୃକ୍ଷେପ କରନ୍ତି ନାହିଁ । ଯାରି ଯୋଗୁ ହିଁ ଷଡ଼୍‌ଯନ୍ତ୍ର ହୋଇଥାଏ ଉଆସ ଭିତରେ । ମୂକସାକ୍ଷୀ ହୋଇ ରହେ ସେ ରାଜଉଆସ । କିନ୍ତୁ ତୋ ମା'ର ମୋ ସହ କେବେ ମନୋମାଳିନ୍ୟ ହୋଇନି । ସେ ଅଲଗା ସିନ୍ଦୁକରେ ଅନେକ ଠାକୁରଙ୍କ ମୂର୍ତ୍ତି ଅଛି । କାଢ଼ିଲୁ ଦେଖିବା ।

ଲଳିତା ଅନ୍ୟ ସିନ୍ଦୁକର ଋବିଟି ନେଲା ରାଜମାତା କୃଷ୍ଣା ଦେବୀଙ୍କଠାରୁ । ଖୋଲିଲା ସିନ୍ଦୁକ । ଲକ୍ଷ୍ମୀଙ୍କର ମୂର୍ତ୍ତିଟି ଧରି କହିଲା ଏ ତ ଶ୍ରୀମହାଲକ୍ଷ୍ମୀ ମୂର୍ତ୍ତିଟିଏ । କିନ୍ତୁ ଏହି ଛୋଟ ମୂର୍ତ୍ତିଟି କେଉଁ ଦେବତାଙ୍କର ?

– ଆଣେ ମୋ ପାଖକୁ । ଦେଖିଲେ କହିବି ।

ଲଳିତା ମୂର୍ତ୍ତିଟି ରାଣୀମା'ଙ୍କ ହାତକୁ ବଢ଼ାଇଦେଲା । ରାଣୀ ମା' ମୁଣ୍ଡରେ ଲଗାଇ କହିଲେ – ଏ ହେଉଛନ୍ତି କୁବେର ଦେବତା । ପୁରାଣରେ ଲକ୍ଷ୍ମୀଙ୍କୁ ଧନର ଦେବୀ ମାନ୍ୟତା ଦିଆଯାଇଛି । ଏହା ସଙ୍ଗେ ସଙ୍ଗେ କୁବେରଙ୍କୁ ଧନ ଦେବତା କୁହାଯାଇଛି । କୁବେର ଉତ୍ତର ଦିଗର ରକ୍ଷକରୂପେ ପୁରାଣରେ ବର୍ଣ୍ଣନା କରାଯାଇଛି । ସେ ହେଉଛନ୍ତି ବିଶ୍ରବାରଷି ଓ ତାଙ୍କ ପ୍ରଥମ ପତ୍ନୀଙ୍କ ଗର୍ଭରୁ ଜନ୍ମିତ ପୁତ୍ର । ତାଙ୍କରି ପାଖରେ ପୁଷ୍ପକଯାନ ଥିଲା କିନ୍ତୁ ସାବତଭାଇ ରାବଣ ତାଙ୍କଠାରୁ

ପୁଷ୍ପକଯାନ ଓ ଲଙ୍କାପୁରୀକୁ ଛଡ଼ାଇନେଇଥିଲେ ଯେଉଁ ଦୁଇଟି କୁବେରଙ୍କ ଅଧୀନରେ ଥିଲା । ଲଙ୍କାକୁ କୁବେର ହିଁ ସ୍ୱର୍ଷ ଲଙ୍କାରେ ରୂପାନ୍ତରିତ କରିଥିଲେ । ପ୍ରାଚୀନ ହିନ୍ଦୁ ମନ୍ଦିର ବାହାରେ କୁବେରଙ୍କ ମୂର୍ତ୍ତି ଦେଖିବାକୁ ମିଳେ ମଧ୍ୟ ।

ତେବେ କେଉଁଯୁଗରୁ ସାବତମା', ଭାଇ ଭଉଣୀ ଭିତରେ ଲାଗିଥିବା ତିକ୍ତତା ଦେଖିବାକୁ ମିଳେ ରାଜ ପରିବାରରେ ମଧ୍ୟ ।

ରାଜପରିବାରରେ ତ ଧନଦୌଲତ, ସିଂହାସନ ପାଇଁ ରକ୍ତପାତ ହୁଏ ଆମ୍ଭୋୟକଙ୍କ ଭିତରେ । ବିଦେଶୀ ଶତ୍ରୁର ଆଗମନର ଭୟ ଯେତିକି ଥାଏ ତାଠାରୁ ଅଧିକା ଭୟ ଭାଇ ଭାଇ ଭିତରେ ଶତ୍ରୁତାରେ ହିଁ ଥାଏ । ସିଂହାସନ ଆରୋହଣ ପାଇଁ ଷଡ଼ଯନ୍ତ୍ର ଋଲେ ରାଜପରିବାର ଭିତରେ । ରାଜାଙ୍କର ଅନେକ ରାଣୀ ଥିବାରୁ ନିଜପୁତ୍ର ପାଇଁ ରାଜସିଂହାସନ ଆଶା ରଖିବାକୁ ଅନେକ ନାରୀ ଚକ୍ରାନ୍ତ କରନ୍ତି । ଯେମିତି କୈକେୟୀ ରାଣୀ ପ୍ରଭୁରାମଚନ୍ଦ୍ରଙ୍କୁ ଚଉଦବର୍ଷ ପାଇଁ ସିଂହାସନଚ୍ୟୁତ କଲେ ।

– ରାଣୀମା' ସେ ମନ୍ଥରା ଯୋଗୁ ଏମିତି ଘଟିଲା । ତା'ର କୁଚକ୍ରର ଫଳ ପ୍ରଭୁ ଶ୍ରୀରାମ ଭୋଗିଲେ ।

– କିନ୍ତୁ ମହେନ୍ଦ୍ରଦେବ ଏକ ପତ୍ନୀବ୍ରତ ଗ୍ରହଣ କରିଥିଲେ । ତଥାପି ଏମିତି ଚରିତ୍ରୀହନ ହୋଇ ରାଜା ହେବାର ସୁଯୋଗ ହାତଛଡ଼ା କଲେନି । ମୋ ପ୍ରଜାମାନେ କ୍ଷଣ ଭୟରେ ଚୁପ୍ ରହିଥିଲେ ସୁଦ୍ଧା । ଭିତରେ ଭିତରେ କୁହୁଲୁଥିଲେ । ମୋ ମନରେ ଅଶାନ୍ତିର ଭାବନା ଉଦ୍ରେକ ହେଉଥିଲା । ନାରୀଟିର କଷ୍ଟ ଦେଖି ମୁଁ ସହ୍ୟ କରିପାରନ୍ତି କିପରି ? କନ୍ୟାବୟସର କିମ୍ବା ତାଠାରୁ ଛୋଟ ଲଳନା ପ୍ରତି ରାଜାଙ୍କର ପାଶବିକ ଅତ୍ୟାଚରର ଦୁର୍ଗ ଭିତରେ ହିଁ ଲୁକ୍କାୟିତ ରହୁଥିଲା । କିନ୍ତୁ ତୋ ମା' ହେମାର ଅନେକ ତୈଲଚିତ୍ର ଗୋଟିଏ ସିନ୍ଦୁକ ଭିତରେ ଭର୍ତ୍ତିହୋଇ ରହିଛି । ଅନେକଥର ମୋ ପିଲାମାନେ ଏହି ସିନ୍ଦୁକ ଖୋଲିବାପାଇଁ ଜିଗର କରିଥିଲେ କିନ୍ତୁ ମୋର ନିର୍ଦ୍ଦେଶ ଅନୁସାରେ ଖୋଲିନଥିଲେ । ଅନ୍ୟ ସିନ୍ଦୁକରେ କେବଳ ଠାକୁର ଠାକୁରାଣୀଙ୍କ ଅନେକ ମୂର୍ତ୍ତି ଗଚ୍ଛିତ ଅଛି । ଆଣେ ଦେଖିବୁ ।

– ଥାଉ । ମୁଁ ବନ୍ଦ କରିଦେଉଛି ଏହି ସିନ୍ଦୁକଟି ।

– ତେବେ ତୋ ମା'ର ଫଟୋଥିବା ସିନ୍ଦୁକ ଚାବି ନିଅ । ଖୋଲି ଆଣି ଦେଖିବୁ କେତେସୁନ୍ଦର ଫଟୋ ।

– ଥାଉ । ସେ ପୁରୁଣା ଦାଗକୁ ଉଖାରିଲେ କି ଲାଭ ହେବ ଆଉ ?

କିନ୍ତୁ ମୋର ମନେପଡୁଛି ତୋ ମା'ର ମୁହଁ । ସେ ଖୁବ୍ ଭଲ ନାଚୁଥିଲା । ସେଥିପାଇଁ ତାକୁ ନର୍ତ୍ତକୀ କରି ନରଖିଲେ ମହେନ୍ଦ୍ରଦେବ । ନୟନ ସାମ୍ନାରେ ତାକୁ ସବୁବେଳେ ରଖିବାକୁ ଚେଷ୍ଟାକଲେ । ଏହି ରାଜବାଟୀର ଚୌହଦୀ ଡେଇଁ ଯିବାକୁ ତା'ର ୟୁ ନଥିଲା । ବେଳେବେଳେ ହେମା ରାଗମିଶା ଅଭିମାନ ମୋ ଉପରେ ହିଁ ବର୍ଷ ଥାଏ । ତା' ପାଦକୁ ସ୍ଥିର ରଖିବାକୁ ମୁଁ କେମିତି ଲଂଘିପାରିବି ରାଜକୀୟ ନୀୟମ । ଏମିତିଦିନେ ଜୀବନ ହାରିବାର କଳାବାଦଲ ହେମାକୁ ଆଛନ୍ନ କରଦେଲା । ସେ ଘୂର୍ଣ୍ଣିଝଡ଼ ପରି ଏହି ରାଜବାଟୀରେ ଘୁରିବୁଲିଲା ବେଳେ ରାଜାଙ୍କ ବିନା ପରାମର୍ଶ ଅନୁସାରେ ମନ୍ଦିରକୁ ଦିଅଁ ଦର୍ଶନ ଆଳରେ ନେଇ ଆସିଥିଲି । ସେଠି ତୋ ବାପା ବନମାଳୀ ଅପେକ୍ଷା କରିଥିଲା ମୋ ବିଶ୍ୱସ୍ତ ଦାସୀଠାରୁ ଖବର ପାଇଥିବାରୁ । କାଳବିଳମ୍ୱ ନକରି ସେଠି ହିଁ ବିବାହ କରାଇଦେଲି ହେମାକୁ ବନମାଳୀ ସହ । ଭାବିଦେଲି ଦୁହେଁ ଦୁହିଁଙ୍କୁ ଖୁବ୍ ଭଲପାଉଥିଲେ ତେଣୁ ଅନ୍ଧାର ଆଡ଼କୁ ଆଉ ଆଗେଇବେ ନାହିଁ । କ୍ଷୀଣ ଆଲୋକ ଶିଖାଟିଏ ତ ଘର ଯୋଡ଼ିବାର ସ୍ୱପ୍ନର ସହାୟକ ହେବ । ଦୁହେଁ ସାହସର ସହିତ ସାମ୍ନା କରିବେ ପରିସ୍ଥିତିକୁ । କିନ୍ତୁ ଓଲଟା ହୋଇଗଲା ମୋ ଭାବନା । ସେମାନଙ୍କ ଉଲ୍ଲସିତ ମୁହୂର୍ତ୍ତମାନ କେଇକ୍ଷଣରେ ଶୂନ୍ୟତାରେ ଭରିଗଲା । ମହେନ୍ଦ୍ରଦେବ ସୁଖର ପାହାଡ଼ ଜିତିବା ନିଶାରେ ମସଗୁଲ୍ ଥିଲେ । ତେଣୁ ସେ କୁଆଡ଼େ ବୁଝିବେ ଦୁହିଁଙ୍କ ପ୍ରେମର ସ୍ୱାକ୍ଷର ବହନ କରିଥିବା ବିବାହକୁ । ମୁଁ ସମର୍ଥନ କଲି ସେମାନଙ୍କ ବିବାହକୁ । କିନ୍ତୁ ମୋ ଶବ୍ଦକୁ ହସରେ ଉଡ଼ାଇ ଦେଇ ରାଜାସାହେବ ମୋ ସାମ୍ନାରେ । ତୋ ମା'ର ସମ୍ମତିବିନା ନିଜର ଅତୃପ୍ତ ଇଚ୍ଛାକୁ ସମ୍ପାଦନ କଲେ । ମୁଁ ନାଚର ଥିଲି । ଜୀବନର ଦୌଡ଼ରେ ମୁଁ ହାରିଯାଇଥିଲି । ରାଜାଙ୍କର ବିହ୍ୱଳିତ ଆବେଗର ମୁଁ ହିଁ ସାକ୍ଷୀ । ବୁଝିଗଲି ନିଶ୍ଚୟ ତୋ ବାପା ବନମାଳୀକୁ ବନ୍ଦୀ କରାଯାଇପାରେ । ତେଣୁ ବନମାଳୀକୁ ଖବର ଦେଲି – ଏହି ବାହାଘର କଥାରେ ସମ୍ମତି ଜଣାଇ ନ ଦେବାକୁ । ଯାହା ତାହାର ନୁହେଁ ସେ

କେମିତି ପାଇଥାଆନ୍ତା । ବନମାଲୀକୁ ରାଜବାଟୀରୁ ଦୃତପଠାଇ ଡକାଇ ପଠାଗଲା । ରାଜାଙ୍କ ସମ୍ମୁଖରେ ସେ ଉପସ୍ଥିତ ହେବାବେଳେ ଜଣେ ସୈନିକର ବୀରତ୍ୱ ପ୍ରଦର୍ଶନ କଲା । ଖୁସି ହୋଇ ରାଜା ତାକୁ ଉପହାର ଦେବା ଆଳରେ ଅନେକ ଟଙ୍କା ଦେଇ ଏକାନ୍ତରେ କହିଲେ- ତୋର ହେମା ସହ କି ସମ୍ପର୍କ ଅଛି ?

ସେ ଦୃଢ଼ସ୍ୱରରେ କହିଥିଲା - ମୁଁ ହେମାକୁ ବାହାହୋଇଛି ।

- ଏ ବିଷୟରେ କେତେଜଣ ଜ୍ଞାତ ।

- ମୁଁ, ହେମା ଓ ରାଣୀମା' ଓ ପୂଜକ ସେଇ ରାତିର ମନ୍ଦିରରେ ଉପସ୍ଥିତ ଥିଲୁ ।

- ଆଜିଠାରୁ ହେମାକୁ ତତେ ହରେଇବାକୁ ପଡ଼ିବ । ମୁଁ ଜାଣେ ତୁ ମୋର ବିଶ୍ୱସ୍ତ ସେବକ । ଏହି ଉଆସର ପରିବେଷ୍ଟନୀରୁ ତୁ ବାହାରକୁ ଯାଇପାରିବୁନି । ସେ ମଧ୍ୟ ରାଜକନ୍ୟା । ଏଇଟା ଗୋଟିଏ ଗର୍ହିତ ଅପରାଧ ତୋର ଯେ ସାଧାରଣ ସିପାହୀରୁ ସେନାପତି ହୋଇ ଜଣେ ରାଜକନ୍ୟାକୁ ବିବାହ କରି ପାରିବୁନାହିଁ । ତେଣୁ ମୃତ୍ୟୁ ପଥର ଯାତ୍ରା ନହୋଇ ଏଇ ଟଙ୍କା ସୁନା ନେଇ ଏଠୁ ବାହାରିଯାଆ । ଏହି ଦରବାରରେ ତୋର ସ୍ଥାନ ନାହିଁ । ଏହି ରାଜ୍ୟରେ ତୋ ପାଦ ରଖିବୁ ନାହିଁ ଆଉ । ବିସ୍ତୀର୍ଣ୍ଣ ଜମି ପଡ଼ିଛି । ଯେଉଁଠି ରହିପାରୁ ସୁଖରେ ନିଜର ସଂସାର କରି । କେବେହେଲେ ହେମା ପ୍ରତି ଆଶାର ନିଆଁ ମନରେ ଜାଳିବୁ ନାହିଁ । ନଚେତ୍ ବନ୍ଦୀହୋଇ ରହିବୁ କାରାଗାରରେ ।

- ମହାରାଜା ମୁଁ ସାଙ୍ଗେ ସାଙ୍ଗେ ଏଠୁ ବାହାରିଯିବିନି । ଜାଣିନି ଆଉ କେବେ ହେମାକୁ ଗ୍ରହଣ କରିବି । ଆପଣଙ୍କ ପାଖରେ ବନ୍ଧାପଡ଼େଇ ଯାଉଛି । ଆପଣ ହେମା ପ୍ରତି ନିଷ୍ଠୁର ହୁଅନ୍ତୁ ନାହିଁ । ସେ ଆପଣଙ୍କ ମନୋରଞ୍ଜନର ଉସ ନହୋଇ ରହୁ । ଏହି ଛାର ସିପାହୀ କ'ଣ ନିଜ ମୁନିବଙ୍କ ପାଇଁ ଏତିକି ଉସ୍ସର୍ଗ କରିପାରିବନାହିଁ କି ? ମୁଁ ବନ୍ଦୀ ଜୀବନ ବିତାଇପାରେ କିନ୍ତୁ ହେମାଠାରୁ ଦୂର ହୋଇନପାରେ । ତା' ସହ ମୋର ପ୍ରତିଦିନର ଦେଖା କରାଇବା ବ୍ୟବସ୍ଥା ଆପଣ କରନ୍ତୁ ।

ଦେଖିଲୁ ତ ଭାଗ୍ୟର ଖେଳ କହିଲେ ରାଣୀମା' ଲଳିତାକୁ । ସେଦିନ ତୋ ମା'ର ଢଳଢଳ ଆଖିରୁ ବୋହିପଡ଼ୁଥିଲା ଲୁହ । ଆଉ ତୋ ବାପ ବନମାଲୀ

ପଛକୁ ନ ଚାହିଁ ରାଜମହଲ ଛାଡ଼ି ଦେଶାନ୍ତର ହୋଇଗଲା । ଭଲ ସମୟ ଆସିବ ଆସିବ ବୋଲି ଆସିଲାନି ଆଉ । ମହେନ୍ଦ୍ର ଦେବଙ୍କ ମନ ମୋହିବାକୁ ନର୍ତ୍ତକୀ ସାଜିଲା ହେମା । ରାଜା ନିଜେ ବିଭିନ୍ନ ନର୍ତ୍ତକୀ ଠାଣୀର ତୈଳଚିତ୍ର ଅଙ୍କନ କଲେ । ଆଉ ତୋ ମା' ପଥର ମୂର୍ତ୍ତିହୋଇ ରହୁଥିଲା । ତୁଷାର୍ଥ ରାଜା ସିନା ଦ୍ୱିତୀୟ ବିବାହ କଲେନି କିନ୍ତୁ ମୋଠାରୁ ଅଧିକ ଭଲ ପାଉଥିଲେ ହେମାକୁ । ତାକୁ ଆଖି ସାମ୍ନାରୁ ଅନ୍ତର କରୁନଥିଲେ । ବେଲେବେଲେ ମୋ ମନରେ ମଧ ଈର୍ଷା ଆସେ ତୋ ମା' ପ୍ରତି । ପୁଣି ବେଲେବେଲେ ହେମା ପାଇଁ ମୋ ପ୍ରାଣ କାନ୍ଦେ । ତୋ ମା'ର ନାଚ୍‌ର ତରଙ୍ଗରେ ରାଜାସାହେବ ମସଗୁଲ ରହୁଥିଲେ । କିନ୍ତୁ ତୋ ମା' ଖୁବ୍‌ ଘୃଣା କରେ ମହାରାଜାଙ୍କୁ । ତାଙ୍କୁ ହତ୍ୟା କରିବାକୁ ଚାହିଁ ମଧ ହତ୍ୟା କରିପାରିଲାନି ଖାସ୍‌ ମୋ ପାଇଁ । ମୋ ଜୀବନରେ ସୁଖ ଭରିଦେବାପାଇଁ ସେ ହିଁ ତମାମ୍‌ ଜୀବନ ଯନ୍ତ୍ରଣାରେ ସନ୍ତୁଲିତ ହୋଇଛି । ମୁଁ ମୋ ଜୀବନରେ ସନ୍ତାନପ୍ରାପ୍ତିର ସୁଖ ପାଇ ରାଜମାତା ବୋଲାଇଲି କିନ୍ତୁ ତୋ ମା' କେବଳ ଦାସୀ, ପୋଇଲି, ନର୍ତ୍ତକୀ, ରକ୍ଷିତା ହୋଇ ରହିଗଲା । ଯେଉଁଦିନ ସେ ତୋତେ ଗର୍ଭରେ ଧରିଲା ସେଦିନ ରାଜାଙ୍କ ମନରେ ଶଙ୍କା ଦେଖାଦେଲା । ସେ ତୋ ବାପା ବନମାଲୀକୁ ଦୂତପଠାଇ ଠାବକଲେ । ଯ।ପରେ ଦିନେ ହେମାକୁ ନେଇ ତୋ ବାପା ପାଖରେ ପହଞ୍ଚାଇ ଦେବାର ସିଦ୍ଧାନ୍ତ ନେଲେ । କିନ୍ତୁ ତୋ ବାପା ହେମାକୁ ଗ୍ରହଣ କରିଥାଆନ୍ତା କେମିତି ? ସେ ତା' ପ୍ରତିଜ୍ଞାରେ ଅଟଲଥିଲା ଓ ନିଜେ ଆମ୍ରହତ୍ୟା କଲା । ଆଉ ତୋ ମା'କୁ ନେଇ ମୁଁ ଅଜ୍ଞାତସ୍ଥାନରେ ରଖିଲି । ତୋ ଜନ୍ମପରେ ଛୁଆଟି ନଷ୍ଟ ହୋଇଯାଇଥିବାର ମିଥ୍ୟା କଥା କହିଥିଲି ରାଜାଙ୍କ ସାମ୍ନାରେ ।

  - କାହିଁକି ?

  ରାଜାଙ୍କ ପାଖରେ ଗୋଟିଏ ବିବେକ ନଥିଲା । ଯେତେ ନେହୁରା ହେଲେ ମଧ କମବୟସର ଲଲନାକୁ ସେ ଅତ୍ୟାଚାର କରିପାରୁଥିଲେ । ଯଦି ତୋ ପ୍ରତି କୁଦୃଷ୍ଟି ପକେଇବେ ତେବେ ଧର୍ମ ବିରୋଧୀ ହେବ । ତୁ ଥିଲୁ ମହେନ୍ଦ୍ରଙ୍କ କନ୍ୟା । ତେଣୁ ମୁଁ ତତେ ଅପହଞ୍ଚ ଇଲାକାରେ ରଖିଦେଇ ଆଶ୍ୱସ୍ତ ହେଲି । ଶେଷରେ ହେମା ଅବଶ ଦେହ ଧରି ମୋ ସଖୀ ହୋଇ ମୋ ପାଖରେ ରହିଥିଲା । ବଞ୍ଚିଥାଇ

ମଧ ସେ ମିଳାତୁଲ୍ୟ ଥିଲା । ଆଖିର ଲୁହ ତା'ର ଶୁଖିନଥିଲା । ତା' ପାଦର ନୂପୁରକୁ ଆଉ ନରଇ ପାରିଲେନି ମହେନ୍ଦ୍ରଦେବ । ନିଷ୍ପଳ ମୂର୍ତ୍ତିଟିଏ ହୋଇ ସେ ଏହି ରାଜଉଆସରେ ପଡ଼ି ରହିଲା । ତା' ଜୀବନକୁ ରାଜାସାହେବ ତ କ୍ଷତରେ ଭରିଦେଲେ । ନିଜ ମନର କାନ୍ଭାସରେ ତା' ଅକୁହା ବ୍ୟଥାକୁ ହୃଦୟଙ୍ଗମ କଲେନି । ଶେଷରେ ନର୍ତ୍ତକୀରୁ ରକ୍ଷିତା କରି ତା'ର ଅନେକ ଚିତ୍ର ଆଙ୍କି ସାଇତି ରଖିଲେ । ସୁଖ ବିଶ୍ଵଦେଲେ ସିନା ହୃଦୟକୁ ଜିଣିପାରିଲେ ନାହିଁ । ଏକ ଅପବିତ୍ର ପୁରୁଷ ହୋଇ ହେମା ଆଖିରେ ରହିଗଲେ । ଦିନେ ସୂର୍ଯ୍ୟଉଦୟ ହେଲାବେଲେ ଖୋଜାପଡ଼ିଲା ହେମାକୁ ସେତେବେଲକୁ ସେ ବାହାରିଯାଇଥିଲା ରାଜ୍ୟ ଛାଡ଼ି ।

— ତେବେ ତୁମେ ତାକୁ ପାଇଲ କେମିତି ?

— ମୁଁ ହିଁ ମୋ ସହାୟତାରେ ମୋ ବିଶ୍ଵସ୍ତ ସହଚରୀ ସହାୟତାରେ ତା'ର ମୁକ୍ତିର ବାଟ ଖୋଲିଥିଲି ।

— ମୃତ୍ୟୁବେଲକୁ ମୁଁ ତ ମା'କୁ ଦେଖିଲି ।

ହଁ । ସେ ରାଜାଙ୍କ ଅଗୋଚରରେ ସେଠି ରହିଥିଲା । ତା'ର ଆଉ ଯନ୍ତ୍ରଣା ପାଇବାର ଦିନ ନଥିଲା । ସେ ଥିଲା ଏକ ବିଧବା ନାରୀ । ମନ୍ଦିରରେ ପୂଜାର୍ଚ୍ଚନା କରି ଜୀବନ ଅତିବାହିତ କରି ପ୍ରଭୁଙ୍କ ପାଦରେ ମନ ଦେଇଥିଲା । ସେଠି ସୁନ୍ଦର ଭଜନ ଗାନ କରିବାକୁ କୁଣ୍ଠାବୋଧ ତା'ର ନଥିଲା । ସେ ପାଲଟିଯାଇଥିଲା ଏକ ସାଧ୍ୱୀ । ବହୁତ କମ୍ କଥା କୁହେ । ଆଶ୍ଚର୍ଯ୍ୟ ଲାଗେ ମୋତେ ମୋର ପ୍ରିୟ ବାନ୍ଧବୀ ମୋ ସହ କିପରି ମନଖୋଲି କଥା ଟିକିଏ କହିବ ବୋଲି ମୁଁ ରହୁଁଥିଲି । କିନ୍ତୁ ସେ ତ ବାକ୍‌ଶୂନ୍ୟ ହୋଇ ବଞ୍ଚୁଥିଲା ନିଜ ଅସ୍ତିତ୍ଵକୁ ଜାହିର କରି । ରାଜା ମହେନ୍ଦ୍ରଦେବ ଖୁବ୍‌ ମଉଜରେ ରାଜବାଟିରେ ଥିଲେ । ନୂଆ ଦାସୀ, ପୋଇଲି ନର୍ତ୍ତକୀଙ୍କ ମଧ ଆଗମନ ହେଲା ରାଜମହଲକୁ । ଭୁଲିଗଲେ ହେମାର ଚଳଚଞ୍ଚଳ ପାଦର ଘୁଙ୍ଗୁରକୁ । ସବୁ ତ ବିସ୍ମରି ଦେଲେ ରାଜା ଯେମିତି । କାହିଁ କେବେ ହେମାକୁ ନେଇ ଆଙ୍କିଥିବା ଚିତ୍ରପଟକୁ ଆଉ ଖୋଜିଲେନି । ବାସ୍‌ ମୁଁ ତାକୁ ଗୋଟିଏ ସିନ୍ଦୁକରେ ଋବି ଦେଇ ରଖିଦେଇଥିଲି । ସମୟର ପ୍ରବାହରେ ଜୀବନର ଦୌଡ଼ ଲାଗିଛି । ରାଜାସାହେବଙ୍କ ଶୀଥିଲ ପାଦରେ ଆଉ ଉଦ୍‌ଭ୍ରାନ୍ତ ଯୁବକର ଶକ୍ତି ନଥିଲା । କିନ୍ତୁ କେବେହେଲେ ଅବଶେଷ ନଥିଲା ବିତିଯାଇଥିବା ଅତୀତକୁ

ନେଇ । କେବେ ମଧ୍ୟ ତାଙ୍କ ମନରେ ନାରୀମାନଙ୍କପାଇଁ ବ୍ୟଥା ଦେଖ୍ନି । ନାରୀଟିଏ ପୁରୁଷର ଭୋଗ୍ୟବସ୍ତୁ ଓ ତା'ର ସ୍ୱପ୍ନ ନାହିଁ ଏହି ଭାବନାରେ ରାଜା ଆକ୍ରାମାକ୍ତ୍ରା ଥିଲେ । ମୁଁ ଭୁଲିପାରୁନି କୋମଳମତୀ କନ୍ୟାମାନଙ୍କ କରୁଣ ନିବେଦନ ରାଜାଙ୍କ ସାମ୍ନାରେ । ଅବୁଝାମନ ବୁଝିବ ବା କ'ଣ ? ଆଶ୍ଚର୍ଯ୍ୟ ! ମଣିଷ ଭୋଗବାଦରେ ବୁଡ଼ିରହି ନିଜ ବିବେକକୁ ଭୁଲିଯାଏ କେମିତି ! ତମାମ ଜୀବନ ନାରୀମାନଙ୍କ ଅଭିଶାପକୁ ମଧ୍ୟ ଗ୍ରହଣ କରିବାକୁ ପଛେଇ ନଥିଲେ । ସେଇ ପାପ ପାଇଁ ଶେଷ ଜୀବନରେ ବହୁତ ଘାଣ୍ଟିହେଲେ । ପାପ ଓ ପୁଣ୍ୟର ଭୂମି ଏଇ ମର୍ତ୍ୟପୁର । କିଏ କେବେ ଦୁର୍ଭାଗ୍ୟର ଶିକାର ହୋଇପାରନ୍ତି । ସମସ୍ତଙ୍କ ସମାନ ସମୟ ସର୍ବଦା ତ ନଥାଏ । ଶକ୍ତି ସାମର୍ଥ୍ୟ କମିଗଲା ପରେ ଆଖ୍ ଖୋଲିଲେ କି ଲାଭ ? ନିଜର ଅସହାୟ ଅସ୍ୱସ୍ତ ଚିତ୍କାର ଫେରାଇ ପାରିବନାହିଁ ଅତୀତର ପୃଷ୍ଠଭୂମି । ଏପରି ଭାବରେ ଏହି ଅନ୍ତଃପୁରର ଦାସୀ, ପୋଇଲି କିଏ କୁଆଡ଼େ ଗଲେଣି । ରାଜାଙ୍କ ଆୟୁଷ ସରିଲା । ମୋର ସରିବ, ତତେ କିଛି କହିବି କହିବି ବୋଲି କହିପାରିନଥିଲି । ଆଜି ଆପେ ଆପେ ମୋ ମନକୋଣରୁ ଝରିଗଲାଣି ଜୀବନ୍ତ ସତ୍ୟ ବଚନଗୁଡ଼ିକ । ମୋତେ ତୁ କ୍ଷମା ଦେଇଦିଏ । ତୋ ମା' ପାଇଁ ମୁଁ ହିଁ ଦୋଷୀ ।

ଉଦାସୀ ଆଖ୍ରେ ଲଳିତା ଚାହିଁଲା ରାଣୀମା'ଙ୍କ ମୁହଁକୁ । ଆଜି ମା' ପାଇଁ ତା'ର ହୃଦୟ ବିଳପି ଉଠିଲା । ଜୀବନ ସରିଗଲାପରେ ପ୍ରତିଶୋଧର ମୂଲ୍ୟ କାହା ଉପରେ ଢାଳିବ କି ? ପରାଧୀନତାରୁ ମୁକ୍ତିପାଇବାକୁ ସମସ୍ତେ ଚାହାଁନ୍ତି । ଅଥଚ୍ ମା' ନିଜେ ସ୍ୱାଧୀନ ନ ହୋଇ ପରାଧୀନତାକୁ ଆପଣେଇ ନେଲା କାହିଁକି ?

ରାଣୀମା'ଙ୍କ ସ୍ୱର ଶୁଣାଗଲା – ତୁ ଏବେ ମୋ ଉପରେ ତୋର ପ୍ରତିଶୋଧ ନେଇପାରୁ । କାରଣ ମୁଁ ହିଁ ତୋ ମା'ର ପ୍ରିୟ ବାନ୍ଧବୀ ଥିଲି । କିନ୍ତୁ ତା'ପାଇଁ ତା ଜୀବନରେ ଅକ୍ଷମଣୀୟ କ୍ଷତି କରିଦେଲି ।

– ଆପଣଙ୍କ ଭୁଲ୍ ନଥିଲା ।

– ହଁ ମୋର ଭୁଲ । ମୋ ସହ ତାକୁ ଆଣିନଥାନ୍ତି ରାଜଉଆସ ବୁଲାଇବାକୁ । ଭାବୁନଥିଲି ମହେନ୍ଦ୍ରଦେବ ଏମିତି ଦୁଃଚରିତ୍ରର ବ୍ୟକ୍ତି ଥିବେ ବୋଲି ।

– ତେବେ ଆଇ ଅଜା ଫେରାଇନେବାକୁ ଚାହିଁନଥିଲେ କି ?

- ବହୁତ ନେହୁରା ହୋଇଥିଲି ହେମାକୁ ଫେରାଇ ଦେବାକୁ ଏ‍ତୁ । କିନ୍ତୁ ମହେନ୍ଦ୍ରଦେବଙ୍କ ଇଚ୍ଛାକୁ ଗ୍ରହଣ କରିବାକୁ ବାଧ୍ୟ ହେଲି । ହେମା ହେଲା ଦୃଢ଼ପ୍ରତିଜ୍ଞ ମଧ । ସେ ବନମାଳୀକୁ ବିବାହ କରିବା ନିଷ୍ଠିତ ଥିଲା । ସେପଟରେ ତୋ ମା' ପାଇଁ ଉପଯୁକ୍ତ ରାଜା ପାତ୍ରଟିକୁ ହାତଛଡ଼ା କରିଦେଲେ ତୋ ଅଜା । ଆଉ ହେମାର ଇଚ୍ଛା ବିରୁଦ୍ଧରେ ତା' ଉପରେ ଅଙ୍କୁଶ ଲଗେଇ ନଥିଲେ । ବୋଧେ ଭାବିଥିବେ ହେମା ତୃତୀୟ ପତ୍ନୀ ରୂପେ ରାଜାସାହେବଙ୍କୁ ବିବାହ କରିବ ବୋଲି । ଉଚ୍ଚାଭିଳାଷୀ ହେବାଦ୍ୱାରା ବ୍ୟକ୍ତିତ୍ୱର ପ୍ରତିଷ୍ଠା ହୋଇପାରେ । ଯେହେତୁ ତୋ ଅଜାଙ୍କ ରାଜକୀୟ କର୍ତ୍ତୃତ୍ୱ ନଥିଲା ତଥାପି ମର୍ଯ୍ୟାଦାବନ୍ତ ଲୋକଥିଲେ । ହେମା ଓ ମହେନ୍ଦ୍ରଦେବଙ୍କ ବିଷୟରେ ଶୁଣିଲାପରେ ସେ ଆଉ କେଉଁ ମୁହଁରେ ଏଠିକୁ ଆସିଥାଆନ୍ତେ ? ମଣିଷର ଭାବପ୍ରବଣତା ତାକୁ ହିଁ ଦୂରେଇଦିଏ ଆ‍ତ୍ମୀୟଙ୍କ ମୋହରୁ ।

- ତେବେ ବଡ଼ରାଣୀମା'ଙ୍କ ମୃତ୍ୟୁ ପରେ ରାଜାସାହେବ ତ ଦ୍ୱିତୀୟ ବିବାହ କଲେ । ରୁହିଁଥିଲେ ଆଜୀବନ ଏକପତ୍ନୀ ବ୍ରତ ଧର୍ମକୁ ପାଳନ କରିଥାଆନ୍ତେ ।

ମନୁଷ୍ୟ ସମୟର ଦାସ । ବଡ଼ରାଣୀମା' ଅବନ୍ତିକାଙ୍କର ମୃତ୍ୟୁପରେ ରାଜାସାହେବଙ୍କ ପିତା ପୁତ୍ରକୁ ବିବାହ କରିବାକୁ ଜିଗର କଲେ । ଯଦି ଅବନ୍ତିକା ବଞ୍ଚିଥାଆନ୍ତେ ତେବେ ମୋର ମହେନ୍ଦ୍ରଦେବଙ୍କ ସହ ବିବାହ ସମ୍ପାଦନ ହୋଇନଥାନ୍ତା । ମହେନ୍ଦ୍ରଦେବ ଅଯୋଧାର ରାଜା ମର୍ଯ୍ୟାଦା ପୁରୁଷୋତ୍ତମ ରାମଚନ୍ଦ୍ର ନଥିଲେ ଯିଏ ପିତୃସତ୍ୟ ପାଲି ଚଉଦବର୍ଷ ବନଗମନ କରିଥିଲେ । ପ୍ରଜାବତ୍ସଲ ପ୍ରଭୁ ରାମଚନ୍ଦ୍ର ସତ୍ୟରକ୍ଷା ପାଇଁ ଅନେକ ତ୍ୟାଗ କରିଥିଲେ । ରାଜା ମହେନ୍ଦ୍ରଦେବ ସ୍ୱଇଚ୍ଛାରେ ହେଉ କି ପିତାଙ୍କ ଇଚ୍ଛା ଅନୁଯାୟୀ ମୋର ସହ ପରିଣୟ କରିଥିଲେ । ତଥାପି କେଉଁ ସୁଖଦେଲେ କି ? ମୋର ପ୍ରତିଟି ମୁହୂର୍ତ୍ତ ହିଁ ଛଟପଟ ହେଲା ତୋ ମା' ହେମା ପାଇଁ । ଅନେକଥର କହିଥିଲି ହେମାକୁ ବିବାହ କରିନିଅ । କିନ୍ତୁ ତୋ ମା' ଉତ୍ତର ଦେଇଥିଲା- ମୁଁ ଘୃଣାକରେ ତୋ ସ୍ୱାମୀକୁ । ଯିଏ ନାରୀଟିଏ ପାଇଁ ପଶୁ ପାଲଟିଯାଏ ସେ କୌଣସି ଗୁଣରେ ପ୍ରେମର ଯୋଗ୍ୟ ନୁହେଁ । ମୁଁ ଏ‍ତି ଅବଶିଷ୍ଟ ଆୟୁଷକୁ ବନମାଳୀକୁ ସମର୍ପିଦେଇ ବଞ୍ଚିଛି ।

ଭଲପାଇବାର ମୋହ ହିଁ ବନମାଳୀ ସହ ମୋର ଯୋଡ଼ା ହୋଇ ରହିବ ମୃତ୍ୟୁପର୍ଯ୍ୟନ୍ତ । ଏଠି କେବଳ ମୋର ମାଟିପିଣ୍ଡଟି ଅଛି । ମୋ ଆତ୍ମା ବନମାଳୀ ସହ ନିବିଡ଼ ହୋଇ ଜଡ଼ିତ ଅଛି ।

– ଆଉ କଳଙ୍କିତ ଜୀବନର ଅଧ୍ୟାୟ ଶୁଣିବାକୁ ମୋର ଇଚ୍ଛା ନାହିଁ କହି ଉଠିଲା ଲଳିତା ।

– ହଉ ବନ୍ଦ କରିଦିଏ ଏହି ସିନ୍ଦୁକଗୁଡ଼ିକ । ନିଏ ଆଉ ଗୋଟିଏ ସିନ୍ଦୁକର ଚାବି । ତାକୁ ଖୋଲିଲେ ତୋର ଆଖି ଝଲସି ଉଠିବ । ମୁଁ ମୋ ପାରୁପର୍ଯ୍ୟନ୍ତ ତୋର ଜୀବନରେ ସୁଖ ଭରିବାକୁ ଚେଷ୍ଟା କରିବି ।

– ରାଣୀମା' । ମୁଁ ଏବେ ମୋ ପିଲାଛୁଆଙ୍କୁ ନେଇ ଶାନ୍ତିରେ ଅଛି । ଟଙ୍କାର ପ୍ରାଚୁର୍ଯ୍ୟ ମୋର କି ଦରକାର ଅଛି ?

କଡ଼ଲେଉଟାଇଲେ ରାଣୀମା' । ଆଖିରୁ ବୋହିପଡ଼ିଲା ଲୁହ । ଲୁହ ପୋଛି କହିଲେ– ତୋ ମା'କୁ ମୁଁ କି ଉତ୍ତର ଦେବି ସ୍ୱର୍ଗପୁରରେ ? ତା' ପାଇଁ ମୁଁ ତ କିଛି କରିପାରିଲି ନାହିଁ । ତୋ ପାଇଁ କିଛି କଲେ ମୋ ମନ ଶାନ୍ତି ହେବ । ଯା ସେହି ସିନ୍ଦୁକ ଖୋଲି ତା' ଭିତରୁ ଗୋଟିଏ ରୂପାର ଟଙ୍କା ବାକ୍ସଟି ଆଣିବୁ । ତାରି ଭିତରେ କେତେଗୁଡ଼ିଏ ସୁନାର ମୋହର ମୁଁ ରଖିଛି । ପିଲାମାନେ ଏ ବିଷୟରେ ଜାଣନ୍ତି ନାହିଁ । ତତେ ସେଇଟିକି ସମର୍ପି ଦେଇ ମୁଁ ଶାନ୍ତିରେ ମୃତ୍ୟୁବରଣ କରିପାରିବି ।

– ନାଇଁ ରାଣୀମା । ମୁଁ କେବେ ଧନ ଚାହିଁନି ଆପଣଙ୍କଠାରୁ ।

– ପୁଣି କଡ଼ ଲେଉଟାଇଲେ ରାଣୀମା' । ଚାହିଁଲେ ଚେରକାକୁ । ଏହି ବୟସରେ ଲଳିତା ହିଁ ତାଙ୍କର ଭରସା । ଆଜି ମଧ ଭୁଲିପାରୁନାହାନ୍ତି ହେମାର ମୁହଁ ।

ଲଳିତାର କାକୁସ୍ୱର ଶୁଣାଗଲା–ମୁଁ ଆପଣଙ୍କ ସୁନାରୂପା ଗ୍ରହଣ କରିବି ନାହିଁ । ଆପଣଙ୍କ ପୁତ୍ରକନ୍ୟାଙ୍କ ଆଖିରେ ମୁଁ ହିଁ ଦ୍ରୋହୀ ହୋଇଯିବି । ଏହି ସମ୍ପତ୍ତିର ହକ୍‌ଦାର ହେଉଛନ୍ତି ବଡ଼ରାଣୀମା'ଙ୍କ ଓ ଆପଣଙ୍କ ସନ୍ତାନମାନେ । ମୁଁ ନେଲେ ମଧ ବିଭୂତିଙ୍କ ମନରେ ଭରିଯିବ ଶଙ୍କା । କେଉଁଠି ନେଇ ଆମେ ତାକୁ ବିକିବୁ । ଚେରର ଖଣ୍ଡ କହିବେ ଆମକୁ । ରାଣୀଙ୍କଠାରୁ ଚେରୀ କରିଥିବାର ଆଖ୍ୟା ଦେବେ ମୋତେ ।

- ମୁଁ ପରା ବଞ୍ଚିଛି । ମୁଁ ଯଦି ଷେରିକେସ୍‌ ନ ଦିଏ କିଏ କହିବ ତୁମକୁ ଷେର ବୋଲି ? ଏକାଳୀନ ବିକ୍ରି ନକରି ଗୋଟିଏ ସ୍ୱର୍ଣ୍ଣମୁଦ୍ରା ନେଇ ବିକ୍ରିକରି ଆସେ । ଯିଏ ପଚାରିବ ଏଇଟା କେଉଁଠୁ ପାଇଲୁ ତେବେ ମୋ ନାଁ କହିବୁ । ଯଦି ତୋର ଏତେ ଭୟ ତେବେ ଡାକିଆଣେ ଆମ ଚିହ୍ନା ବଣିଆକୁ । ସେ ତୋ ଝିଅ ଚିତ୍ରଲେଖାପାଇଁ ଗୋଟିଏ ଗହଣାସେଟ୍‌ ଗଢ଼ିଦେବ ।

- ଏସବୁ ଗହଣାଗାଣ୍ଠି ନେଇ ଘରେ ରଖ୍ଖିବି କାହିଁକି ? ଚିତ୍ରଲେଖା ଜିଲ୍ଲାପାଲ ହେବ ବୋଲି ଲାଗିଛି । ତା ପାଠରେ ମୁଁ ବ୍ୟାଘାତ ସୃଷ୍ଟି କରିବିନି ।

- ସେ ଯାହାହେଉ, ସେଥିରେ ତା'ର ସମ୍ମାନ ବଢ଼ିବ । କିନ୍ତୁ ଝିଅ ତ ଘିଅ । ତାକୁ ବହୁଦିନ ଘରେ ରଖ୍ଖିହେବନି ତ ଆଉ । ଦିନେ ନା ଦିନେ ବିବାହ କରିବ । ସେତେବେଲେ ଏଇ ସେଟ୍‌ ତାକୁ ଦେବୁ ।

- ରାଣୀମା', ସୁନାଗହଣା ମୋ ପାଖରେ ଅଧିକା ହେଲେ ଶୋଭାପାଇବ ନାହିଁ । ଆପଣଙ୍କ ପାଖରେ ଥାଉ ।

- ଆଉ ଏପରି ଅବୁଝା ହୁଅନା । ମୁଁ ବଞ୍ଚିଥିବା ଭିତରେ ଏସବୁ ନେଇ ଘର ଦ୍ୱାର ଜମିଜମା କିଣିନେବୁ । ମୋ ମୃତ୍ୟୁପରେ ଏ ରାଜଉଆସରେ ତୋର ସ୍ଥିତି କ'ଣ ହେବ ମୁଁ ବୁଝିଛି । କିଏ ତତେ ରାଜାଙ୍କ ଝିଅ କହି ସମବେଦନା ଜଣାଇବେ ନାହିଁ । ତୁ ଏକ ସାଧାରଣ ନାରୀଟିଏ ସମସ୍ତଙ୍କ ଦୃଷ୍ଟିରେ ।

- ଠିକ୍‌ ଅଛି ରାଣୀମା । ମୋର କ'ଣ ଆଉ ଯଶ ଅଛି କି ?

ବାଧକରି ରାଣୀସାହେବ ଗୋଟିଏ କୋଡ଼ିଏ ଭରି ହାରଟିଏ ଲଳିତାକୁ ଧରେଇଦେଇ କହିଲେ– ଯା' ଡାକିବୁ ବଣିଆକୁ । ମୋ ଆଗରେ ସେ ଗୋଟିଏ ଗହଣା ସେଟ୍‌ ତିଆର କରିଦେବ ।

- ଏତେ ବ୍ୟସ୍ତ ହେବାର ଦରକାର ନାହିଁ ।

- ମୋ ପାଖରେ ଥିବା ସଞ୍ଚିତ ଟଙ୍କାରେ ତୋର ଗୋଟିଏ କୋଠାଘର ତିଆରି କରିଦେବି । ମୋ ଜମି, ଜାଗାକୁ ତୋ ନାଁରେ କରିଦେବି ଓକିଲଙ୍କୁ ଡାକି ।

- ଅନ୍ୟମାନଙ୍କ ସନ୍ଦେହ ଚକ୍ଷୁରେ ମୁଁ ପଡ଼ିଯିବି । ମୋତେ ଛି ଛାକର କରିବେ ଅନ୍ୟମାନେ ।

– ଚିନ୍ତା ନାହିଁ ମୋର । ରାଜପରିବାର ଦାୟଦଙ୍କ ପାଇଁ ଅନେକ ସମ୍ପତ୍ତି ପଡ଼ିଛି । ଏହି ଅଳ୍ପକିଛି ତତେ ଦେଲେ ମଧ୍ୟ ତାଙ୍କୁ ଫରକ ପଡ଼ିବନି ।

– କିଏ କାହିଁକି ପିତୃଅର୍ଜିତ ଧନ ଛାଡ଼ିବେକି ? ତେଣୁ ସମସ୍ତଙ୍କ ସମ୍ମୁଖରେ ମୋତେ ପ୍ରଦାନ କଲେ ଭଲ ହେବ ।

– ସତ କହିଲୁ ତୁ । ସେମାନଙ୍କ ସାମ୍ନାରେ ତୋ ନାଁରେ କରିବାକୁ ସେମାନେ ରହିଁବେ ନାହିଁ । ତେଣୁ ମୁଁ ତୋ ନାଁରେ ଗୁପ୍ତ ଉଇଲ କରିଦେଇଯିବି ।

– ରାଣୀମା' ମୁଁ ଏପରି କନ୍ଦଳ ଭିତରକୁ ପଶିବି ନାହିଁ । ଯେତେଦିନ ଏଠି ରହିଛୁ ଆରାମ୍‌ରେ ତ ରହିଛୁ । ଆଉ ଆପଣଙ୍କ ସନ୍ତାନ ସନ୍ତତିମାନଙ୍କର ପ୍ରିୟଭାଜନ ହୋଇ ରହିଛୁ । ଆଉ ଚିନ୍ତା କ'ଣ ?

– ବୋକାଟିଏ ତୁ । ମୁଁ ବଞ୍ଚି ଏଠି ପଡ଼ିଛି ବୋଲି ତୋତେ ସମ୍ମାନ ଦେଇପାରନ୍ତି କିଏ । କିନ୍ତୁ ମୋ ମୃତ୍ୟୁପରେ ତତେ କିଏ ଆଦର କରିବେ ନାହିଁ । ମଣିଷର ସ୍ୱାର୍ଥପର ଚେହେରା ତ ସବୁବେଳେ ଜଳଜଳ ଦିଶେନି । ସେମାନଙ୍କ ସ୍ୱାର୍ଥରେ ବାଧା ଆସିଲେ ଦେଖାପଡ଼ିବ ଚେହେରାର ଚିହ୍ନ ।

ପହଞ୍ଚିଗଲା ଗୋପାଳ ଡ୍ରାଇଭର । ପଚାରିଲା– ରାଣୀମା' କୁଆଡ଼େ ବୁଲିବାକୁ ଯିବେକି ?

– ନାଇଁ । ତୁ ଏବେ ଅପେକ୍ଷା କରିଥାଅ । ସଂଧ୍ୟାବେଳେ ମନ୍ଦିରକୁ ଯିବି । ଆଜି ପୂର୍ଣ୍ଣମୀ । ସେଠି ଲୋକଙ୍କୁ ଖାଇବା ପିଇବାର ବ୍ୟବସ୍ଥା ହୋଇଛି । ମୁଁ ସେଠି ପହଞ୍ଚିବାପରେ ହେବ ଭୋଜନର ଆରମ୍ଭ । ତୁ ତୋ ପରିବାରବର୍ଗଙ୍କୁ ନେଇ ଆସିପାରିବୁ ।

– ରାଣୀମା' । ମୋ ସ୍ତ୍ରୀ ପିଲାକୁ ନେଇ ବାପଘର ବୁଲିଯାଇଛି । ମୁଁ ଏଠି ଏକା ଅଛି ।

– ତେବେ ତୋ ପାଖାପାଖି ରହୁଥିବା ସାଙ୍ଗମାନଙ୍କୁ ଆସିବାକୁ କହିଦେବୁ ।

– ହଉ କହି ଚାଲିଗଲା ଗୋପାଳ ।

ଉଠିଲା ଲଳିତା । ନିଜ ଘରେ ପହଞ୍ଚିଲାବେଳକୁ ଚିତ୍ରଲେଖା ପ୍ରଶ୍ନ କଲା– ମା', ତୁ ରାଣୀମା'ଙ୍କ ପାଖରେ ଏତେ ସମୟ କଟେଇ ଫେରିଲୁ କାହିଁକି ? କି ଗୁପ୍ତକଥା କହୁଥିଲେ କି ?

ଚମକି ପଡ଼ିଲା ଲଲିତା । ବୋଧେ ସେଠିକୁ ମଝିରେ ଯାଇ ବୁଲି ଆସିଛି କି ? ତୁ ଯାଇଥିଲୁ ସେଠିକି ? ପ୍ରଶ୍ନ କଲା ଲଲିତା ।

– ମୁଁ ଯିବି ସେଠିକୁ କାହିଁକି ? ଏଇ ତ ସାଙ୍ଗେ ସାଙ୍ଗେ କଲେଜରୁ ଫେରିଲି । ବାପା କହୁଥିଲେ 'ତୁ ବହୁ ସମୟ ହେଲା ରାଣୀମା'ଙ୍କ ପାଖରେ ଅଛୁ ।' ଘଟଣାଟି କ'ଣ ?

– ଏଇ ତ ଆଜି ଅନେକ ପୁରୁଣା ସିନ୍ଦୁକ ସଫାସୁତୁରା କରୁଥିଲି ।

– କାହିଁକି ? ତାଙ୍କର ତ ଅନ୍ୟଲୋକ ଅଛନ୍ତି ଏ କାମ କରିବାକୁ । କିଛି ସିନ୍ଦୁକ ଖୋଲି ତତେ ନିଶ୍ଚୟ ରାଣୀମା' କିଛି ଦେଖାଇଥିବେ । ତୋ ମୁହଁ ପଢ଼ିଲେ ଜଣାପଡ଼ୁଛି କିଛି ଗୋଟାଏ ଘଟିଛି ନିଶ୍ଚୟ ।

– ଏତେ ସନ୍ଦେହ କାହିଁକି ? ବୟସ୍କ ହେଲେଣି ରାଣୀମା' । ଟିକିଏ ତାଙ୍କ ପାଖରେ ବସିଗଲେ ସମୟ ଝୁଲିଯିବ ।

ବିରଞ୍ଚି କହିଲେ – ରାଣୀମା' ତତେ ବେଶୀ ଭଲ ପାଆନ୍ତି ।

– ହଁ । ତାଙ୍କର ସେବା ଶୁଶ୍ରୂଷାରେ ହେଲା କରେନି ବୋଲି ।

ଯାହାହେଉ ଜଣେ ବଡ଼ଲୋକଙ୍କ ଆଶୀର୍ବାଦ ଆମ ଉପରେ ଥାଉ । ଏଇ କେଇବର୍ଷ କଟିଗଲାଣି ଏହି ଘରେ । ବାକି ଜୀବନ କଟିଯାଉ ।

ଲଲିତା ପାଟିରୁ ବାହାରିପଡ଼ିଲା–ରାଣୀମା' ମୋ ନାଁରେ ଜମି ଓ ଘର କରିଦେବେ ବୋଲି ଆଜି କହୁଥିଲେ ।

– କାହିଁକି ?

କହିଲେ ସେ "ମୁଁ ଏହି ପୃଥିବୀରୁ ବିଦାୟ ନେଲାପରେ ତମେମାନେ ଏଠି ସେଠି ରହିବା ଅପେକ୍ଷା ମୋ ଦ୍ୱାରା ପ୍ରଦତ୍ତ ଘରେ ରହିଲେ ମୋ ଆମ୍ଭା ଶାନ୍ତି ପାଇବ ।"

– ଆମେ ତ ତାଙ୍କର ନିଜର ପରିବାର ଲୋକ ନୁହଁ ।

– ନିଜର ବୋଲି ତ ଏତେ ବର୍ଷ ଏଠି ପଡ଼ିଛେ । ତାଙ୍କର ନିଜ ସନ୍ତାନମାନେ ବାହାରେ ରହୁଛନ୍ତି ।

– ରାଣୀମା' ଏଠାର ମୋହ ତୁଟାଇ ପାରୁନାହାନ୍ତି ବୋଲି ଆମେ ଜଗି ବସିଛେ ।

– ଆମର ସୁବିଧା ହେଉଛି ପୁଣି : ବଡ଼ଝିଅ ବାହାଘର ଖର୍ଚ୍ଚ ପୁରା ତୁଲାଇଲେ । ଏବେ ମଧ୍ୟ ଚିତ୍ରଲେଖାର ବିବାହ ପାଇଁ କେତେ ଲକ୍ଷ ଟଙ୍କା ତା’ ନାଁରେ ରଖିଦେବେ ବୋଲି ରାଣୀମା’ କହୁଥିଲେ ।

ଚିତ୍ରଲେଖା ଚିହିଁକି ଉଠି କହିଲା – ମୁଁ ଅନ୍ୟର ଦାନ ଗ୍ରହଣ କରିବିନି ମୋ ବିବାହରେ । ମୁଁ ନିଜେ ମୋ ଗୋଡ଼ରେ ଆଗ ଠିଆ ହୋଇଯାଏ । ତା’ପରେ ବିବାହ ଚିନ୍ତା ମୋର । ଆତ୍ମସମ୍ମାନ ରଖି ଚଳିବା ଆମେ ।

ଲଳିତା ଜୋରଦେଇ କହିଲା – ତୋ ଚିନ୍ତା ମୋର ନାହିଁ । ତଥାପି ତୋ ବିବାହ ପର୍ଯ୍ୟନ୍ତ ଆମର ଦାୟିତ୍ୱ ଅଛି ।

– ଛାଡ଼ ସେ କଥା, ତୁ ଆଗ ତୋ ଗେହ୍ଲାପୁଅ ସୌମିତ୍ କଥା ବୁଝ । ଏହି ନାଁଟି ହିଁ ରାଣୀମା’ ଦେଇଥିଲେ । ତା’ର ପଢ଼ା ଖର୍ଚ୍ଚ ରାଣୀମା’ ତ ବୁଝୁଛନ୍ତି ।

– ତା’ର ଚିନ୍ତା ମୋର ନାହିଁ । ସେ ଆଉ ଗୋଟିଏ ବର୍ଷ ପରେ ଡାକ୍ତରୀପାଠ ଶେଷ କରିବ । ସେ ରାଣୀମା’ଙ୍କୁ ହିଁ ଔଷଧ ଦେଇଥାଏ ।

– ହୁଏତ ସେଥିପାଇଁ ରାଣୀମା’ ତାକୁ ଖୁବ୍ ଭଲପାଆନ୍ତି ।

– ରାଣୀମା’ ସମସ୍ତଙ୍କୁ ଭଲପାଆନ୍ତି ଯେଉଁମାନେ ରାଣୀମହଲ ସହିତ ସଂଶ୍ଲିଷ୍ଟ । ତତେ କ’ଣ ପଚାରୁନାହାନ୍ତି କି ?

– କିନ୍ତୁ ସୌମିତଭାଇ ପରି ନୁହଁ । ସେ ବଞ୍ଚିଥିବାଯାଏ ସୌମିତର ଚିନ୍ତା କରୁଥିବେ ଠିକ୍ ନାତିପରି ।

– ତୋର ଏପରି ଅଜବ କଥା ପାଟିରୁ ବାହାରିବ ।

– ବାପା ମଧ୍ୟ ଏୟା କହିବେ । ମଣିଷ ଚିହ୍ନିବାକୁ ମୋର ମଧ୍ୟ ଭୁଲ୍ ହେବନି । ଯାହାହେଉ ବାସ୍ତବତାରେ ରାଣୀମା’ଙ୍କ ହୃଦୟରୁ ଝରିପଡୁଛି ଭଲପାଇବାର ଧାରା । ନଚେତ୍ କିଏ ଏତେ ଚିନ୍ତା କରନ୍ତା ଆମର ?

ଚୁପ୍ ପଡ଼ିଗଲା ଲଳିତା ଝିଅ କଥା ଶୁଣି । ଜୀବନର ଶେଷଯାଏ ସେ ରାଣୀମା’ଙ୍କୁ ଠିକ୍ ମା’ର ଦରଜାଦେଇ ଚଳିଥିବ ନିଶ୍ଚୟ ।

❏

॥ ରୁରି ॥

ଉଠିଲା ଚିତ୍ରଲେଖା । କହିଲା ମା' ମୋର ଆଉ ଦୁଇଦିନପରେ କଲେଜ ଖୋଲିବ । ମୁଁ ରୁଲିଯିବି । ଭାବୁଛି ସେଠି ଗୋଟିଏ କୋଚିଙ୍ଗ ସେଣ୍ଟରରେ ନାମ ଲେଖାଇବି । ମୋର ଟଙ୍କା ଦରକାର ।

– ତୋ ବାପା ସିନା ହାଇସ୍କୁଲ ମାଷ୍ଟରଟିଏ । ତଥାପି ତମମାନଙ୍କ ଖର୍ଚ୍ଚ ବହନ କରିବାକୁ ପଛଘୁଞ୍ଚା ଦେଇନାହାନ୍ତି କେବେହେଲେ ।

ବିରଞ୍ଚି କହିଲେ – ହଁ ମାସର ପହିଲାରେ ତତେ ଟଙ୍କା ପଠାଇଦେବି । ଏବେ ମୋ ପାଖରେ ଆଉ ବେଶି ଟଙ୍କା ନାହିଁ ।

– ହଉ । ମା' ପାଖରେ ଯଦି ହଜାର ଟଙ୍କା ଥାଏ ତେବେ ଦେଇପାରିବ ମୋତେ ।

– ମୋ ପାଖରେ କେତେଅଛି ଦେଖ୍ ତତେ ଦେବି । ରାଣୀମା' ସୁବିଧା ଅସୁବିଧାରେ ଆମକୁ ସାହାଯ୍ୟ କରୁଛନ୍ତି । ତାଙ୍କ ଉପରେ ହିଁ ବେଶି ଭରସା ମୋର ।

– ଏଇ ଏକ ରହସ୍ୟ ଆମପାଇଁ । ଅନ୍ୟ କର୍ମଚାରୀଙ୍କ ପାଇଁ ଏତେ ତ ଖୋଲାହାତ ନୁହଁନ୍ତି ରାଣୀମା । କହିଲା ଚିତ୍ରଲେଖା ।

– ଆମମାନଙ୍କ କର୍ତ୍ତବ୍ୟନିଷ୍ଠ ଦେଖ୍ ଉତ୍ଫୁଲିତ ହୁଅନ୍ତି । ସାହାଯ୍ୟ ମଧ କରନ୍ତି ।

– ତଥାପି ମୋ ମନରେ ସନ୍ଦେହ ଅଛି ଯେ ଆଉ କିଛି ଭିତିରି କଥା ଅଛି ନିଶ୍ଚୟ ।

ବସିବା ସ୍ଥାନରୁ ଉଠିଲା ଲଲିତା । ମନକୁ ଆନମନା କରିବାକୁ ରୋଷେଇଘର ଆଡ଼କୁ ଯାଇ କହିଲା – କିଏ କିଛି ଖାଇବକି ?

ଚିତ୍ରଲେଖା କହିଲା– ଆଜି ମୁଁ ହାଲୁଆ କରିବି । ନେତ୍ରୁ ପଢ଼ିଛି । ମା’ ତୁ ବସିପଡ଼ ଟିକିଏ ।

– ଟିକିଏ ଭଲ ଲାଗିଲେ ରାଣୀମା’ଙ୍କୁ ଦେବା କି ?

– ସେ ଆମ ଖାଦ୍ୟ ଗ୍ରହଣ କରିବେ କି ?

– କହିପାରୁନି ମୁଁ ।

– କେବେ ତାଙ୍କପାଇଁ ଆମ ରୋଷେଇ ଯାଏନି ।

– ଆଜି ନେଇ ତୁ ଯିବୁ ।

– ମା’ ଆମେ କେଉଁ ଶ୍ରେଣୀର ଲୋକ ଯେ ରାଣୀମା’କୁ ଖାଦ୍ୟ ନେଇ ଯାଇଁବୁ । ଲାଜ ଲାଗିବ । ଦଶନ୍ଧି ଦଶନ୍ଧି ଧରି ଆମେ ଏହି ଉଆସ ଭିତରେ ରହିଆସିଲେଣି । ଯଦିଓ ଆମର ସମ୍ମାନ ଓ ଶ୍ରଦ୍ଧା ରାଣୀମା’ଙ୍କ ପାଇଁ ଅଛି ତଥାପି ସଂପର୍କକୁ ଜଗିରଖି ଆମେ ଚଲୁଛେ ।

– ସତ କହିଲୁ ତୁ । କାହିଁକି ଆମେ ବୃଥାରେ ଝାରି ଭିତରେ ପଶିଯିବା । ଯଦି ତାଙ୍କର କିଛି ଅସୁବିଧା ହୁଏ ଆମକୁ ହିଁ ଦୋଷୀ କରିବେ । ଆଜିକାଲି ହେଉକି ରାଜଯୁଗ ହେଉ ସମ୍ପତ୍ତି ପାଇଁ କଳିଗୋଳ ହୋଇ ବାପା ଭାଇଙ୍କ ଭିତରେ ହଣାମରା ଚଲିଛି । ଇଂରେଜମାନେ ହିଁ ଆମ ଦେଶର ଧନକୁ ଲୁଟି କରିବାକୁ ଏଠାରେ ଆସି ବ୍ୟବସାୟ ନାଁରେ ଆରମ୍ଭ କଲେ ଶାସନ । ସତରେ ଭାଗ୍ୟର ବିଡ଼ମ୍ବନା ଯୋଗୁ ଅନେକ ରାଜ୍ୟ ନିଜର ଗୋଷ୍ଠୀକନ୍ଦଳ ଯୋଗୁ ବିଦେଶୀ ଶାସକଙ୍କୁ ଆମନ୍ତ୍ରିତ କରିଥିଲେ ସ୍ୱାର୍ଥପର ଗୁଣପାଇଁ ।

– ଆମର ରାଜଧାନୀ ଦିଲ୍ଲୀରେ ମଧ ଇତିହାସର ପରିବର୍ତ୍ତନ ଧାରା ଚଲିଥିଲା ବିଭିନ୍ନ ରାଜା ଓ ଶାସକକୁ ନେଇ ।

– ଦିଲ୍ଲୀ ଥିଲା ପାଣ୍ଡବମାନଙ୍କ ଇନ୍ଦ୍ରପ୍ରସ୍ତ । ମହାଭାରତର କୌରବଙ୍କ ଦୃଷ୍ଟିରେ ସେହି ଅବ୍ୟବହୃତ ଜମି ଉପରେ ପାଣ୍ଡବମାନଙ୍କ ଇନ୍ଦ୍ରପ୍ରସ୍ତ ନିର୍ମାଣ ହିଁ ଦିଲ୍ଲୀର ପ୍ରାଚୀନତମ ଇତିହାସର ପୃଷ୍ଠଭୂମି ଥିଲା ।

– ତୁ ସିନା ମହାଭାରତ କଥା କହୁଛ । କିନ୍ତୁ ତୋମର, ଚୌହାନ, ଘୋରୀ, ମାମ୍ଲୁକ ଏପରି ରାଜବଂଶ ଦିଲ୍ଲୀର ଭାଗ୍ୟ ନିର୍ମାଣ କରିଛନ୍ତି । ଖିଲ୍‌ଜୀ, ତୋଗଲକ, ସୟ୍ୟଦ, ଲୋଦି ବଂଶ ପରେ ମୋଗଲ ବାଦଶାହା ବାବର ଦିଲ୍ଲୀରେ

ନିଜ ପତାକା ଉଡ଼େଇଥିଲେ ୧୫୨୬ ଖ୍ରୀଷ୍ଟାବ୍ଦରେ । କିନ୍ତୁ ଯଦିଓ ୧୫୪୦ରୁ ୧୫୪୬ ଯାଏଁ ସୁରୀ ବଂଶ ଓ ହେମୁ ଦିଲ୍ଲୀ ରାଜୁତି କରିଥିଲେ ତଥାପି ୧୮୫୭ ପର୍ଯ୍ୟନ୍ତ ଦିଲ୍ଲୀ ଥିଲା ମୋଗଲ କର୍ତ୍ତୃତ୍ବରେ ।

ଆମ ଭାରତରେ ଇଷ୍ଟଇଣ୍ଡିଆ କମ୍ପାନୀ ଦିନେ ଜାହାଙ୍ଗୀରଙ୍କୁ ୧୬୧୨ରେ ଭାରତରେ ବାଣିଜ୍ୟ କରିବାପାଇଁ ଅନୁମତି ମାଗିଲା । ୧୭୦୧ ଫେବ୍ରୁଆରୀ ୨୦ ତାରିଖରେ ଆଉରଙ୍ଗଜେବଙ୍କ ମୃତ୍ୟୁର ମାତ୍ର ୧୭ ବର୍ଷ ପୂର୍ବରୁ ମୋଗଲ ସାମ୍ରାଜ୍ୟ ଦିଲ୍ଲୀର ପାର୍ଶ୍ୱବର୍ତ୍ତୀ ଅଞ୍ଚଳଯାଏ ସଂକୁଚିତ ହୋଇଯାଇଥିଲା ।

ଇଷ୍ଟ ଇଣ୍ଡିଆ କମ୍ପାନୀର ପରିଚୟ ଥିଲା ଭାରତରେ ବାଣିଜ୍ୟ ଉଦ୍ଦେଶ୍ୟ । କିନ୍ତୁ ଉପନିବେଶବାଦର ପ୍ରତିଷ୍ଠା, ଲୁଣ୍ଠନ, ସାମ୍ରାଜ୍ୟବାଦ, ଭାରତୀୟମାନଙ୍କୁ ଅଧସ୍ତନ କରି ଧର୍ମାନ୍ତରିତ କରି ପ୍ରଭୁତ ବିସ୍ତାରରେ ଲାଗି ପଡ଼ିଥିଲେ । ଶେଷରେ ଭାରତୀୟମାନେ ଓ ଜମିଦାର, ଶାସକବର୍ଗ ହୋଇଗଲେ ଅଣନିଃଶ୍ୱାସୀ । ଲର୍ଡ଼ ଡ଼େଲହାଉସୀଙ୍କ ପ୍ରଚଳିତ ଆଇନ୍ "ଅପସରଣର ସିଦ୍ଧାନ୍ତ"ରେ ପ୍ରାଦେଶିକ ରାଜାମାନଙ୍କର ଅଧିକାର ଛିନ୍ନ କଲା । ଏହି ସ୍ୱତଃ ଆଇନ ଅନୁଯାୟୀ ଯେଉଁ ରାଜାଙ୍କର ସନ୍ତାନ ନଥିଲେ ରାଜା ହେବାପାଇଁ ଓ ବିନା ଦାୟାଦରେ ମୃତ୍ୟୁବରଣ କରୁଥିଲେ ସେମାନଙ୍କର ରାଜ୍ୟ ସ୍ୱତଃ ବିଟ୍ରିଶ ଶାସନରେ ଅନ୍ତର୍ଭୁକ୍ତ ହେବା ନିଶ୍ଚିତ ଥିଲା । ଏପରିକି ପୋଷ୍ୟସନ୍ତାନକୁ ଶାସକର ମାନ୍ୟତା ଦିଆଯିବ ନାହିଁର ନିୟମ ହେଲା ।

– ହୋଇପାରେ । ଏ କଥା କିଏ ଶୁଣୁଛି ? ଇଂରେଜ ଭୟ ତ ସମସ୍ତଙ୍କୁ ଘାରିଥିଲା ପରାଧୀନ ଭାରତରେ । ପ୍ରାଣ ଭୟ ଥିଲା ଏହି ବିଦେଶୀ ଜାତିକୁ ।

– ଶୁଣେ, ୧୮୪୮ରେ ସତାର, ୧୮୫୩ରେ ଝାନ୍ସୀ, ୧୮୫୪ରେ ନାଗପୁର ସମତେ ତିରିଶିଟି ଦାୟାଦଶୂନ୍ୟ ରାଜ୍ୟକୁ ବିଟ୍ରିସ ସାମ୍ରାଜ୍ୟରେ ମିଶେଇ ଦିଆଗଲା । ଓଡ଼ିଶାର ସମ୍ବଲପୁର ଓ ଅନୁଗୁଳ ମଧ ଏହା ଭିତରେ ଅନ୍ତର୍ଭୁକ୍ତ ଥିଲେ ।

– ଯୁଦ୍ଧରେ ତ ଜଣେ ବିଜୟୀ ହେବ ନିଶ୍ଚୟ ଓ ଅନ୍ୟ ଜଣେ ପରାଜୟ ସ୍ୱୀକାର କରିବ, କ୍ଷତି ସହିବେ ଉଭୟ ରାଜ୍ୟ । ଏହି ଭୂମିପାଇଁ ଲଢ଼େଇ, ରକ୍ତପାତ ହୁଏ । ଅଥଚ୍ ଯୁଗଯୁଗ ଝୁଲିଗଲାପରେ କାଲିପରି ଆଜି ଭୂମି ମଧ ସେମିତି ପଡ଼ି ରହିଥାଏ ।

ଦିଲ୍ଲୀର ଶେଷ ରାଜା ମୋଗଲ ସମ୍ରାଟ ବାହାଦୂର ଶାହ ଜଫର ୧୮୬୨ ନଭେମ୍ବର ୭ରେ ରେଙ୍ଗୁନ୍ଠାରେ ମୃତ୍ୟୁବରଣ କରିଥିଲେ । ଆମ ଦେଶ ତ ସ୍ୱାଧୀନ ହେଲା ୧୯୪୭ ମସିହା ଅଗଷ୍ଟ ପନ୍ଦର ତାରିଖରେ ।

ଭାରତର ସ୍ୱାଧୀନତା ଦେଖିଛି ଓ ପରାଧୀନର ଦୃଶ୍ୟ ମଧ୍ୟ ଦେଖିଛି । କିନ୍ତୁ ପରାଧୀନ ଓ ସ୍ୱାଧୀନ ଭିତରେ ଅନେକ ତାରତମ୍ୟ ଆସିଗଲାଣି । ଆଜି ତୁ ଯେମିତି ଶିକ୍ଷାର ଚଲାପଥରେ ଆଗକୁ ଅଗ୍ରସର ହୋଇପାରୁଛ ସେଦିନ ସେମିତି ନଥିଲା । ହଁ ରାଜାମହାରାଜା ପିଲାମାନଙ୍କ ଉଚିତ୍ ଶିକ୍ଷା ଗ୍ରହଣ କରିବାର ବ୍ୟବସ୍ଥା ଥିଲା । ଜାତିଆଣ ଭେଦଭାବ ମଧ୍ୟ ତୀବ୍ର ଥିଲା । ଅନ୍ଧବିଶ୍ୱାସ ସମାଜକୁ ବଡ଼ ଆକଟ କରି ତୋଳିଥିଲା । ଦ୍ରୋଣାର୍ଯ୍ୟ ମଧ୍ୟ ଏକଲବ୍ୟ ପ୍ରତି ଠିକ୍ ନ୍ୟାୟ କରିନଥିଲେ ନୀଚଜାତିର ହୋଇଥିବାରୁ । ଏବେ ବିଦ୍ୟାର ମହତ୍ତ୍ୱ ବେଶୀ । ଯିଏ ଉପରକୁ ଉଠିପାରିବାକୁ ଚେଷ୍ଟା କଲା ସେ ହିଁ ଉଚ୍ଚପଦବୀରେ ଅଧିଷ୍ଠିତ ହେଲା । ଆମ ରାଜା ମଧ୍ୟ ପରାକ୍ରମୀ ଥିଲେ । ଏହି ରାଜବଂଶ ରକ୍ତରେ ମୋ ବାପା ଓ ମା'ଙ୍କ ଅନେକ ଗାଥା ବହନ କରେ । ଆମ ଶରୀରରେ ମଧ୍ୟ ରାଜବଂଶର ରକ୍ତ ପ୍ରବାହିତ ।

ଚମକିପଡ଼ିଲା ଚିତ୍ରଲେଖା । କହିଲା ଜଣେ ସିପାହୀ ଥିଲେ ଅଜା, ପୁଣି ତାଙ୍କ ରକ୍ତରେ ରାଜବଂଶର ଚିହ୍ନ କେମିତି ?

ଜିଭ କାମୁଡ଼ି ଦେଇ ଲଲିତା କହିଲା – ମୋ ମା' ଥିଲା ରାଜବଂଶୀ ।

– ତେବେ ସେ ଏଠି ରହିଥିଲେ ଦାସୀ ହୋଇକି କାହିଁକି ?

ଅଟକିଗଲା ଲଲିତାର କଥା । ପୋଇଲି ନଥିଲା ତା' ମା' । ଥିଲା ନର୍ତ୍ତକୀ । ରାଜାଙ୍କର ମନମୋହିନୀ ପ୍ରେମିକା ।

– ମା' ରୂପ୍ ରହିଲୁ ଯେ ।

– ମୁଁ ସେ ବିଷୟରେ ଅଧିକ ଜାଣିନି । କିନ୍ତୁ ଏତିକି ଜାଣେ ରାଜମାତାଙ୍କ ସାଙ୍ଗଥିଲେ ମୋ ମା' । ତାଙ୍କ ସହିତ ଆସିଥିଲେ ବାହାଘରବେଳେ । ସେମାନେ ସବୁ ଗୋଟିଏ ବଂଶର ଥିଲେ ।

– ତେବେ ରାଣୀ ମା'ଙ୍କ, ବଡ଼ବାପା, କିମ୍ବା କାକାଙ୍କ ଝିଅ ହୋଇପାରନ୍ତି ମୋ ଆଈ ।

— ହୋଇପାରନ୍ତି । ରାଣୀମା'ଙ୍କୁ ପଚରିଲେ ସବୁ କହିବେ ।

— ମା' ତୁ ଜାଣିଛୁ ଅଥଚ ମୋତେ କହୁନୁ । ମୋତେ ଅନେକ କହନ୍ତି ତୁ କୌଣସି ରାଜକୁମାରୀଠାରୁ କମ୍ ସୁନ୍ଦରୀ ନୁହଁ । ତମର କିଏ ଏତେ ସୁନ୍ଦରୀ ଥିଲେ କି ?

ଚମକିଗଲା ଲଲିତା । ତା' ମା'କୁ ସେ ପିଲାଦିନୁ ଦେଖିନି । ପୁଣି ମା'ର ମୃତ୍ୟୁପରେ ରାଜବାଟିକୁ ପ୍ରବେଶ । ମା' ଗର୍ଭଧାରଣ କଲାପରେ ରାଜବାଟୀରୁ ବିତାଡ଼ିତ । ବାପା ଓ ମା'ଙ୍କ ମନରେ ଆନନ୍ଦ ନଥିଲା ଏହି ଗୁପ୍ତ ସଂପର୍କକୁ ନେଇ । ବାପାଙ୍କ ଅବସନ୍ନ ତାଙ୍କୁ ମୃତ୍ୟୁମୁଖକୁ ଟାଣି ନେଇଥିଲା । ଧାତ୍ରୀଙ୍କ ଦ୍ୱାରା ସେ ପ୍ରତିପାଲିତା । ରାଣୀଙ୍କ ଅନୁଗ୍ରହ ଯୋଗୁ ପୁଣି ଏଠି । ନିଶ୍ଚୟ ରାଣୀମା' ହିଁ ସାହାଥିଲେ ବୋଲି ମୃତ୍ୟୁ ମୁଖରୁ ବଞ୍ଚିଯାଇଥିଲା ।

— ମା' ମୁଁ ଯାଉଛି । ତୁ ରାଣୀମା'ଙ୍କ ପାଖକୁ ଯିବୁ ବୋଲି କହୁଛୁ । ଯାଇପାରିବୁ ଏବେ ।

ପହଁଞ୍ଚିଗଲା ଲଲିତା ରାଣୀମା'ଙ୍କ ପାଖରେ । ରାଣୀମା'ଙ୍କ ନିଦ ଭାଙ୍ଗିଯାଇଥିଲା । ଏବେ ସେ ରାଜକୀୟ ପୋଷାକ କିମ୍ବା ଅଳଙ୍କାରରେ ମଣ୍ଡିହୋଇ ରହିବାକୁ ରୁହାନ୍ତି ନାହିଁ । ସେ ଖୁବ୍ କର୍ତ୍ତବ୍ୟପରାୟଣା ରାଣୀ ଥିଲେ । ଏବେ ମଧ ନିଜ ପୁତ୍ରକୁ ଖୁବ୍ ଆଦର କରନ୍ତି । କିନ୍ତୁ ରାଜବାଟି ଛାଡ଼ି ଯାଇପାରନ୍ତି ନାହିଁ । ଲଲିତାକୁ ଦେଖି କହିଲେ — ଏତେ ଶୀଘ୍ର ମୋ ପାଖକୁ ରୁଳିଆସିଲୁ ପୁଣି । ତୋ ପରି ବିଶ୍ୱସ୍ତା ଆଉ କିଏ ହେବେନି । ତୋ ଲାଳନପାଳନ ପାଇଁ ମୁଁ ଯେଉଁ ବ୍ୟବସ୍ଥା କରିଥିଲି ସେଥିରେ ମହାରାଜା ମଧ ଅବଗତ ନଥିଲେ ।

— ମୁଁ ରହିଥିଲି କେଉଁଠି !

— ମୋ ବାପଘର ରାଜ୍ୟରେ । ମୋ ବାପାଙ୍କର ଛୋଟରାଜ୍ୟ ଥିଲା । ତଥାପି ତାହାର ପରିବେଶର ସୌନ୍ଦର୍ଯ୍ୟ ଖୁବ୍ ଚିତାକର୍ଷକ ଥିଲା । ଅରଣ୍ୟମଣ୍ଡିତ ଚିରସ୍ରୋତା ନଦୀର କୁଳୁକୁଳୁ ଶଦରେ ମୋ ପିଲାଦିନ ଖୁବ୍ ଶାନ୍ତିରେ କଟିଥିଲା । ମୋ ବାପା ଥିଲେ ଉତ୍ତମ ଗୁଣସଂପନ୍ନ ପ୍ରଜାବତ୍ସଳ ରାଜା ।

— ତେବେ ବୀର ନଥିଲେ କି ?

– ଛୋଟ ରାଜ୍ୟର ସୈନ୍ୟ ସଂଖ୍ୟା କମ୍ । ପ୍ରଜାମାନଙ୍କ ପାଇଁ ସେ ଥିଲେ କରୁଣାସାଗର । ସେମାନଙ୍କ ଦୁଃଖସୁଖରେ ପାଖରେ ଠିଆହୋଇ ସମାଧାନର ପନ୍ଥା ବାହାର କରୁଥିଲେ । କିନ୍ତୁ ଥିଲେ ପୁତ୍ରହୀନ । ଯେତେବେଳେ ରାଜାସାହେବ ମୋ ପିତାଙ୍କ ରାଜ୍ୟକୁ ବିଜୟ କରିଥିଲେ ସେତେବେଳେ ଉପହାର ସ୍ୱରୂପ ପାଇଗଲେ ମହାରାଜା ମୋତେ । ବାପା ମଧ ମୋତେ ବିବାହ ଦେବା ପାଇଁ ଖୁସିରେ ଅଥଯ ହୋଇଥିଲେ । କିନ୍ତୁ ରାଜାଙ୍କ ବୀରତ୍ୱ ଛଡ଼ା ରାଜାଙ୍କ ଚରିତ୍ରକୁ ଅନୁଧ୍ୟାନ କରୁଥିଲା କିଏ କି ? ଜୋର ଯାର ମୂଲକ ତାହାର । ମୁଁ ବିବାହ କଲି ମହାରାଜାଙ୍କୁ । ଆଉ ତୋ ମା' ତ ମୋର ନିଜର । ଏଠି ଆସି ଆମେ ଶାକ୍ୟଧର୍ମରେ ପୂଜାପଦ୍ଧତି କଲୁ । ଶକ୍ତିଙ୍କୁ ପୂଜା କରୁଥିଲେ ରାଜା । କିନ୍ତୁ ମୋ ପିତା ଥିଲେ ବିଷ୍ଣୁଭକ୍ତ । ଆମ ଛୋଟ ରାଜ୍ୟରେ ଆମେ ଖୁବ୍ ଖୁସିରେ ଥିଲୁ । କିନ୍ତୁ ଅନ୍ୟ ରାଜାଙ୍କର ବିଜୟ ପତାକା ମୋ ରାଜ୍ୟରେ ଲାଗିଗଲା ମାନେ ଆମେ ତ କରଦ ରାଜ୍ୟରେ ପରିଗଣିତ ହେଲୁ । ମୋ ମାତା ମାଲବିକା ସେତେବେଳେ ନିରାପଦା ପାଇଁ ସୈନ୍ୟଙ୍କ ଗହଣରେ ଦୁର୍ଗ ଭିତରେ ଥିଲେ । ଆମପରି ରାଜକନ୍ୟାମାନେ ଗୋଟିଏ ଗୁପ୍ତ ସ୍ଥାନରେ ଆସ୍ଥାନ କରିଥିଲୁ । କିନ୍ତୁ ଶତ୍ରୁର ପ୍ରତିରୋଧ ସାହସର ସହିତ ଯେତେ କରିଥିଲେ ମୋ ରାଜ୍ୟବାସୀ ଆଉ କିଏ କରିନଥିବେ । ତଥାପି ଦୁର୍ଗର ପଉନପରେ ମୋ ମାତା ପ୍ରାଣ ବିସର୍ଜନ କରିବାକୁ ବିନା ବୁଝିବିଚାରି ଚେଷ୍ଟା କରିଥିଲେ । ଭାବିନେଇଥିଲେ ମୋ ପିତା ରଣକ୍ଷେତ୍ରରେ ନିହିତ ହୋଇଥିବେ ବୋଲି । ଆମେ ସୁଡଙ୍ଗ ଦେଇ ଗୁପ୍ତସ୍ଥାନରେ ପହଞ୍ଚିଯାଇଥିଲୁ ନିରାପଦରେ ରହିବାପାଇଁ ।

ଆଃ, ଏପରି ବିପତ୍ତିବେଳେ ମୋ ପିତାଙ୍କ ଆଉ ମନର ଦମ୍ଭ ରହିଲା ନାହିଁ ଶତ୍ରୁ ପ୍ରତି ଯୁଦ୍ଧରେ ମାତିରହିବାପାଇଁ । ମୋତେ ସମର୍ପଣ କରି ସନ୍ଧିର ପ୍ରସ୍ତାବ କରିଥିଲେ ଓ ପରେ ନିଜ ରାଜ୍ୟ ପ୍ରଦାନ କରି ବନଗମନ କଲେ ।

– ରାଣୀମା' ତୁମେ ସତରେ ରାଜାଙ୍କୁ ବିବାହ କରିବାକୁ ଚୁହୁଁଥିଲ ?

ମୋର ଚୁହିଁବା ନ ଚୁହିଁବାର ମୂଲ୍ୟ କାହିଁ ? ପରାଜିତ ରାଜ୍ୟକନ୍ୟା ମୁଁ । ବିବାହ କରିବି ବିଜୟୀ ରାଜାଙ୍କୁ । ସେଠି ବିଚାର କରାଯାଏନି ପୂର୍ବବିବାହ ବୟସ ।

– ତେବେ ତୁମ ରାଜ୍ୟର ମନ୍ତ୍ରୀ, ପୁରୋହିତ କ'ଣ କହିଥିଲେ ?

– ବୁଝିଲୁ ଯେଉଁଠି ରାଜା ପରାଧୀନ ସେଠି ରାଜ୍ୟ ସଦସ୍ୟଙ୍କ କଥା କାହିଁକି ପଚରୁଛୁ ? ଇଂରେଜ ଶାସନ ଯୋଗୁ ଅନେକ ରାଜ୍ୟ ପରାଧୀନତାର ଶିକୁଳିରେ

ବାନ୍ଧି ହୋଇଗଲେଣି ସେତେବେଳେ । ଆମ ରାଜା ଶେଷରେ ଇଂରେଜଙ୍କ ଅଧୀନ ହେଲା । ରାଜ୍ୟସଭା ଲୋପପାଇଲା । ପ୍ରାଚୀନ ଓ ମଧ୍ୟକାଳୀନ ସାହିତ୍ୟକୁ ସମୃଦ୍ଧ କରିବାକୁ ଅନେକ ରାଜବଂଶରେ ସାହିତ୍ୟିକ ପ୍ରତିଭାର ସୃଷ୍ଟି ହୋଇଥିଲା । ମୋର ଆଇମା' ଥିଲେ ଉତ୍ତର ପ୍ରଦେଶର ଗୋଟିଏ ରାଜ୍ୟର ରାଜକନ୍ୟା । ସେମାନେ ଥିଲେ ନାଗବଂଶୀ କ୍ଷତ୍ରିୟ । ସେ ବହୁତ ପୂଜାପୂଜିରେ ମଞ୍ଜିରହି ନିର୍ଜଳା ଉପବାସରେ ଦିନ କାଟୁଥିଲେ । ସେ ଥିଲେ ନିରାମିଷାଶୀ । କିନ୍ତୁ ଆମ ରାଜ୍ୟରେ ରାଜାଥିଲେ ମୃଗୟା ପ୍ରିୟ । ରାଜକୀୟ ସାଂସ୍କୃତିକ ପରମ୍ପରାରେ ଭୋଗବାଦୀ । ନୃତ୍ୟଗୀତର ଆସରରେ ଜୀବନ ଅତିବାହିତ କରୁଥିଲେ । ରାଜାଙ୍କର ଅନେକ ଦାସୀ ମଧ୍ୟ ଉପପତ୍ନୀର ମାନ୍ୟତା ପାଇଥିଲେ ।

– ରାଣୀମା' ଦାସୀମାନେ ସ୍ୱାଧୀନତାର ବାହାରେ ଥାଆନ୍ତି । ରାଜାଙ୍କ ଇଚ୍ଛା ଅନୁସାରେ ନିଜ ତନମନକୁ ଲଗାନ୍ତି ବିନା ଦ୍ୱିଧାରେ କେମିତି ?

– କହନା ଆଉ ସେ କଥା । ସ୍ୱାଧୀନତା ତ ତାଙ୍କର ନଥିଲା । ତାଙ୍କର ଦେହ ମଧ୍ୟ ତାଙ୍କର ନୁହଁ । ସତେ ଯେମିତି ରାଜାଙ୍କ ସମ୍ପତ୍ତି । ନିଜ ଇଚ୍ଛାରେ ରାଜା ଭୋଗ କରିପାରିବେ । ଏପରିକି ଅନେକ ଦାସୀ କର୍ମଚାରୀଙ୍କୁ ବିବାହ କରି ମଧ୍ୟ ସ୍ୱାଧୀନ ଭାବରେ ଘରସଂସାର କରି ବିଚରଣ କରିପାରୁନଥିଲେ । ଦାସୀ ହିଁ ମୃତ୍ୟୁପର୍ଯ୍ୟନ୍ତ ଦାସୀ ଥିଲା । ତା' ସ୍ୱାମୀ ପାଖରୁ ଅଲଗା କରି ଅନ୍ୟତ୍ର ତାକୁ ବିକ୍ରି କରିଦେଲେ ମଧ୍ୟ କାହାର ୟୁ ନଥିଲା କିଛି କହିବାକୁ । ତୋ ମା' କ୍ଷେତ୍ରରେ କ'ଣ ଘଟିଲା ଜାଣିଲୁ ? ସେ ଆସିଥିଲା ମୋ ସାଙ୍ଗରେ । ପାଲଟିଗଲା ଦାସୀ ଓ ନଉକରୀ । ରାଜାମାନଙ୍କର ଗୋପନ ପ୍ରଣୟକୁ କିଏ ହେଲେ ଗମ୍ଭୀରତାର ସହ ଦୋଷ ଦେଉନଥିଲେ । ସେ ଥିଲେ ସର୍ବେସର୍ବା ରାଜ୍ୟର । ମନମୁଖୀ ଶାସନର ଅଧିକାରୀ ହୋଇଥିଲେ ମହେନ୍ଦ୍ର ।

ଗମ୍ଭୀର ହୋଇ ଲଳିତା କହିଲା – ରାଜାଙ୍କ ନିଷ୍ପତ୍ତିରେ ଭୁଲ୍ ଭଟ୍କା ଥିଲେ ମଧ୍ୟ ଗ୍ରହଣୀୟ ଥିଲା । ତାଙ୍କର ଚରମ ନିଷ୍ପତ୍ତି ଯୋଗୁ ମୋ ବାପାଙ୍କ ମୃତ୍ୟୁ ହେଲା । ଏ ତ ଘୋର ଅନ୍ୟାୟ ।

– ମୁଁ ସିନା ମର୍ମେ ମର୍ମେ ଅନୁଭବ କରିଥିଲି ଏହି ଦୁଃଖଦ କମ୍ପନ । କିନ୍ତୁ ରାଜାଙ୍କ ଜୀବନରେ କିଛି ଏତେଟା ଗୁରୁତ୍ୱପୂର୍ଣ୍ଣ ନଥିଲା । ସେ ସଂଗୀତ ଆସରରେ ତୋ ମା' ହେମାକୁ କେତେ କ୍ଷତାକ୍ତ କରିଛନ୍ତି ମୁଁ ହିଁ ଶୁଣିଛି ସେହି ଗୁଞ୍ଜନକୁ ।

ଆଖିରୁ ଲୁହ ଝୋରାଇଛି ହେମା ପାଇଁ । କିନ୍ତୁ ମୋର ଶକ୍ତି କାହିଁ ? ପାଟରାଣୀ ହୋଇ ମଧ୍ୟ ଅସହାୟ ଥିଲି । ଜୀବନର ଦୋଛକିରେ ପହଁଞ୍ଚି ଦିନେ ଭାବିଥିଲି ରାଜାଙ୍କୁ ଛାଡ଼ି ଚାଲିଯିବି । କିନ୍ତୁ ଯିବି କୁଆଡ଼େ ? ପରାଧୀନ ରାଜ୍ୟର କନ୍ୟା ତ ପରାଧୀନା । ମୁଁ ଚାଲିଗଲେ ହେମାର କଥା ବୁଝିବ କିଏ ? ସେ ଆହୁରି ଦୁଃଖ ଯନ୍ତ୍ରଣାରେ ଘାରିହେବ । ତୋ ମା' ମଧ୍ୟ ଇଚ୍ଛା ମୃତ୍ୟୁପାଇଁ ଅନେକ ଚେଷ୍ଟା କରିଥିଲା । ଖାସ୍ ମୋ ପାଇଁ ସେ ମରିପାରି ନଥିଲା । ଏପରି ପରିପ୍ରେକ୍ଷୀରେ କିଏ କାହାକୁ ଛାଡ଼ି ଏକା ଏକା ରହି ପାରିବୁ ନାହିଁ ବୋଲି ଭାବିଲୁ । ଯଦି କୁଆଡ଼େ ନିଜକୁ ପରିଚୟ ଶୂନ୍ୟକରି ଲୁଚିବୁ ତଥାପି ଧରାପଡ଼ି ଯିବାର ଭୟ ମଧ୍ୟ ମନରେ ଥିଲା । ରାଣୀହୋଇ ରହିଲେ କିଏ ମୋ ଉପରକୁ ଅଙ୍ଗୁଲି ନିର୍ଦ୍ଦେଶ କରିବେନି । ଚୁପ୍ ହୋଇରହିଲି । ରାଜକୁମାରଙ୍କ ଶାସ୍ତ୍ର ଓ ଶିକ୍ଷା କରିବାର ସମୟ ଆସିଯାଇଥିଲା । ତେଣୁ ଗୁରୁକୁଲରେ ଶିକ୍ଷା ଅଧ୍ୟୟନ କରିବା ବ୍ୟବସ୍ଥା ହେଲା । ଉଚ୍ଚ କ୍ଷତ୍ରିୟ ବଂଶୀୟର ଗୁଣଗାରିମାକୁ ପୁତ୍ରମାନଙ୍କ ମଧ୍ୟରେ ଦେଖିବାକୁ ରାଜା ତତ୍ପର ଥିଲେ । ବଡ଼ପୁତ୍ରକୁ ରାଜ୍ୟସିଂହାସନରେ ଅଭିଷିକ୍ତ କରିବାକୁ ମଧ୍ୟ ସେ ଆତୁରହୋଇ ଥିଲେ । ମିତ୍ରରାଜ୍ୟ କନ୍ୟା ସହ ପୁତ୍ରର ବିବାହକରି ଯୁବରାଜ ଆସନରେ ଅଭିଷିକ୍ତ କରାଇବା ମୋ ପାଇଁ ଗୋଟିଏ ଗୁରୁତ୍ୱପୂର୍ଣ୍ଣ କର୍ତ୍ତବ୍ୟ ଥିଲା ।

     – ଏବେ ଆମ ରାଜାବାବୁ ଅନ୍ୟ ସହରରେ କୋଠା ନିର୍ମ୍ମାଣ କରି ଅବସ୍ଥାନ କରୁଛନ୍ତି ।

     – ତଥାପି ଆମ ରାଜ୍ୟ ପରିବାରର ପରମ୍ପରାରେ ଯୋଗ ଦେଇ ପ୍ରଜାଙ୍କ ସମ୍ମୁଖରେ ଉପସ୍ଥିତ ହେଉଛି । ଏବେ ତା'ର ପୁତ୍ରକନ୍ୟାମାନେ ବିବାହ କରିଲେଣି ଆମ ପରମ୍ପରା ଭିତରେ ।

     ଲଳିତା ଚୁପ୍ ରହିଲା । ରାଣୀମା' କହିଲେ – ସେ ବହିଟା ଦେଲୁ । ଶୋଇ ରହିଛି କେତେ ସମୟ ହେଲା । ପଢ଼ିଲେ ମନ ଟିକିଏ ଆନପାନ ହେବ ।

     ରାଣୀ ମା' ଅତ୍ୟନ୍ତ ଭାବ ବିହ୍ୱଳ ହୋଇ ପଢ଼ିଲେ ଜଣେ କ୍ରୀତଦାସର କାହାଣୀ । ଆଖିରେ ଆସିଯାଉଥିଲା ଲୁହ । ଜଣେ ବ୍ୟକ୍ତି ଅନ୍ୟର ଶରୀର ଉପରେ ପ୍ରଭୁତ୍ୱ ବିସ୍ତାର ହିଁ କ୍ରୀତଦାସ ପ୍ରଥା ହେଉ କିୟ। ଦାସୀ ପ୍ରଥା ହେଉର ଜ୍ୱଳନ୍ତ ଉଦାହରଣ । ସେମାନଙ୍କ ଜୀବନ ମାଲିକର ଇଚ୍ଛାରେ ପରିଚାଳିତ । ସେମାନେ

ମଧ ପଶୁ ପରି ମାଲିକର ସମ୍ପତି । ବଞ୍ଚିରହି ମାଲିକକୁ ସେବା ଯୋଗାଇବା ଯେମିତି ସେମାନଙ୍କ କର୍ତବ୍ୟ । ନିଜର ମନ ତନକୁ ମାଲିକ ପାଇଁ ଉତ୍ସର୍ଗ କରି ଦେଇଥାଆନ୍ତି ସାରାଜୀବନ ପାଇଁ ଯେମିତି । ବିବାହ ସେମାନଙ୍କ ପାଇଁ ସ୍ୱପ୍ନ । ସେମାନଙ୍କୁ ରଖିଁଲେ ଅନ୍ୟତ୍ର ମଧ ସ୍ଥାନାନ୍ତରିତ କରାଯାଇପାରିବ । ଏହି କଳଙ୍କିତ ଅଧ୍ୟାୟ ପାଇଁ ଦାୟୀ ହିଁ ଧନୀକଶ୍ରେଣୀ ଗୋଷ୍ଠୀ ଥିଲେ ।

ରାଣୀ ଅନ୍ତଃପୁର ଭିତରର କାରୁକାର୍ଯ୍ୟ ତ ଦେଖିଲୁ । ଏଠାରେ ରହୁଥିବା ଦାସୀ ପରିଜନ ଓ ନର୍ତ୍ତକୀମାନେ ଏବେ ଶୂନ୍ୟ । ରାଜଉଆସର ଅନେକ କୋଠରୀ ଏବେ ଜରାଜୀର୍ଣ୍ଣ । ରାଜ୍ୟସଭା ଏବେ ବନ୍ଦହୋଇ ପରିତ୍ୟକ୍ତ ହୋଇପଡ଼ିଛି । ରାଜଉଦ୍ୟାନର ରକ୍ଷଣେବେକ୍ଷଣ ଦେଖୁଛୁ । ଅନାବନା ବୃକ୍ଷରାଜିରେ ଅତୀତର ପୁଷ୍ପବାଟିକା ଏବେ ଜରାଜୀର୍ଣ୍ଣ । ନାହିଁ ମାଲୁଣି । ସେମାନଙ୍କ ପରିବାର ଏଠୁ ବିଦାହୋଇ ଗଲେଣି । ଅତୀତର ମହାଆଡ଼ମ୍ବର ଆଉ କାହିଁ ? ରାଜସିଂହାସନରେ ନାମକୁ ମାତ୍ର ମୋ ପୁତ୍ର ରାଜା । ହେଲେ ଏହି ରାଜଉଆସରେ ଆଉ ରାଜ୍ୟକାର୍ଯ୍ୟ ନାହିଁ କି ରାଜାଙ୍କୁ ଖୋଜା ହେବା ଏତେ ଜରୁରୀ ପଡୁନି । ଆମେ ସୁନାରେ ମଣ୍ଡିହୋଇ ସବୁବେଳେ ରହୁଥିଲୁ । ଆମର ଚିନ୍ତା କିଛି ନଥିଲା । କିନ୍ତୁ ମନରେ ଶାନ୍ତି ନଥିଲା ।

ଲଲିତା ଟିକିଏ କ୍ଷୀଣସ୍ୱର କହିଲା – ରାଣୀମା' ସେ ଘରେ ତ ମିରିଗ ମୁଣ୍ଡ ଓ ବାଘଛାଲ, ହାତୀମୁଣ୍ଡ ଭର୍ତ୍ତି ହୋଇ ରହିଛି ।

– କେତେ ଆଉ ଉଆସ ସାରା ଟାଙ୍ଗିବକି ? ରାଜା ତ ଶିକାର ପ୍ରିୟ । ତେଣୁ ବେଶୀ ଶିକାର କରି ସେମାନଙ୍କ ଛାଲ ଓ ମୁଣ୍ଡକୁ ଗୋଟିଏ ଘରେ ରଖିଥିଲେ । ଏମିତି ଆମ ପୂର୍ବପୁରୁଷଙ୍କ ଶିକାର ସଉକ ଥିଲା ମଧ । ଏସବୁକୁ କେଉଁ ଅନୁଷ୍ଠାନ କିମ୍ବା ମ୍ୟୁଜିୟମକୁ ଦାନ କରିଦେଲେ ଠିକ୍‌ରେ ରକ୍ଷଣେବେକ୍ଷଣ ହୋଇପାରନ୍ତା । ହାତୀଙ୍କର ଅନେକ ଦାନ୍ତ ସିନ୍ଦୁକ ଭିତରେ ଅଛି ।

ମୋ ଜେଜେଶ୍ୱଶୁର କି ତାଙ୍କ ଜେଜେ ଅମଲରୁ ଅନେକ ପଥର ମୂର୍ତ୍ତୀ ଏବେ ଅନ୍ୟ ରୁମ୍‌ଟିରେ ଜମା ହୋଇ ରହିଛି । କି ସୁନ୍ଦର କାରୁକାର୍ଯ୍ୟରେ ଗଢ଼ିଥିଲେ । ତାକୁ ମଧ ସରକାରଙ୍କୁ ସମର୍ପିଦେଲେ ଭଲହୁଅନ୍ତା । ପିଲାମାନେ ମୋ କଥା ଶୁଣିଲେ ସିନା ! ସେମାନେ ତ ତାଙ୍କ କାମରେ ବ୍ୟସ୍ତ । ଦିନେ ଏହିସବୁ ଗାରିମାର

ପ୍ରତୀକଚିହ୍ନ ବହିଥିବା ପ୍ରସ୍ତର କି କାଷ୍ଠ ନିର୍ମିତ ମୂର୍ତ୍ତିଗୁଡ଼ିର ଅବକ୍ଷୟ ଘଟିଯିବ । ରାଜଉଆସରେ ଅନେକ ରୁମ୍‌ରେ ଏବେ ବିଭିନ୍ନ ସାମଗ୍ରୀ ବନ୍ଦହୋଇ ରହିଛନ୍ତି । ତାକୁ ଯଦି ବ୍ୟବହାର ନ କରୁଛ ତା'ର କିନ୍ତୁ ଗୋଟାଏ ଠିକ୍‌ ବିନିଯୋଗ କରିବା କଥା । ଖୋଲେ ସେ ବଡ଼ କାଠବାକ୍ସଟି । ତାରି ଭିତରେ ସୁନାର ବାସନ କୁସନ ଭର୍ତ୍ତିହୋଇ ରହିଛି । ତତେ ଦୁଇ ତିନୋଟି ଦେଲେ ଦୁଃଖ ସରିଯିବ ତୋର ।

— ରାଣୀମା' ମୁଁ ନେଇପାରିବି ନାହିଁ । ଯାହାପାଖକୁ ନେଇଗଲେ ଚେରଣୀ ହେବି । ଆପଣ ବଣିଆ ଡାକି ସୁନା ତରଲେଇଲେ କିଏ କିଛି ଅବିଶ୍ୱାସ କରିବେନି । କିନ୍ତୁ ଆମପରି ଗରୀବ ଶ୍ରେଣୀ ଯଦି ଏପରି ଦାମୀ ଜିନିଷ ଧରି ଦୋକାନ ବୁଲିଲୁ ଚେରରେ ଗଣା ହେବୁ ।

— ତେବେ ଆମ ରାଜଉଆସ ବଣିଆ ଆସିଲେ ତରଲେଇ ଦେଇ ତୋପାଇଁ ବିକ୍ରି କରିଦେବି । ଏହି ଟଙ୍କା ତୋ ନାଁରେ ଡିପୋଜିଟ୍‌ କରିବୁ ।

— ମୋ ନାଁରେ ଏତେଟଙ୍କା ଜମା ହେଲେ ବେଶୀ ଖୋଲତାଡ଼ ହେଲାବେଲେ ମୁଁ ହିଁ ଚେରଣୀ ହେବି । ମୋର ଏସବୁ ଦାନ ନେବାକଥା ନୁହେଁ । ତୁମ ପିଲାଙ୍କୁ ପର୍‍ଚି କାମ କରନ୍ତୁ । ନଚେତ୍‌ ପଚ୍ଛରେ ଆମେ ହିଁ ଧରାହେବୁ ପୋଲିସ ପାଖରେ ।

ରାଣୀମା' ଅନ୍ୟମନସ୍କ ହୋଇଗଲେ । ତା'ପରେ ଗମ୍ଭୀର ସ୍ୱରରେ କହିଲେ– ରାଣୀ ହୋଇ ମଧ ମୋର କେଉଁ ଦମ୍ଭ ଥିଲା କି ? ରାଜାସାହେବ ନିଜ ମନଇଚ୍ଛାରେ ଦାସୀମାନଙ୍କୁ ଆଣି ରାଣୀର ଆଖ୍ୟା ନଦେଇ ମଧ ସେମାନଙ୍କ ନାଁରେ ଅନେକ ଜମିବାଡ଼ି କୋଠା କରି ଯାଇଛନ୍ତି । ଯିଏ ସେମାନଙ୍କ ଭିତରେ ଝଲାକ ଚତୁର ଥିଲା ସେ ନିଜ ନାଁରେ ଅନେକ ସମ୍ପଉବାଡ଼ି ଭବନ ତୋଳି ବସିଥିଲା ।

— ଏପରି କିପରି ସମ୍ଭବ ହେବ ? ମୋ ମା' ତ ଏପରି ନଥିଲା ।

— ତୋ ମା' ଏପରି ଅନ୍ୟର ଧନକୁ ହଡ଼ପ୍‌ କରିବାକୁ ଇଚ୍ଛା କରିଥିଲେ ଭଙ୍ଗା ମନ ନେଇ ଏଠି ପଡ଼ିନଥାନ୍ତା । ରାଜାଙ୍କ ମନକୁ ମୋହିତ କରି ବନମାଳୀ ସାଙ୍ଗରେ ମନ ଯୋଡ଼ି ଅତି ସୁଖରେ ଥାଆନ୍ତା । ଯଦିଓ ବନମାଳୀକୁ ସ୍ୱାମୀର ଆଖ୍ୟା ଦେଇନଥାନ୍ତା । ଆମେମାନେ ଚକ୍ରାନ୍ତ କରିବା ଜାଣିନଥିଲୁ ବୋଲି ଯନ୍ତ୍ରଣା ଭୋଗିଲୁ । ଥିଲା ଜଣେ ଲୀଳାବତୀ । ସାଧାରଣ ଗରୀବଘର ଝିଅଟିଏ । ଦଶବାର ବର୍ଷ ହେବ । ବାପାଟି ଯାଇଥିଲା ରଙ୍ଗୁନ୍‌ ଯେ ଆଉ ଫେରିଲାନି । ମା' ଝିଅ

ଜଳଖିଆ ଦୋକାନରେ କାମକରି ପେଟ ପୋଷୁଥିଲେ । ଥରେ ରାଜା ହାତୀପିଠିରେ ବସି ଗାଁ ବୁଲି ବାହାରିଥିଲେ । ସେ ସମୟରେ ଦାଣ୍ଡରେ ଲୀଲାବତୀ ଦଣ୍ଡାୟମାନ ହୋଇ ରାଜାଙ୍କୁ ଦେଖିବାକୁ ରୁହେଁଥିଲା । ରାଜାଙ୍କର ଆଖି ତା’ ଉପରେ ତ ସ୍ଥିର ହୋଇଗଲା । ତା’ପରେ ରାଜାସାହେବ୍ ତାକୁ ହାତୀରେ ବସେଇ ନେଇ ଆସିଲେ ଉଆସକୁ । ଏଠି ଭଲମନ୍ଦ ଖାଇପିଇ ମା’ ଝିଅ ରହିଲେ । ବଡ଼ ହୋଇଗଲା ପରେ ତାକୁ ନେଇ ରାଜା ନିଜ ଦିନ ସାରିବାକୁ ଲାଗିଲେ । ତାକୁ ରାଣୀ କରିବାକୁ ଅଡ଼ି ବସିଥିଲେ । କିନ୍ତୁ ରାଜା ପରିଷଦକଙ୍କ ନିର୍ଦ୍ଦେଶ ଅନୁସାରେ ଓ ମନ୍ତ୍ରୀଙ୍କ ପରାମର୍ଶ ଯୋଗୁ ଲୀଲାବତୀକୁ ରାଣୀ ନକରି ରାଣୀପରି ସୁଖସୁବିଧା ଦେଇ ନଥର ତୋଳି ଦେଲେ ଅନ୍ୟଠି । ସେ ମଧ୍ୟ ରାଣୀ ପରି ସବୁ ସୁଖସୁବିଧା ଭୁଞ୍ଜିଲା ।

– ମହାରାଜାଙ୍କୁ ଆପଣ ବିରୋଧ କରିନଥିଲେ କି ?

– କିଛି ଲାଭ ହେବନି । ରାଜା ନିଜ ମନର ମର୍ଜି । ସେତେବେଳେ ସୁନ୍ଦରୀ କନ୍ୟାମାନଙ୍କୁ ଆଣି ଦାସୀ ପୋଇଲିପରି ରାଜଉଆସରେ ରଖି ଉପଭୋଗ କଲେ ମଧ୍ୟ କାହାର ୟୁ ନାହିଁ ମୁଖ ଖୋଲିବାକୁ । ରାଜାଙ୍କ ଶାସନରେ ଶୂଳିକୁ ତ ପ୍ରଜାଙ୍କର ଭୟ । ପ୍ରଜାଙ୍କଠାରୁ କର ଆଦାୟ କରନ୍ତି ରାଜକୋଷ ଭରିବାକୁ । ସ୍ୱାଧୀନତା ପରେ ରାଜତନ୍ତ୍ରର ବିଲୋପ ହେଲା ଓ ଏବେ ମନ୍ତ୍ରୀତନ୍ତ୍ରର କାଳ ଆରମ୍ଭ ହୋଇଛି । ଏବେ ମଧ୍ୟ ଆମ ପରିବାରର ଅନେକ ମନ୍ତ୍ରୀ ପଦପାଇଁ ନିର୍ବାଚ୍ନ ଲଭୁଛନ୍ତି । ସେତେବେଳର ଭାବନା ଓ ଏବର ଭାବନା ଭିତରେ ଅନେକ ପ୍ରଭେଦ ହେଲାଣି । ଏବେ ଆଉ ପ୍ରଜା ପରାଧୀନ ନୁହଁନ୍ତି କି ରାଜାଙ୍କ ପ୍ରତି ଆନୁଗତ୍ୟ ନୁହଁନ୍ତି । ରାଜା ପ୍ରଜା ସବୁ ତ ସ୍ୱାଧୀନ ନାଗରିକ । ଯାହା ପାଖରେ ଧନ ଅଧିକ ସେ ରାଜକୀୟ ଠାଣିରେ ବଞ୍ଚିଲା । ରାଜାଯୁଗ ସରିଲା ଆମ ଦେଶରେ ଇଂରେଜ ଶାସନର ଅବସାନ ପରେ । ବିଳାସପୂର୍ଣ୍ଣ ଜୀବନଶୈଳୀର ପୂର୍ଣ୍ଣଚ୍ଛେଦ ପଡ଼ିଗଲା । ଏବେ ରାଣୀମହଲ, ରାଜା ବଗିଚ, ରାଜଉଆସ ସବୁ ଭଗ୍ନମୁଖ ଆଡ଼କୁ ଗତି କଲେଣି । କିଏ ନେଉଛି ଏହାର ରକ୍ଷଣାବେକ୍ଷଣ ଦାୟିତ୍ୱ । ବିକ୍ରି କରି ହେବନି ମଧ୍ୟ ଆମ ପରମ୍ପରାର ସୌଧକୁ । ଏବେ ଧନର ପ୍ରାଚୁର୍ଯ୍ୟ ଆଉ ନାହିଁ ହଜାରେ ଲୋକରଖି ରାଜଉଆସ କାର୍ଯ୍ୟଭାର ପରିଚାଳନା କରିବୁ । ସବୁ ସ୍ୱପ୍ନ ପରି ଝଲିଗଲାଣି । ଦେଖାଯାଉ ମୋ ପରେ ଏହି ରାଜଉଆସର ଅସ୍ତିତ୍ୱ ରହୁଛି କି ବୁଡୁଛି ।

– ରାଣୀମା', ସେଇ ଲୀଳାବତୀ ଏବେ ବଞ୍ଚିଛନ୍ତି କି ?

– ହଁ ବଞ୍ଚିଛି । ତା' ଆଉ ରାଜାଙ୍କର କେତେ ପୁଅଝିଅ ଜନ୍ମ ନେଇଛନ୍ତି ।

– ତେବେ ରାଜ ସମ୍ପତ୍ତିରେ ସେମାନଙ୍କର ଅଧିକାର ଅଛି କି ?

– କିଛି ନାହିଁ । ଯାହା ରାଜା ନିଜ ଜୀବଦଶାରେ ଦେଇଥିବେ ସେଥିରେ ତ ତା' ସାତପୁରୁଷ ଖୁବ୍ ଅୟସରେ ଚଳିଯିବେ । ଦେଢ଼ଶହ ବାଟି ଜମି ତା' ନାଁରେ ଥିଲା । ଏବେ ବିକିଭାଙ୍ଗି ଖାଉଥିବେ ତା' ପିଲାମାନେ । ଦାସୀ ପୋଇଲି ସନ୍ତାନ ରାଜସମ୍ପତ୍ତିରେ ଭାଗ ଖୋଜିବାର ଅଧିକାର ନାହିଁ ।

ତେବେ ମା' ମୋର ମଧ ଅଧିକାର ନାହିଁ ଏହି ରାଜବାଟୀ ସମ୍ପତ୍ତିରୁ କିଛି ନେବାକୁ । ମୋ ମା' ଥିଲା ନର୍ତ୍ତକୀ । ଜଣେ ନଟୀର ଆଖ୍ୟା ପାଇଁ ସେ ରାଜଉଆସରେ ରହିଥିଲା । ଯଦିଓ ତା'ରି ଭିତର ସମ୍ପର୍କ ଅନ୍ୟମାନଙ୍କୁ ଜ୍ଞାତ ଥିଲା । ମୁଁ ତମଠାରୁ କେବେହେଲେ ଧନ ଗ୍ରହଣ କରିବି ନାହିଁ ।

◻

॥ ପାଞ୍ଚ ॥

ତୋ ମା' ହେମା ଥିଲା ରାଜବଂଶର ରକ୍ତର । ଲୀଲାବତୀ ଥିଲା ଏକ ସାଧାରଣ ଜାତିର କନ୍ୟାଟିଏ । ତାକୁ ବିବାହ କଲେ ରାଜ୍ୟରେ ସୃଷ୍ଟି ହେବ ଅରାଜକତା । ତେଣୁ ଏହି ଭାବନା ମଧ୍ୟ ରାଜାଙ୍କ ମନକୁ ଆଚ୍ଛନ୍ନ କରି ରଖିଥିଲା । ତୋ ମା' ମୋର ଛାଇପରି ଥିଲା । ତା'ର ପ୍ରତିକଥା ମୁଁ ବୁଝୁଥିଲି । ବନମାଳୀ ସହ ବିବାହ କରାଇଦେଇ ଭାବିଥିଲି ଏଥର ତା' ମନରେ ଖୁସି ଭରିଯିବ । ମୁଁ ମଧ୍ୟ ନିର୍ଦ୍ଦୋଷ ହୋଇଯିବି ତା' ଆଖିରେ । କିନ୍ତୁ ସବୁ ତ ଓଲଟା ହେଲା । ରାଜାଙ୍କ ମନର ଇନ୍ଦ୍ରଜାଲକୁ ମୁଁ ଛିଣ୍ଡେଇ ପାରିନଥିଲି । ତେଣୁ ହେମା ପୁଣି ରାଜାଙ୍କ ମନୋରଞ୍ଜନ ପାଇଁ ବନ୍ଦୀହୋଇ ରହିଗଲା ରାଜଉଆସରେ । ତଥାପି ତୋ ମା' ପାଇଁ ମୋ ମନରେ ସମ୍ମୋହନ ଥିଲା ବୋଲି ତା' ମୁକ୍ତି ପାଇଁ ବାଟ ଖୋଜୁଥିଲି ମୁଁ । ସେ ତ ଜିଇଁ ଜିଇଁ ମରୁଥିଲା ପ୍ରତିଦିନ । ମୋ ବିଶ୍ୱାସକୁ ଆଧାର କରି କରି ଯନ୍ତ୍ରଣାକୁ ଆପଣେଇ ନେଇଥିଲା । ଶେଷରେ ତା'ର ମୁକ୍ତିର ବାଟ ମିଳିଲା ପରେ ବନମାଳୀ ତ ଆଉ ତାକୁ ଗ୍ରହଣ କଲାନି । ଏଠି କାହାର ଭୁଲ କହିଲୁ ତୁ ? ମୋର ହିଁ ବଡ଼ ଭୁଲ ।

– ରାଣୀମା', ତୁମର ଭୁଲ କାହିଁକି ହେବ ? ତମେ ଥିଲ ମା'ର ଶୁଭଚିନ୍ତକ ।

– କିନ୍ତୁ ତା' ପାଇଁ କି ସୁବିଧା କରିଥିଲି କି ? ସବୁ ତ ମୋ ହାତପାହାନ୍ତାରେ ନଥିଲା । ଥପ୍ ଥପ୍ ଲୁହ ଗଡ଼ିପଡ଼ିଲା ରାଣୀମା'ଙ୍କ ଆଖିରୁ ।

ଲଲିତା ବ୍ୟାକୁଳ ହୋଇ ରାଣୀମା'ଙ୍କ ଆଖିରୁ ଲୁହ ପୋଛି ଦେଲାବେଳେ ଛଳଛଳ ହୋଇଗଲାଣି ତା' ଆଖି । ଭାବୁଥିଲା ତା' ମା' ଏମିତି ଜୀବନଟିଏ ପାଇ ନିଶ୍ଚୟ ମର୍ମଦାହରେ ଜଳୁଥିବ । ତା' ଆଖିରେ ସ୍ୱାମୀର ଚେହେରା ଛପି ରହିଲାବେଳେ ରାଜାସାହେବଙ୍କ ଅତ୍ୟାଚର ଖୁବ୍ ଯନ୍ତ୍ରଣାଦାୟକ ଥିବ । ତଥାପି ମା' ନିରୁପାୟ ଥିବ ।

ରାଣୀମା' ସୀମାହୀନ ଆକାଶକୁ ଝରକା ଦେଇ ରହିଁଲେ ଟିକିଏ । ତା'ପରେ ଦୀର୍ଘଶ୍ୱାସ ଛାଡ଼ି ଆତ୍ମୀୟତାର ବାସ୍ନାରେ ଜର୍ଜରିତ ହୋଇ ବଖାଣି ବସିଲେ – ଏବେ ଆଉ ଦୁଃଖ କରି କିଛି ଲାଭ ନାହିଁ । ତୋ ମା' ମଧ ମୋତେ ଦୋଷୀ କରିଥାଇପାରେ । ତା' ଉଜୁଡ଼ା ଦାମ୍ପତ୍ୟ ଜୀବନ ପାଇଁ ମୁଁ ଦାୟୀ ହୋଇପାରେ । ମୁଁ ତା' ପ୍ରେମିକ ବନମାଳୀ ସହ ବିବାହ କରାଇ ଭୁଲ କରିନଥିଲି କି ?

– ରାଣୀମା' ତୁମେ କାହିଁକି ଭୁଲ କରିବ ? ତମେ ତା ସଂସାରକୁ ଯୋଡ଼ିବାକୁ ଚେଷ୍ଟା କରିଥିଲ ।

– ସେଥିପାଇଁ ତ ତତେ ତୋ ପ୍ରାପ୍ୟ ଦେବି । କାହିଁକି ମନା କରୁଛୁ ? ଲୀଲାବତୀ କ'ଣ ନ ପାଇଲା ରାଜାଙ୍କ ଦୟାରୁ । ତା' ପିଲାମାନେ ଏବେ ମଧ ଜମିଦାରି ହୋଇ ବସିଛନ୍ତି । କାହା ଭାଗ୍ୟରେ କ'ଣ ଅଛି କହି ହେବନି ତ ଆଉ । ତୋ ମା' ରାଜପରିବାର କନ୍ୟା ହୋଇ ଶେଷରେ ଦୟନୀୟ ଅବସ୍ଥାରେ ମୃତ୍ୟୁବରଣ କଲା, ଆଉ ରାଣୀ ଅନ୍ତଃପୁରର ସବୁ ସୁବିଧା ଭୋଗ କଲା ଲୀଲାବତୀ ।

ଫେରି ଯାଇଥିଲା ଲଳିତା ତା' ଝିଅର ଡାକରେ । ରାଣୀମା' କୃଷ୍ଣା ଦେବୀଙ୍କୁ ଦୂରଦିଗ୍‌ବଳୟରେ ସ୍ୱସ୍ତ ଭାବରେ ମନେ ପଡ଼ିଯାଉଥିଲା ହେମାର ପ୍ରଥମ କାକୁତି ମିନତୀର ସ୍ୱର । ସେ ମଧ କେବେ ଭାବିପାରିନଥିଲେ ରାଜାସାହେବ ହେମା ଉପରେ ମଧ ପାଶବିକ କର୍ତ୍ତୃତ୍ୱ ଜାହିର କରିବେ ବୋଲି । ହେମା ନିରୀହ ପରି ଅନୁରୋଧ କରୁଥିଲା – ମୋତେ ଛାଡ଼ିଦିଅନ୍ତୁ । ମୁଁ ଆପଣଙ୍କ ଭଉଣୀ ପରି । ମୁଁ ଅନ୍ୟ ଜଣଙ୍କର ପତ୍ନୀ ।

ସେହିଦିନ ଉପବନ ଥିଲା ଜ୍ୟୋସ୍ନାପ୍ଲାବିତ । ଏହି ରାତ୍ରୀର ଉପବନର ଶୋଭା ଦର୍ଶନପାଇଁ କୃଷ୍ଣାଙ୍କ ସହ ହେମା ହିଁ ପଶି ଥିଲେ ଉପବନରେ । ସେଠାର ଦୋଳିରେ ଝୁଲୁଝୁଲୁ ଦୁହେଁ ତ ଅନେକ ଖୁସିଗପ ଯୋଡ଼ିଥିଲେ ପିଲାଦିନର । ଦୁହେଁ ସଖୀ ଓ ଯୌବନରେ ମଧ ଖୁବ୍ ମନଲୋଭା ଦିଶୁଥିଲେ । ସେହି ରାତ୍ରିରେ କୃଷ୍ଣାଙ୍କୁ ଖୋଲି ହେମା କହିଥିଲା ତା' ମନର ପୁରୁଷ ବନମାଳୀ ବିଷୟରେ ।

– ସେନାପତି ବନମାଳୀ ତ ଆମ କ୍ଷତ୍ରିୟ ପୁରୁଷ। ଆଉ ଏଥିରେ ଦ୍ୱିଧା କାହିଁକି ? ରାଜା ନିଶ୍ଚୟ ତୋ ହାତ ଛନ୍ଦିଦେବେ ବନମାଳୀ ସହ ଖୁସିରେ ଖୁସିରେ। ଦୃଢ଼ ସ୍ୱରରେ କୃଷ୍ଣା କହିଥିଲେ।

ତଥାପି ମନର ଅବଦମିତ ଇଚ୍ଛାକୁ ପ୍ରକାଶ କରି କହିଥିଲା ହେମା – ଯଦି ଏପରି ଯୋଗ୍ୟ ପୁରୁଷ ସହ ରାଜା ମୋତେ ବିବାହ ନ ଦିଅନ୍ତି ତେବେ ମୁଁ ହିଁ ମରିଯିବି ତାଙ୍କ ବିନା।

ଜିଭ କାମୁଡ଼ି କୃଷ୍ଣା ଦେବୀ ତା’ ଗାଲକୁ ଆଉଁସି ଦେଇ କହିଥିଲେ – ମୁଁ କଥା ଦେଉଛି ତତେ ବିବାହ କରାଇଦେବି। ମୋର ଅନ୍ତରଙ୍ଗ କଥାକୁ ତୁ ବିଶ୍ୱାସ କରୁଛୁ ତ ? ପ୍ରେମିକ ପୁରୁଷର ପ୍ରତିଫଳନ ତତେ ବିଚଳିତ କଲାଣି ବୋଧେ।

– ଯଦି ରାଜାସାହେବ ଅମଙ୍ଗ ହେବେ ?

– ତେବେ ମୁଁ ତ ଅଛି ତାଙ୍କ କଥା ବୁଝିବାକୁ। ତୋ ସମସ୍ୟା ହିଁ ମୋର ବୋଲି ଭାବିନିଏ।

– ସଖୀ ଖରାପ ଭାବିବ ନାହିଁ। ରାଜାସାହେବ ଅନେକ ଦାସୀ ପୋଇଲି ରଖିଛନ୍ତି ନିଜ ଅବକାଶ ବିନୋଦ ପାଇଁ। ତୁମେ କ’ଣ ଏସବୁ ଆଖିରେ ଦେଖିନାହଁ। ତଥାପି ରୂପ ରହିଛ ଭୁଲ ସୁଧାରିବାରେ। ଅନେକ ବେଳେ ଦାସୀମାନଙ୍କ ଯାତନାପୂର୍ଣ୍ଣ କ୍ଲାନ୍ତଶ୍ରାନ୍ତ ମୁହଁକୁ ଝଲିଲାବେଲେ ଛାତି ଭିତରେ କ୍ରୋଧାନଳ ସୃଷ୍ଟି ହୁଏ। ତେଣୁ ମୁଁ ଏଠୁ ଯେତେ ଶୀଘ୍ର ପାରେ ମୁକ୍ତି ହୋଇଯାଇ ବନମାଳୀ ସହିତ ବିବାହ କରିଦେବି। ମୁଁ ବନମାଳୀ ସହ ମୋ ମନ ଆମ୍ଭା ଏପରିକି ଦେହକୁ ଛନ୍ଦି ପକାଇଛି। ଗୋଟିଏ ମୁହୂର୍ତ୍ତ ଏଠି ରହିବାର ଆଉ ଇଚ୍ଛା ନାହିଁ।

– ତୁ ଏ କ’ଣ କହୁଛୁ ? ଚିଲ୍ଲାଇ ଉଠିଲେ କୃଷ୍ଣା ଦେବୀ।

– କେବେ କେତେବେଳେ ମୁଁ ତ ଜାଣିଛି। ଏକ ଦୁର୍ବଳ ମୁହୂର୍ତ୍ତରେ ପୂର୍ଣ୍ଣପ୍ରାଣରେ ମୁଁ ବନମାଳୀ ପାଖରେ ନିଃଶେଷ ହୋଇଯାଇଛି।

– ତୁ ମସ୍ତବଡ଼ ଭୁଲ କରିଦେଇଛୁ।

– ଆଜି ହିଁ ମୁଁ ବନମାଳୀଙ୍କ ସହ ଏହି ରାଜ୍ୟ ତ୍ୟାଗ କରିଯିବି ଏକ ନିରୋଳା ରାତ୍ରିରେ।

ବିସ୍ମିତ ହେଲେ କୃଷ୍ଣା ଦେବୀ । ବ୍ୟଥିତ ସ୍ୱରରେ କହିଲେ – ତୁ ବିବାହ କରିସାରିଛୁ ?

– ହଁ ଗତ ପୂର୍ଣ୍ଣିମାରେ ମୁଁ ଆଉ ବନମାଳୀ ବିବାହ କରିସାରିଛୁ ଦେବୀମା’ ମନ୍ଦିରରେ । ତୁମକୁ ଜଣାଇଲେ କ୍ଷୁବ୍ଧ ହେବ ବୋଲି ବିବାହ ପରେ ଜଣାଉଛି ।

– ତୁ ତେବେ ମୋତେ ପୁରାପୁରି ବିଶ୍ୱାସ କରିପାରୁନଥିଲୁ କି ? ଗମ୍ଭୀର ହୋଇ କହିଥିଲେ କୃଷ୍ଣା ।

– ତେବେ ଆଜି ଏହି ରାତିରେ ବନମାଳୀ ତତେ ନେବାକୁ ନିଶ୍ଚୟ ଏଠିକୁ ଆସିବ । ତତେ ପୁନଃ ବିବାହ କରାଇଦେବି ମୁଁ ।

– ହଁ । ମୁଁ ଜାଣେ ସେ ନିଶ୍ଚୟ ଆସିବେ ।

– ଚାଲ ମନ୍ଦିରକୁ । ତମ ଦୁହିଁଙ୍କ ବିବାହ ଆଗ ସମାପନ କରିଦେବି ।

– ଠିକ୍ ଏଠିକବେଳେ ଶୁଣାଗଲା ଘୋଡ଼ାର ଟାପୁ ଶବ୍ଦ । କାଳ ବିଳମ୍ବ ନକରି ହେମା ଦୌଡ଼ିଲା ଉପର ବନର ଶେଷମୁଣ୍ଡକୁ । ତା’ପରେ ଶୁଣାଗଲା ହେମାର ଆକୁଳସ୍ୱର – ରକ୍ଷାକର କୃଷ୍ଣା, ରକ୍ଷାକର କୃଷ୍ଣା ।

– କ୍ଷୀଣ ହୋଇ ପଡ଼ୁଥିଲା ହେମାର ସ୍ୱର । ବିଚଳିତ ହୋଇ ରାଣୀମା’ ଦୌଡ଼ିଲେ ଉପବନର ଶେଷମୁଣ୍ଡକୁ । ବନମାଳୀକୁ ବନ୍ଦୀ କରି ସାରିଥିଲେ କେତେକ ସୈନିକ । ଟାଣିନେଇ ଯାଉଥିଲେ କାରାଗାର ଆଡ଼କୁ । କିଛି ବୁଝିବା ଆଗରୁ ବନମାଳୀର ଚିତ୍କାର ଶୁଭୁଥିଲା – ରାଜାସାହେବ ଠିକ୍ କରିନାହାନ୍ତି । ମୁଁ ହେମାକୁ ବିବାହ କରିସାରିଛି ।

ଆବାକ୍ ହୋଇ ପଡ଼ିଲେ କୃଷ୍ଣା ଦେବୀ । କେମିତି ସେ ରାଜାଙ୍କ କବଳରୁ ରକ୍ଷା କରିପାରିବେ ହେମାକୁ । ମୁଖ୍ୟତଃ ରାଜାଙ୍କ ନଜରରେ ହେମା ଗତିବିଧ୍ ଉପରେ କେବେଠାରୁ ନିଘା ଥିବ । ସେ ହେମାଙ୍କୁ ରାଣୀ କି ନର୍ତ୍ତକୀର ଆଖ୍ୟା ଦେଇ ଦେହସୁଖର ଲାଲସା ମେଣ୍ଟାଇବାକୁ ରହିଥିବେ ନିଶ୍ଚୟ । ଅନେକଥର କହିଛନ୍ତି – ହେମା ଏବେ ବହୁତ ସୁନ୍ଦରୀ ହୋଇଯାଇଛି । ତା’ର ଅଭିସାର ପାଇଁ ପ୍ରସ୍ତୁତି କରିବ ତମେ ?

ହାଲକା ଭାବରେ କୃଷ୍ଣା ଦେବୀ କହିଛନ୍ତି – ରାଜପୁତ୍ରର ଆଗମନ ହେଉ ।

ହସି ହସି କହିଛନ୍ତି – ମୁଁ ପରା ରାଜପୁତ୍ର ।

– ମଜା କରୁଛ କି ମୋ ସହ । ସେ ମୋ ଭଉଣୀ ପରା । ତା'ର ଚିନ୍ତା ତୁମର ଓ ମୋର ।

– ଠିକ୍ ଅଛି ତମେ ଚିନ୍ତା କରନି । ତା' ବ୍ୟବସ୍ଥା ମୁଁ ହିଁ କରିଦେବି । ଖୁବ୍ ଆଶ୍ୱାସନା ଗଳାରେ ଶୁଣାଇ ଦେଲେ ରାଜା ।

ସେଦିନ ପୁରୁଷର ପିପାସାର ଅଭିପ୍ରାୟକୁ ଠିକ୍‌ରେ ବୁଝିପାରି ନଥିଲେ କୃଷ୍ଣା ଦେବୀ ବୋଧେ । ମନରେ ଘୃଣାର ବିଷ ଭରିଗଲାଣି । କାଢ଼ିଲେ ନିଜେ ତରବାରୀ । ଘୋଡ଼ାରେ ଚଢ଼ି ଦୌଡ଼ିଲେ କାରାଗାର ଆଡ଼କୁ । ସିପାହୀକୁ ପରାସ୍ତ କରି ବନମାଳୀକୁ ଦୃଢ଼ ସ୍ୱରରେ କହିଥିଲେ – ତୁମେ ଯାଇ ହେମାକୁ ରକ୍ଷାକର ରାଜାଙ୍କ କବଳରୁ ।

ବନମାଳୀ ଘୋଡ଼ାରେ ଚଢ଼ି ଦୌଡ଼ିଥିଲା ରାଜାଙ୍କ ଘୋଡ଼ାର ପଛେପଛେ । ତା'ପରେ ରାଣୀ ମଧ ବନମାଳୀକୁ ଅନୁସରଣ କରିଥିଲେ । କିଛି ଦୂର ଅତିକ୍ରମ କଲାପରେ ବନମାଳୀର ଘୋଡ଼ା ଆଗେଇ ଯାଇଥିଲା ରାଜାଙ୍କ ଆଗକୁ । ହେମାକୁ ବନମାଳୀ ଜୋର୍ ଦେଇ ଟାଣି ଆଣିଥିଲା ଘୋଡ଼ା ଉପରୁ । ରାଜା ତଳେ ପଡ଼ି ଜଖମ ହୋଇଯାଇଥିଲେ ଆଉ ହେମା ବନମାଳୀ ସହ ଆଗକୁ ଯାଇ ଗାଁଦେବୀଙ୍କ ପିଠିରେ ହେମାର ସିନ୍ଥିରେ ସିନ୍ଦୁର ଭରି ସ୍ୱୀର ଆଖ୍ୟାଦେଲେ ରାଣୀଙ୍କ ସାମ୍‌ନାରେ । ଆଶ୍ୱସ୍ତ ହୋଇ ରାଣୀମା' ଫେରିଥିଲେ ରାଜାଙ୍କ ସମୀପକୁ । ରାଜା ତ ରାଗରେ ଗରଗର ହୋଇ ଭୋକିଲା ବ୍ୟାଘ୍ରପରି ଗର୍ଜନ କରିବାକୁ ଲାଗିଲେ – ତେବେ ତୁମେ ହିଁ ହେମାକୁ ମୁକ୍ତି ଦେଇଛ ?

– ହଁ । ସେ ମୋର ଶରଣାଗତ । ସେ ହିଁ ମୋ ପାଇଁ ରାଜପ୍ରସାଦକୁ ଆସିଥିଲା । କିନ୍ତୁ ତମର ରାଣୀ କି ଦାସୀ ନୁହେଁ । ସେ ଭଉଣୀ ହିସାବରେ ଆସିଛି ମୋ ପାଖକୁ । ସେ ଏବେ ବନମାଳୀର ସ୍ତ୍ରୀ । ଯଦି ରାଜ୍ୟର ଭଲ ଭାବୁଛ ଆମ ଭିତରେ ଏହି କଥାକୁ ଗୋପନ ରଖିଦିଅ । ନଚେତ୍ ରାଜ୍ୟରେ ଅରାଜକତା ଆରମ୍ଭ ହୋଇଯିବ । ବନମାଳୀ ସେନାପତି ଥିବାରୁ ତା' ହାତରେ ସୈନିକଙ୍କ ଡୋରି ଅଛି । ସେ ରୁହିଁଲେ ପଡ଼ୋଶୀ ରାଜ୍ୟ ସହ ମିଶି ତୁମକୁ ରାଜଗାଦିଚ୍ୟୁତ କରିପାରେ । ଯଦି ମୁଁ ହେମାର ଗୁପ୍ତ ପ୍ରଣୟ କଥା ଶୁଣିନଥାନ୍ତି ତେବେ ତୁମେ ହେମାକୁ ରାଣୀ କରିପାରିଥୋଆନ୍ତ । ମୁଁ ତାଠାରୁ ତା' ମନର ପ୍ରେମ କଥା ଶୁଣି

ତୁମକୁ କେମିତି ଟେକି ଦେଇଥାଆନ୍ତି ତାକୁ । ଏବେ ସେ ମଧ୍ୟ ଅନ୍ତଃସତ୍ତ୍ୱା । ହେମା ବନମାଳୀର ବିଶ୍ୱାସ ତ ଭଙ୍ଗା କରିପାରିବନି । ରାଜ୍ୟବାସୀଙ୍କ ବିଶ୍ୱାସକୁ ଅସ୍ଥିର କରନି । ତମ ଗୁଣ ଜାଣିଲେ ପ୍ରଜା ଆନ୍ଦୋଳନ ହୋଇପାରେ ।

– ତୁମେ ଏତେ ଦୂରଦର୍ଶୀ ହେଲ କେବେ ?

ଦ୍ରୌପଦୀଙ୍କ ପାଇଁ ମହାଭାରତ ସୃଷ୍ଟି ହେଲା । ସୀତାଙ୍କ ପାଇଁ ରାମାୟଣ ସୃଷ୍ଟି । ପରନାରୀ ମାତା ସଦୃଶ୍ୟ । ତାକୁ ଯଥାରୂପେ ସମ୍ମାନ ଦେବାକଥା । କିନ୍ତୁ ଭୋକିଲା ଆଖ୍ ପକାଇଲେ ନାରୀ ଉପରେ ନିଜେ ହିଁ ଜଳିବ ନିଜ ଗୁଣରେ ।

– ତୁମେ ତେବେ ସବୁ ନାଟର ଗୋବର୍ଦ୍ଧନ । ଆଉ ମୋତେ ସହାନୁଭୂତି ଦେଖାଇନି ।

ଏତେ ଦାସୀ ପୋଇଲି ଥାଉ ଥାଉ ଯଦି ପୁଣି ମୋ ସୁଖରେ ବିଘ୍ନ ଢାଳିଲ ମୁଁ ମଧ୍ୟ ସତରେ କ୍ଷମା ଦେଇ ପାରିବିନି ତମକୁ ।

– ବହୁତ ବକ୍ ବକ୍ ହେଲଣି । ଦେଖିବି ସେ କେମିତି ମୋ କବଳରୁ ରକ୍ଷାପାଇବ । ଧନ ପାଖରେ ଥିଲେ ସୈନିକମାନେ ଅଶାନ୍ତି ସୃଷ୍ଟି କରିବେ ନାହିଁ । ଦେଖିବା କିଏ କ୍ଷତି କରିବ ମୋର । ଦରକାର ମୋର ହେମା । ମୁଁ ଏତେ ସହଜରେ ପରାଜୟ ସ୍ୱୀକାର କରିବିନି । ତୁମେ ହେମାକୁ ଆଣି ମୋତେ ସମର୍ପିବ । ନଚେତ୍ ତୁମେ ବନ୍ଦୀଶାଳାର ଯାତ୍ରୀ ହେବ ।

– ପାଟରାଣୀ ପ୍ରତି ଏପରି କଟୁକ୍ତି କିପରି କହିପାରୁଛ ? ମୋ ବିରୁଦ୍ଧରେ ମିଥ୍ୟା ଅଭିଯୋଗ କେମିତି ଆଣିପାରିବ ?

– ହଁ । ତମେ ପାଟରାଣୀ । ମିଥ୍ୟା ଅଭିଯୋଗରେ ମଧ୍ୟ ଆକ୍ରୋଶର ଶିକାର ହେବ । ତମ ପ୍ରତି ଆଜିର ଘୃଣା ହିଁ ମୋର ଆକ୍ରୋଶ ହେବ ।

– ଏ କ'ଣ କହୁଛ ? ମୁଁ ତୁମ ପୁତ୍ରର ମାତା ।

– ଏମିତି ଅନେକ ନାରୀ ମୋ ପୁତ୍ରର ମାତାରେ ପରିଚିତ ହୋଇସାରିଛନ୍ତି ତୁମ ଜାଣତରେ । ତୁମେ ପାଟରାଣୀ ଯେହେତୁ ତୁମ ପୁତ୍ର ହିଁ ରାଜ୍ୟ ଅଭିଷେକ ହେବ । ଯଦି ମୁଁ ପୁଣି ବିବାହ କରି ତୁମକୁ ରାଜାମାତା ଓ ଭାବୀ ରାଜାପଦରୁ ପୁତ୍ରକୁ ସ୍ୱୀକାର ନକରେ ତେବେ ତୁମେ କି ବିଦ୍ୱେଷ ସୃଷ୍ଟି କରିବ ଆଉ ?

– ଚିଲେଇ ଉଠି କୃଷ୍ଣା ଦେବୀ କହିଥିଲେ 'ହେମା ପ୍ରତି ଅନ୍ୟାୟ ହେବାକୁ ଦେବିନି । ତା'ର ସଙ୍କଟ ମୁଁ ହିଁ ଦୂର କରିବି ।'

ରାଜା ଜୋର୍‌ରେ ହସି ଉଠିଥିଲେ । ଉପହାସ କରି କହିଥିଲେ – ପରାଜିତ ରାଜାଙ୍କର କନ୍ୟାକୁ ମୁଁ ତ ଜବରଦସ୍ତ ଉଠାଇ ଆଣିପାରିଥାଆନ୍ତି । କିନ୍ତୁ ତୁମ ବାପା ମୋର ବିଜୟକୁ ସ୍ୱୀକାର କରି ତୁମକୁ ଟେକି ଦେଇଥିଲେ ଖୁସି ଖୁସିରେ । ପରମ ସୌଭାଗ୍ୟ ମଣିଲି ସେଦିନ ତୁମେ ମୋ ସାମ୍‌ନାରେ ଆସି ଉଭାହେଲ ପ୍ରଥମ ଅର୍ଘ୍ୟ ତୋଲି । ତୁମେ ଥିଲ ଅପରୂପା ସୁନ୍ଦରୀ । ତଥାପି ତୁମର ପରାଜୟ ଯୋଡ଼ି ହୋଇଥିଲା ତୁମ ପିତାଙ୍କ ସହ । ମୋ ପରି ଶ୍ରେଷ୍ଠ ବୀର ଆଉ ଅନ୍ୟ ରାଜ୍ୟରେ ନଥିବେ । ସେଥି ପାଇଁ ତୁମ ପ୍ରାପ୍ତିର ଲାଳସାରେ ଜୟକଲି ତୁମ ରାଜ୍ୟ । ଏବେ ତୁମେ ପରାଜିତ ରାଜକନ୍ୟା । ଶୁଣିଥିଲି ତୁମ ଅପରୂପା ସୌନ୍ଦର୍ଯ୍ୟ ବିଷୟରେ ଚିତ୍ରକରଠାରୁ । ସେହି ଚିତ୍ରକର ମୋ ପାଇଁ ଆଙ୍କିଥିଲା ତୁମର ପ୍ରତିଛବି ମୋ ମନକୁ ଆକୃଷ୍ଟ କରିବାକୁ । ପାଇଥିଲା ସହସ୍ର ମୁଦ୍ରା ପୁରସ୍କାର ଆକାରରେ । ଏବେ ମଧ ମୋ କୋଠରୀର ଏକାନ୍ତ ଗୃହରେ ତୁମ ପ୍ରତିଛବି ଟଙ୍ଗା ହୋଇଛି । କିନ୍ତୁ ଆମେ ରାଜପୁତ୍ର । ରୂପସୀର ଯୌବନ ନିଶାରେ ଆମ ମନରେ ମାଦକତା ଅଛି । ରାଜାଙ୍କର ଇଚ୍ଛା ତ ଅସୀମ ଓ ସୁଖର ଶେଷ ନାହିଁ । ତେଣୁ ସୁନ୍ଦର ତୃପ୍ତିର ସୁଖରେ ମୁଁ ହେମାକୁ ମୋ ବାହୁ ବନ୍ଧନରେ ଆଜି ରଖୁଁଥିଲି । ସେହି ନିଶାକୁ ତୁମେ ଧୂଳିସାତ କରିଦେଲ । ରାଜ୍ୟର ଭାବି ଉତ୍ତରାଧିକାରୀ ରୂପେ ତୁମ ପୁତ୍ର କେବେ ହୋଇପାରିବନାହିଁ ।

– ଏପରି ଅଧର୍ମ କର ନାହିଁ ।

– ତୁମେ ହେବ ନିର୍ବାସିତ ଅନ୍ତଃପୁରରୁ ।

– ଆପଣଙ୍କ ଅଭିଯୋଗ ନିରର୍ଥକ । ନାରୀ ଜଣେ ନାରୀର ସମ୍ମାନ ରକ୍ଷାପାଇଁ ଚେଷ୍ଟା କରିବା କ'ଣ ଭୁଲ ?

– ହେମା ମୋ ମନର ରୂପସୀ କନ୍ୟା । ତାକୁ ନେଇ ଅନେକ ବର୍ଷ ହେଲା ମୁଁ ସ୍ୱପ୍ନ ଦେଖି ଆସିଛି । ମୋର ନ୍ୟାଯ୍ୟକୁ ତୁମେ ହାତଛଡ଼ା କରି ଦେଇଛ କେଉଁ ସାହସରେ ?

– ମହାରାଣୀ ହିସାବରେ ।

– ନା, ମୋ ଦୃଷ୍ଟିରେ ତୁମେ କେବଳ ରାଣୀ । ନୁହେଁ ମହାରାଣୀ । ମୁଁ ବଞ୍ଚିଥାଉ ଥାଉ ତୁମକୁ ମହାରାଣୀ ପଦରୁ ପ୍ରତ୍ୟାଖାନ କରୁଛି ।

– କିନ୍ତୁ ତମ ପିତାମାତା ମୋତେ ହିଁ ମହାରାଣୀ ପଦରେ ଅଭିଷିକ୍ତ କରିଛନ୍ତି ପ୍ରଜାଙ୍କ ଆଗରେ । ତୁମପରି ଅହଂକାରୀ ଓ ନିର୍ଦୟ ପୁତ୍ରକୁ ମଧ୍ୟ ଗ୍ରହଣ କରିପାରିବେନି ରାଜମାତା ଓ ପିତା ମହାରାଜ । ଅନ୍ୟାୟ ଅସତ୍ କର୍ମରେ ଅତିଷ୍ଠ ହେଲେ ପ୍ରଜା ଆନ୍ଦୋଳନ ସଂଗଠିତ ହେବ ନିଶ୍ଚୟ ।

– ମୁଁ ପ୍ରଜାମାନଙ୍କୁ ଅମାନୁଷିକ ବର୍ବରୋଚିତ ଭାବରେ ଦମନ କରିବି ନିଶ୍ଚୟ । ସେଠି ପୁରୁଷ କି ସ୍ତ୍ରୀର ବାଛବିଚର ରଖିବିନାହିଁ । କାହାର ସମ୍ପତ୍ତି ରାଜା ବାଜ୍ୟାପ୍ତ କଲେ କିମ୍ବା କେଉଁ ନାରୀର ଇଜ୍ଜତ ଲୁଣ୍ଠନ କଲେ ମଧ୍ୟ ରାଜାଙ୍କର ଦୋଷ ନୁହେଁ ।

– ଅନ୍ୟାୟ ଅତ୍ୟାଚର ବେଶିଦିନ ତିଷ୍ଟିବ ନାହିଁ । ଏବେ ଦେଶରେ ଋରିଆଡେ ଇଂରେଜଶାସନ ବିରୁଦ୍ଧରେ ଆନ୍ଦୋଳନ ସଂଗଠିତ ହେଲାଣି । ଆଉ ପ୍ରବଳ ଅନ୍ୟାୟୀ ରାଜାଙ୍କୁ କ'ଣ ପ୍ରଜା ଏତେ ସହଜରେ ଛାଡ଼ି ଦେବେ କି ?

– ଚିନ୍ତା ନାହିଁ । ଇଂରେଜ ସିପାହୀ ଆଣି ପ୍ରଜାଙ୍କୁ ଦମନ କରିବି ।

– ବୁଝିଲ ତୁମପରି ରାଜା ଥିଲେ ବିଦେଶୀ ଶତ୍ରୁଙ୍କ ପ୍ରବେଶ ଅକ୍ଲେଶରେ ରାଜ୍ୟ ଓ ଦେଶରେ ହେବ । ନିଜ ଲୋକଙ୍କ ପ୍ରତି ଅନ୍ୟାୟ କରି ଶେଷରେ ବିଦେଶୀ ଅନ୍ୟାୟୀଙ୍କୁ ଆମନ୍ତ୍ରଣ କରି ଗାଦିଚ୍ୟୁତ ହେବ ତ ନିଶ୍ଚୟ ।

– ମୋର ଦରକାର ବିଲାସ । ସେଥିପାଇଁ ତ ପ୍ରଜାଙ୍କ ଅର୍ଥରେ ଗଢ଼ିଛି ଏହି ରାଜମହଲକୁ । ଶତକବିଶିଷ୍ଟ କୋଠରୀରେ ବହୁ ଅର୍ଥ ବ୍ୟୟ କରିଛି ଖାସ୍ ମୋ ପାଇଁ ଓ ତୁମ ପାଇଁ ।

– ଭୁଲ କହିଲ ? ତୁମ ଅତ୍ୟାଚର ଭୟରେ ବେଠି ଖଟିଲେ ଶ୍ରମିକ ରାତିଦିନ । କାମରେ ଅବହେଳା ହେଲେ ଋବୁକ୍ ପ୍ରହାର ପଡ଼ିଥିଲା । ସେମାନଙ୍କ ଉପରେ ଖଜଣା ବେଶୀ ଲଦିଦେଇ ସେମାନଙ୍କ ଆର୍ଥିକମାନଦଣ୍ଡକୁ ଦୁର୍ବଳ କରି ଭୋକଉପାସରେ ରଖିଲଣି । କ୍ଷୁଧିତ ପ୍ରଜା ଲୁଣ୍ଠନ କରିବେ ରାଜକୋଷାଗାର । କେବେହେଲେ ମୁଁ ଏହିପରି ଘୃଣିତକର୍ମକୁ ନୀରବରେ ସହ୍ୟ କରିପାରିବିନି ।

– ତେବେ ମୋ ବିରୁଦ୍ଧରେ ଠିଆ ହେବା ପୂର୍ବରୁ ତୁମ ମୃତ୍ୟୁ ଶ୍ରେୟସ୍କର ହେବ । ଏହି ମନୋଭାବ ଦୂର କଲେ ମହାରାଣୀ ପଦ ମର୍ଯ୍ୟାଦା ପାଇ ଜୀବନ କଟାଇବ ସୁଖରେ ।

ରାଜାଙ୍କର ଏହି ଆହ୍ୱାନ ଶୁଣି କୃଷ୍ଣା ଦେବୀ ଟିକିଏ ବିଚଳିତ ହୋଇପଡ଼ିଥିଲେ । ବିରୁଦ୍ଧାଚରଣ କଲେ ମୃତ୍ୟୁ ତ ସୁନିଶ୍ଚିତ । ମୃତ୍ୟୁବରଣ କଲେ ପୁତ୍ରଟି ମାତୃଶୂନ୍ୟ ହୋଇଯିବ । ହେମାକୁ ମଧ୍ୟ ସାହାଯ୍ୟ କରିପାରିବେନାହିଁ । ତେଣୁ ଚୁପ୍ ରହିଯିବା ଉଚିତ୍ ହେବ । ଶୁଣାଗଲା ରାଜାସାହେବ ସ୍ୱର – ଉଠ ଘୋଡ଼ା ଉପରକୁ । ତୁମକୁ ରାଣୀ ମହଲ ନେଇଯିବି ଯଥା ସମ୍ମାନରେ ।

– ନା ମୁଁ ନିଜେ ଯାଇପାରିବି ଘୋଡ଼ାରେ ଚଢ଼ି ।

– ଚଳ ମୋ ସହ । ଦୃଢ଼ ଅସ୍ୱସ୍ତିକର ସ୍ୱର ଶୁଣାଗଲା ରାଜାଙ୍କର ।

ଦୁହେଁ ଘୋଡ଼ାଚଢ଼ି ରାଜପ୍ରାସାଦର ଗେଟ୍ ସମ୍ମୁଖରେ ପହଁଞ୍ଚିଲା ବେଳେ ଅନେକ କର୍ମଚାରୀ ଆଶଙ୍କା ପ୍ରକଟ କରି ଥିଲେ ଯେ ଏକା ଏକା ରାଜା ରାଣୀ ଜଙ୍ଗଲ ଆଡ଼କୁ ରାତ୍ରିରେ ଗମନ କରିଥିଲେ କାହିଁକି ! କିନ୍ତୁ ସମସ୍ତ ସ୍ୱର ନୀରବ ଥିଲା । ସାମାନ୍ୟ ଭୁଲ ହେଲେ କାରାବନ୍ଦୀ କି ମୁଣ୍ଡକାଟ୍ ହେବାର ଦଣ୍ଡ ପ୍ରଜାଙ୍କ ମନରେ କୋକୁଆ ଭୟ ସୃଷ୍ଟି କରିଥିଲା । ସମସ୍ତ କର୍ମଚାରୀ ମୁଣ୍ଡ ନୁଆଁଇ ରହିଥିଲେ । ରାଜପ୍ରାସାଦ ଭିତରର ପ୍ରବେଶ ପଥରେ ପିତା ମହାରାଜ ପ୍ରଶ୍ନ କଲେ – ରାତ୍ରିରେ ଦୁଇଜଣ ଜଙ୍ଗଲକୁ ଯିବା ଠିକ୍ ହୋଇନି । ମୁଁ ଏଠି ଅପେକ୍ଷାରତ ଥିଲି ।

ରାଜାଙ୍କ ସ୍ୱସ୍ତୋକ୍ତି ଥିଲା – ଆମେ ଉପବନରେ ଚିଉବିନୋଦନପାଇଁ ଯାଇ ଅଟକି ଯାଇଥିଲୁ କେଇଘଣ୍ଟା । ତା'ପରେ ଘୋଡ଼ାଦୌଡ଼ ପାଇଁ ଦୁହେଁ ଜଙ୍ଗଲ ରାସ୍ତାରେ ଅଗ୍ରସର ହେଲୁ ବାଜି ଲଗାଇ ।

– ଜଙ୍ଗଲ ରାସ୍ତାରେ ଏକା ଯିବା ବିପଦସଙ୍କୁଳ । ରାଜ୍ୟର ସୈନିକ ସାଙ୍ଗରେ ନେଇଯିବା ଉଚିତ କଥା ।

– ସିଦ୍ଧାନ୍ତ ହଠାତ୍ ଠିକ୍ ହେଲା । ମୋ ବୀରତା ପ୍ରତି ଆପଣ କ'ଣ ସନ୍ଦିହାନ କି ?

– ତଥାପି ହିଂସ୍ରଜନ୍ତୁଙ୍କ ଭୟ ଅଛି ! ନିରାପଦ ନୁହେଁ ଜଙ୍ଗଲ ରାସ୍ତା ରାତ୍ରିରେ କେବେହେଲେ ।

ରାଜା କୋଠରୀ ଭିତରକୁ ପ୍ରବେଶ କଲାପରେ ରାଣୀ କୃଷ୍ଣା ରାଣୀମହଲ ଅଭିମୁଖେ ଗମନ କଲେ ଦାସୀମାନଙ୍କ ସାଙ୍ଗରେ । କୃଷ୍ଣା ଦେବୀ ଭାବୁଥିଲେ ରାଜାଙ୍କ ହିଂସ୍ର ରୂପକୁ କେମିତି ପିତାମହାରାଜା ଚିହ୍ନିପାରୁନାହାନ୍ତି। ଚିହ୍ନିକି ଭୟ କରୁଛନ୍ତି ଅସତ୍ କର୍ମକୁ ଅଙ୍ଗୁଳ ନିର୍ଦ୍ଦେଶ କରିବାକୁ କି ? କୃଷ୍ଣା ଦେବୀଙ୍କ ସ୍ମରଣରେ ଆସୁଥିଲେ ତାଙ୍କ ପିତା ଓ ମାତାର ଚରିତ୍ର ଛବି। ପିତା ପ୍ରଜାଙ୍କ ପାଇଁ ନିଃସ୍ୱାର୍ଥପର ଭାବରେ ଶାସନ କରୁଥିଲେ । ତେଣୁ ମହାରାଜା କି ରାଣୀ କି କନ୍ୟାମାନେ ଅତ୍ୟଧିକ ରାଜକୀୟ ପରିପାଟୀରେ ଭୂଷିତ ହେଉନଥିଲେ। ପ୍ରଜାଙ୍କ କଷ୍ଟ ଅର୍ଜିତ ଫସଲରେ ଖଜଣା ଲାଗୁନଥିଲା । ପ୍ରଜା ହିଁ ଖୁସିରେ ଖୁସିରେ ନିଜ ବ୍ୟବସାୟରୁ କିଛି ଲାଭାଂଶକୁ ରାଜକୋଷକୁ ଦାନକରୁଥିଲେ । ଯାଫଲରେ ରାଜକୋଷରେ ଅପର୍ଯ୍ୟାପ୍ତ ଧନ ନଥିଲା ଯେ ରାଣୀମହଲକୁ ସୁନା ରୂପା ମୋତି ମାଣିକରେ ଖଚିତ କରାଯିବ । ପ୍ରଜାମାନେ ଭଲ ପାଉଥିଲେ ପିତାଙ୍କୁ। କିନ୍ତୁ ଏବେ ପରାଜିତ ରାଜ୍ୟ ହେବାପରେ ସେଠି ମଧ ଅସହ୍ୟ ହେଲାଣି ଅତ୍ୟାଚର। ପ୍ରଜାମାନେ ଆନ୍ଦୋଳନ ପାଇଁ ଚେଷ୍ଟିତ । କିନ୍ତୁ ପିତା ଦୁର୍ବଳ ଓ ବନବାସୀ ହେବାରୁ ଜ୍ୱାଇଁ ବିରୁଦ୍ଧରେ ପ୍ରଜା ଆନ୍ଦୋଳନକୁ ତେଜିବାକୁ ପଦକ୍ଷେପ ନେଉନାହାନ୍ତି । ଯଦି ହେମା ସେଠିକୁ ଢଳିଯାଏ ତଥାପି ବର୍ଢିପାରିବ ନାହିଁ। ତେବେ ବନମାଳୀ ହେମାକୁ ନେଇ କେଉଁ ଦୂର ଦୂରାନ୍ତ ରାଜ୍ୟକୁ ଢଳିଗଲେ ହୁଅନ୍ତା। କେମିତି ବର୍ଢିବେ ଦୁହେଁ । ଏବେ ସେ ତ ନିରୂପାୟ ନିଜ ସ୍ୱାର୍ଥ ଜଗିବାରୁ । କି ସାହାଯ୍ୟ କରିବେ ସେମାନଙ୍କୁ ଆଉ ? କେମିତି ରାଜାଙ୍କ ସୁପ୍ତ ବାସନାକୁ ପ୍ରତିହତ କରିବେ ସେ ? ପୁଷ୍ପବାଟିକାର ମାଲୁଣି କହୁଥିଲେ ବସନ୍ତପୁର ରାଜାଙ୍କ ଅପୂର୍ବ ସୁନ୍ଦରୀ ବିବାହଯୋଗ୍ୟା କନ୍ୟାଟିଏ ଅଛି । ଯଦି ପ୍ରସ୍ତାବ ଗ୍ରହଣ କରନ୍ତି ରାଜାଙ୍କ ପାଇଁ ତେବେ ସେ ରାଜା ମଧ ଗ୍ରହଣ କରିବେ ରାଜାଙ୍କୁ ଜାମାତା ରୂପେ ପାଇବାକୁ।

— କାହିଁକି ?

ଆମ ରାଜାଙ୍କର ବୀରତ୍ୱର ଗାଥାରେ ପାଖ ଆଖ ରାଜା ତ ଥରହର। ସେମାନେ ରୁହାନ୍ତି ନିଜ କନ୍ୟାମାନଙ୍କ ବିବାହ ଦେଇ ଜାମାତା ରୂପେ ପାଇବାକୁ ଆମ ରାଜାଙ୍କୁ। ରାଣୀ ମା, ତୁମେ ହିଁ କଥାକୁ ଟିକିଏ ରାଜାଙ୍କ କାନରେ ପକାନ୍ତୁ। ସେ ପର ନାରୀ ପ୍ରତି ବିମୁଖ ହେବେ। ସେହି ଅପୂର୍ବ ସୁନ୍ଦରୀ କନ୍ୟା ପାଖରେ

ଥିଲେ ରାଜାଙ୍କର ମନ ତ ଅନ୍ୟଆଡ଼େ ଯିବନି କଦାପି। କିନ୍ତୁ ସପତ୍ନୀଙ୍କୁ ଆପଣ ଗ୍ରହଣ କରି ରାଜ୍ୟର ନାରୀମାନଙ୍କୁ ରକ୍ଷା କରନ୍ତୁ। ଯେକୌଣସି ଉପାୟରେ ନିଜ ଲକ୍ଷ୍ୟ ପୂରଣ କରନ୍ତୁ। ରାଜାମାତା ଓ ପିତା ମହାରାଜଙ୍କୁ ରାଜ୍ୟ ପରିସ୍ଥିତି ବିଷୟରେ ଅବଗତ କରାନ୍ତୁ।

◻

॥ ଛଅ ॥

ଚମକି ଉଠିଥିଲେ କୃଷ୍ଣା ଦେବୀ ମାଲୁଣୀର ଏକଥା ଶୁଣି । କହିଲେ – ତୋର ଏତେ ସାହସ ହେଲା କେମିତି ମୋ ଆଗରେ ବ୍ୟକ୍ତ କରିବାକୁ ମୋ ସ୍ୱାମୀଙ୍କ ବିରୁଦ୍ଧରେ ?

– କ୍ଷମା କରିବ ରାଣୀମା’ । ମୁଁ ଏବେ ତୁମ ମା’ଙ୍କ ଠାରୁ ଅଧିକା ବୟସ୍କା । ମୃତ୍ୟୁଦଣ୍ଡ ଦେଇପାର ମୋତେ । କିନ୍ତୁ ଏହି ରାଜ ଉପବନର ମାଲୁଣୀ ହୋଇ ରାଜାଙ୍କର ଲୁଣ ଖାଇଛି । କେବେହେଲେ ଭୁଲିପାରିବିନି ତାଙ୍କ ଉପକାର । ପ୍ରଜା ଆନ୍ଦୋଲନ ମୁଣ୍ଡ ଟେକିଲାଣି । ଆଜି ଏହି ଉପବନରେ ପ୍ରାଚୀର ସଂଲଗ୍ନ କୋଠରୀରେ ମୁଁ ଥିଲି ଉପସ୍ଥିତି । ଦୂର କୋଠରୀରୁ ଶୁଣିପାରିଥିଲି ସୈନିକ କେତେ ଜଣଙ୍କ ହାହୋଲ୍ଲା । ସବୁ ତ ଚକ୍ଷୁରେ ଦେଖିଛି ଲୁଚ୍ଚ୍ କରି । ହେମା ଦେଇଙ୍କୁ ଉଦ୍ଧାର କରିବାକୁ ଆପଣ ନିଜେ ଘୋଡ଼ାସବାରି ହୋଇଥିଲେ । ଶୁଣିଥିଲି ହେମାଦେଇଙ୍କ କରୁଣ ଚିତ୍କାର । ତଥାପି ମୋ ଦ୍ୱାରା କି ପ୍ରତିକାର ହେବ କି ଆଉ ? ପୁରୁଷର ମନକୁ ଅନ୍ୟର ଦୃଷ୍ଟି ଆକର୍ଷଣରୁ ଦୂରେଇ ରଖିବାକୁ ହେଲେ ସେ ଅପୂର୍ବ, ସୁନ୍ଦରୀ କନ୍ୟା ସହିତ ବିବାହ ଦେଇପାରିବେ ଆପଣ କେବଳ ।

– ବିବାହ ପରେ ସେ କନ୍ୟା ବଶକରିପାରିବ ରାଜାଙ୍କ ମନକୁ କେମିତି ?

– ରାଣୀମା’, ସେ ହେଲା କୁହୁକ କନ୍ୟା, କୁହୁକ ବିଦ୍ୟାରେ ପାରଙ୍ଗମ । ପୁରୁଷକୁ ମେଣ୍ଢା କରିଦେଇ ପାରେ, ଦେବୀ ଦୁର୍ଗାଙ୍କ ଶକ୍ତିରେ ସେ ମଣ୍ଡିତା । ସେଠି ବଳିପ୍ରଥା ରହିଛି । ନୈବେଦ୍ୟ ରୂପେ ସମର୍ପଣ ହୁଏ କଣ୍ଠାରକ୍ତ ପରା ।

– ଶିହରି ଉଠିଲେ କୃଷ୍ଣା ଦେବୀ । ତାକୁ କେମିତି ରାଜାଙ୍କ ହାତରେ ସମର୍ପିଦେବେ ଏସବୁ ଜାଣିବା ପରେ । ଯଦି ସେହି କନ୍ୟା ରାଜ୍ୟରେ ବଳିପ୍ରଥା ଓ କୁହୁକ ବିଦ୍ୟାର ଉପଯୋଗ କରେ ତେବେ ପ୍ରଜାଙ୍କର କ୍ଷତି ହେବ । ନିଜ ରାଜ୍ୟର କ୍ଷତି ସେ କରିପାରିବେନି କେବେ ।

- ରାଣୀମା' ସେହି କନ୍ୟା ଭଲ କାର୍ଯ୍ୟରେ ନିଜ ବିଦ୍ୟାକୁ ଉପଯୋଗ କରିଥାଏ । ରାଜ୍ୟର କ୍ଷତି ରହିଁବ ନାହିଁ । କିନ୍ତୁ ସେ ହୋଇପାରେ ମହାରାଣୀ ପଦରେ ଅଭିଷିକ୍ତା କଲେବଲେ କୌଶଳେ । ତୁମକୁ ସ୍ୱାର୍ଥ ତ୍ୟାଗ କରିବାକୁ ପଡ଼ିବ ।

- ତୁ ଏତେ କଥା ଜାଣିଲୁ କେମିତି ?

- ମା' ମୁଁ ମଧ ମନ୍ତ୍ରତନ୍ତ୍ର ବିଷୟରେ ଶିଖିଛି ମୋ ସ୍ୱାମୀଙ୍କଠାରୁ । ସେ ହିଁ ଗୁରୁଥିଲେ ସେହି ରାଜକନ୍ୟାର । ତେଣୁ ମୋର ସେଠିକୁ ଯିବା ଆସିବା ଥିଲା । ମୋ ସ୍ୱାମୀଙ୍କ ମୃତ୍ୟୁବେଳେ ସେ ମଧ ଲୁଚ଼ି କରି ଆମଘରକୁ ଆସିଥିଲା ଗୁରୁଙ୍କ ଶେଷ ଦର୍ଶନ ପାଇଁ । ନିଜବିଦ୍ୟାର ଉପଯୋଗ କରି ସେ ଫେରିଯାଇଥିଲେ ଶୂନ୍ୟ ଶୂନ୍ୟ ।

- କିନ୍ତୁ ମୋର ଯେମିତି କ୍ଷତି କି ହେମାର କି ଅନ୍ୟ ନାରୀଙ୍କର କ୍ଷତି ନହୁଏ ସେଥିପ୍ରତି ତୁ ସଚେତନ ଥିବୁ ।

- ମୁଁ ଜଣେ ନାରୀ । ନାରୀ ମନ ତ ଅଲଗା । ତୁମ ମନର ବ୍ୟଥା ମୁଁ ବୁଝିପାରିବି । ସିନ୍ଦୁରକୁ ଅଲଗା କରିବାକୁ ସ୍ୱାଟିଏ ରହିଁବ ନାହିଁ କେବେ ହେଲେ । କିନ୍ତୁ ରାଜ୍ୟର ମଙ୍ଗଳପାଇଁ ରାଜାଙ୍କ ଉଚିତ୍ ବ୍ୟବହାର ପ୍ରଜାମାନେ ଆଶା କରିବା କଥା । ଆପଣ ଆଜ୍ଞା ଦେଲେ ମୁଁ ଏହି ପ୍ରସ୍ତାବରେ ଆଗେଇପାରେ ।

- ଆମ ରାଜ୍ୟ ଶାକ୍ୟଧର୍ମରେ ପରିଚଳିତ । ଅନ୍ୟ ନାରୀଟିକୁ ପୁଣି ରାଣୀ ହିସାବରେ ଗ୍ରହଣ କରିବାକୁ ସମ୍ମତି ଦେବେନି ରାଜାବାସୀ କିମ୍ବା ପିତାମହାରାଜା ।

- ଚିନ୍ତା କରନ୍ତୁ ନାହିଁ । ଆପଣ ଏହି ବିବାହ ଭିତରକୁ ନପଶି ମୋ ଉପରେ ଛାଡ଼ିଦିଅନ୍ତୁ । ଲଗାମଛଡ଼ା ଘୋଡ଼ାକୁ ମୁଁ ହିଁ ଆୟତ କରିବି କହି ମାଲୁଣୀ ମେଲାଣି ମାଗିନେଇଥିଲା ସେଦିନ ।

କୃଷ୍ଣା ଦେବୀଙ୍କ ମୁଣ୍ଡରେ କଳଙ୍କର ଅପବାଦ ଯଦି ଉଠେ ତେବେ ସେ କ'ଣ ମୁକୁଳିପାରିବେ ସହଜରେ ? ଗୁଣୁଗୁଣୁ ହୋଇ ଆକାଶକୁ ରହିଁ ଭାବିଲେ— ବଞ୍ଚିବା ଭିତରେ ଶାନ୍ତିରେ ରହିବା ହିଁ ଶ୍ରେୟସ୍କର । କେତେ ନାରୀ ରାଜାଙ୍କ ପିପାସାର ଶିକାର ହେବେ ଆଉ କି ? ଗାଁର ନୂଆ ବିବାହିତା ବୋହୂ ଓ କୁମାରୀ କନ୍ୟାଙ୍କ ଇଜ୍ଜତ ପ୍ରଥମେ ଲୁଟନ୍ତି ରାଜା ନିଜ ପାପର ପିପାସାରେ । କେତେ କନ୍ୟା

ଆତ୍ମହତ୍ୟା କରିଛନ୍ତି ବିନା ପ୍ରତିବାଦରେ ଆଉ ନବବିବାହିତ ବଧୂ ମଧ୍ୟ ନିଜ ଇଜ୍ଜତ ହରାଇ କୁଲଟାରୂପେ ଡଭାହୋଇଛନ୍ତି ସ୍ୱାମୀ ସମ୍ମୁଖରେ । କ'ଣ ପାଇଁ ନାରୀଙ୍କୁ ନେଇ ଏତେ ଉନ୍ମାଦନା ରାଜାଙ୍କର ? କ'ଣ କ୍ଷମତାଶାଳୀ ରାଜା ବୋଲି କି ? ହେଲେ ପ୍ରଜା ରାଜାଙ୍କ ବିରୁଦ୍ଧରେ ସ୍ୱର ତୋଳିନଥାନ୍ତି କାହିଁକି ? କ'ଣ ମୃତ୍ୟୁଦଣ୍ଡ ଭୟ ପାଇଁ କି ?

ରାଜ୍ୟରେ କାହାର ପୁତ୍ର କି କନ୍ୟାର ବିବାହ ହେଲେ ପ୍ରଥମ ନିମନ୍ତ୍ରଣ ପାଆନ୍ତି ରାଜା । ବାଲ୍ୟ ବିବାହ ପ୍ରଥା ପ୍ରଚଳିତ ଗାଁରେ ହଁ ଥାଏ । ତେଣୁ ଝିଅ ବଡ଼ ହେଲାପରେ ଶାଶୁଘରକୁ ଆସେ । ପ୍ରଥମେ ରାଜଉଆସରେ ସବାରୀ ରହେ ରାଜାଙ୍କ ଆଶୀର୍ବାଦ ନେବାକୁ । ବାସ୍ ତା'ପରେ କିଛି ଦାନ ଦକ୍ଷିଣା ନେଇ ଝିଅ ସହ ଫେରିଯାଏ ସବାରୀ । ଗରିବ ପ୍ରଜାମାନେ ଖୁସୀ ହୁଅନ୍ତି ରାଜାଙ୍କ ସୁନା ରୂପା ଦାନରେ । କିନ୍ତୁ ଝିଅଟି ଖୁସି ବଦଳେଇ ଯନ୍ତ୍ରଣାରେ ଛଟପଟ ହେବା କିଏ ଦେଖିଛି ? ଦିନେ କୃଷ୍ଣା ଦେବୀ ଶୁଣିଥିଲେ ଗୋଟିଏ ଝିଅଠାରୁ ଏଘଟଣା ବିଷୟରେ ।

ମନେପଡ଼ିଲା କୃଷ୍ଣା ଦେବୀଙ୍କର ସେଦିନର କଥା । ପନ୍ଦର ଦିନପୂର୍ବରୁ ବିବାହ କରି ଆସିଥିଲେ ସେ ରାଜଉଆସକୁ । ରାଜମାତା ଓ ରାଣୀ ମା' ଖୁସିରେ ଆତ୍ମହରା ଥିଲେ ବୋଧେ ପୁଅର ଚରିତ୍ରରେ ସୁଧାର ଆସିବ ବୋଲି ଭାବି । ସେମାନେ ନିଜ ଛାତି ତଳରେ ଅକୁହା କଥା ତ ଅନ୍ୟ ଆଗରେ ପ୍ରକାଶ କରିପାରିବେନି କିନ୍ତୁ ଶତ ପ୍ରଶଂସା କରୁଥିଲେ ପୁତ୍ରର – ମୋ ପୁଅ ବୀରଙ୍କ ଶ୍ରେଷ୍ଠ । ଶୌର୍ଯ୍ୟ ବୀର୍ଯ୍ୟରେ ବଳୀୟାନ । ତୁମେ ମୋ ଘରକୁ ପାଟରାଣୀ ହୋଇ ଆସିଛ ତେଣୁ ମନରେ ଦୁଃଖ ରଖନି । ପୁଅ ପରି ସ୍ୱାମୀ ପାଇ ବାକି ଜୀବନ ତୁମେ ଅୟସ ଆରାମରେ ଚଳିପାରିବ । ତୁମ ଆଖିକୋଣରେ ଅଶ୍ରୁ ବୁନ୍ଦା କେବେ ଝରିବନି ।

ସେଦିନ ଚୁପ ରହିଥିଲେ କୃଷ୍ଣା । ପୁତ୍ର ମୋହରେ ଅନ୍ଧ ହେଲେ ଅଶ୍ରୁକୁ ଦେଖିବ କେମିତି ? ଦୁର୍ଭାଗ୍ୟର କଥା ରାଜମାତା ପୁଅର କୁକର୍ମ ବିଷୟରେ ଶୁଣିବାପରେ ଖୁବ୍ ଭାଙ୍ଗିପଡ଼ିଥିଲେ । ସ୍ମରଣ ଅଛି – ସେଦିନ ରାଣୀ ଅନ୍ତଃପୁର ଭିତରକୁ ଗୋଟିଏ ବାରତେର ବର୍ଷର ବଧୂଟିଏ ଦୌଡ଼ିଦୌଡ଼ି ପଶି ଆସି ଲୁଚିଗଲା ପଲଙ୍କ ତଳେ । ଉପସ୍ଥିତ ଦାସୀ ପରିଜନ ଚୁପ ରହିଥିଲେ । ରାଜା ସାହେବ ଦୌଡ଼ି

ଆସିଥିଲେ ଅନ୍ତପୁର ଭିତରକୁ । ସେଠାରେ ଥିବା ବାଳିକାଟି ଖୁବ୍ ଜୋରରେ ଥରୁଥିଲା । କୃଷ୍ଣା ଦେବୀ ବୁଝିପାରିନଥିଲେ ବାଳିକାଟି ଥରୁଛି କାହିଁକି ? ତେଣୁ ରାଜାଙ୍କ ଦୃଷ୍ଟି ଆଢୁଆଲରେ ତାକୁ ରଖି ଖୁବ୍ ଅନୁରାଗ ପ୍ରକାଶ କରି ପଚାରିଲେ ଯୁବରାଜଙ୍କୁ – କାହିଁକି ତୁମେ ଉଦ୍‌ବିଗ୍ନ ହୋଇ ଆସିଅଛ ।

ଚମକି ଉଠିଲେ ମହାରାଜା । କହିଲେ ଗୁପ୍ତଚର ଠାରୁ ସନ୍ଧାନ ମିଳିଲା ଯେ ଏକ ବଧୂ ତୁମ ମହଲରେ ପ୍ରବେଶ କରିଛି । ସେ ତା' ସ୍ୱାମୀ ଘରକୁ ଯିବା କଥା କିନ୍ତୁ ଅସତୀ ଥିବାରୁ ବିବାହ ପରେ ସ୍ୱାମୀ ଘରକୁ ଯିବାକୁ ନାରାଜ । ତାକୁ ମୁଁ ହିଁ ଖୋଜୁଛି । ତା' ଛାୟା ପଡ଼ିଲେ ଆମ ମହଲ ଅପବିତ୍ର ହୋଇଯିବ ।

କୃତ୍ରିମତା ଠାଣିରେ ହସି ଉଠିଲେ ରାଜା । କୃଷ୍ଣଦେବୀ ରାଜାଙ୍କ ବିଶ୍ୱାସ ଘାତକତା ଅବିରର ପ୍ରତି ବିସ୍ମିତ ହୋଉଥିଲେ ମନେମନେ । କି ଚମତ୍କାର ପୁଲକ ରାଜାଙ୍କ ମନରେ ଲୁଚି ରହିଛି ତାହା ହଁ ଜାଣନ୍ତି କୃଷ୍ଣା ଦେବୀ । ନିଜରକ୍ଷା ପାଇଁ ବିଭିନ୍ନ ଛଳ ରାଣୀଙ୍କ ପାଖରେ କରିବେ ରାଜା । କିନ୍ତୁ ନିଜର ମନୋଭାବ ବଦଳାଇପାରିବା କଷ୍ଟସାଧ୍ୟ ହୋଇପାରେ ଜଣେ ଦୁଶ୍ଚରିତ୍ର ପୁରୁଷ ପାଇଁ ।

ଆଜି କୃଷ୍ଣା ଦେବୀ ନିଜ ବ୍ୟର୍ଥତା ଭିତରେ ନିଃଶେଷ ହୋଇଯାଉ ଥିଲେ ଯେମିତି । ସେ ନିଜର ଭାଗ୍ୟ ଓ ଭବିଷ୍ୟତକୁ ରାଜାଙ୍କ ହାତରେ ଅର୍ପଣ କରି ଦେଇ ରାଣୀମା' ହେବାକୁ ବସିଗଲେ ଗୋଟିଏ ବର୍ଷେ ପରେ । ସୁନ୍ଦର ପୁତ୍ରଟିଏ ରାଜାଙ୍କ ହାତକୁ ଟେକିଦେଇ କହିଥିଲେ – ଆମର ଏହି ଉତ୍ତରାଧିକାରୀ ଭାବୀ ରାଜପୁତ୍ର ହେବ । ରାଜପିତା ଓ ରାଜମାତା ଖୁବ୍ ଯାକଜମକରେ ପାଳିଥିଲେ ଜନ୍ମଦିନ ମଧ୍ୟ । ମୋ ବିବାହ ତ ରାଜ୍ୟ ଜୟରୁ ହୋଇଥିଲା । ପ୍ରଥମରାଣୀଙ୍କ ମୃତ୍ୟୁପରେ କେବଳ ତାଙ୍କ କନ୍ୟା ଥିଲେ । ପୁତ୍ରସନ୍ତାନ ଜନ୍ମ କରି ସେ ହିଁ ମୃତ୍ୟୁବରଣ କରିଥିଲେ । ସେହି ପୁତ୍ର ମଧ୍ୟ ମୃତ୍ୟୁ ହୋଇଗଲା ପ୍ରସୂତି ଗୃହରେ । ଆଉ ମୋ ପୁଅ ସହିତ ପ୍ରତିଦ୍ୱନ୍ଦିତା କରିବାକୁ କିଏ ବା ଥିଲେ କି ? ତଥାପି ମୁଁ ମନଭିତରେ ସନ୍ତୁଳିତ ହେଉଥାଏ ଯେ ମୋ ପୁତ୍ର ଉପରେ ପିତାର ନଷ୍ଟ ଚରିତ୍ର ଛାଇ ନପଡ଼ୁ । ରାଜାଙ୍କ ଦୌରାତ୍ମ ଦିନକୁ ଦିନ ବଢ଼ି ଚାଲିଥିଲା । କିଏ ବା ପ୍ରତିବାଦ କରିବ ଆଉ ? ପୁତ୍ରହୀନ ରାଜାଙ୍କର ରାଜ୍ୟର ଉତ୍ତରାଧିକାରୀ ଯଦି ନଥାନ୍ତି ତେବେ ଇଂରେଜମାନେ ନିଜ ଅଧିକାର ଭୁକ୍ତ କରିଦେଉଥିଲେ । ରାଜା ପକ୍ଷ ନେଇ ଅନ୍ୟ

ରାଜାଙ୍କୁ ହରେଇବା କୌଶଳରେ ଇଂରେଜ ଶାସନ ହିଁ ତିଷ୍ଠିଥିଲା । ନଥିଲା ପ୍ରଜାଙ୍କ ସୁଖ ସୁବିଧାର ଛବି । ରାଜ୍ୟମାନଙ୍କୁ ଜୟକରିବା ପରେ ଇଂରେଜ ଶାସନ ପ୍ରଣୟନ ହେଉଥିଲା ସେହି ରାଜ୍ୟରେ । କର ଖଜଣାର ସିଂହଭାଗ ହିଁ ଇଂରେଜ ଶାସନର ହାତରେ ଦିଆଯାଉଥିଲା । ଏହି ପରାଜୟର ପ୍ରତିବାଦ ସ୍ୱରୂପ ଖୁବ୍ ଆବେଗଭରା ହୋଇ କହିଥିଲେ କୃଷ୍ଣା ଦେବୀ – ପ୍ରଜାମାନେ ତ ଭୋକ ଯନ୍ତ୍ରଣାରେ ହାହାକାର ହେଉଛନ୍ତି । ଆଖିର ନୀରବର ଲୁହକୁ ରାଜା ତୁମେ କ'ଣ ବୁଝିପାରୁନକି ? ଥରିଲା ଓଠରେ କୃଷ୍ଣା ଦେବୀଙ୍କ ଚକ୍ଷୁ ଲୋତକପ୍ଲାବିତ ହୋଇଯାଇଥିଲା ।

ଭୟରେ ପ୍ରତିବାଦ କରୁନଥିଲେ ପ୍ରଜାମାନେ ଖଜଣା ଦେବାକୁ ନେଇ । ଏଠାରେ ଅନ୍ୟାୟ ଶାସନ ଚଳିଛି ।

ପ୍ରଜାଙ୍କ ସବୁ ପ୍ରତିବାଦ ହିଁ ସାମନ୍ତରାଜାଙ୍କ ଦ୍ୱାରା ବନ୍ଦ କରି ଦେଉଛ । ଯିଏ ଅୟସରେ ରହିଲା ତା'ର ଦୁଃଖ କାହିଁ ? ଯିଏ ଦୁଃଖରେ ଛଟପଟ ହେଲା ସେହିଁ ଲୁହରେ ଗାଧୋଇଲା । ଧନୀ ଗରୀବ ଭିତରେ ପାର୍ଥକ୍ୟକୁ କ'ଣ ବୁଝିପାରୁନ କି ?

କୃଷ୍ଣା ଦେବୀ ମହାରାଜାଙ୍କ ବାକ୍ୟରେ ଅସହିଷ୍ଣୁ ଅନୁଭବ କଲେ ମଧ୍ୟ ଚୁପ୍ ରହିଥିଲେ । ଅନ୍ୟଆଡ଼କୁ ଦୃଷ୍ଟିନିକ୍ଷେପ କଲେ ।

– କଥା କ'ଣ ? ତୁମେ ଖୁସି ହୋଇପାରୁନ । ସ୍ୱାଭାବିକ ଗତିରେ ଶାସନ ଚଳିଛି ପରା ।

– ଭାବୁଛି ପ୍ରଜାମାନଙ୍କ ମଙ୍ଗଳ ପାଇଁ ରାଜା ଚେଷ୍ଟା କରିବା କଥା । ବିଚଳିତ ସ୍ୱର ଶୁଣାଗଲା କୃଷ୍ଣାଙ୍କର ।

– ତୁମର ଏହି ଅଭିଯୋଗ ଭିତ୍ତିହୀନ । ପ୍ରଜାଙ୍କ ମଙ୍ଗଳ ପାଇଁ ରାଜା ହିଁ ଦେବତାତୁଲ୍ୟ । ପ୍ରଜାଙ୍କ ଉପରେ ମୋର ହିଁ ପ୍ରଥମ ଅଧିକାର । ମୁଁ ସେମାନଙ୍କ ପିତୃତୁଲ୍ୟ ।

କୃଷ୍ଣା ଦେବୀ ଯୁକ୍ତି କରିପାରିଲେନି ରାଜ୍ୟର ଫିଅ ବୋହୂମାନଙ୍କ ଇଜ୍ଜତ ସହିତ ଖେଳିବା କେଉଁ ରାଜାଙ୍କର କର୍ତ୍ତବ୍ୟ ପରିସର ଭିତରେ ? କୃଷ୍ଣା ଦେବୀ ଅନିଚ୍ଛାକୃତ ହସ ହସିଲେ । ରାଜାଙ୍କର ଅହଂକାରୀ ହସ କମ୍ପୁଥିଲା କୋଠରୀ ଭିତରେ ଯେମିତି ! କୃଷ୍ଣା ଦେବୀ ବୁଝିପାରିଲେ ଏ ହେଉଛି ଗର୍ବର ହସ,

ପ୍ରତିପ୍ରଭିର ହସ । ପ୍ରାଚୁର୍ଯ୍ୟ, ଧନସମ୍ପଦ ଥିବା ରାଜା ମହାରାଜା ସମ୍ଭ୍ରାନ୍ତ ବର୍ଗର ହସ । ବୌଦ୍ଧିକ ଦୃଷ୍ଟିକୋଣ ତ ରାଜାଙ୍କର ନାହିଁ । ନିଜର ଦୃଷ୍ଟିଭଙ୍ଗୀରେ ସେ ନିର୍ଦ୍ଦିଷ୍ଟ ଜୀବନ ଶୈଳୀକୁ ଅବଧାରଣ କରି ସ୍ୱୟଂ ବ୍ୟକ୍ତିତ୍ୱ ଗଢ଼ିଛନ୍ତି । ଆଉ ବୁଝାଇବାର କ'ଣ ପରିଣାମ ହେବ ? ନିଜର ଅପୂର୍ବ ସୌଷ୍ଠବରେ ସେ ରୋମାଞ୍ଚିତ । ତେଣୁ ନାରୀର ପ୍ରସ୍ଫୁଟିତ ପୁଷ୍ପର ମହକରେ ରାଜାଙ୍କର ଯେମିତି ସମ୍ପୂର୍ଣ୍ଣ ଅଧିକାର ବୋଲି ତନ୍ମୟ ହୋଇଉଠିଥିଲେ ରାଜା । କୃଷ୍ଣା ଦେବୀ ଆପଢ଼ି ଉଠାଇଲେ – କାଲିର ନବବଧୂଟି ଆତ୍ମହତ୍ୟା କଲା କାହିଁକି ? ତା'ର ଅନ୍ତର୍ଧାନର କାରଣ କେମିତି ସବାରୀବାହୀମାନେ ଜାଣିପାରିନଥିଲେ ।

– ତୁମେ ଏଇକଥା ଆଜି ଆମର ସୁଖର ବେଳାରେ ଉପସ୍ଥାପନ କରିବା ଉଚିତ୍ ନୁହେଁ ।

– ମୁଁ ରାଜ୍ୟର ଏବେ ମହାରାଣୀ । ନାରୀମାନଙ୍କ ସମ୍ମାନରକ୍ଷା ଓ ସେମାନଙ୍କ ଭଲମନ୍ଦ ବୁଝିବା ଦାୟିତ୍ୱ ମୋ ଉପରେ ଛାଡ଼ିଦେଇପାର । ପୁରୁଷ ବୁଝିପାରିନି ନାରୀ ମନର କଥା ? ତେବେ ତା' ହତ୍ୟାକାରୀ କିଏ ?

ସେହି ମୁହୂର୍ତ୍ତରେ ରାଜା ଅନୁଭବ କଲେ ଜଣେ ନାରୀ ଯିଏ ତାଙ୍କର ପାଟରାଣୀର ଆଖ୍ୟା ପାଇଛନ୍ତି ସେହି ଜଣେ ତାଙ୍କର କୃତକର୍ମର ସାକ୍ଷୀ ହେବେ ।

– ତେବେ ବାଳିକାଟି ଯଦି ବିବାହରେ ଅସମ୍ମତ ଥିଲା ତାକୁ ବିବାହ ବନ୍ଧନରେ ବାନ୍ଧିଦିଆଗଲା ବଳପୂର୍ବକ କାହିଁକିଁ ?

– ଏବେ ମୋ ପାଖରେ ସେହି କଥା ବାଖ୍ୟା କରିବାକୁ ସମୟ ନାହିଁ । ଠିକ୍ କରି କୁହ ଅନ୍ତଃପୁର ଭିତରକୁ କିଏ ପଶିଆସିଛି କି ? ସେ ମୋ କବଲରୁ ନିସ୍ତାର ପାଇପାରିବନି ।

– ଚମକିଗଲେ କୃଷ୍ଣା ଦେବୀ । କାଲି ରାଜା ହିଁ ନୂତନ ବଧୂର ସର୍ବନାଶ କରି ଇଜ୍ଜତ ଲୁଟିଛନ୍ତି ବୋଲି ଜାଣିପାରି ବାଧ୍ୟହୋଇ ମିଥ୍ୟା କହିଲେ – କାହିଁ ଏଠାକୁ କିଏ ଆସିନାହାନ୍ତି ।

ଅସ୍ତବ୍ୟସ୍ତ ଓ ଅସ୍ଥିର ପରିପାଟିରେ ରାଜା ଫେରିଥିଲେ ରାଣୀ ଉଠାସରୁ । ରାଜାଙ୍କ ବିପର୍ଯ୍ୟସ୍ତ ପୋଷାକରୁ ରାଣୀ ହିଁ ବୁଝିପାରିଥିଲେ ରାଜା ହିଁ ଭକ୍ଷକ ସାଜୁଛନ୍ତି ନାରୀଙ୍କ ଇଜ୍ଜତ ରକ୍ଷକ ହୋଇ । କେମିତି ମୁକୁଲାଇବେ ସେହି ବାଳିକା

ବଧୂଟିକୁ । ରାଣୀମହଲରେ କୋଣରେ ଥିବା ସୁଡ଼ଙ୍ଗ ଭିତରେ ସେ କେତେବେଳୁ ଝିଅଟିକୁ ବସାଇ ଦେଇଥିଲେ । ଯାଅ ଦେଖେ ସେ ସେଠି ଅଛି ନା ନାହିଁ ।

– ହଠାତ୍ ଝିଅଟି ରାଣୀମା'ଙ୍କ ଗୋଡ଼ ଦୁଇଟିକୁ ଜାବୁଡ଼ି ଧରି କାନ୍ଦିବାକୁ ଲାଗିଲା ଜୋରରେ । ବାଷ୍ପରୁଦ୍ଧ ହୋଇ କହିଲା – ରାଜା ମୋତେ ଛାଡ଼ିବେନାହିଁ । ମୋର ମରଣ ନିଶ୍ଚୟ ହେବ । ସ୍ୱାମୀ ପାଖକୁ ଯାଇପାରିବିନି ଆଉ । ସେ ମଧ୍ୟ ଦୋଷାରୋପଣୀ କହିବେ ରାଜାଙ୍କ ଅନୁଶାସନରେ । ରାଜା ଏଠି ଦେବତା ନୁହଁନ୍ତି କେବଳ ଜଣେ ପାଗଳ । ମୋତେ ରକ୍ଷା କରନ୍ତୁ । ମୋ ବୈବାହିକ ଜୀବନର ପବିତ୍ରତା ନଷ୍ଟ ହୋଇଯାଇଛି ।

ରାଣୀ ତ ନୂଆ ନୂଆ ରାଜମହଲରେ ପ୍ରବେଶ କରିଥିଲେ । କ'ଣ ବା ସାହାଯ୍ୟ କରିବେ ? ତୁମେ ୟାରି ଭିତରେ ବାହାରିଯାଅ ରାଜଉଆସ ଭିତରୁ । ନିରାପଦ ସ୍ଥାନରେ ଆଶ୍ରୟ ନେଇଯିବ । ମୁଁ ତୁମକୁ ସ୍ୱାମୀଙ୍କ ଘରେ ପହଞ୍ଚାଇବାକୁ ଚେଷ୍ଟା କରିବି । ଆଶ୍ୱାସନା ଦେଲେ କୃଷ୍ଣା ।

ଆଶ୍ଚର୍ଯ୍ୟ ଖବର ଶୁଣାଗଲା ଏହି ଘଟଣାର ପରଦିନ ଯେ ନୂଆବଧୂଟି ଆତ୍ମହତ୍ୟା କରିଛି ରାଜଉଆସ ବାହାରେ । ନିଜର ସ୍ୱାମୀ ଥାଉ ଥାଉ କୌଣସି ପ୍ରେମିକ ସାଙ୍ଗରେ ଇଜ୍ଜତ ଲୁଟିଥିଲା ବୋଲି ସ୍ୱାମୀ ଘରକୁ ଯାଇନଥିଲା । ରାଜାଙ୍କ ଗୁପ୍ତଚରଙ୍କୁ ଡରି ଆତ୍ମହତ୍ୟା କଲା । ତା' ପ୍ରେମିକ ଏବେ ଫେରାର ।

କୃଷ୍ଣା ଦେବୀ ବୁଝିପାରିଥିଲେ ରାଜାଙ୍କ ଚକ୍ରାନ୍ତକୁ । ତେବେ ହେମା କି ବନମାଲୀର ମୁକ୍ତି ନାହିଁ । ଦିନେ ନା ଦିନେ ସେ ଧରାପଡ଼ିଯିବେ । ହଠାତ୍ ବନ୍ଦ କରିଦେଲେ ନିଜ କୋଠରୀର ଦ୍ୱାର । ଦାସୀମାନଙ୍କୁ ବାହାରକୁ ଚାଲିଯିବାକୁ କହିଥିଲେ । ନିଜ ମନର ଦୁଃଖକୁ ଲାଘବ କରିବାକୁ କାନ୍ଦିଲେ କିଛି ସମୟ ପାଇଁ । କାହିଁକି କେଜାଣି ସେ ସେତେବେଳେ ରାଣୀରୁ ଜଣେ ସାଧାରଣ ନାରୀ ହୋଇ ବୁଝିପାରୁଥିଲେ କ୍ଷମତାବଳରେ ରାଜା ହିଁ ଧରାକୁ ସରା ମନେ କରନ୍ତି । ନିଜ ଭାବାନ୍ତର ଭିତରେ ସନ୍ତୁଳିତ ହେବାବେଳେ ରାଜାଙ୍କ ସ୍ୱର ଶୁଣାଗଲାଣି ଦରଜା ବାହାରେ । ତେଣୁ ନିଜକୁ ସଜାଡ଼ି ନେଇ କୋଠରୀର ଦ୍ୱାର ଖୋଲି ଦେଇଥିଲେ ତତ୍ପର ହୋଇ ।

– ଆଜି ତୁମ ମୁଖ ମଲିନ ଦିଶୁଛି କାହିଁକି ? ଶୁଣାଗଲା ରାଜାଙ୍କ ସ୍ୱର ।

– ଖୁବ୍ ମନେ ପଡୁଛି ମୋ ମା'ଙ୍କ କଥା । ଇଚ୍ଛା ହେଉଛି କିଛି ଦିନପାଇଁ ପିତାଙ୍କ ଘରକୁ ଯାଇ ପରିବାରର ସାନ୍ନିଧ୍ୟ ପାଇବାକୁ ।

– ଏଠି ତୁମେ ସୁଖରେ ନାହଁ କି ?

– ବହୁତ ରାଜକୀୟ ସୁଖରେ ଅଛି ତଥାପି ମାତାଙ୍କ କୋଳ ସବୁ ସୁଖଠାରୁ ଅଧିକ ।

ରାଜା ରାଣୀଙ୍କୁ ଆଦର କରି ହାତୀଦାନ୍ତ ପଲଙ୍କରେ ବସାଇଲେ । ତୁମେ ହେଉଛ କ୍ଷତ୍ରୀୟ ରାଜ୍ୟର କନ୍ୟା । ତୁମ ରକ୍ତ ଧାରାରେ ଦୁଃଖ ନାହିଁ । ତୁମ ବାପାଙ୍କୁ ଯୁଦ୍ଧରେ ପରାଜିତ କରି ତୁମକୁ ପାଇଛି । ଯଦି ବୁଝିପାରିଥାଆନ୍ତ ତୁମ ପିତାଙ୍କର ଏପରି ରୂପଲାବଣ୍ୟବତୀ କନ୍ୟାଟିଏ ଅଛି ତେବେ ଯୁଦ୍ଧ ନକରି ବିବାହ ପ୍ରସ୍ତାବ ଦେଇଥାଆନ୍ତି । ତୁମକୁ ପାଇବା ପ୍ରତ୍ୟାଶାରେ ମୋର ଯୁଦ୍ଧ ନଥିଲା । କେବଳ ରାଜ୍ୟ ଅଧିକାର ମୋର ଲକ୍ଷ୍ୟ ଥିଲା । ଏବେ ତୁମ ପିତା ମୋ ଶ୍ୱଶୁର, ତେଣୁ ତାଙ୍କୁ ମୁଁ ଖୁବ୍ ସମ୍ମାନ କରୁଛି । ଯୁଦ୍ଧ ପରେ ପରେ ତୁମେ କାହିଁକି ଆତ୍ମଗୋପନ କରିଥିଲ ଜଙ୍ଗଲ ଗୁମ୍ଫାରେ ? କ'ଣ ମୋ ପରି ଜଣେ ରାଜାଙ୍କର ପତ୍ନୀ ହେବାକୁ ତୁମେ ଅମଙ୍ଗ ଥିଲ କି ?

– କୌଣସି ରାଜକନ୍ୟା କାହାର ଅଧୀନତା ଏତେ ସହଜରେ ଗ୍ରହଣ କରିପାରେନି । ଯୁଦ୍ଧ ହଁ ମୋ ରକ୍ତରେ ଅଛି । ମୁଁ କ୍ଷତ୍ରୀୟ ରାଜକନ୍ୟା ।

– ତୁମେ ଯୁଦ୍ଧ କରି ହାରିଗଲ ତ ?

– କାରଣ ତୁମେ ଜିତିବାର ଥିଲା । ତୁମକୁ ସ୍ୱାମୀ ରୂପେ ବରଣ କରିବା ମୋ' ଭାଗ୍ୟରେ ଥିଲା ନିଜ କ୍ଷମତା ଓ ଶକ୍ତି ପାଖରେ ପରାଭବ ପାଇବାକୁ ରାଜାଙ୍କୁ ଗ୍ଲାନି ଲାଗିପାରେ ।

ଅହେତୁକ ଆକର୍ଷଣରେ କୃଷ୍ଣା ଦେବୀଙ୍କୁ କୋଳେଇ ଆଣିଲେ ମହାରାଜା । ନିଜର ଅଦୃଷ୍ଟ ଖୁସିକୁ ତ ସେ କୃଷ୍ଣାଙ୍କ ସାମ୍ନାରେ ବ୍ୟକ୍ତ କରିପାରିବେନି । ଆତ୍ମରକ୍ଷା ଶୈଳୀରେ ରାଣୀଙ୍କୁ ପାଖକୁ ଟାଣି ଦେବାବେଳେ ଚତୁର ଶୈଳୀରେ କହିଲେ – ରାଣୀମାନେ ହଁ ଅସୂର୍ଯ୍ୟାପଶ୍ୟା । ତୁମେ ରାଣୀମହଲରେ ଖୁବ୍ ବିଲାସମୟ ଜୀବନ ଅତିବାହିତ କରି ରୁହ । ପ୍ରଜାଙ୍କ ଭଲମନ୍ଦ କଥା ରାଜାଙ୍କ ଦାୟିତ୍ୱ । ଜୀବନର ଅସଲ ସୌନ୍ଦର୍ଯ୍ୟର ଅଧିକାରୀ ତୁମେ ।

– ରାଜସିଂହାସନ ନିକଟରେ ମୋର ଆସନ କାହିଁକି ରହିଛି ? ମୋର ମଧ୍ୟ ପ୍ରଜାଙ୍କ ସୁଖଦୁଃଖ ବୁଝିବା କଥା ।

– ରୂପକରି ମୋ ସିଦ୍ଧାନ୍ତରେ ସମ୍ମତି ହୁଅ । ମାତା ମଧ୍ୟ ମୋ ପିତାଙ୍କ କଥା ବିନା ବାକ୍ୟରେ ସମ୍ମତ ଦେଉଥିଲେ । ମୁଁ ଜାଣେ ତୁମେ ଜ୍ଞାନୀ ଓ ଯୁଦ୍ଧ ନିପୁଣା । ତା' ବୋଲି ସ୍ୱାମୀଙ୍କ ପ୍ରତି କଥାରେ ମୁଣ୍ଡ ପଶେଇ ନିଜ ମନକୁ ଭାରାକ୍ରାନ୍ତ କରନି । ୟାଫଳରେ ତୁମ ସୁନ୍ଦରପଣରେ ଦେଖାଯିବ କାଳିମା ।

କୃଷ୍ଣା ଦେବୀ ନିରୁତ୍ତର । ଅନ୍ତଦିନର ରାଣୀମହଲରେ ଆସ୍ଥାନ ଜମାଇଛନ୍ତି ସେ । ଏବେ ମଧ୍ୟ ନିଃସହାୟା । ପରାଜିତ ରାଜାଙ୍କ କନ୍ୟା । ଏହି ମହେନ୍ଦ୍ରଗଡ଼ ରାଜ୍ୟର ନିୟମ କାନୁନରେ ଅନ୍ତରାୟ ସୃଷ୍ଟି କରିପାରିବେ ନାହିଁ । ଜାଣନ୍ତି କନ୍ୟା ଓ ବର୍ଦ୍ଧମାନେ ଅନ୍ଧାରରେ ଛଟପଟ ହେଉଛନ୍ତି । ରାଜାଙ୍କର ମୂଲ୍ୟବୋଧର ଅବକ୍ଷୟ ଘଟିଛି । ନିର୍ଯ୍ୟାତନାର ଶିକାର ହେଉଥିବା ନାରୀ ନିଶ୍ଚୟ ଦିନେ ପ୍ରତିଶୋଧ ନେବାକୁ ଆସିପାରେ । ରାଜାଙ୍କ ଅଦୃଶ୍ୟ ଇଚ୍ଛାର ସତ୍ୟକୁ ଉପଲବ୍‌ଧ କରି କୃଷ୍ଣା ଦେବୀ ଅଶନିଃଶ୍ୱାସୀ ହୋଇଗଲେ ଯେମିତି !

◻

|| ସାତ ||

ତୁମେ ଏତେ ବିଚଳିତ କାହିଁକି ? ରାଜା ମହେନ୍ଦ୍ରଙ୍କ ଗମ୍ଭୀର ସ୍ୱର ଶୁଣାଗଲା ।

– ମନଟି ଠିକ୍ ଲାଗୁନି । ଅଜଣା ଆଶଙ୍କାରେ ମନ ତ ଦୋଲାୟମାନ ।

– ମୋ ପାଖରେ ତୁମର ବ୍ୟଗ୍ରତାକୁ ମୁଁ ବୁଝିପାରୁନି । ମୁଁ ଥିଲେ ତୁମର ଚିନ୍ତା ନାହିଁ ।

– କୃଷ୍ଣା ଦେବୀଙ୍କ ଅପ୍ରକାଶିତ ଭାଷାକୁ ବୁଝିପାରୁ ନଥିଲେ ମହାରାଜ । ଖୁସି କରିବାକୁ ଯାଇ କହିଲେ ଚଳ ରାଜଉପବନକୁ । ସେଠାରେ ତୁମେ ଭ୍ରମଣ କରି ତୁମର ମନକୁ ଆନନ୍ଦରେ ଭରିଦେଇପାରିବ । ତୁମପରି ରୂପସୀ ରାଣୀ ପାଇ ମୁଁ ଗର୍ବିତ ଏବେ ।

କୃଷ୍ଣା ଦେବୀ ରାଜାଙ୍କ ଶଠତାର ବାକ୍ୟକୁ ଅନୁଭବ କରି ସୁଦ୍ଧା ବାଧ୍ୟହୋଇ ଉପବନ ଅଭିମୁଖେ ଚଳିଲେ । ଏପରି ଅନେକ ନିଷ୍ଠୁର ସତ୍ୟର ପ୍ରମାଣ ପାଇ ମଧ୍ୟ ସେ ଥିଲେ ନିରୁପାୟ । କିନ୍ତୁ ହେମା ଉପରେ ମହାରାଜାଙ୍କ କୁଦୃଷ୍ଟି ପଡ଼ିଲା ଦିନ ସେ ହିଁ ସାଜିଥିଲେ ଏକ ବୀରା ରମଣୀ । କିନ୍ତୁ ତା'ର ପରବର୍ତ୍ତୀ ସମୟରେ ସେ କ'ଣ ହେମା ଓ ବନମାଳୀକୁ ସାହାଯ୍ୟ କରିପାରିଲେ କି ?

ଦୀର୍ଘଶ୍ୱାସ ଛାଡ଼ିଲେ କୃଷ୍ଣା ଦେବୀ । ୟାରି ଭିତରେ ଅନେକ ବର୍ଷ ଅତିକ୍ରାନ୍ତ ହୋଇଯାଇଛି । ତଥାପି ସେଦିନର ରହସ୍ୟମୟ ଘଟଣାଟି ଆଜି ପର୍ଯ୍ୟନ୍ତ ନିଜ ଭିତରେ ଲୁକ୍କାୟିତ ଥିଲା । ବାଧ୍ୟ ହୋଇ ଲଳିତା ପାଖରେ କହିବାକୁ ଇଚ୍ଛାହେଲା କ'ଣ ହେମାର ନିର୍ଦ୍ଦେଶରେ କି ?

ସେ ରାତିର ଘଟଣା ପରେ ହେମାକୁ ଆଣି ରାଜା ଗୃହବନ୍ଦୀ କରିଦେଲେ । କିଏ ଜାଣିପାରିନଥିଲେ ହେମା ଗୃହବନ୍ଦୀ ଅଛି ବୋଲି । ଆଉ ବନମାଳୀକୁ

ହେମାର ଅପହରଣ ଦୋଷରେ କାରାଦଣ୍ଡରେ ଦଣ୍ଡିତ କରିଦେଲେ । ପ୍ରଜାମାନେ କିଛି ବୁଝିବା ପୂର୍ବରୁ ସୈନିକ ବନମାଳୀ ହିଁ ଅନ୍ଧାର କୋଠରୀରେ ପହରା ଭିତରେ ଅବଶିଷ୍ଟ ଜୀବନ କାଟିବାକୁ ଲାଗିଲା । କିନ୍ତୁ ରାଣୀକୃଷ୍ଣା ଦେବୀ ନିଜ ବୁଦ୍ଧି ପ୍ରୟୋଗ କରି ହେମାର ନାରୀ ପ୍ରହରୀମାନଙ୍କୁ ହାତକରି ନେଇଥିଲେ । ତେଣୁ ତା’ ସନ୍ତାନ ଜନ୍ମପରେ ଶିଶୁଟିକୁ ସେ ହିଁ ଏକ ଅଜଣା ଜାଗାରେ ନିଃଶ୍ୱାସ ନେବାକୁ ଛାଡ଼ି ଆସିଥିଲେ ଜଣେ ଧାଇମା ସାହାୟ୍ୟରେ । ରାଜାଙ୍କ ପାଖରେ ଏସବୁ କଥା ଅଛପା ରହିଗଲା ମୃତ୍ୟୁପର୍ଯ୍ୟନ୍ତ ମଧ୍ୟ । ହେମା ଜାଣିଥିଲା ତା’ କନ୍ୟାର ଠିକଣା । ଦୁଇବର୍ଷପରେ ବନମାଳୀକୁ ଅତି ଗୁପ୍ତଭାବରେ ରାଣୀ ଖବର ଦେଲେ ହେମା ଓ ତାଙ୍କର ଏକ କନ୍ୟା ଅଛି । ତଥାପି ବନମାଳୀର ବିଶ୍ୱାସ ବିଶ୍ୱାସଘାତକତାରେ ପହଞ୍ଚିଯାଇଥିଲା । ବନମାଳୀ ଦୃଷ୍ଟିରେ ସେହି ଅଭିଶପ୍ତ କନ୍ୟାର ଦିନେ ରୋଗରେ ମୃତ୍ୟୁ ହେଲା । ଏଇ ଗୁପ୍ତ କଥା ବିଷୟରେ ରାଣୀ ସଠିକ୍ ଜାଣନ୍ତି । ବାସ୍ ତା’ପରେ ରାଜାଙ୍କ କଡ଼ା ନିୟମରେ ହେମା ସାଜିଲା ରାଜ ନର୍ତ୍ତକୀ । ରାଜାଙ୍କର ଚିତ୍ତବିନୋଦନର କେନ୍ଦ୍ରବିନ୍ଦୁ । ତା’ ପାଇଁ ଗଢ଼ିଲେ ନାଟ୍ୟଶାଳା ଉଦ୍ୟାନ ଭିତରେ ରାଜ୍ୟର ଅନତିଦୂରରେ । ବାଧ୍ୟହୋଇ ହେମା ହିଁ ରାଜାଙ୍କର ଶତ୍ରୁତା କରିପାରିନଥିଲା । କିନ୍ତୁ କେଇଦିନ ପରେ ସେ ନିର୍ବିକାର ହୋଇ ନିଜ ପେଶାରେ ମନନିଯୋଗ କଲା । ଆସ୍ତେ ଆସ୍ତେ ରାଜା ମହେନ୍ଦ୍ରଦେବଙ୍କ ଆସକ୍ତି ହେମା ପ୍ରତି ନିବିଡ଼ ହୋଇଯାଉଥିଲା ବେଳେ ହେମାର ଅସହିଷ୍ଣୁତା ବଢ଼ିଯାଉଥିଲା ରାଜାଙ୍କ ପ୍ରତି । ହେମା ଅନେକ ଥର ଯୁକ୍ତି କରିଛି – ରାଜା ମଣିଷ ନୁହନ୍ତି, ଅସୁରଟିଏ । ମୁଁ ଏକ ନିଃସହାୟ ନାରୀଟିଏ କେବଳ । ଅତ୍ୟାଚରରେ ଛଟପଟ ହେବାପାଇଁ ତୋ ସଖୀ ହୋଇ ଆସିଥିଲି ରାଜା ଉଆସକୁ । ଏଠୁ ପାପ ଗୋଟାଉଛି । ମୁଁ କ୍ଲାନ୍ତିରେ ଭାଙ୍ଗି ପଡ଼ିଲିଣି । ରକ୍ଷା କର ସଖୀ ।

ନିରୁପାୟ କୃଷ୍ଣା ଦେବୀ । ରାଜାଙ୍କ ନାରୀ ନିଶାରେ ଅନେକ ତ ବଳତ୍କାର ହୋଇ ଜିଇଁ ରହିଛନ୍ତି । ଧର୍ଷିତା ନାରୀଟି ଭୟରେ କିଛି କହିନପାରି ଜଳୁଥିବ ସାରାଜୀବନ । ଆଉ ହେମା କ୍ଷତ୍ରୀୟ ସୁନ୍ଦରୀ କନ୍ୟା । ତାକୁ କେମିତି ରକ୍ଷା କରିଥାନ୍ତେ କୃଷ୍ଣା । ଯା’ ଛଡ଼ା ମଧ୍ୟ ବନମାଳୀର ବନ୍ଦୀଶାଳରେ ସେ ଅନେକଥର ହେମାକୁ ଆଣି ବନମାଳୀ ସହିତ ମିଳନ କରାଇଛନ୍ତି । ହେମା ହିଁ ଆମ୍ଭାରେ ରହେ

ବନମାଳୀକୁ । ତେଣୁ ବନମାଳୀ ବିନା ତା'ର ମୃତ୍ୟୁ ତ ହେବ ନିଶ୍ଚୟ । ପାପ-ପୂଣ୍ୟର ହିସାବ କରିବାକୁ ଆଉ କୃଷ୍ଣା କରିବାକୁ ରୁହୁଁନଥିଲେ ।

ଆସ୍ତେ ଆସ୍ତେ ବୟସ ବଢ଼ି ଚାଲିଥିଲା ହେମା ଓ ବନମାଳୀର । ଜଣେ କାରାଗୃହରେ ବନ୍ଦୀ ଓ ଆଉ ଜଣେ ନର୍ତ୍ତକୀର ଆସନରେ ଆସୀନ । ସ୍ୱାମୀ ସ୍ତ୍ରୀ ହୋଇ ଗୁପ୍ତରେ ଦେଖାଦୁହାଁ କୃଷ୍ଣା ଦେବୀଙ୍କ ସହଯୋଗରେ । ପନ୍ଦର ବର୍ଷପରେ ଦିନେ ହେମାକୁ ରାଜନର୍ତ୍ତକୀର ପଦ୍ୟରୁ ଅବ୍ୟାହତ ଘୋଷଣା କଲେ ମହାରାଜା ଓ ବନମାଳୀକୁ କାରାମୁକ୍ତ କରିଦେଲେ । ସେତେବେଳେ ହେମା ବନମାଳୀ ସହିତ ଘର କରିବାକୁ ରୁହେଁଲା । କିନ୍ତୁ ହେମା ପୁଣି ଥିଲା ଅନ୍ତଃସତ୍ତ୍ୱା । ବନମାଳୀର ଦୃଷ୍ଟିରେ ରାଜାଙ୍କ ଦ୍ୱାରା ଧର୍ଷିତା ହେଉଥିବା ହେମା ହିଁ ରାଜାଙ୍କ ଔରଷରୁ ଗର୍ଭଧାରଣ କରି ତୃତୀୟମାସରେ ରାଜଉଆସରୁ ବିତାଡ଼ିତ ହୋଇଛି । ସେ କେବେ ନବଜନ୍ମିତ ଶିଶୁକୁ ଗ୍ରହଣ କରିବା ପାଇଁ ପ୍ରସ୍ତୁତ ନଥିଲା । ତା'ପରେ ବନମାଳୀର ଆମ୍ଭହତ୍ୟା ଘଟିଲା । ଯ଼ା ପୂର୍ବରୁ ହେମା ଓ ବନମାଳୀର ପ୍ରଥମ କନ୍ୟାଟି ଧାଇମା'ର ତତ୍ତ୍ୱାବଧାନରେ ରହି ମଧ୍ୟ ମୃତ୍ୟୁବରଣ କରିସାରିଥିଲା । ତେଣୁ ବାଧ୍ୟହୋଇ କୃଷ୍ଣା ଦେବୀ ହେମାର କନ୍ୟା ଲଳିତା ସହ ତା' ମା'କୁ ଆହୁରି ଯତ୍ନରେ ରଖିଥିଲେ । ଏହା ଭିତରେ ନୂତନ ନର୍ତ୍ତକୀ ରୂପେ ଉଭାହୋଇ ଥିଲା ସେ କାଉଁରୀ ରାଜା କନ୍ୟା ମୟୂରୀ ଓ ସେହିଦିନ ହିଁ ହେମାର ମୁକ୍ତି ହୋଇଥିଲା । ସେତେବେଳେ ତାର ମଧ୍ୟ ଆଉ ନାଚିବା ଗୋଡ ଶିଥିଲ ହୋଇ ଉଠିଥିଲା ।

କୌଣସି ଏକ ଛୋଟ ପାହାଡ଼ିଆ ରାଜ୍ୟର କନ୍ୟା ଥିଲା ମୟୂରୀ । କୃଷ୍ଣା ଦେବୀ ନିଶ୍ଚିତ ଥିଲେ ମାଲ୍ୟାଶ୍ରୀ ହିଁ ମୟୂରୀକୁ ରାଜାଙ୍କୁ ଭେଟି ଦେଇଛି । କାରଣ ସେ ବିଗତ ଦିନର ଉପବନର ବାଣ୍ଢାଳାପ ପରେ ଆଉ କେବେ ମାଲ୍ୟାଶ୍ରୀର ସହିତ ଭେଟ ହୋଇନାହାନ୍ତି । ତା'ର ମଧ୍ୟ ଦେଖା ଦର୍ଶନ ନାହିଁ । ସେ ବୋଧେ ରାଜାଙ୍କ କୁପଥରେ ମର୍ମାହତା ହୋଇଥିବା ଦୁଃଖନୀଟିଏ । ତେଣୁ ମାଲୁଣୀ ରାଣୀଙ୍କ ପାଖରେ ଯୁକ୍ତି ଉପସ୍ଥାପନା କରିଥିବାରୁ ବୋଧେ ରାଜ୍ୟ ଛାଡ଼ି ଚାଲିଯାଇଥିବ । ଭାବିଥିବ କାଲେ ରାଣୀ ତାକୁ ପୁଣି ଦଣ୍ଡଦେବେ ବୋଲି । ରାଣୀ ଦୁଇଦିନପରେ ମାଲ୍ୟାଶ୍ରୀକୁ ଭେଟିବାକୁ ଯିବାବେଳେ ତା' କୋଠରୀ ଖାଲି ଥିଲା । ତା' କୋଠରୀରେ ପୂର୍ଣ୍ଣ ଯୌବନା ରୂପବତୀ କନ୍ୟାଟିର ଫଟୋଟି ଟଙ୍ଗା ଯାଇଥିଲୋ । ଫଟୋ ଉପରେ

ଶୁଙ୍ଖଳା ଫୁଲମାଳାଟିଏ ଝୁଲୁଥିଲା । କିନ୍ତୁ ମାଲ୍ୟଧାଣୀର କନ୍ୟାର ମୃତ୍ୟୁ କ'ଣ ରାଜାଙ୍କ ପିଶାଚିକ ଆକ୍ରମଣରୁ ଘଟିଥିଲା କି ? ହସ ହସ କନ୍ୟାଟି ପୂର୍ଣ୍ଣଗର୍ଭା ନଦୀଟିଏ ପରି ବହୁଥିବା ବେଳେ କେମିତି ଅକାଳ ପୁଷ୍ପପରି ଝଡ଼ି ପଡ଼ିଲା ? ରୂପସୀ କନ୍ୟାଟି କ'ଣ ମାଲୁଣୀର କି ?

କୃଷ୍ଣା ଦେବୀ ସ୍ତବ୍ଧହୋଇ ରୁହିଁଥିଲେ ସେ କନ୍ୟାଟିକୁ । ଭବିଷ୍ୟତରେ ମାଲ୍ୟଧାଣୀ ନେଇପାରେ ପ୍ରତିଶୋଧ ନିଜ କନ୍ୟାର କୁମାରୀତ୍ୱ ରାଜା ହରଣ କରିଥିବାରୁ । କାହିଁ ସେଦିନ ସେ ନିଜ କନ୍ୟା ବିଷୟରେ କିଛି ଶୁଣାଇପାରିଥାଆନ୍ତା ରାଣୀଙ୍କ ପାଖରୁ ସମବେଦନା ପାଇବାକୁ । ସେ କନ୍ୟା ନିଶ୍ଚୟ ଥିବ ପୁଷ୍ପର ପୂଜାରିଣୀ । ସେହି ମାଲ୍ୟଧାଣୀ ପୁଷ୍ପ ମାଲା ନେଇ ରାଜାଙ୍କୁ ସମର୍ପଣ କରିଥାଏ । କିନ୍ତୁ ତା' ଝିଅ କେମିତି ରାଜାଙ୍କ ଦୃଷ୍ଟିରେ ଆସିଥିବ ଦିନେ ନିଶ୍ଚୟ । କୃଷ୍ଣା ଦେବୀ ମାଲ୍ୟଧାଣୀର ପୁରା କୋଠରୀକୁ ଦାସୀମାନଙ୍କ ସହ ତନ୍ନ ତନ୍ନ କରି ଖୋଜିଲେ । କେଉଁଠି କିଛି ମିଳି ନଥିଲା । ସେହି କନ୍ୟାର ଚିତ୍ରପଟକୁ ମାଲ୍ୟଧାଣୀ ହିଁ ଜାଣି ଶୁଣି ରାଣୀଙ୍କ ଦୃଷ୍ଟି ଆକର୍ଷଣ କରିବାକୁ ଛାଡ଼ିଯାଇଛି । ଏହା ସତ୍ୟ ଯେ ରାଜା ହିଁ ତା' କନ୍ୟାର ମରଣ ପାଇଁ ଦାୟୀ । ଏତିକିବେଳକୁ ଗୋଟିଏ ଦାସୀ ହାତରେ ତାଳପତ୍ର ଲେଖାଟି ଆଣି କହିଲା ରାଣୀମା'– ଚିତ୍ରପଟର ପଛ ଖୋପରେ ଏହି ତାଳପତ୍ର ଲେଖାଟି ଥିଲା । ନିଅନ୍ତୁ ।

କୃଷ୍ଣା ଦେବୀ ଖୁବ୍ ଆଗ୍ରହରେ ପଢ଼ିବାକୁ ଲାଗିଲେ ମନେମନେ । ଲେଖାଥିଲା – ମୋ କନ୍ୟାର ମୃତ୍ୟୁପାଇଁ ମହେନ୍ଦ୍ରଦେବ ହିଁ ଦାୟୀ । ମୁଁ ମହେନ୍ଦ୍ରଦେବଙ୍କୁ କେବେହେଲେ କ୍ଷମା ଦେଇ ପାରିବିନି । ଈଶ୍ୱରଙ୍କ ସୃଷ୍ଟିରେ ରାଜାଙ୍କୁ ଦେବତାର ଆସନରେ ପ୍ରଜା ବସେଇଥାଏ । କିନ୍ତୁ ରାଜ୍ୟର ପାଳନକର୍ତ୍ତା ହୋଇ ଅପରାଧ କରି ନାରୀ ଜାତିପ୍ରତି କୁଦୃଷ୍ଟି ପକାଇଲେ ନାରୀ ଅକର୍ମଣ୍ୟ ନୁହେଁ ଯେ ଉଦାସ ହୋଇ ବସିବ । ନାରୀର ହୃଦୟର ଜ୍ୱାଳା ଚିତାର ଜ୍ୱାଳାଠାରୁ ଆହୁରି ତୀବ୍ର । ମୋ କନ୍ୟାର ପ୍ରତିଶୋଧ ମୁଁ ହିଁ ନେବି ନିଶ୍ଚୟ । ସିଧାସଳଖ ଆକ୍ରମଣ ମୋ ପକ୍ଷେ ସମ୍ଭବ ନୁହେଁ କଦାପି । ମୁଁ ମୋ କନ୍ୟାର ମୃତ୍ୟୁର ପ୍ରତିଶୋଧ ନେବି ।

ରାଣୀ କିଛି ସମୟ ମୌନ ରହିଲେ । ଏକ ଅଜଣା ଆଶଙ୍କାର ଦୀର୍ଘଶ୍ୱାସ ତାଙ୍କ ଛାତିରୁ ନିର୍ଗତ ହେଲା । ବିଷଣ୍ଣ ଭାବରେ କୃଷ୍ଣା ଦେବୀଙ୍କ ତନମନକୁ ଆଚ୍ଛନ୍ନ

କରି ପକାଇଲା ଏହି ପ୍ରତିଶୋଧଟି । ପାଟିରୁ କଥା ସ୍ୱରିଲାନି । ରାଜାଙ୍କର ସର୍ବନାଶ କରିବାକୁ ମାଲ୍ୟାଶ୍ରୀ ମନରେ ଥାପିଦେଇ ଅଖୋଜା ହୋଇଯାଇଛି । ରାଜା ପଥହୁଡ଼ି ଅବାଟରେ ପାଦ ଦେଲେଣି । କିଏ ଆଉ ଅଟକେଇବ ତାଙ୍କୁ । ସେ ନିଜେ ସ୍ୱକୋହକୁ ରୂପି ଅସହାୟା ଓ ନିରୂପାୟ ଥିଲେ । ଆଜି ଆଉ ଅତୀତ କଥା ମନରେ ପଶେଇଲେ କି ଲାଭ । ଏବେ ମହାରାଜା ଆଉ ବଞ୍ଚି ନାହାନ୍ତି । ହେମା ନାହିଁ । ମୟୂରୀ ନାହିଁ । ସମସ୍ତେ ସମୟ ସହ ଏକ ଏକ ଅଖଣ୍ଡ ଇତିହାସ ହୋଇ ହୋଇଯାଇଥିଲେ । ସମୟର ସ୍ରୋତରେ ସବୁ ଝଲୁ ଝଲୁ ପଞ୍ଚମହାଭୂତ ଶରୀର ତ୍ୟାଗକରି ମାଟିରେ ମିଶିଗଲେଣି । ଅସାଧାରଣ ରୂପବତୀ କି ପୂର୍ଣ୍ଣଯୌବନର ଉଥାଲ ସମୟକୁ ବୟସ ହିଁ ଛଡ଼ାଇ ନେଇଥିଲା ଛାର ମନୁଷ୍ୟଠାରୁ ଯେମିତି ! କେବଳ ସେ ହିଁ ଜଣେ ବଞ୍ଚି ରହିଛନ୍ତି ଆଜି ପର୍ଯ୍ୟନ୍ତ କାହିଁକି ?

ମୟୂରୀ, ମୟୂରୀ କହି ଯେଉଁଦିନ ମହାରାଜାଙ୍କର କଣ୍ଠସ୍ୱର ବିଚଳିତ ହୋଇଉଠିଥିଲା ସେଦିନ କୃଷ୍ଣା ଦେବୀ ଅଧୈର୍ଯ୍ୟ ହୋଇ ମହାରାଜାଙ୍କ ହୃଦୟକୁ ଜିଣିଥିବା ମୟୂରୀର ଠିକଣା ଖୋଜିଥିଲେ ନିଜ ଗୁପ୍ତଚରଙ୍କ ଦ୍ୱାରା । କିନ୍ତୁ ମୟୂରୀ ତ ଏହି ରାଜ୍ୟର ବାସିନ୍ଦା ନଥିଲା । ସେ ଅତି ସହଜରେ ନିଜ ରାଜ୍ୟକୁ ଗତି କରିପାରୁଥିଲା ଅକ୍ଲେଶରେ ଓ ସ୍ୱଇଚ୍ଛାରେ ।

କୃଷ୍ଣା ଦେବୀ ବୁଝିପାରିଥିଲେ ମୟୂରାଙ୍କୁ ଆଣି ମାଲ୍ୟାଶ୍ରୀ ମହାରାଜାଙ୍କୁ ସମ୍ମୋହନ କରିସାରିଛି ଯ୍ୟାରି ଭିତରେ । ଏତେ ଦାସୀ ପୋଇଲୀ ଥାଉ ଥାଉ ମହାରାଜା ତ ଅରୁନକ ଜଣେ ନାରୀପାଇଁ ଗୁମ୍ସୁମ୍ ରହିବେ ନାହିଁ । ଏବେ ଆଉ ନବବଧୂ କି ବିବାହିତ ହେବାକୁ ଥିବା କନ୍ୟାଙ୍କ ଆଗମନ ହେଉନି ଏହି ରାଜମହଲକୁ । ତେବେ ମୟୂରୀ ହିଁ ମାୟାବୀ ରୂପ ଧାରଣ କରି ରାଜାଙ୍କ ମନ ମୋହିଯାଉଛି ନିଶ୍ଚୟ । ରାଜାଙ୍କର ଆଉ ରାଜ୍ୟ କି ପ୍ରଜାଙ୍କର ଭଲମନ୍ଦ ପ୍ରତି ନଜର ନାହିଁ । ହେମାକୁ ମଧ ରାଜନର୍ତ୍ତକୀରୁ ବହିଷ୍କାର କରିସାରିଛନ୍ତି । ଦିନେ ପିତା ମହାରାଜ ଓ ମାତା ମହାରାଣୀ ଖୁବ୍ ଚିନ୍ତା ପ୍ରକଟ କରି ପଚରିଥିଲେ – ପୁଅର ମନ ଠିକ୍ ନାହିଁକି ? ସେ କେଇଦିନ ହେଲା ଆମ ପାଖକୁ ଆସିନାହିଁ । ତା'ର ଜୁଆଖେଲରେ ମଧ ମନ ନାହିଁ । ବୋଧେ ତୁମେ ହିଁ ତା'ର କୁଅଭ୍ୟାସକୁ ତ୍ୟାଗ କରେଇ ଦେଇଛ ? ତୁମ ସଙ୍ଗରେ ଖୁସିରେ କାଟୁଛି ଦିନ ।

– ମୁଁ କିନ୍ତୁ ପ୍ରତ୍ୟେକ ମୁହୂର୍ତରେ ତାଙ୍କୁ ସଦ୍‌ବ୍ୟବହାର ବିଷୟରେ କିଛି ଟିପ୍ପଣୀ ଦେଇଥାଏ । କିନ୍ତୁ ସେ କେବେ ହେଲେ ଏହି ବିଷୟରେ ଗଭୀର ଭାବରେ ଅନୁଭବ କରନ୍ତି ନାହିଁ । ରାଜାଙ୍କର ଅନୁଭୂତି ମୋର କାହିଁ ? କିନ୍ତୁ ତାଙ୍କର କଳଙ୍କ ଓ ଅଧର୍ମ ପାଇଁ ମୁଁ ଅନେକବାର ବାରଣ କରେ । ସେ ମୋ କଥାକୁ ତୁଲାପରି ଉଡ଼ାଇଦେଇ ଯୁକ୍ତି ଗଢ଼ନ୍ତି – ରାଜା ହିଁ ରାଜା । ତୁମର ଚିନ୍ତା କରିବା ଦରକାର ନାହିଁ । –ନମ୍ର ସ୍ୱରରେ କହିଥିଲେ କୃଷ୍ଣା ଦେବୀ ।

– ଏପରି ହୃଦୟହୀନ ବ୍ୟକ୍ତିତ୍ୱ ମୋର ତ ନଥିଲା । ପିତୃତ୍ୱର ଗୁଣ ମହେନ୍ଦ୍ର ପାଖରେ ଦେଖିବାକୁ ମିଳୁନଥିଲା । ଆପଣାଛାଏଁ ଏବେ ସେ କୁକର୍ମଠାରୁ ଦୂରେଇ ଯାଇଛି । ଯାହା ହେଉ ଆଉ ପ୍ରଜା ଆନ୍ଦୋଳନର ଭୟ ନାହିଁ ।

ଲଜ୍ଜିତା ହେଲେ କୃଷ୍ଣା ଦେବୀ ନିଜ ନାରୀତ୍ୱ ପାଖରେ ଯେମିତି ? ଯଦି ସେ ସ୍ୱାମୀଙ୍କୁ ନିଜ ପାଖରେ ମନଲଗେଇ ପାରିଲେ ନାହିଁ ତେବେ ମୟୂରୀ କେମିତି ସଫଳ ହେଲା ରାଜାଙ୍କୁ ବଦଳାଇ ଦେବାକୁ ? ଖୁସି ମନରେ ଫେରିଯାଇଥିଲେ ପିତା ମହାରାଜା ଓ ମାତା ମହାରାଣୀ ।

ହଠାତ୍ ଦିନେ ଉପବନ ଆଡ଼କୁ ଏକୁଟିଆ ଅଗ୍ରସର ହେଲାବେଳେ ଶୁଣାଗଲା କୃଷ୍ଣାଙ୍କୁ ଦୁଇଜଣଙ୍କର ବାର୍ତ୍ତାଳାପ । ଅଦୂରରେ ନିଜକୁ ଲୁଚାଇ ଦେଖିନେଲେ କୃଷ୍ଣା – ମହାରାଜା ହିଁ ଏକ ନାରୀ ସହ ଆବଦ୍ଧ ହୋଇଛନ୍ତି । ନିଜ ଛାତିକୁ ପଥର କରି ଠିଆହେଲେ କେତେସମୟ ସେଠି । ତଥାପି ସେ ଦୁହେଁ ନିଜର ଅଭିଳାଷ ପୂରଣ ପାଇଁ ମଗ୍ନଥିଲେ । କୃଷ୍ଣା ଦେବୀ ବୁଝିନେଲେ ଏହି ନାରୀର ଆକର୍ଷଣ ପାଇଁ ରାଜାଙ୍କର ଅଜ୍ଞାତ ଗମନ ହୁଏ ଉପବନକୁ ରାତ୍ରିର ଘନ ଅନ୍ଧକାରରେ । କଥାର ସୁଅରେ ଝରି ଆସୁଥିଲା ନାରୀର ଖିଲି ଖିଲି ହସ । ରୂପ କରି ସେଠି ନିଜକୁ ଲୁକ୍‌କାୟିତ କଲାପରେ ପୁଣି ରୁହିଁଲେ ମୟୂରୀକୁ । ହଠାତ୍ କାଚ୍ ଚୁଡ଼ି ଝଣଝଣ ଓ ପାଉଁଜିର ରୁଣୁଝୁଣୁ ଶବ୍ଦ । ଅଦ୍‌ଭୁତ ନୀରବତା ପରେ ଜ୍ୱଳି ଉଠିଲା ଆଲୋକର ଶିଖା । ସୂର୍ଯ୍ୟ ଉଦୟହେବା ଆଉ ଦୁଇଘଣ୍ଟା ବାକିଥିଲା । ଆକାଶରୁ ଆସିଗଲା ଏକ ସୁନ୍ଦର ସିଂହାସନ । ମୟୂରୀ ସେଠି ଉପବେସନ କରି ମହାରାଜାଙ୍କଠାରୁ ବିଦାୟ ନେଇ ଫେରିଗଲାବେଳେ ମହାରାଜାଙ୍କ ଅପଲକ ଚକ୍ଷୁ ରୁହିଁଥିଲା ଆକାଶକୁ । ଉପବନରେ ରାତିରେ ଫୁଟି ସତେଜ ଦେଖାଯାଉଥିବା ଫୁଲ ସବୁ ଧରାଶାୟୀ

ହୋଇଗଲେ ଯେମିତି । ମହାରାଜା ପ୍ରେମିକା ମୟୂରୀକୁ ହୃଦୟେଶ୍ୱରୀ ଆସନରେ ରଖି ମଲିନ ଦିଶୁଥିଲେ ଯେମିତି । ମୟୂରୀର ପ୍ରସ୍ଥାନ ବେଳେ ବାରମ୍ବାର ଉଚ୍ଚାରିତ କରୁଥିଲେ – ଆସନ୍ତା କାଲିକୁ ଅପେକ୍ଷା । ମୁଁ ତୁମକୁ ସବୁଠାରୁ ବେଶୀ ଭଲପାଏ । ନିଶ୍ଚୟ ଆସିବ । ତୁମ ବିନା ଜୀବନ ମୋର ନିରର୍ଥକ ହୋଇଯିବ ।

ମହାରାଜା ଫେରିଥିଲେ ସୂର୍ଯ୍ୟୋଦୟ ପୂର୍ବରୁ ରାଜମହଲକୁ । ଆଉ ତାଙ୍କ ପଶ୍ଚାତ୍ କୃଷ୍ଣା ଫେରିଥିଲେ ରାଣୀମହଲକୁ । କୃଷ୍ଣା ଦେଖି ନେଇଥିଲେ ଯେ ମୟୂରୀ ତ ଅପୂର୍ବ ସୁନ୍ଦରୀ ! ସତରେ ସେ ମାନବୀ ନା ଦେବୀ । କି ସୁନ୍ଦରୀ ! କିନ୍ତୁ ବିବାହିତା ହୋଇନି ଏଯାଏଁ କେମିତି ? କାହିଁ ରାଜା ମଧ ବିବାହ କରିବାକୁ କେବେ ମଧ କଥା ଉତ୍ଥାପନ କରିନାହାନ୍ତି ତାଙ୍କ ପାଖରେ । ବୋଧେ ଏକପତ୍ନୀବ୍ରତ ପାଳନ କରି ବିବାହ କରିବାରୁ ନିବୃତ୍ତ ଅଛନ୍ତି । ବାରମ୍ବାର ମୟୂରୀର ପ୍ରୀତି ପାଇଁ ତ ରାଜା ତତ୍ପର ହୋଇ ଭୁଲିଗଲେଣି ନିଜକୁ ମଧ । ଏବେ ନିଜକୁ ଖୁବ୍ ସଜାଇ ରଖିବାପାଇଁ ସତର୍କ ହୋଇଛନ୍ତି । ଅତି ସନ୍ତର୍ପଣରେ ବଂଶର ମର୍ଯ୍ୟାଦା ରକ୍ଷା କରୁଛନ୍ତି ଯେମିତି ।

ପୁଣି ତା’ ପରଦିନ ଥିଲା ଅମାବାସ୍ୟା ରାତି । ଉପବନରେ ସବୁଠି ଖେଳିଯାଇଥିଲା ଅନ୍ଧାରର କାଳିମା । ରାଜା ନିଜ ପୌରୁଷତାର ପୁଲକ ଚରିତାର୍ଥ ପାଇଁ ନିଃଶବ୍ଦରେ ଜଗୁଆଳିଙ୍କ ଆଢୁଆଲରେ ଗମନ କଲାବେଳେ କୃଷ୍ଣା ଦେବୀ ଅନୁସରଣ କରିଥିଲେ ରାଜାକୁ । ଅନେକ ଥର ମହାରାଜା ପଛକୁ ବାରମ୍ବାର ବୁଲିପଡ଼ି ରୁହିଁଥିଲେ କିନ୍ତୁ ରାଣୀଙ୍କ ପଶ୍ଚାତ୍‌ଗମନକୁ ଠଉରେଇ ପାରିନଥିଲେ । ଗୋଟିଏ ନିର୍ଦ୍ଦିଷ୍ଟ ପୁଷ୍ପ ବୃକ୍ଷ ପାଖରେ ଠିଆହୋଇ ପୁଷ୍ପର ସୁଗନ୍ଧକୁ ଆଘ୍ରାଣ କରୁକରୁ ସିଂହାସନଟି ଆଲୋକିତ ହୋଇ ଓହ୍ଲାଇଲା ସେଠି । ରାଜା ପାଛୋଟି ନେବା ପାଇଁ ତତ୍ପର ହୋଇ କହି ଆସିଲେ – ମୟୂରୀ, ତୁମ ବିରହରେ ମୋ ମନର ପିପାସା ଆହୁରି ଗାଢ଼ ହେଲାଣି । ପ୍ରଥମଥର ତୁମ ପ୍ରେମ ପାଇ ତୁମର ପ୍ରେମ ପାଗଲ ମୁଁ ହୋଇଯାଇଛି ।

ମୁକ୍ତାଝରା ହସ ହସିଲା ମୟୂରୀ । ରାଜାଙ୍କ ବାହୁରେ ହସ୍ତ ପ୍ରସାରିତ କରି କହିଲା– ଅପୂର୍ଣ୍ଣତାର ଶେଷ କେଉଁଠି ! କାମନା ତ ପରିପୂର୍ଣ୍ଣ ନୁହେଁ ।

– ଅପଚୟ କରନି ମୋ ଅପେକ୍ଷାର ମୁହୂର୍ତ୍ତକୁ । ଏହି ଅମାବାସ୍ୟା ରାତ୍ରିରେ ତୁମର ଉଜ୍ଜଳତା ମୋ ମନରେ ଭରିଦେଲାଣି ଅନେକ ଚନ୍ଦ୍ରମାର ରୋମାଞ୍ଚ । ତୁମେ ରାତ୍ରିରେ କେମିତି ଏତେ ଦୂରତା ଅତିକ୍ରମ କରି ଆସିଯାଉଛ ? ସତରେ ତୁମ ଆବେଗ ଓ ଅବୟବ ସହ ମୁଁ ଏପରି ଲୁଚି କରି ପ୍ରୀତି ରଚଇପାରିବି ନାହିଁ । ତୁମକୁ ସବୁଦିନ ପାଇଁ ରାଜ୍ୟର ରାଣୀ ମହଲରେ ପାଟରାଣୀ କରିବି ବୋଲି ଭାବିଛି ।

ମହାରାଜ ଆପଣଙ୍କ ପାଟରାଣୀ ଓ ଏକମାତ୍ର ରାଣୀ କୃଷ୍ଟା ଦେବୀ । ଆପଣ ଦ୍ୱିତୀୟ ବିବାହ କରିପାରିବେ ନାହିଁ ରାଜ୍ୟର ସ୍ୱାର୍ଥ ଦୃଷ୍ଟିରୁ ନିଜ ରାଜ୍ୟର ପରମ୍ପରାକୁ ଭଗ୍ନ କରି । ଯଦି ପାଟରାଣୀଙ୍କଠାରୁ ମୋତେ ଆପଣ ବେଶୀ ରଖୁଁଛନ୍ତି ତେବେ ମୁଁ ବହୁତ ଗର୍ବ ଅନୁଭବ କରିବି । ମୁଁ ରାଜ୍ୟର ନିୟମ ଭଗ୍ନ କରି ରାଜ୍ୟଦ୍ରୋହୀର ଗଣାଯାଇପାରିବିନି । ମୁଁ ଏଠୁ ପରିତ୍ୟଜ ହେବାକୁ ରୁହୁଁନି ମଧ୍ୟ ।

– ତେବେ ଋଳ ଆମେ ରାଜ୍ୟଛାଡ଼ି ଋଲିଯିବା । ବାହାରେ ସଂସାର ଗଢ଼ିବା ଦୁହେଁ ।

ରାଜା, ମୁଁ ଆପଣଙ୍କୁ ବିବାହ ମଧ୍ୟ କରିପାରିବିନି । ମୋ ରୂପରେ ଆପଣ ପ୍ରବଳ ମାତ୍ରାରେ ମୋହିତ । ଏୟା ହିଁ ମୋ ପାଇଁ ସୌଭାଗ୍ୟ । ମୋ ପାଇଁ ଆପଣ ସବୁ ନାରୀ ସଙ୍ଗ ପରିତ୍ୟାଗ କରି ମୋ ମନରେ ରୋମାଞ୍ଚ ବଢେଇ ସାରିଛନ୍ତି । ଆପଣଙ୍କ ମନ ଏବେ ମୋ ଛଡ଼ା ରାଣୀଙ୍କୁ ମଧ୍ୟ ଉପେକ୍ଷା କଲାଣି । ଏବେ ଆପଣ ମୋ ସହ ଅଙ୍ଗାଙ୍ଗୀ ଭାବେ ଜଡ଼ିତ । ମୋ ମନରେ ବିଜୁଳିର ରୋମାଞ୍ଚ ଖେଳାଇ ମୋ ସୌଦର୍ଯ୍ୟକୁ ସଞ୍ଜିବିତ କରି ଧନ୍ୟ କରିଛନ୍ତି । ଆପଣ କେବଳ ମୋର ପୀୟୁଷ । ମୋ ଅଭିଳାଷ ଓ ଅଭିସାରିକା ରୂପର କାଉଁରୀ ସ୍ପର୍ଶରେ ମୁଁ ମୋ ଲକ୍ଷ୍ୟସ୍ଥଳରେ ପହଞ୍ଚିସାରିଛି । ମୁଁ ସାରା ଜୀବନ ଆପଣଙ୍କୁ ନାରୀସଙ୍ଗ ଦେବାକୁ ବଦ୍ଧପରିକର ।

▢

<h1 align="center">॥ ଆଠ ॥</h1>

ଉଜ୍ଜ୍ୱଳ ହସରେ ଝଲସି ହୋଇଉଠିଲା ରାଜାଙ୍କ ମୁଖମଣ୍ଡଳ । ଖୁବ୍ ଦୃଢ଼ସ୍ୱରରେ କହିଲେ – ତୁମର ଫେରନ୍ତା ପଥକୁ ଅପେକ୍ଷା କରି କରି ମୋ ଦିନ ସରୁଛି । ତୁମପାଇଁ ରାଣୀମହଲ ତୋଳି ତୁମକୁ ମୋ ପାଖରେ ପ୍ରତିମୁହୂର୍ତ୍ତରେ ପାଇବାକୁ ଇଚ୍ଛା । ମୁଁ ଏବେ ତୁମ ପ୍ରେମର ପୁରୁଷ ।

ମୟୂରୀର ହସ ଖେଳିଥିଲା ଚତୁର୍ଦିଗକୁ ଯେମିତି । ମୁଁ ହେବି ରାଣୀ । କେବେ ନୁହେଁ । ମୁଁ ଏକ ଉଆଁସୀ କନ୍ୟା । ମୋ ବିବାହରେ ଆପଣଙ୍କ ମୃତ୍ୟୁକୁ ମୁଁ ଆମନ୍ତ୍ରଣ କରିନପାରେ । ଆପଣଙ୍କ ପାଖରେ ପ୍ରେମିକା ହୋଇ ଚିରଦିନ ରହିଥିବି ମନ ମୋହିବାକୁ ନିଶ୍ଚୟ ।

ବିହ୍ୱଳିତ ହୋଇ ପଡ଼ୁଥିଲେ ମହେନ୍ଦ୍ରଦେବ । ଆବେଗଭରା ସ୍ୱରରେ କହିଲେ – ସତରେ ଭଲପାଇ ଭୁଲିଯିବନି ତ ତୁମେ ?

– ଖାସ୍ ତୁମ ପାଇଁ ହଁ ମୁଁ ଆସିଛି । ମୋ ଆଖିକୁ ରୁହଁ ଏକଲୟରେ । ଦେଖିପାରିବ ମୋ ମନର ଅନ୍ଦର ମହଲକୁ । କେବେ ମୋତେ ମଉଳା ଫୁଲ କହି ଦୂରକୁ ଠେଲିଦେବନି । ତୁମ ଛଡ଼ା ମୁଁ ହଁ ବଞ୍ଚିପାରିବିନି ଏଇ ଜୀବନରେ ।

– ତୁମେ ସବୁବେଳେ ସଦ୍ୟପ୍ରସ୍ଫୁଟିତ ଫୁଲ ହୋଇ ଆସୁଛ । ବୁଝିପାରୁନି ତୁମେ ସୌନ୍ଦର୍ଯ୍ୟ ବିମଣ୍ଡିତା ହୋଇ ଆସ କେଉଁଠୁ ? ଏତେ ମହକ ବିଞ୍ଚିଦିଅ କେମିତି ମୋ ଅତିନ୍ଦ୍ରିୟ ମନରେ ।

– ମୋର ଠିକଣା ବାରମ୍ବାର ପଚରି ମୋତେ ଅପମାନିତ କରନାହିଁ । ତୁମେ ମୋତେ ବିଶ୍ୱାସ କଲ ନା ନାହିଁ । ମୋ ଅଭିପ୍ରାୟରୁ ତୁମକୁ କ'ଣ ମିଳିବ ? ମୋ ରୂପର ଜଞ୍ଜିରରେ ଆବଦ୍ଧ କରିପାରିଛି ତ ତମକୁ ।

ପ୍ରସନ୍ନ ଚିଉରେ ମହେନ୍ଦ୍ରଦେବ ଆଲିଙ୍ଗନ କରିବସିଲେ ମୟୂରୀକୁ । ଉପବନରେ ବସନ୍ତର ମଳୟ ଖେଳିଗଲା ହଠାତ୍ । ରାତ୍ରିରେ ଫୁଲଗୁଡ଼ିକ

ଫୁଟିଗଲେ ଅରୁନକ ମାୟାର ଅଧୀନ ହୋଇ । ବସନ୍ତ ମଲୟ ଓ ଭ୍ରମରର ଗୁଞ୍ଜନ ଖେଳିଗଲା ସେହି ସମୟରେ । ସେମାନଙ୍କ ଚତୁଃପାର୍ଶ୍ୱରେ ଉଠିଗଲା ସୁବର୍ଣ୍ଣ ପ୍ରାଚୀର । ରାଣୀ କୃଷ୍ଣା ଦେବୀ ବୁଝିପାରୁନଥିଲେ ଏହିପରି ମାୟାର ପ୍ରଲେପକୁ । ସେ ନିଜ ଭିତରେ ଭୋଗୁଥିଲେ ବିରହ ବେଦନା । ଏହି ଚତୁରୀ ଅପ୍ସରା ନିଶ୍ଚୟ ରାଜାଙ୍କ ମନ ଜିଣି ରାଣୀ ପଦ ଅଲଙ୍କୃତ କରିପାରେ ? ଏକ ଅଜଣା ଆଶଙ୍କାରେ ରାଣୀମହଲକୁ ଫେରିଆସୁ ଆସୁ କୃଷ୍ଣା ଦେବୀଙ୍କ ନିଭୃତ ହୃଦୟ ଦହନଜ୍ୱାଲାରେ ପୀଡ଼ିତା ହେଲା । ଅପେକ୍ଷା ଥିଲା ଆଗାମୀ ଦିନ ଓ ମାସକୁ । ନିସ୍ତବ୍ଧ ରଜନୀରେ ନିଜର ଅସ୍ତିତ୍ୱକୁ ଶୂନ୍ୟତାରେ ଭରି ବ୍ୟାକୁଳିତ ହୋଇ ଉଠିଥିଲେ । ନିସ୍ତବ୍ଧ ରାତ୍ରୀରେ ଭାବର ଅନୁରାଗରେ ମଣିଷ ହୃଦୟ ଜିଣିହୁଏ । କିନ୍ତୁ ଏଠି ମାୟାର ମଖମଲି ଦୀର୍ଘଶ୍ୱାସ ଆଦିମ ଘୃଣାର ସ୍ୱାକ୍ଷର ନୁହେଁ କି ?

କୃଷ୍ଣା ଦେବୀ ରାଣୀ ମହଲ ଭିତରେ ପଶି ରହିଁଲେ ନିଜ ରୂପକୁ ଆଇନା ଆଗରେ । ତଥାପି ନିଜ ରୂପରେ ସେ ଥିଲେ ବିମୋହିତ ସେହି ବୟସରେ । କାହିଁକି ମହାରାଜାଙ୍କ ହେମା ପ୍ରତି ଅନୁରାଗ ଓ ଅନ୍ୟ ନାରୀ ପ୍ରତି ପିପାସାରେ ପୂର୍ଣ୍ଣଚ୍ଛେଦ ପକେଇ ପାରିନଥିଲେ ସେ ?   ତେବେ ଏବେ ସେ ନିଜ ରୂପଠାରୁ ଦୂରେଇ ଯାଇଛନ୍ତି କି ? ଏତିକିବେଳେ ଅସ୍ୱସ୍ତ ସ୍ୱର ଶୁଣାଗଲା ମହେନ୍ଦ୍ର ଦେବଙ୍କ – କୃଷ୍ଣା ! ତୁମେ ମୋତେ ଅପେକ୍ଷା କରିଛ ଏଯାଏଁ ? ମୁଁ କିନ୍ତୁ କ୍ଲାନ୍ତ ହୋଇ ପଡ଼ିଛି ଆଜି । ମୋ ଅବୟବ ଅଚଞ୍ଚଲ ।

– କାହିଁକି ? ଗୁରୁଗମ୍ଭୀର ସ୍ୱର ଶୁଣାଗଲା କୃଷ୍ଣା ଦେବୀଙ୍କର ।

– ତୁମେ ରାଗିଛ କି ଅପେକ୍ଷା କରି କରି ? ନିଜ ଅଙ୍ଗପ୍ରତ୍ୟଙ୍ଗକୁ ସୌନ୍ଦର୍ୟ୍ୟ ପ୍ରସାଧନରେ ଖୁବ୍ ସଜ୍ଜିତ କରିଛି ଯେ । ମୋ ଅପେକ୍ଷାର ମୁହୂର୍ତ୍ତ ପାଇଁ ତ ?

ଚମକି ପଡ଼ିଲେ କୃଷ୍ଣା ଦେବୀ । କହିଲେ – ତୁମେ ଏବେ ଦେବେନ୍ଦ୍ର ପିତା । ସେ ଏବେ ସବୁ ବୁଝିପାରିଲାଣି । ନାରୀମାନଙ୍କ ସହ ଗୋପନୀୟ ପ୍ରଣୟରେ ତୁମର ଅପଯଶ ବହୁତ ବ୍ୟାପିଗଲାଣି । ଛାତିକୁ ପଥର କରି ସହିଯାଉଛି ମୁଁ । ଅସତ୍ୟର ପରିଭାଷା ଜୀବନର ଶୌର୍ୟ୍ୟ ନୁହେଁ । ମରୀଚିକା ତରଙ୍ଗରେ ତୁମେ ବଶୀଭୂତ । ତମ ପୁଅ ଯଦି ପଥଭ୍ରଷ୍ଟ ହୁଏ ତେବେ ସେତେବେଳେ ତୁମର କର୍ମକୁ ମଧ୍ୟ ଅପରାଧ ବୋଲି ଯୁକ୍ତି କରିବେ ରାଜ୍ୟବାସୀ । ରାଜଦଣ୍ଡର ସଦୁପ ବ୍ୟବହାରକୁ ଅସ୍ୱୀକାର କରନି ।

– ଆମ ରାଜବଂଶରେ ଏପରି ସବୁ ଚଳିବ । ପ୍ରଜାମାନେ ମୋର ଅଧିକାରଭୁକ୍ତ । ମୋ ମନର ପ୍ରତିହିଂସା ହିଁ ମୋ ଶକ୍ତି ।

– କିନ୍ତୁ ଅନ୍ୟାୟକୁ ସବୁ ପ୍ରଜାମାନେ ମଧ ଏତେ ସହଜରେ ସହ୍ୟ କରିପାରିବେନି । ଅସୁରକ୍ଷାର ଚକ୍ରବ୍ୟୂହ ଭିତରେ ତୁମେ ପ୍ରବେଶ କରିସାରିଛ ।

– କି ସୁନ୍ଦର ଉପସ୍ଥାପନା କରୁଛ ଏବେ ! ଭାରତରେ ଅଧିକାଂଶ ରାଜ୍ୟ ଏବେ ଇଂରେଜ ଶାସନଭୁକ୍ତ ହେଲାଣି । ମୋ ରାଜ୍ୟରେ ଯଦି ପ୍ରଜା ଆନ୍ଦୋଳନ ହୁଏ ତେବେ ସେମାନଙ୍କୁ ସାବାଡ଼ କରିବାକୁ ଇଂରେଜଙ୍କ ସାହାୟ୍ୟ ନେବି । ମୋର ଆଉ ଚିନ୍ତା କ'ଣ ? ସେମାନଙ୍କ ଶୋଷଣରେ ପ୍ରଜା ଆହୁରି କରଯୁକ୍ତ ହେବେ । ସେମାନଙ୍କ ଉପଦ୍ରବରେ ଏବେ ତ ଉତ୍ତରାଞ୍ଚଳ ରାଜ୍ୟର ସ୍ୱର କ୍ଷୀଣ ହେବାକୁ ବସିଲାଣି ।

– ବୁଝିଲ ତମପରି ପ୍ରଜାଦ୍ରୋହୀ ଓ ମିତ୍ରଦ୍ରୋହୀ, କିମ୍ବା ପଡ଼ୋଶୀ ରାଜ୍ୟପ୍ରତି ଇର୍ଷାନ୍ୱିତ ରାଜା ହିଁ ଇଂରେଜର ସହାୟତା ନେବେ । ବିଦେଶୀ ଶକ୍ତି ଭାରତକୁ ପ୍ରବେଶର ପଥ ଉନ୍ମୁକ୍ତ କରିଥିଲେ ପରା ଶତ୍ରୁ ରାଜା । ନିଜ ଲୋକକୁ ସହ୍ୟ ନ କରିପାରି ବାହ୍ୟ ଶତ୍ରୁକୁ ଆଣି ଘରେ ସ୍ଥାନ ଦେବାର ଅଭିପ୍ରାୟଠାରୁ ଦୂରେଇ ଯାଅ ।

– କ'ଣ ତୁମ ପରି ଜଣେ ପରାଜିତ ରାଜାଙ୍କର କନ୍ୟାକୁ ବିବାହ କରି ନିଜ ରାଜ୍ୟରେ ପାଟରାଣୀର ମର୍ଯ୍ୟାଦା ଦେବା ମୋର ଗ୍ରହଣୀୟ ନଥିଲା ? କାରଣ ଶତ୍ରୁ କନ୍ୟା ହିଁ ଚିର ଶତ୍ରୁ ହୋଇ ମୋର ରହିବା ପାଇଁ ଚିର ସଂକଳ୍ପ କରି ଆସିଛ କି ?

କୃଷ୍ଣା ଦେବୀ ହେଉଛନ୍ତି ବିଧ୍ୱସ୍ତ ରାଜପ୍ରାସାଦରୁ ଉଦ୍ଧାର ପାଇଥିବା ଏକ କନ୍ୟା । ତେଣୁ ତାଙ୍କର ମୁହଁର ଭାଷାକୁ କିପରି ବା ସହ୍ୟ କରିବେ ମହାରାଜା ନିଜ ଅଭିମାନରେ । ନିଜର ସୁଖ ପାଇଁ ସେ ତ ସବୁବେଳେ ଚେଷ୍ଟିତ ଆଉ ସୁନ୍ଦରୀ ଝିଅଟିଏର ଯଦି ମାୟାଜାଲରେ ବିମୋହିତ ହୋଇ ଅନ୍ୟନାରୀଙ୍କଠାରୁ ମନକୁ ଦୂରେଇ ସାରିଲେଣି ତେବେ ରାଜ୍ୟର ନାରୀମାନେ ଏବେ ବେଶୀ ସୁରକ୍ଷିତ । ଆଉ ଚିନ୍ତା କରିବାର କିଛି ନାହିଁ । ତେଣୁ ଖୁବ୍ ଦୃଢ଼ ସ୍ୱରରେ କହିଲେ– ତୁମେ ବିବାହ କରିପାର ମୟୂରାକୁ । ପାଟରାଣୀର ପଦରେ ଅଲଂକୃତ କରିପାର । ମୁଁ ସନ୍ୟାସିନୀ ହୋଇ ରାଜମହଲ ତ୍ୟାଗ କରିପାରେ ସ୍ୱଇଚ୍ଛାରେ ତୁମର ସୁଖରେ ବାଧା ନ ଦେବାପାଇଁ । ତୁମର ଅନ୍ୟ ଜନ୍ମିତପୁତ୍ର ରାଜ୍ୟର ଯୁବରାଜାରେ ଆସୀନ ମଧ

ହୋଇପାରିବ । ତୁମଠାରୁ ବିଚ୍ଛିନ୍ନ ହେଲେ ତମେ ପରିପୂର୍ଣ୍ଣ ଜୀବନରେ ଭୋଗର ପିପାସା ନୂତନ ପ୍ରୟାସର ରୂପ ନେବ ।

— ତେବେ ତୁମେ ଲୁଚିଛପି ମୋର କାର୍ଯ୍ୟକଳାପ ପ୍ରତି ନଜର ରଖିଥିଲ । ନଚେତ୍ ମୟୂରୀର ନାଁ ଏମିତି ହଠାତ୍ କହିପାରିଲ କେମିତି ? ତୁମେ ଏବେ କେବଳ ମହାରାଣୀ ।

— ମୁଁ ରାଜାକନ୍ୟା । ତୁମେ ରାଜପୁତ୍ର । ମୁଁ ମଧ ଶିକ୍ଷାଗ୍ରହଣ କରିଛି ତୁମ ସମକକ୍ଷପରି । ତେଣୁ ତୁମ ବିଷୟରେ ଖବର ଜାଣିବା ପାଇଁ ଅନ୍ୟ ଦାସୀ କି ଗୁପ୍ତଚରର ଆଶ୍ରୟ ନେଇଛି ତୁମକୁ ଅପବାଦରୁ ରକ୍ଷା କରିବାକୁ । ମୁଁ ହିଁ ତୁମ ମୁଖମଣ୍ଡଳର ଦର୍ଶନ ଓ ଭାବଭାଙ୍ଗିରୁ ବୁଝିପାରିଛି ତୁମ ମନର ଭାଷା । ତେବେ ତୁମେ ମୟୂରୀକୁ ପାଇଲ କେଉଁଠି ? ଏହା ହିଁ ମୋ ପ୍ରଶ୍ନ । ତୁମେ ଏବେ ମନପ୍ରାଣରେ ଆକ୍ରାମାକ୍ରା ହୋଇସାରିଛ ମୟୂରୀର ମାୟାର ଆବେଗରେ ।

ଶଙ୍କିଗଲେ ମହାରାଜା କୃଷ୍ଣା ଦେବୀଙ୍କ ଦୃଢ଼ସ୍ୱର ଶ୍ରବଣ କରି ।

ଚିହିଁକି ଉଠିଲେ କୃଷ୍ଣା ଦେବୀ ପୁଣି । ଗୋପନୀୟ ପ୍ରଣୟର ସ୍ଥିତି କ'ଣ ?

ତୁମେ ମୋର ପାଟରାଣୀ ଏହି ରାଜ୍ୟର ଓ ଆମ ପୁତ୍ର ଏହି ରାଜ୍ୟର ରାଜାପଦରେ ଅଭିଷିକ୍ତ ହେବ । ତୁମ ଆସନ ଓ ପୁତ୍ର ଆସନ ସୁରକ୍ଷିତ । ମୁଁ ମଧ ଏକପନ୍ତୀବ୍ରତରେ ବ୍ରତୀ । ପ୍ରଥମ ପନ୍ତୀଙ୍କ ପୁତ୍ର ନଥିଲା ବୋଲି ତ ତୁମକୁ ବିବାହ କଲି ପିତାମାତାଙ୍କ ଆଦେଶରେ । ସେମାନେ ମଧ ଏହି ବିବାହକୁ ସ୍ୱୀକୃତି ଦେଉଛନ୍ତି । ଆଉ ମୟୂରୀ ହିଁ ଉଡ଼ାଁସୀ କନ୍ୟା । ତାକୁ ବିବାହ କରିବାକୁ ସେ ମଧ ଅନିଚ୍ଛୁକ । ତାକୁ ବିବାହ କରି ମୁଁ କେବେହେଲେ ମୃତ୍ୟୁବରଣ କରିବିନି । ଉଡ଼ାଁସୀର କନ୍ୟାମାନଙ୍କୁ କିଏ ବା ବିବାହ କରିବ ? କେବଳ ସେ ମୋ ପ୍ରେମିକା ।

— ସେ ତ ଏକ ମାୟାବୀ ମଧ । ସେ ତ ଏକ ସିଂହାସନଯାନରେ ଅକ୍ଲେଶରେ ତୁମ ପାଖରେ ପହଁଞ୍ଚପାରୁଛି । ସେ ଆସୁଛି କେଉଁ ରାଜ୍ୟରୁ ତୁମେ କହିପାରିବ କି ?

— କାମାକ୍ଷାରାଜ୍ୟରୁ ତା'ର ଆଗମନ । କେବଳ ମୋ ରୂପରେ ମୁଗ୍ଧହୋଇ ସେ ମୋ ପ୍ରେମରେ ତଲ୍ଲୀନ । ଏପରି ସୁନ୍ଦରୀ ମୟୂରୀର ଦର୍ଶନ ତୁମେ କେବେ କରିଛ କି ?

— ନା । ସେ ତୁମ ଗୁଣରେ ବିମୁଗ୍ଧ ହୋଇଛି ବୋଲି ଇନ୍ଦ୍ରଧନୁ ରଙ୍ଗରେ ରଙ୍ଗାୟିତ ହୋଇଛି । ଖାସ୍ ତୁମ ପାଇଁ ।

— ହୋଇପାରେ । କିଞ୍ଚିତ୍ ଭୀତଦୃଷ୍ଟି ନିକ୍ଷେପ କଲେ କୃଷ୍ଣା ଦେବୀଙ୍କୁ ।

ଏକ ଅର୍ଥପୂର୍ଣ୍ଣ ହସ ହସିଲେ କୃଷ୍ଣା । ସତୃଷ୍ଣ ଦୃଷ୍ଟିରେ କହିଲେ- ଯାହାହେଉ ତା'ର ଆଗମନ ଆମ ରାଜ୍ୟ ନାରୀଙ୍କ ପାଇଁ ଶୁଭଦିନ ଆଣି ଦେଇଛି । ତା'ର ପ୍ରୀତିରେ ତୁମେ ସବୁ ଅଙ୍ଗସୁଖ ଭୁଲିଗଲଣି । କିନ୍ତୁ ରାଜ୍ୟ କାର୍ଯ୍ୟ ଠିକ୍‌ରେ ନିର୍ବାହ କର । ମୁଁ ଉପେକ୍ଷିତ ହେଲେ ଚିନ୍ତାନାହିଁ ମୋର । ତୁମେ ଯେମିତି ଉପେକ୍ଷିତ ନ ହୁଅ ମୟୂରୀ ପାଖରୁ ଏହା ମୁଁ ଚାହେଁ ।

ଚମକିପଡ଼ିଲେ ମହାରାଜା କୃଷ୍ଣାଙ୍କ ବାକ୍ୟ ଶୁଣି । ସ୍ତ୍ରୀ ଉପେକ୍ଷିତା ହେବା କୌଣସି ନାରୀପକ୍ଷେ ଗ୍ରହଣୀୟ ହୋଇନପାରେ । କିନ୍ତୁ କୃଷ୍ଣାଙ୍କ କ୍ଷେତ୍ରରେ ଏପରି କଟୂକ୍ତି କରିବା କି ଦରକାର ? ରହିଁଲେ କୃଷ୍ଣାଙ୍କ ମୁଖମଣ୍ଡଳକୁ । କହିଲେ- ତୁମେ ମୋର ପ୍ରଥମ ସ୍ୱପ୍ନର ସୁନ୍ଦରୀ ଅଛ ଓ ରହିଥିବ ଶେଷ ପର୍ଯ୍ୟନ୍ତ ।

— ପ୍ରଥମ ରାଣୀ କ'ଣ ସୁନ୍ଦରୀ ନଥିଲେ କି ? ଭୁଲିଯାଇଛ ତାଙ୍କ ମହାର୍ଘ୍ୟ ସମୟକୁ କେମିତି ?

— ସେ ସୁନ୍ଦରୀ ଥିଲେ କିନ୍ତୁ ତମଠାରୁ କମ୍ । ସେହି ସମୟର କଥା ଅଲଗା ଥିଲା । କନ୍ୟା ସନ୍ତାନ ଥିବାରୁ ମୁଁ ତୁମକୁ ବାଧ୍ୟହେଲି ପରିଣୟ କରିବାକୁ ତାଙ୍କ ମୃତ୍ୟୁପରେ । ତୁମ ରୂପଲାବଣ୍ୟରେ ମୁଁ ଥିଲି ବିମୋହିତ ମଧ୍ୟ । ତୁମେ ଆଜି ମଧ୍ୟ ମୋ ହୃଦୟର ରାଣୀ ।

— ସବୁ ମିଥ୍ୟା ହୋଇପାରେ । ଯଦି ସେ ରାଣୀ ଜୀବିତ ଥାଆନ୍ତେ ତୁମେ ମୋତେ ପୋଇଲି କି ଦାସୀ କରି ପାଦତଳେ ଖଟାଇ ଥାଆନ୍ତ କି ? ଯେମିତି ହେମା ପ୍ରତି ନିର୍ଦ୍ଦୟ ହେଲ ।

— ବାଧ୍ୟହୋଇ ହେମାକୁ ମୁଁ ସ୍ତ୍ରୀର ଦରଜା ଦେଇପାରିନଥିଲି । ନଚେତ୍ ସେ ମଧ୍ୟ ଅନ୍ତଃପୁରରେ ରାଣୀହୋଇ ରହିଥାଆନ୍ତା ମୋ ରାଜ୍ୟରେ । ତୁମପରି ସେ ମଧ୍ୟ ଧନଦୌଲତର ଅଧିକାରିଣୀ ହୋଇ ବସିଥାଆନ୍ତା । ପିତାଙ୍କ ନିୟମରେ ମୁଁ ବନ୍ଧା ହୋଇ ଯାଇଛି ।

— ଏବେ ହେମା ଉପେକ୍ଷିତ ନିଜର ଦୋଷରୁ ନୁହେଁ କେବେହେଲେ ।

- ସେ ମୋ ସନ୍ତାନର ଜନନୀ ହେବାକୁ ଜିଦ୍ କଲାରୁ ରାଜପ୍ରାସାଦରୁ ତଡ଼ିଖାଇଗଲା ବନମାଳୀ ପାଖକୁ। ତା' ସନ୍ତାନ ମୋର ବୋଲି ରାଜ୍ୟବାସୀଙ୍କ ହୃଦବୋଧ ହେବନି। ସେ ହେବ ବନମାଳୀର ସନ୍ତାନ। ବିଚରା ସେନାପତି ପଦରୁ ବିତାଡ଼ିତ ହୋଇ କାରାଗୃହରେ ବନ୍ଦୀଥିଲା। ଏବେ ହେମାପାଇଁ ସେ ମଧ ମୁକ୍ତହେଲା ବନ୍ଦୀ ଜୀବନରୁ। ଦୁର୍ଭାଗ୍ୟକୁ କେବଳ ସେମାନେ ରଚିଲେ।

କୃଷ୍ଣା ଦେବୀଙ୍କ ମୁହଁଟି ଘୃଣାରେ ବିଚଳିତ ହୋଇଗଲା। ଜୋରଦେଇ କହିଲେ– ସେମାନେ ଏବେ ସତରେ ଦାମ୍ପତ୍ୟ ଜୀବନ ଅତିବାହିତ କରିପାରିବେ କି ? ତୁମର ପିତୃତ୍ୱର ପରିଚୟ ଜାଣି ବନମାଳୀ କେବେ ହେମାକୁ ଆପଣେଇ ପାରିବ କି ? ମିଥ୍ୟା ଚକ୍ରାକାରରେ ସେମାନଙ୍କ ଇଚ୍ଛା ଅପ୍ରାପ୍ତି ରହିଗଲା।

- ସାଧାରଣ ଲୋକଙ୍କ ପାଇଁ ତୁମେ ବିପଦକୁ ବରଣ କରିବ କାହିଁକି ? ନିଜସ୍ଥାନ ଓ ପଦବୀରେ ରହି ନିଜ ମର୍ଯ୍ୟାଦା ବିଷୟରେ ଅଧିକ ଧ୍ୟାନ ଦିଅ। ମୁଁ ଏଠୁ ପ୍ରସ୍ଥାନ କରୁଛି ମୋ ଉଆସକୁ। ମୟୂରୀ ହିଁ ମୋ ରାଜ୍ୟର ରାଜନର୍ତ୍ତକୀ ହୋଇ ମୋ ନିକଟରେ ସବୁବେଳେ ରହିବ। ଆସନ୍ତାକାଲି ତାକୁ ମୁଁ ମଧ ଏହି ପଦରେ ଅଭିଷିକ୍ତ କରି କୃତକୃତ୍ୟ ହେବି। ତା ନୃତ୍ୟର ଝଙ୍କାରରେ ମୋ ବିଚଳିତ ମନ ଶୀତଳ ସ୍ନିଗ୍ଧ ହେବ।

- ସେ ଏହି ପଦବୀ ପାଇଁ ସମ୍ମତି ପ୍ରଦାନ କରିଛି ?

- ମୋ ମୁହଁରୁ ଏୟା ଶୁଣିବା ପରେ ସେ ଖୁସିହୋଇ କହିଥିଲା – ହେ ଭଦ୍ରେ ମୋର ମନର କଥାକୁ ଆପଣ ପ୍ରକାଶ କରିଥିବାରୁ ମୁଁ ଖୁବ୍ ଉଲ୍ଲସିତ। ତୁମର ପ୍ରୀତିର ଆସ୍ୱାଦନ ପାଇଁ ମୁଁ ବହୁଦିନରୁ ବ୍ୟଗ୍ର। ମୋର ଏହି ଯୌବନର ରୂପସମ୍ଭାର ତୁମ ପାଇଁ ଉଦ୍ଦିଷ୍ଟ। ତେଣୁ ମୁଁ ସାଦରେ ଗ୍ରହଣ କରୁଛି ତୁମର ପଦବୀକୁ। ମୁଁ କେବେହେଲେ ବୃତ୍ତଚ୍ୟୁତ ହୋଇପାରିବି ନାହିଁ ମୋ ପ୍ରାଣପ୍ରିୟଙ୍କଠାରୁ।

କୃଷ୍ଣା ଦେବୀ ଜୋର୍‍ରେ କହିଲେ – ବନ୍ଦ କରନ୍ତୁ ଆପଣ ଓ ମୟୂରୀର ବାର୍ତ୍ତାଳାପ। ମୋତେ ସବୁ ଶ୍ରୁତିକଟୁ ଲାଗୁଛି। ତୁମପରି ପୁରୁଷ ପ୍ରତି ଆକୃଷ୍ଟ ହୋଇ ମୟୂରୀର ଆଗମନ ନ ହୋଇପାରେ। ସେ ଏକ ବିଷଦୃଷ୍ଟି ନେଇ ତମ ସାମ୍ନାରେ ଉପସ୍ଥିତ ହୋଇସାରିଛି।

- ତେବେ ତା ପ୍ରତି ଈର୍ଷାନ୍ୱିତ ହୋଇଗଲ କି ?

ଦୀର୍ଘଶ୍ୱାସ ଛାଡ଼ିଲେ କୃଷ୍ଣା ଦେବୀ । ଅତୀତର ମାଲ୍ୟାଣୀ କଥା ବର୍ତ୍ତମାନର ସତ୍ୟର ପଦକ୍ଷେପ ନେଇ ଠିଆ ହୋଇଛି । ମୟୂରୀର ଅସଲ ଉଦ୍ଦେଶ୍ୟ ହୁଁ ଗୁରୁଦକ୍ଷିଣା ହୋଇପାରେ । କିମ୍ବା ମାଲ୍ୟାଣୀ କନ୍ୟାର ମୃତ୍ୟୁର ପ୍ରତିଶୋଧ ନେବାକୁ ହୋଇପାରେ । କୁହୁକ ରାଜ୍ୟର କୁହୁକ କନ୍ୟା ନ ହୋଇପାରେ କିମ୍ବା କୌଣସି ସାଧାରଣ କନ୍ୟା ହୋଇପାରେ ମଧ । ନିଜକୁ ଛଲନା କରି ରାଜକନ୍ୟା କହିପାରେ । ଭବିଷ୍ୟତର ଉଦ୍ଦେଶ୍ୟ ତ ଏବେ ଅଜଣା । କିନ୍ତୁ ମାଲ୍ୟାଣୀ ହୁଁ ନିଜ ପ୍ରତିଜ୍ଞାରେ ଯେମିତି ଅଟଳ ଥିଲା । କୃଷ୍ଣାଙ୍କ ନୟନରୁ ତନ୍ଦ୍ରା ଅପସରି ଯାଇଥିଲା । ଦେଖିନେଲେ ମହାରାଜା ପ୍ରସ୍ଥାନ କରି ସାରିଛନ୍ତି ରାଣୀମହଲରୁ ରାଜଉଆସକୁ । କୃଷ୍ଣାଙ୍କ ଆଖି ସାମ୍‌ନାରେ ମୟୂରୀର ରୂପ ବାରମ୍ବାର ଖେଳିଯାଉଛି । ଦେଖିପାରୁଛନ୍ତି ଅଦୃଶ୍ୟ ଆଖିରେ ମୟୂରୀର ରୋମାଞ୍ଚିତ ଅବୟବକୁ । ତାଙ୍କ ଆଗରେ ଛାୟାମୂର୍ତ୍ତୀ ପରି ସେ ଶୀହରିତ ହେଉଥିଲା ଯେମିତି । ତା'ର ଅସ୍ପଷ୍ଟସ୍ୱର ମଧ ଶୁଣିପାରୁଥିଲେ କୃଷ୍ଣା ଦେବୀ । କିନ୍ତୁ ମୟୂରୀର ସୌଷ୍ଟବର ଅନିର୍ବଚନୀୟ ସୌନ୍ଦର୍ଯ୍ୟ କ'ଣ ମାନବୀର ହୋଇପାରେ କି ? କୃଷ୍ଣା ଦେବୀ ଆଚ୍ଛ୍ମିତ ହୋଇ ଉଠିଥିଲେ ତା'ର ପ୍ରତିଜ୍ଞାର ମାନବିକତାରେ । ମୟୂରୀ ତ ନାରୀ ଜାତିର ରକ୍ଷାପାଇଁ ଏକ ଉଦାହରଣ ସୃଷ୍ଟି କରିଯିବ ଏହି ମହେନ୍ଦ୍ର ଗଡ଼ରେ । ବରଂ ତାକୁ ଧୂପଫୁଲ ଚନ୍ଦନ ସିନ୍ଦୁର ଦେଇ ସ୍ୱାଗତ କରିଦେଲେ ଭଲ । ଆଉ ରାଜ୍ୟରେ ବିଦ୍ରୋହର ବହ୍ନି ଜଳିବନି ପ୍ରଜାଙ୍କ ମନରେ ।

ଅତୀତର ମାଲ୍ୟାଣୀ କଥାର ଭାବନାରେ ମଜ୍ଜି ରହୁ ରହୁ ଗୁମ୍‌ସୁମ୍ ହୋଇପଡ଼ୁଥିଲେ କୃଷ୍ଣା ଦେବୀ । ଧନ୍ୟ ମାଲ୍ୟାଣୀ ! ଯିଏ ରାଜ୍ୟପାଇଁ ଏକ ଶୁଭଚିନ୍ତକର ପଦକ୍ଷେପ ନେଇ ପ୍ରତିକାର କରିପାରିଛି ରାଜ୍ୟବାସୀଙ୍କର ।

କୃଷ୍ଣା ଦେବୀଙ୍କ କପାଳରେ ଝାଳ ଜମିଗଲାଣି । ମାଲ୍ୟାଣୀ ଆଉ ପ୍ରତିଶୋଧ ନେଇନି ତ ରାଜ୍ୟ ପ୍ରତି ? ଗଭୀର ଭାବନା ଭିତରେ ମଜ୍ଜିରହି ଭାବୁଥିଲେ ମାଲ୍ୟାଣୀର ପ୍ରତିଜ୍ଞା କଥା । ଥରେ ତାକୁ ଦେଖାହେଲେ ବୁଝିପାରନ୍ତେ ମୟୂରୀର ପରିଚୟ କ'ଣ ? କିନ୍ତୁ ସେ ତ ଏବେ ଉଭାନ । ତାକୁ ପାଇବେ କେଉଁଠି ?

ଠିକ୍ ଏହି ସମୟରେ ସୃଷ୍ଟିଭ ସୂର୍ଯ୍ୟକିରଣ ଛାୟା ସର୍ଶ କଲା ରାଣୀମହଲର ପୁଷ୍କରିଣୀକୁ । ସମୟ ଅନେକ ହୋଇଯାଇଛି । ଏ ପର୍ଯ୍ୟନ୍ତ ସେ ରାଣୀମହଲ

ଦୁଆରକୁ ଖୋଲିବାକୁ ନିର୍ଦ୍ଦେଶ ଦେଇନାହାନ୍ତି । ଶୀଘ୍ର ନିତ୍ୟକର୍ମ ସାରି ରାଣୀ ମହଲର ମନ୍ଦିରରେ ପ୍ରବେଶ କରିବାକୁ ହେବ । ସେଠି ଶ୍ୱଶୁର ପିତା ମହାରାଜା ଓ ମାତା ମହାରାଣୀ ଅପେକ୍ଷା କରି ଆସ୍ଥାନ ଜମେଇ ବସିଥିବେ । ବିଳମ୍ବର କାରଣର ପ୍ରଶ୍ନ ଉତ୍ଥାପନ କରି ପାରନ୍ତି । ସେ ସତ୍ୟ ବଚ୍ନ କହିବା ଅପେକ୍ଷା ମହାରାଜା ଯଦି ସତ୍ୟ କଥା ପ୍ରଥମେ ଜ୍ଞାତ କରାଇ ଦେଇଥିବେ ଭଲ ହୁଅନ୍ତା । କୃଷ୍ଣାଙ୍କର ମନର ଆବେଗ ବଢ଼ିଯାଇଥିଲା ଯେମିତି । ମୁହଁର ହସରେ ଗାମ୍ଭୀର୍ଯ୍ୟର ପରିପ୍ରକାଶ ପରିଲକ୍ଷିତ ହେଲା । ଦାସୀ ମୃଦୁଲାର ପ୍ରଶ୍ନ ଶୁଣି ପାରୁଥିଲେ – ମହାରାଣୀ ଆପଣଙ୍କ ମୁଖର ହର୍ଷ ଉଭାନ ହୋଇଯାଇଛି କାହିଁକି ? ରାତିରେ ରାଜାସାହେବଙ୍କ କୌଣସି କଟୁବାକ୍ୟ ଆପଣଙ୍କ ଚିନ୍ତା ବଢ଼ାଇ ଦେଇଛି କି ?

କୃଷ୍ଣା ନିଜ ଭାବନାକୁ ନିୟନ୍ତ୍ରଣରେ ରଖି କହିଥିଲେ– କିଛି ତ ଘଟିନି । କିନ୍ତୁ ତୁମ ମହାରାଜା ଏବେ ବଦଳି ଯାଇଛନ୍ତି ନା ?

– ହଁ ମହାରାଣୀ । ରାଜାଙ୍କ ମନରେ ଆଉ ପୂର୍ବ ମୋହ ତୁମପ୍ରତି ନାହିଁ । ସେ ପ୍ରକୃତରେ ବଦଳିଯାଇଛନ୍ତି । ରାଜାସାହେବଙ୍କ ପାଖକୁ ଆଉ ଗାଁର ଝିଅ ବୋହୂଙ୍କ ସବାରୀ ଆସୁନି । ଏବେ ଆଉ ଦାସୀ ପୋଇଲୀ ପ୍ରତି ହେଉଥିବା ନିର୍ଯ୍ୟାତନାର ଶବ୍ଦ ଶୁଣାଯାଉନି । ସ୍ୱପ୍ନ ପରି ରାଜାଙ୍କ ଚରିତ୍ର ବଦଳିଗଲା କେମିତି ହଠାତ୍ ?

ରାଜ୍ୟର ପ୍ରଜାମାନେ ଏଇ ପ୍ରାୟ କେଇମାସ ହେବ ଖୁବ୍ ଖୁସିରେ ଅଛନ୍ତି । ପ୍ରତି ଛଅମାସରେ ବିଭିନ୍ନ କର ବସାଇ ଲୋକଙ୍କଠାରୁ ଜୋର ଜବରବସ୍ତି ପାଉଣା ଆଦାୟ କରିବା ଘୃଣିତ ଦୃଷ୍ଟିରେ ଦେଖୁଥିଲେ ପ୍ରଜାମାନେ । ଏବେ ସେଥିରୁ ମଧ ମୁକ୍ତ । ଠିକ୍ ପିତା ମହାରାଜାଙ୍କ ନୀତି ଅନୁସରଣ କରି ପ୍ରଜାଙ୍କ ହୃଦୟରେ ଆନନ୍ଦର ଜୁଆର ସୃଷ୍ଟି କରିଛନ୍ତି । ଖୁବ୍ ଉଷ୍ଣାହ ସହକାରେ କହିଦେଲା ମୃଦୁଲା ।

କୃଷ୍ଣା ଦେବୀ ମୟୂରୀର ଭୂମିକାକୁ ମନେମନେ ପ୍ରଶଂସା କରି ତୃପ୍ତି ପାଉଥିଲେ ସତେ ଯେମିତି । ତଡ଼ିତ୍ ବେଗରେ ଜଣେ ଦାସୀ ଆସି ଶୁଣାଇଦେଲା – ରାଣୀମା' ଆପଣଙ୍କୁ ଅପେକ୍ଷା କରିଛନ୍ତି ମହାରାଜା, ପିତା ମହାରାଜା ଓ ମାତା ମହାରାଣୀ । ଆପଣ ଶୀଘ୍ର ଆଗମନ କରିବାକୁ ନିର୍ଦ୍ଦେଶ ଆସିଛି ମୋ ହାତରେ ।

କୃଷ୍ଣା ମୁଣ୍ଡ ହଲାଇ ସମ୍ମତି ଦେଇଥିଲେ । ଯଥାଶୀଘ୍ର ପରିପାଟୀରେ ସଜ୍ଜିତ ହୋଇ ରାଜଉଆସର ମନ୍ଦିର ଆଡ଼କୁ ଅଗ୍ରସର ହେଲେ । ହୃଦୟରେ ହସର ଢେଉ

ଖେଳାଇ ମାତା ମହାରାଣୀ ପ୍ରଶ୍ନ କଲେ – ବିଳମ୍ବ କାହିଁକି ଯେ ? ବୋଧେ ପୂର୍ବରାତ୍ରିରେ ଅନିଦ୍ରା ଥିଲ କି ?

କୃଷ୍ଣା ଦେବୀ ପ୍ରଣାମ କଲେ ପିତା ମହାରାଜା ଓ ମାତା ମହାରାଣୀଙ୍କୁ।

ଆଶୀର୍ବାଦର ଆଭାସ ଦୁଇଜଣଙ୍କ ମୁହଁରୁ ଝରିଗଲା ସେହିକ୍ଷଣି। କିନ୍ତୁ ରାଜା ପିତାମାତାଙ୍କୁ ଆଚମ୍ବିତ କରି ଶୁଣାଇଦେଲେ – ଆମ ରାଜ୍ୟରେ ନୂତନ ରାଜନର୍ତ୍ତକୀ ଭାବେ ମୟୂରୀକୁ ଆଜି ସ୍ଥାନ ଦିଆଯିବ।

– ସେ କିଏ ? ଚକିତ ହୋଇଗଲେ ପିତାମାତା ଦୁହେଁ।

– ଖୁବ୍ ସୁନ୍ଦରୀ ଓ ନୃତ୍ୟରେ ପାରଙ୍ଗମା ନାରୀଟିଏ ଯାହାର ଦର୍ଶନ କୃଷ୍ଣା କରି ସାରିଛନ୍ତି ଓ ସମ୍ମତି ମଧ ପ୍ରଦାନ କରିଛନ୍ତି। ହେମାର ନୃତ୍ୟଶୈଳୀରେ ଶିଥିଳତା ଭରିଗଲାଣି। ସେ ଏବେ ପଦଚ୍ୟୁତା। ଆପଣମାନେ ସମସ୍ତେ ଜାଣନ୍ତି ସେ ମଧ ବନମାଳୀର ପନ୍ଥୀର ଆଖ୍ୟାନେଇ ରାଜପ୍ରାସାଦ ସ୍ୱଇଚ୍ଛାରେ ତ୍ୟାଗ କରିଗଲା। ଆପଣମାନଙ୍କ ନିର୍ଦ୍ଦେଶ ହିଁ ମୋର ଶିରୋଧାର୍ଯ୍ୟ। ତା'ର ରଣ କୌଶଳ ପଦ୍ଧତିର ଗୋଟିଏ ଭୁଲ ପାଇଁ ଜୟଗଡ଼କୁ ମୁଁ ପରାଜୟ କରିପାରିଲିନି। ଏହି ରଣକୌଶଳ ପାଇଁ ଦାୟୀ ବନମାଳୀ। ଆମ ରାଜ୍ୟର ପରାଜୟ ଅସମ୍ଭବ ହେଲେ ସୁଦ୍ଧା। ସେ ହିଁ ତା' ରଣକୌଶଳ ପଦ୍ଧତିର ଭୁଲ ପାଇଁ ଅନ୍ୟ ଯୁଦ୍ଧବେଳେ ସୁଧାରିପାରିନଥିଲା। ଯୁଦ୍ଧର ସବୁ ଦାୟିତ୍ୱ ତାକୁ ଅର୍ପଣ ନକରି ମୁଁ ହିଁ ନେଇଥିଲି ଅନେକ ସିପାହୀ ମଧ ତା' ଉପରେ କ୍ଷୁବ୍ଧ ଥିଲେ। ତେଣୁ ଅର୍ଜୁନକ ତାକୁ ସେନାପତି ପଦରୁ ବହିଷ୍କାର କରାଗଲା ମନ୍ତ୍ରୀ ପରିଷଦଙ୍କ ସଭାଦ୍ୱାରା। ତାପାଇଁ ଆଉ ଅନୁଶୋଚନା କରିବା ମଧ ଆମପକ୍ଷେ ଗ୍ରହଣୀୟ ନୁହେଁ।

ପିତା ମହାରାଜା ବ୍ୟକ୍ତ କଲେ – ନେତୃତ୍ୱରେ ସଂକଟ ଆଣିଲେ ବହିଷ୍କାର ହିଁ ଶ୍ରେୟ। ତୁମେ ଉଚିତ ପଦକ୍ଷେପ ନେଇଛ।

ଏକ ଅସ୍ୱସ୍ତିକର ତନ୍ମୟତା ଭିତରେ କୃଷ୍ଣା ଦେବୀ ଉତ୍ତର ଦେଲେ– ଆପଣ ଠିକ୍ ପଦକ୍ଷେପ ନେଇଛନ୍ତି। ଆପଣଙ୍କ ଇଚ୍ଛା ଅନୁଯାୟୀ ଆମ ରାଜ୍ୟର ଶାସନ ଚଳିବ। ଆପଣଙ୍କ ପ୍ରତି କାର୍ଯ୍ୟକଳାପ ପଛରେ ମୋର ଭୂମିକା କିଛି ନାହିଁ କି ? ଆପଣଙ୍କ ସହଧର୍ମିଣୀ ହୋଇ ସୁଦ୍ଧା ଆପଣ ମୋର ମତାମତକୁ କେବେ ରଖିଁ

ନାହାନ୍ତି । ତେଣୁ ମୋର ଆଉ କିଛି ବ୍ୟକ୍ତ କରିବାର ନାହିଁ । ଆପଣଙ୍କୁ ହିଁ ମୁଁ ପ୍ରତି କ୍ଷେତ୍ରରେ ସମର୍ଥନ କରିବି ।

ରାଜମାତା ଟିକିଏ ସ୍ମିତ ହୋଇ ପ୍ରଶ୍ନ କଲେ – କୃଷ୍ଣା, ତମ ଦେହ ଓ ମନ ଠିକ୍ ନାହିଁ କି ? ତୁମେ ପୁତ୍ର ସହିତ ମନାନ୍ତର ନା ମତାନ୍ତରରେ ଆହତ ହୋଇ ଏପରି କହୁ ନାହିଁ କି ?

□

॥ ନଅ ॥

ମହେନ୍ଦ୍ରଦେବଙ୍କ ମୁହଁଟି କିଏ ଲାଲ୍ ପଡ଼ିଗଲା । ଟିକିଏ ବିରକ୍ତ ହୋଇ
କହିଲେ ହେମାକୁ ରାଜନର୍ତ୍ତକୀରୁ ବିଦାୟ ଦେଇ ମୟୂରୀକୁ ସେ ସ୍ଥାନରେ
ଅଳଙ୍କୃତ କରିଥିବାରୁ କୃଷ୍ଣା ହିଁ ଅପମାନିତ ବୋଧ କରୁଛନ୍ତି । ଏହି କଥାରେ
କୌଣସି ମୂଲ୍ୟ ନାହିଁ । ସମୟ ଅନୁସାରେ ପଦବୀ ପୂରଣ ହୋଇଥାଏ ।

ଉତ୍ତେଜିତ ହୋଇ କୃଷ୍ଣା ଦେବୀ କହିଲେ – ମୋ ପୁତ୍ରକୁ ଯୁବରାଜ ପଦରେ
ଅଭିଷେକ କରାଯାଉ । ତୁମର ବୟସ ଯ଼ା ଭିତରେ ବଢ଼ି ଯାଇଛି ।

ମହେନ୍ଦ୍ରଦେବ ବୁଝିପାରୁଥିଲେ କୃଷ୍ଣାଙ୍କ ଆକ୍ରୋଶର କାରଣ ହିଁ ମୟୂରୀ ।
ସେ ହିଁ କୃଷ୍ଣାଙ୍କ ପ୍ରେମର ପ୍ରତିଦ୍ୱନ୍ଦ୍ୱୀ ।

– ତୁମ ଇଚ୍ଛା ଯଥା ଶୀଘ୍ର ପୂରଣ ହେବ । ମୁଁ ମାତା, ପିତାଙ୍କ ଆଗରେ ଏହି
କଥା କହୁଛି । ଶୁଭ ଘଡ଼ି ଦେଖ ଯୁବରାଜ ପଦରେ ଆମ ପୁତ୍ର ଅଭିଷିକ୍ତ ହେବେ ।
କିନ୍ତୁ ଏବେ ତ ବାଲ୍ୟ ବୟସ ସାରି କିଶୋରରେ ପ୍ରବେଶ କଲେ । ତୁମେ ତାଙ୍କୁ
ଯୁବରାଜ ରୂପେ ଦେଖିବାକୁ ବ୍ୟାକୁଳ କାହିଁକି ? ସେ ହିଁ ଆମ ରାଜ୍ୟର
ଭାବୀରାଜପୁତ୍ର । ଭବିଷ୍ୟତରେ ତା' ପାଇଁ ସିଂହାସନ ଉଦିଷ୍ଟ ହୋଇ ନିରାପଦ
ଅଛି ।

– ଭବିଷ୍ୟତ ଅନିଶ୍ଚିତ । ପ୍ରଜାଆନ୍ଦୋଳନ ଓ ଇଂରାଜୀଙ୍କ ଦେଶରେ
ଅନୁପ୍ରବେଶ ରାଜ୍ୟମାନଙ୍କ ପାଇଁ ସୁଖ ଖବର ନୁହେଁ । ସେମାନଙ୍କ କପଟତାର
ଆମ୍ରୀୟତା ଭିତରେ ହିଁ ସ୍ୱାର୍ଥ ନିହିତ ଥାଏ । ସେମାନଙ୍କୁ ବିଶ୍ୱାସ କରି ରାଜ୍ୟରେ
ଅନୁପ୍ରବେଶ କରିବାକୁ ଅନୁମତି ଦେଲେ ସେମାନେ କ୍ଷୁଧାର୍ତ୍ତ ପରି ଆମ
ରାଜକୋଷକୁ ଧନଶୂନ୍ୟ କରି ନିଜ ଦେଶକୁ ବୋହିନେବେ । ଆମେ ଯଦି ପ୍ରଜାଙ୍କ
ପାଇଁ ଜନମଙ୍ଗଳ କାର୍ଯ୍ୟ କରି ସେମାନଙ୍କ ପାଇଁ ସୁବିଧା କରିଦେବା ତେବେ ପ୍ରଜା

ବିଦ୍ରୋହ ବଦଳରେ ବିଦେଶୀଙ୍କ ପାଇଁ ବିଦ୍ରୋହ କରି ଆମ ରାଜ୍ୟକୁ ରକ୍ଷା କରିବେ ।

ପିତା ମହାରାଜା ଖୁବ୍ ଉଲ୍ଲୁସିତ ହୋଇ କହିଲେ – ଠିକ୍ କହିଛ କୃଷ୍ଣା । ଏଥର ରାଜ୍ୟର ପ୍ରଜାମାନଙ୍କ ଉପରେ ଲାଗୁଥିବା କରକୁ କୋହଳ କରିଦେବା । ସେମାନେ ଯେମିତି ନିଜ ରାଜ୍ୟ ବିଦ୍ରୋହରେ ଅନ୍ତରାୟ ସୃଷ୍ଟି ନ କରିବେ । ପ୍ରଜାମାନଙ୍କର ଭଲପାଇବା ଓ ଶ୍ରଦ୍ଧା ଯୋଗୁ ରାଜ୍ୟ ହିଁ ବିକଶିତ ହୁଏ । ତେଣୁ ତୁମ ପୁତ୍ର ଯୁବରାଜ ପଦରେ ଅଭିଷିକ୍ତ ହେବା ରାଜ୍ୟପାଇଁ ସର୍ବୋତ୍ତମ । ଏଥିରେ ମୋର ସଂଶୟ ନାହିଁ । ମୁଁ ମଧ୍ୟ ପ୍ରତିଶ୍ରୁତିବଦ୍ଧ ।

ମାତା ମହାରାଣୀ ଦୃଢ଼ସ୍ୱରରେ କହିଲେ – ଏବେ ତା'ର ଶିକ୍ଷାଦୀକ୍ଷାର ସମୟ ଚଳିଛି । ଏହି ବୟସରେ ରାଜକାର୍ଯ୍ୟ ସହିତ ଜଡ଼ିତ କରିବା ଉଚିତ ନୁହେଁ । ମୁଁ ଅନୁରୋଧ କରୁଛି ତା'ର ଶିକ୍ଷା ସରିଲାପରେ ତାକୁ ଅଭିଷିକ୍ତ କରନ୍ତୁ ଯୁବରାଜ ଭାବରେ । ଏବେ ସେ ଆମର ଭାବୀ ଯୁବରାଜ । କିଏ ଆଉ ବିଶ୍ୱାସଘାତକତା କରିବ କି ? ମହେନ୍ଦ୍ର ଏକପନ୍ତୀବ୍ରତରେ ଥିଲା ଆମ ପରମ୍ପରା ଅନୁସାରେ । ଯେହେତୁ ପୁତ୍ର ନଥିଲା ତା' ପ୍ରଥମ ପତ୍ନୀର ଓ ସେ ମୃତା ହେଲା ତେଣୁ ଆମ ପରାମର୍ଶରେ ବିବାହ କରିଛି । ସେ ମଧ୍ୟ ରାଜ୍ୟକୁ ସମ୍ମାନ ଦେଇପାରେ । ପ୍ରଜାଙ୍କ ଅନୁରୋଧକୁ ରକ୍ଷା ମଧ୍ୟ କରିଛି ।

କୃଷ୍ଣା ଦେବୀ ପ୍ରତିବାଦ ସ୍ୱରରେ କହିଲେ – ଏକପତ୍ନୀ ଧର୍ମରୁ ବିଚ୍ୟୁତ ହୋଇ ଦୁଇପତ୍ନୀ ଗ୍ରହଣ କରିବା ଯଦି ଉଚିତ୍ ମନେକଲେ ତେବେ ବହୁପତ୍ନୀ ଗ୍ରହଣ କଲେ ଆପଣମାନେ ଦ୍ୱିଧା ମଧ୍ୟ ପ୍ରକାଶ କରିନପାରନ୍ତି ।

ଉଦ୍‌ବିଗ୍ନ ହୋଇ ମାତା ମହାରାଣୀ କହିଲେ – ମହେନ୍ଦ୍ର, ତୁ ଆଉ କ‌ସ୍ମିନ କାଲେ ବାଧ୍ୟହୋଇ ନୂତନ ପତ୍ନୀ ଗ୍ରହଣ ନକରିବାର ଶପଥ ଏଠି ମନ୍ଦିରରେ କରିଦିଏ ।

– ଠିକ୍ ଅଛି କହି ମହେନ୍ଦ୍ର ଶପଥ କଲେ ଦେବୀ, ମାତା ପିତା, ପତ୍ନୀର ସାମ୍ନାରେ ଯେ ଭବିଷ୍ୟତରେ ଆଉ ନୂତନ ପତ୍ନୀ ସେ ଗ୍ରହଣ କରିବେ ନାହିଁ । କୃଷ୍ଣାର ପୁତ୍ର ହିଁ ମୋ ରାଜ୍ୟ ସିଂହାସନର ଉତ୍ତରାଧିକାରୀ ହେବ ।

ଏହି ଅବକାଶରେ ମଧ୍ୟ ଶୁଣାଇଦେଲେ ମୟୂରୀ ହିଁ ଆଜି ରାଜନର୍ତ୍ତକୀର ସ୍ଥାନ ପୂରଣ କଲା ।

ଗଭୀର କୃତଜ୍ଞତା ଆଖିରେ ରୁହିଁଲେ କୃଷ୍ଣା ଦେବୀ ପିତା ମହାରାଜା ଓ ମାତା ମହାରାଣୀଙ୍କୁ । ଅନୁଶୋଚନାର ମୂଲ୍ୟ ଆଉ ନାହିଁ । ମୟୂରୀର କପଟପ୍ରେମରେ ରାଜା ହିଁ ଅଜ୍ଞାତ ଥିବେ । ସବୁ ଜାଣି ଶୁଣି ମୟୂରୀ ହିଁ ରାଜାଙ୍କୁ ନିଜ ଆଡ଼କୁ ଆକର୍ଷିତ କରିଛି । ମୟୂରୀ ଆଖିରେ ରାଜା ହିଁ ଅପରାଧୀ ରାଜ୍ୟର । ସେ ହିଁ ନାରୀମାନଙ୍କ ଇଜ୍ଜତ ରକ୍ଷା ପାଇଁ ସଂକଳ୍ପ ନେଇଛି ମାଲୁଣି ପାଖରେ ନିଶ୍ଚୟ । ଏଠି କୃଷ୍ଣାଙ୍କ ବିଜୟଠାରୁ ମୟୂରୀର ବିଜୟ ଓ ଆଧିପତ୍ୟ ଅଧିକ ରାଜାଙ୍କ ପାଇଁ ସତେ ଯେମିତି ।

– ଆଉ ତୁମର ଗ୍ଲାନି କାହିଁକି ? ଗମ୍ଭୀର ପ୍ରଶ୍ନ କଲେ ରାଜମାତା କୃଷ୍ଣାଙ୍କୁ ।

– ସେମିତି ଆଉ ମୋର ହୃଦୟରେ ଚିନ୍ତା ନାହିଁ । ଏଥର ପ୍ରସ୍ଥାନ କରିବା ଆମେମାନେ ।

– ତୁମ ମନ ଖୁସି ତ ? ତୁମ ମନରେ ଆଉ ସନ୍ଦେହ ଅଛି କି ?

ଖୁସି ବ୍ୟକ୍ତ କରି ହଁ ଟିଏ ମାରିଥିଲେ କୃଷ୍ଣା ଦେବୀ । କିନ୍ତୁ ନିଜ ପତ୍ନୀଦ୍ୱର ପରାଜିତର ଗ୍ଲାନିରେ ସେ ସଢୁଥିଲେ ଯେମିତି । ଉଲ୍ଲସିତ ହୋଇ ମହାରାଜା କହିଲେ– ମୁଁ ଯାଏ ମୟୂରୀର ରାଜନର୍ତ୍ତକୀ ହେବାର ବନ୍ଦୋବସ୍ତ କରିବି । ତୁମର ସ୍ୱୀକୃତିକୁ ହିଁ ପାଳନ କରିବା ମୋର କାମ୍ୟ ।

ରାଜାଙ୍କର ଧନବଳ ଓ ବାହୁବଳର କ୍ଷମତା ପାଖରେ କୃଷ୍ଣା ଦେବୀ ଆତ୍ମସମର୍ପଣ କରିବାକୁ ବାଧ୍ୟ ହୋଇଥିଲେ । କିନ୍ତୁ ତାଙ୍କର ଶ୍ରଦ୍ଧା ଓ ଭଲପାଇବା ଆତ୍ମୀୟତାର ଉପରେ ମୟୂରୀର ଆକ୍ରମଣ ହିଁ ତାଙ୍କୁ ବହୁତ ଦୁଃଖୀ କରିଦେଇଥିଲା । ତଥାପି ସେ ମହାରାଣୀ ହୋଇ ରାଜକାର୍ଯ୍ୟର ପ୍ରମୁଖ ଭାର ଗ୍ରହଣ କରି ନିଜ ସ୍ଥିତି ଜାହିର କରୁଥିଲେ । ବେଳେବେଳେ ଇଚ୍ଛା କରନ୍ତି ମୟୂରୀ ନିକଟକୁ ଯାଇ ତା'ର ଷଡଯନ୍ତ୍ର ବିଷୟରେ ଅନୁଧ୍ୟାନ କରିବାକୁ । କିନ୍ତୁ ଶୀଥିଳ ହୋଇପଡ଼େ ପାଦ ଅଗ୍ରସର ହେବାକୁ ନର୍ତ୍ତକୀ ମହଲ ଆଡ଼କୁ । ଆତ୍ମସମର୍ପଣଠାରୁ ଆଉ ବଡ଼ ଅପମାନ କିଛି ନାହିଁ ଜଣେ ମହାରାଣୀ ପକ୍ଷେ । ସେହି ମାଲ୍ୟାଣୀ ହିଁ ତା' ଚକ୍ରାନ୍ତରେ ସଫଳ ହୋଇଛି । ଯଦି ସେ ରାଜ୍ୟର କ୍ଷତି କରେ ମୟୂରୀ ସାହାଯ୍ୟରେ ତେବେ ସେ

ନିଶ୍ଚୟ ସ୍ଵର ଉତ୍ତୋଳନ କରି ସତ୍ୟପ୍ରକଟ କରିବେ ମହାରାଜାଙ୍କ ସାମ୍ନାରେ ଓ ପ୍ରଜାଙ୍କ ସମ୍ମୁଖରେ ।

କୃଷ୍ଣା ଦେବୀଙ୍କ ଅବସନ୍ନ ମନ ଭାରାକ୍ରାନ୍ତ ହୋଇଗଲାଣି । କ୍ଷତ୍ରିୟ ବୀର ଯୁଦ୍ଧକୁ ଭୟ କେବେ କରେନା । ଯୁଦ୍ଧରେ ମୃତ୍ୟୁବରଣ କଲେ ସୁଦ୍ଧା ସେ ମରଣ ପର୍ଯ୍ୟନ୍ତ ଲାଗିଥାଏ ଯୁଦ୍ଧରେ । ନିଜେ କୃଷ୍ଣା ଦେବୀ ଦେଖିଛନ୍ତି ରାଜାଙ୍କର ଯୁଦ୍ଧର ରଣକୌଶଳକୁ । ରାଜାମାନେ ଭୋଗବିଳାସରେ ସବୁବେଳେ ବୁଡ଼ି ରହନ୍ତି । ରାଜକୀୟ ଖାଦ୍ୟ ଓ ପରିପାଟୀରେ ସେ ଖୁସିରେ ଚଳନ୍ତି । ଅନେକ ରାଜା ବହୁପତ୍ନୀ ଧର୍ମ ଗ୍ରହଣ କରି ରାଜ୍ୟରେ ନିଜ ରକ୍ତର ପୁତ୍ରକୁ ବିଭିନ୍ନ ଉଚ୍ଚ ପଦପଦବୀରେ ରଖିଥାଆନ୍ତି ନିଜକୁ ରକ୍ଷା କରିବା ଓ ରାଜ୍ୟକୁ ଅନ୍ୟର ଷଡ଼ଯନ୍ତ୍ରରୁ ରକ୍ଷାକରିବା ପାଇଁ । ତେବେ ମୟୂରୀ ପାଇଁ ଏତେ ବ୍ୟଥିତ ହେବା ମଧ ଉଚିତ ନୁହେଁ । ରାଜ୍ୟର ମଙ୍ଗଳ ହିଁ ତାଙ୍କର କାମ୍ୟ ।

କୃଷ୍ଣା ଦେବୀଙ୍କ ମନରେ ଅଚିହ୍ନା ମୟୂରୀ ପ୍ରତି ଏତେ ଉଦ୍‌ବେଗ ଆସୁଛି କାହିଁକି ? ସେ ବିଷକନ୍ୟା ନୁହେଁକି ? ଅନ୍ୟ ରାଜାଙ୍କର ପ୍ରରୋଚନାରେ ମହାରାଜାଙ୍କୁ କ୍ଷତି ପହଁଞ୍ଚେଇବା ପାଇଁ ତା'ର ଆଗମନ ନୁହେଁ ତ ? ଏପରି ବିକ୍ଷିପ୍ତ ଭାବନା ଭିତରେ କୃଷ୍ଣା ଦେବୀ ମନକୁ ଶଙ୍କାଗ୍ରସ୍ତ କରି ରାଣୀମହଲର କୋଠରୀ ଭିତରକୁ ପ୍ରବେଶ କଲେ ।

ଗୁପ୍ତଚର ଆସି ଖବର ଶୁଣାଇଦେଲା – ମୟୂରୀକୁ ହଁ ଆମ ଉପବନର ମାଲ୍ୟଧାଣୀ ରାଜ୍ୟରେ ପ୍ରବେଶ କରାଇଛି । ଏବେ ମାଲ୍ୟଧାଣୀ ପଡ଼ୋଶୀ ରାଜ୍ୟରେ ଅବସ୍ଥାନ କରୁଛି । ତା'ର ପ୍ରରୋଚନାରେ ରାଜନର୍ତ୍ତକୀ ମୟୂରୀର ଆଗମନ ହୋଇଛି ଏଠିକୁ । ମୟୂରୀ ରାଜକନ୍ୟା ନୁହେଁ । କେବଳ ପଡୋଶୀ ରାଜ୍ୟ ନର୍ତ୍ତକୀର କନ୍ୟା । ସେ ବିଭିନ୍ନ କଳାରେ ନିପୁଣା । ମାଲ୍ୟଧାଣୀର ସ୍ଵାମୀ ହିଁ ତା'ର ଗୁରୁ । ବିଭିନ୍ନ ସାଧନାରେ ଉତ୍ତୀର୍ଣ୍ଣ ହୋଇ ସେ ବହୁ ସମ୍ମୋହନ ବିଦ୍ୟାରେ ପରିପୁଷ୍ଟ ।

– ମାଲ୍ୟଧାଣୀର ସ୍ଵାମୀ କିଏ ?

– ସେ ଥିଲେ ଏକ ନର୍ତ୍ତକୀ ବିଶାରଦ । ସେ ମଧ ଜଣେ ସିଦ୍ଧ ପୁରୁଷ । ବିଭିନ୍ନ ଶକ୍ତିକୁ ଧାରଣ କରି ସେ ଛାଡ଼ିଥିଲେ ଆମ ରାଜ୍ୟକୁ । ପଡ଼ୋଶୀ ରାଜ୍ୟରେ ନର୍ତ୍ତକୀ

ବୃଉିରେ ସେ ଅନେକ ନର୍ତ୍ତକୀ ସୃଷ୍ଟି କରିଥିଲେ । ସେ ଏବେ ମୃତ । ମାଲ୍ୟାଣୀ ହିଁ ତାଙ୍କର ପ୍ରଥମ ପତ୍ନୀ ଓ ତାଙ୍କର କନ୍ୟାଟିଏ ଥିଲା । ଯିଏ ଏବେ ଜୀବିତ ନାହାନ୍ତି । ମାଲ୍ୟାଣୀ ପତି ଆମ ରାଜ୍ୟ ତ୍ୟାଗ କରି ଅନ୍ୟ ରାଜ୍ୟର କନ୍ୟାଟିକୁ ବିବାହ କରିଥିଲେ । ସେଠି ସେ ନିଜ ପରିବାରକୁ ଖୁବ୍ ସୁଖ ଓ ଆରାମରେ ରଖିଥିଲେ । ରାଜନର୍ତ୍ତକୀ ମୟୂରୀ ହିଁ ମାଲ୍ୟାଣୀର ସାବତକନ୍ୟା ।

ତେବେ ମୋତେ ମିଥ୍ୟାର ଆବରଣ ଭିତରେ ଜଡ଼ିତ କରି ମାଲ୍ୟାଣୀ କହିଥିଲେ – ସେ ଏକ ରାଜକନ୍ୟା ବୋଲି ।

– ମିଥ୍ୟା ଏହି କଥା । ଏହାର ପ୍ରମାଣ ମଧ ମୋ ପାଖରେ ଅଛି । ସେହି ଦେଶର ରାଜକନ୍ୟାଙ୍କ ସ୍ୱୟଂମ୍ୟର ସରିଯାଇଛି । ସେ ଅନ୍ୟ ରାଜ୍ୟରେ ଅବସ୍ଥାନ କରୁଛନ୍ତି । ସେହି ରାଜାଙ୍କର ପୁତ୍ର ନଥିବାରୁ ରାଜଜାମାତା ହିଁ ସେହି ରାଜସିଂହାସନରେ ଏବେ ଉପବିଷ୍ଟ ।

ଆଶ୍ଚର୍ଯ୍ୟ ପ୍ରକଟ କରି କୃଷ୍ଣା ଦେବୀ କହିଲେ – ମାଲ୍ୟାଣୀ ଏବେ କେଉଁଠି ?

ସେହି ରାଜ୍ୟରେ ମାଲ୍ୟାଣୀ ଏବେ ରହୁଛି ସେହି ସାବତ ପୁଅ ଓ କନ୍ୟାଙ୍କ ଗହଣରେ ନିଜ କନ୍ୟାର ମୃତ୍ୟୁ ପରେ । ଆମ ରାଜ୍ୟକୁ ସେ ଖୁବ୍ ଉଦ୍‌ବିଗ୍ନ ହୋଇ ଛାଡ଼ିଥିଲା । ମୋ ପାଖରେ ଆଉ ଅଧିକ ଗୁପ୍ତ ତଥ୍ୟ ନାହିଁ କହି ପ୍ରସ୍ଥାନ କଲା ରାଣୀଙ୍କ ଗୁପ୍ତଚର ।

ଉଦ୍‌ବିଗ୍ନ ହୋଇ ପଡ଼ୁଥିଲେ କୃଷ୍ଣା ଦେବୀ । ସେ ଏବେ ଦୁର୍ବଲ ନୁହଁନ୍ତି ତଥାପି ଏତେ ବ୍ୟତିବ୍ୟସ୍ତ କାହିଁକି ! ମୟୂରୀର ଆଗମନ ରାଜ୍ୟପାଇଁ ଅପରିହାର୍ଯ୍ୟ ଥିଲା ତ ? ନାରୀ ସୁରକ୍ଷା କବଚ୍ ହିଁ ମୟୂରୀ । କିନ୍ତୁ ମୟୂରୀକୁ ଥରେ ଭେଟିନେଲେ କ୍ଷତି କ’ଣ ? ଯାଉ ଆଉ କେଇଦିନ । ମୟୂରୀ ନିଜ ଗୃହରେ ଅବସ୍ଥାନ କରୁ । ମହାରାଜାଙ୍କ ମତିଗତି ଓ ମୟୂରୀର ରହସ୍ୟମୟ ଆବିର୍ଭାବର ଦୃଢ଼ ପାଦ ଚିହ୍ନର ସତ୍ୟକୁ ସେ ଖୋଜିବେ ନିଶ୍ଚୟ । ପୁଣି ତାକୁ ନଜରରେ ରଖିବେ । ସେ ଏବେ ରାଣୀ ଏହି ରାଜ୍ୟର । ନିଜର ପୁତ୍ର ଏହି ବଂଶର ଭବିଷ୍ୟତ ମହାରାଜା । ତାଙ୍କର ଆକାଂକ୍ଷାର ପୂର୍ଣ୍ଣତା ହେବ । ତାଙ୍କ ପୁତ୍ର ଉତ୍ତରାଧିକାରୀ ହେବ ଏହି ରାଜ୍ୟର । ନର୍ତ୍ତକୀର ପୁତ୍ର କେବେ ମଧ ରାଜ୍ୟର ରାଜା ହୋଇନପାରେ । ତେବେ ମୟୂରୀ

ପ୍ରତି ଈର୍ଷାର ବିଦ୍ବେଷଭାବ ତାଙ୍କର ଆସିବା କଥା ନୁହେଁ। ସେ ଯଦିଓ ତାଙ୍କ ସ୍ବାମୀ ପାଖରେ କଣ୍ଢା ତଥାପି ଦେଶର ଅନ୍ୟ ନାରୀମାନଙ୍କ ଇଜ୍ଜତ ରକ୍ଷାକାରୀ ଦେବୀଟିଏ ହିଁ। ମୟୂରୀର ସଂକଳ୍ପର ଦୃଢ଼ତା ଭିତରେ ରାଜା ହିଁ ବଶ କେମିତି ହୋଇଗଲେ ? କାହିଁ ଆଜିପର୍ଯ୍ୟନ୍ତ ସେ ମହାରାଜାଙ୍କୁ ନିଜ ପ୍ରତିଜ୍ଞା ଭିତରେ ଏପରି କୁକର୍ମଠାରୁ ଦୂରେଇ ରଖିପାରୁନଥିଲେ। ଅଦ୍ଭୁତ ହିଁ ମୟୂରୀ !

◻

॥ ଦଶ ॥

ଅପରାହ୍ନର ସୂର୍ଯ୍ୟ ବୁଡ଼ିବା ଉପରେ । ଅତୀତର ସ୍ମୃତି ରୋମନ୍ଥରେ କୃଷ୍ଣା ଦେବୀଙ୍କ କେତେ ସମୟ କଟିଗଲାଣି ବିଶ୍ରାମ ନେବା ବଦଳରେ ବୁଝିପାରୁ ନଥିଲେ । ଆଖିକୁ ନିଦ ଆସେନି ଦିନବେଳେ । ବୟସ ବଢ଼ିଲେ ନିଦ କମି କମିଯାଏ । ଦିବାନିଦ୍ରା ପରିହାର କରି ରାତ୍ରିରେ ସୁନିଦ୍ରା ଯିବା ବରଂ ଭଲ । ଏକାକୀତ୍ୱର ଲମ୍ୱ ଜୀବନ ଭିତରେ ଆଉ ମନ ସେମିତି ଭଲ ଲାଗୁନି । ପୁତ୍ରବଧୂ ନାତି ନାତୁଣୀ ସମସ୍ତେ ଏବେ ତାଙ୍କର ନିଜର । ତଥାପି ସେମାନେ ରାଜଧାନୀ ସହରରେ ବଙ୍ଗଳା ତୋଳି ରହୁଛନ୍ତି । ଏମିତି ମଝିରେ ମଝିରେ ଦେଖା କରିବାକୁ ଏଠିକୁ ଆସନ୍ତି । ସେମାନଙ୍କ ପିଲାମାନେ ଏବେ ବଡ଼ ହୋଇଗଲାଣି । ନାତୁଣୀ ମଧ୍ୟ ବିବାହ କରି ସାରିଛି । ସେମାନଙ୍କ ଶିକ୍ଷା ଓ ଚଲଣୀରେ ଆଧୁନିକ ସଂସ୍କୃତିର ଉନ୍ମାଦନା ହିଁ ଭରିରହିଛି । ଏହି ରାଜରାଜୁଡ଼ା ପରମ୍ପରା ପ୍ରତି ମଧ୍ୟ ସେତେ ଲାଳାୟିତ ନୁହନ୍ତି । ନାତିକୁ ଅନେକ ଥର ବୁଝାଇଛନ୍ତି କୃଷ୍ଣା ଦେବୀ – ତୁ ହିଁ ଏହି ରାଜ୍ୟର ରାଜପୁତ୍ର ।

ହସି ହସି ନାତି କୁହେ – ଏବେ ଆଉ ଅସ୍ତ୍ରବଳ, ବାହୁବଳ, ଧନବଳ କି ଲୋକବଳ ଆମର ନାହିଁ ଯେ ଆମ କର୍ତ୍ତୃତ୍ୱକୁ ଏହି ରାଜ୍ୟବାସୀ ମାନି ଚଲିବେ । ଗଣତନ୍ତ୍ର ଦେଶରେ ରାଜାପ୍ରଜା ସମସ୍ତେ ସମାନ ଅଧିକାର ଓ କର୍ତ୍ତବ୍ୟରେ ବନ୍ଧା । ଏଠି ହାତୀ ଘୋଡ଼ା ପିଠିରେ ଯାଇ ଯୁଦ୍ଧ କରିବାର ଅବକାଶ ନାହିଁ । ଏଠି ଭୋଟ ପାଇଁ ଯୁଦ୍ଧ ହେଉଛି । ଯିଏ ଭୋଟ ଅଧିକା ପାଇଲା ସେ ହିଁ ମନ୍ତ୍ରୀ ହେବ । ଆଉ ରାଜାଙ୍କର କ୍ଷମତା ନାହିଁ । ଏବେ ରାଜା ନିଜକୁ ରାଜା କହିବ କାହିଁକି ?

କୃଷ୍ଣା ଦେବୀ ହସନ୍ତି ନାତିର ଆଧୁନିକ ମନରେ ସୃଷ୍ଟି ହୋଇଥିବା ଭାବନାକୁ ନେଇ । ସେ ଏକ ରାଣୀ ରୂପର ବଶବର୍ତ୍ତୀ ହୋଇଥିଲେ ମଧ୍ୟ ମନର ବିଦ୍ୱେଷକୁ ଏକ ମହତ୍ତ୍ୱ ଆକାଂକ୍ଷା ଭିତରେ ରୁପିଥିଲେ । ଆଜି ଆଉ ସେ ଯୁଗ ନାହିଁ । ସେ

କ୍ଷମତା କି ଜନବଳ ନାହିଁ । ଇଂରେଜ ଶାସନରୁ ଭାରତ ମୁକ୍ତ ହୋଇ ଗଣତନ୍ତ୍ର ହେଲା । ପ୍ରଜାଙ୍କ ଭୋଟ୍‌ରେ ହିଁ ମନ୍ତ୍ରୀଙ୍କ ବିଜୟ । ଏବେ ମଧ୍ୟ ସେ ଜଣେ ସାଧାରଣ ମଣିଷଟିଏରେ ଗଣା ହେବେ । କୃଷ୍ଣା ଦେବୀଙ୍କ ମନରୁ ଏକ ଦୀର୍ଘଶ୍ୱାସ ବାହାରି ଆସିଲା । ନିଜକୁ ସାନ୍ତ୍ୱନା ଦେଇ ଗୁଣୁଗୁଣୁ ହେଲେ – 'ସମସ୍ତେ ଭଲରେ ରୁହନ୍ତୁ ।' ଏହି ସମୟରେ ଲଲିତା କୋଠରୀ ଦରଜା ପାଖରେ ଆସି ପହଞ୍ଚିଗଲା । ଟିକିଏ ବିଚଳିତ ହୋଇ କହିଲା – ବିଳମ୍ବ ହୋଇଗଲାଣି ଆପଣଙ୍କ ଚ' ପିଇବାର ସମୟ ।

– ପୂଜାରୀ ଭାଇନା ଆଣିଦେବେ । ତୁ ଜମାରୁ ବ୍ୟସ୍ତ ହୁଅନା ।

– ନା, ମୁଁ ଯାଏ ଆଗ ଆପଣଙ୍କ ଚ' ବିସ୍କୁଟ ନେଇ ଆସେ । ତା'ପରେ କହିବି ମୋ ବିଳମ୍ବର କାରଣ । ସେଠି ଆଉ ଠିଆ ନହୋଇ ଲଲିତା ବାହାରିଗଲା କୋଠରୀରୁ । କୃଷ୍ଣା ଦେବୀଙ୍କ ଦେହ ଅବଶ ଲାଗୁଥିଲା । ବୟସ ଶହେ ପାଖା ପାଖି ହେବାକୁ ବସିଲାଣି । ଉଠିବାକୁ କଷ୍ଟ ହେଉଛି । କିନ୍ତୁ ମନର ସ୍ମୃତିର ଛବି ଗୁଡ଼ିକ ଏବେ ମଧ୍ୟ ଉଜ୍ଜ୍ୱଳିତ ଅଛି । ଆଜିକାଲି ଏହି ଅବସର ବେଳେ ବିଶ୍ୱକବି ରବୀନ୍ଦ୍ରନାଥଙ୍କ ଅନେକ ଗଳ୍ପ ପଢ଼ିଛନ୍ତି । ଲିଓ ଟଲଷ୍ଟୟଙ୍କ "ୱାର ଆଣ୍ଡ ପିସ" ଉପନ୍ୟାସକୁ ବାରମ୍ବାର ପଢ଼ିଛନ୍ତି । ଅନେକ କହନ୍ତି ପୁସ୍ତକ ପଢ଼ିଲେ ଚିନ୍ତାମୁକ୍ତ ହେବ । ହେଲେ ପଢ଼ିବା ପାଇଁ ଆଖି ଠିକ୍ ଥିବା ଦରକାର । ଏହା ସହିତ ଧୈର୍ଯ୍ୟ ନଥିଲେ ବହିଟିର ବିଷୟବସ୍ତୁରେ ଆଖି ବୁଲାଇବା ଛଡ଼ା ଆଉ ତ ପଢ଼ି ହୁଏନି ।

– ନିଅନ୍ତୁ ଚ' । ଲଲିତା ରଖିଲା ଚ' କପ୍ ପ୍ଲେଟ୍ ଓ ବିସ୍କୁଟ ଟି'ପୟ ଉପରେ । ଆସ୍ତେ କରି ରାଣୀମା'ଙ୍କୁ ଉଠାଇବାକୁ ଚେଷ୍ଟାକଲା । କୃଷ୍ଣା ଦେବୀ ଆସ୍ତେ ଉଠି ବସିଲେ ପାଖ ଚେୟାରରେ ଆଉଜି । ଲଲିତା ଖୁବ୍ ଉସ୍ତାହରେ କହିଲା– ଏତେ ଦିନପରେ ଆପଣ ଚେୟାରରେ ବସିଛନ୍ତି ।

– ଆଉ ବସିବାପାଇଁ ମଧ୍ୟ ବଳ ନାହିଁ । ବଞ୍ଚିଛି ଖାଲି ତୋ ସେବାରେ । କେତେଦିନ ଆଉ ମୋତେ ବଞ୍ଚେଇ ରଖିବୁ ? ଏଥର ତୋ ପାଇଁ କିଛି ସୁବିଧା କରି ମୁଁ ଯିବି ।

ଅସ୍ଥିର ହୋଇଗଲା ଲଲିତା । ଜୋର ଦେଇ କହିଲା – ଆପଣ ଆପଣଙ୍କ ପୁତ୍ରକୁ ନ ପଚାରି ମୋତେ କିଛି ଦେବାକୁ ଚେଷ୍ଟା ନକରନ୍ତୁ । ମୁଁ ମଧ୍ୟ ଏହି ସମୟରେ ଆପଣଙ୍କଠାରୁ ନେଇ ରାଜାବାବୁଙ୍କ ଆଖିରେ ଦୋଷୀ ହୋଇପାରିବିନି ।

ମୋର ବେଶୀ କିଛି ଦରକାର ନାହିଁ ଚଳିବାପାଇଁ । ଗରିବ ହୋଇ ଚଳିଲେ ମଧ୍ୟ ମନରେ ଦୁଃଖ ହେବନି । କିନ୍ତୁ ଯାହାର ଖାଇଲୁ ତାଙ୍କର ପୁଅ ନାତି ଆଖିରେ ମଧ୍ୟ ସଚ୍ଚୋଟତା ଆମର ଥାଉ ସର୍ବଦା । ଆମର ଧନଦୌଲତ ଦରକାର ନାହିଁ ।

ତେବେ ତୁ ଆଉ କ'ଣ ନେବୁ ମୋଠୁ' ! ଶୁଣେ ମୁଁ ମୋ ଗୁପ୍ତକକ୍ଷରେ କେତେ ଗୁଡ଼ିଏ ସୁନା ରୂପାର ଅଳଙ୍କାର ପୁରାଇ ରଖିଥିଲି କେଉଁକାଲରୁ । ସେତେବେଲେ ଆମ ରାଜ୍ୟର ଅମାପ ଧନ ସମ୍ପତ୍ତି ଥିଲା । ରାଜା ତ ସୁନା ରୂପାର ଖାଟ ରାଣୀ ମହଲରେ ତିଆରି କରିଥିଲେ । ଏତେ ଧନ ସବୁଦିନ ପାଖରେ ରହି ପାରିବନାହିଁ ବୋଲି ଜାଣିଥିଲି । ଯଦି ଇଂରେଜ ଶାସନଭୁକ୍ତ ରାଜ୍ୟହେଲା ତେବେ ସେ ବଣିକଗୋଷ୍ଠି ତ ଆମ ଭଣ୍ଡାର ଶୂନ୍ୟ କରିଦେବାର ଧାରଣା ମୋର ଥିଲା । ତେଣୁ ଅତି ସାବଧାନତାରେ ରାଣୀମହଲ ସୁଡ଼ଙ୍ଗରେ ଥିବା ଏକ ଗୁପ୍ତ କୋଠରିରେ ଅନେକ ଧନ ସଞ୍ଚୟ କରିଥିଲି । କେବେ ତାକୁ ସେଠୁ ଆଣିବା ପାଇଁ ମନ ମଧ୍ୟ କରିନଥିଲି । ଏବେ ତ ସେ ରାଣୀମହଲର ସୁଡ଼ଙ୍ଗ ପୋତି ହୋଇଗଲାଣି । ସେ କୋଠରୀଟି ଖୁବ୍ ନିକଟରେ ଅଛି । ପୁଅ ମଧ୍ୟ ଜାଣିନି ଏକଥା । ଭାବିଥିଲି ଧନସମ୍ପତ୍ତି ସରିଗଲାବେଲେ ପୁଅ କାମରେ ଆସିବ ।

– କିନ୍ତୁ ଆପଣ ତାଙ୍କୁ ନ ଜଣାଇଲେ କେମିତି ସେ ପାଇବେ ଅମାପ ସୁନାରୂପା । ଆପଣଙ୍କ ମନ ଓ ବୁଦ୍ଧି ଏବେ ଠିକ୍ ଅଛି । ଜଣାଇଦିଅନ୍ତୁ ରାଜାବାବୁଙ୍କୁ ।

– ରାଜାବାବୁ ଏହି ଧନସମ୍ପତ୍ତି ଜମିବାଡ଼ି ରାଜପ୍ରାସାଦ ସବୁ ପାଇବ । ତୁ ପାଇବୁ କ'ଣ ? ସେଇ ଅନ୍ଧାର କୋଠରୀର ଝବି ନେଇ କିଛି ସୁନା ରୂପା ନେଇ ଆସେ ନିଜ ସୁଖ ପାଇଁ ।

– କ'ଣ ଚୋରଣୀ କରିବକି ମୋତେ ? ମୋ ପାଖରେ ପୁରୁଣା ଦାମୀ ଅଳଙ୍କାର ଦେଖିଲେ ଯିଏ ମନ ସିଏ ସନ୍ଦେହ କରିବ ଚୋରଣୀ ବୋଲି । ମୁଁ ଅପମାନିତ ହେବି ।

ରୂପ ହୋଇଗଲେ କୃଷ୍ଣା ଦେବୀ କିଛି ସମୟ । ନିର୍ଦ୍ଦେଶ ଦେବାଶୈଲୀରେ କହିଲେ – ହଉ ନ ନିଅ, କିନ୍ତୁ ସେ ଗୃହର ଝବି ନେଇ ତାଲା ଖୋଲି ଦେଖି ଆସିପାରିବୁ ଗହଣା ଠିକ୍ ଅଛି କି ନାହିଁ । ଅନେକ ବର୍ଷ ହେଲା ପରିତ୍ୟକ୍ତ

ହୋଇପଡ଼ିଛି ସେ ଗହଣା ଗାଣ୍ଠି । କେତୋଟି ସୁନା ମୋହର ଓ ରୂପା ଇଟା ମଧ୍ୟ ସେଠି ଅଛି । ସୁନାର ଓ ରୂପାର ବାସନକୁସନ ଅଛି । କିନ୍ତୁ ସେଠାର ଅବସ୍ଥା କିପରି ଅଛି ମୁଁ ଜାଣିନି । ମୋ ଶାଶୁ ରାଜମାତା ମୋତେ ହିଁ ଏହି ଗୁପ୍ତଘରଟିକୁ ରାଣୀ ହେଲାବେଳେ ଦେଖାଇଥିଲେ । ବୋଧେ ସେ ହିଁ ସେଠି କିଛି ଗହଣାଗାଣ୍ଠି ରଖି ଥାଇ ପାରନ୍ତି ବିଦେଶୀମାନଙ୍କ ଲୁଣ୍ଠନରୁ ରକ୍ଷା କରିବାପାଇଁ । ବର୍ତ୍ତମାନ ରାଜପ୍ରାସାଦ ଜନଶୂନ୍ୟ । କିଏ ପହରା ଦେବାକୁ ଆଉ ନାହାନ୍ତି । ତୁ ଯାଇ ପାରିବୁ ମୋର ପରିତ୍ୟକ୍ତ ରାଣୀ ମହଲ କୋଠରୀ ଭିତରକୁ କି ?

- ରାଣୀମା' ଏକା ଯାଇପାରିବିନି । ସେଠି ଏବେ ସାପବିଛାଙ୍କର ଚରାଭୂଇଁ । ବରଂ ଆପଣ ଆପଣଙ୍କ ପୁତ୍ରକୁ ଏ ବିଷୟରେ ସଙ୍କେତ କରି ଦିଅନ୍ତୁ । ସେ ପାଇବେ ଅନେକ ଧନସମ୍ପଦ ।

- ମୁଁ ଜାଣେ ପୁତ୍ରକୁ ଋବି ଦେଲେ ସେ ସମ୍ପଦ ଉଦ୍ଧାର କରିବ । କିନ୍ତୁ ସେତେବେଳେ ମୁଁ ଆଉ ତତେ କିଛି ଦେବାକୁ ସକ୍ଷମ ହୋଇପାରିବନି ।

- ମୋର ଆଶାନାହିଁ ଆପଣଙ୍କଠାରୁ ଧନସମ୍ପଦ ହାତେଇବାକୁ । ଆପଣଙ୍କ ଆଶୀର୍ବାଦ ହିଁ ମୋ ପାଇଁ ବଡ଼ । ଏଇ କଥାରେ ମୁଁ ଖୁସି ।

- ତେବେ ମୋ ପାଖରେ ଯାହା କିଛି ଅଳଙ୍କାର ଅଛି ଗ୍ରହଣ କରିବୁ ତ ?

ଏତେ ଓଜନଦାର ରାଜକୀୟ ଠାଣିରେ ତିଆରି ଗହଣା ନେଇ ରାଜାବାବୁଙ୍କ କ୍ରୋଧାନଳରେ ଯାତନା ପାଇବି କାହିଁକି ? ଯାହା କେବେ ମା'ର ନଥିଲା ତାହା ମଧ୍ୟ ମୋର ନୁହେଁ । ସେ ସାଧାରଣ ଭାବରେ ଶେଷ ଜୀବନ ଅତିବାହିତ କରିଛି । ମୁଁ ମଧ୍ୟ କେବେ ରାଜକନ୍ୟା ନଥିଲି । ଏବେ ଲୋଭ କରିବା ମୋ ପକ୍ଷରେ ଶ୍ରେୟ ନୁହେଁ ।

ରାଣୀମା' ଜିଦ୍ କରି କହିଲେ - ମୁଁ ଯାହାଦେବି ତୁ ଗ୍ରହଣ କରିବୁ । ନଚେତ୍ ମୁଁ ଅନ୍ନଜଳ ଛୁଇଁବିନି ।

- ଏପରି ପରୀକ୍ଷାରେ ମୋତେ ଆଉ ପକାନ୍ତୁ ନାହିଁ । ପୁଣ୍ୟ ମନରେ କଳଙ୍କର ଅଧ୍ୟାୟ ଲେଖନ୍ତୁନି ।

- ନେ ଋବି । ଖୋଲେ ମୋ କୋଠରୀରେ ଥିବା ସିନ୍ଦୁକକୁ । ଯାହା ପାଇଲି ବଣିଆ ଡାକି ଭାଙ୍ଗି ଅଳଙ୍କାର ଗଢ଼ିବି ତୋ ଝିଅ ପାଇଁ ମୋ ଖୁସିରେ ।

ଶୃଙ୍ଖଳା ଦିଶିଲା ଲଳିତାର ମୁହଁ । ଜାଣେ ବଶିଆ ରାଜାବାବୁଙ୍କୁ ସବୁ ସତକଥା କହିବ । ତା'ପରେ ସେ ହିଁ ରାଣୀ ମା'ଙ୍କୁ ସଲାସୁତୁରା କରି ସୁନାଗହଣା ନେଇଛି ବୋଲି ଧରାପଡ଼ିବ । ତା'ପରେ ତା' ପଛରେ ମିଥ୍ୟା କଳଙ୍କର ଦାଗ ଲାଗି ସେ ରାଣୀମା'ଙ୍କଠାରୁ ଦୂରେଇଯିବ । ଏପରି ମସ୍ତବଡ଼ ଭୁଲ ସେ କରି ଲୋକହସା ହେବନି । ତେଣୁ ଲଳିତା ଖୁବ୍ କାକୁତି ମିନତି ସ୍ୱରରେ କହିଲା – ରାଣୀମା' ଏତେଦିନର ନିଷ୍ଠାପର ସେବାରେ ମୋର କଳଙ୍କର ଛାପ ମାରନ୍ତୁ ନାହିଁ । ମୁଁ ଆପଣଙ୍କଠାରୁ ଚିନାଏ ସୁନା ରାଜାବାବୁଙ୍କ ଅଜାଣତରେ ନେଇ ପାରିବି ନାହିଁ । ଆପଣ ବରଂ ମୋତେ କିଛି ଦେବାପାଇଁ ଯଦି ରଖୁଁଛନ୍ତି ରାଜାବାବୁଙ୍କୁ ପଚରି ଦିଅନ୍ତୁ । ନଚେତ୍ ନାହିଁ ।

କୃଷ୍ଣାଙ୍କ ଆଖିରୁ ନିଗିଡ଼ିଗଲା ଲୁହ । ଶାନ୍ତସ୍ୱରରେ କହିଲେ– ନେ ମୋର ଏ ମୁଦିଟି । ବେଶୀ ଓଜନ ନୁହଁ । ଆଉ କିଛି ଦେଉନି ।

– ରାଣୀମା' ଏତିକି ମଧ ନେଇପାରିବି ନାହିଁ । କାଲି ରାଜାବାବୁ ଆସିବେ, ଆପଣ ରହିଁଲେ ତାଙ୍କୁ ପଚରି ମୋତେ କିଛି ଦେଇପାରନ୍ତି ।

– ସେୟା ତ ? ଆମେ ଦୁହେଁ ନିଜ ନିଜ ସ୍ଥାନରେ ଠିକ୍ ଅଛେ । ତୋର ଭକ୍ତି ଓ ସଚୋଟତା ଓ ନିର୍ଲୋଭତାକୁ ମୁଁ ଜାଣି ଖୁସି ହେଲି । ତୁ କେବେ ଲୋଭୀ ନୁହଁ ।

– ଆପଣ ଔଷଧ ଖାଆନ୍ତୁ ପ୍ରଥମେ ।

– ତୋର ସେବା ଶୁଶ୍ରୂଷାରେ ହିଁ ବଞ୍ଚିଯାଇଛି । କେମିତି ତୋର ରଣ ମୁଁ ଶୁଝିବି ଭାବିପାରୁନି । ମୋତେ ରଣୀ କରିଦେଲ ତୁ ।

– ମୋର ଆପଣଙ୍କ ପ୍ରତି ଗଭୀର କୃତଜ୍ଞତା ରହିଛି । ଜୀବନସାରାର ଭରଣପୋଷଣ ଖର୍ଚ୍ଚ ଆପଣଙ୍କ ଦେୟ ଅର୍ଥରେ ରଖିଛି । ଆଉ ଅଧିକା ମୁଁ ରଖୁନିଁ କିଛି ।

ହସିଲେ କୃଷ୍ଣା ଦେବୀ । କହିଲେ ତୋ ମା' ପ୍ରତି ହୋଇଥିବା ଅନ୍ୟାୟକୁ ମୁଁ କେବେ ଭୁଲିପାରୁନି ।

– ତୁମର କିଛି ଦୋଷ ନଥିଲା । ଏତେ ବ୍ୟଥିତ କାହିଁକ ?

– ତୋ ମା' କୌଣସି ରାଜ୍ୟର ରାଣୀହୋଇ ରହିଥାଆନ୍ତା । କିନ୍ତୁ ଆମ ରାଜ୍ୟରେ ନର୍ତ୍ତକୀ ହୋଇ ରହିବା ମୋ ପାଇଁ ବେଶୀ ବେଦନାପୂର୍ଣ୍ଣ ଥିଲା । ବରଂ

ବନମାଳୀଙ୍କୁ ଜେଲ୍‌ରୁ ମୁକୁଳାଇ ତା’ ସହ ବିବାହ ବନ୍ଧନରେ ଆବଦ୍ଧ କରି ପୁନର୍ବାର ସେନାପତି ଦାୟିତ୍ୱ ଦେଇଥିଲେ ସେ ବହୁତ ଖୁସି ହୋଇଥାଆନ୍ତେ। ସେମାନଙ୍କ ଦାମ୍ପତ୍ୟ ଜୀବନର ମେରୁଦଣ୍ଡ ଭାଙ୍ଗିଦେଇ ମହାରାଜା ଆତ୍ମତୃପ୍ତିରେ କବଳିତ ହେଲେ କାହିଁକି ? କିନ୍ତୁ ତୋ ବାପା କି ମା’ର ଅଭିଯୋଗ ଏଥିପ୍ରତି ନଥିଲା। ମଥାପାତି ଦୁହେଁ ରାଜ୍ୟର କଠୋର ନିୟମକୁ ମାନି ନେଲେ। ରାଜା ଅମଣିଷ ହେଲେ ରାଜ୍ୟରେ ଶତ୍ରୁ ନିଶ୍ଚୟ ବଢ଼ିବ। ଶେଷରେ ଇଂରେଜ ଶାସନଧୀନ ହେଲା ଆମ ରାଜ୍ୟ କିଛିବର୍ଷ ପାଇଁ। ଭାରତ ସ୍ୱାଧୀନ ହେଲାପରେ ରାଜାରାଜୁଡ଼ାଙ୍କ ରାଜୁତିର ଅନ୍ତ ଘଟିଲା। ଦୀର୍ଘ ନିଶ୍ୱାସ ମାରିଲେ କୃଷ୍ଣା ଦେବୀ। କହିଲେ – ଭାରତୀୟ ସଂସ୍କୃତି ଓ ଭାଷାକୁ ଯଦିଓ ଇଂରେଜମାନଙ୍କ ଜ୍ଞାତସାରରେ ନଥିଲା ତଥାପି ଦେଶକୁ ପ୍ରାୟ ଦୁଇଶହ ବର୍ଷ ହେବ ନିଜ ଅକ୍ତିଆରରେ ରଖି ଶାସନ କଲେ। ପ୍ରଥମତଃ ଆମ ଭାରତର ପରାଧୀନତା ପାଇଁ ଆମ ରାଜାଙ୍କ ଗୋଷ୍ଠିକଦଳ ହିଁ ଦାୟୀ। ନିଜର ସ୍ୱାର୍ଥପାଇଁ ବିଦେଶୀ ଶତ୍ରୁକୁ ଆମନ୍ତ୍ରଣ କରିଥିଲେ ରାଜା ଜୟଚନ୍ଦ୍ର ଯିଏ ଥିଲେ କନୋଜ ସାମ୍ରାଜ୍ୟର ରାଜା। ଦିଲ୍ଲୀର ରାଜା ପୃଥ୍ୱୀରାଜ ଚୌହାଣ ଜୟଚନ୍ଦ୍ରଙ୍କ କନ୍ୟା ରାଜକୁମାରୀ ସଂଯୁକ୍ତାକୁ ଅପହରଣ କରି ନେଇଯିବା ଫଳରେ ଜୟଚନ୍ଦ୍ର ରକ୍ତମୁଖା ହୋଇ ପୃଥ୍ୱୀରାଜଙ୍କୁ ପରାଜିତ କରିବାକୁ ସୁଯୋଗର ଅପେକ୍ଷାରେ ଥିଲେ। ଏହି ଶତ୍ରୁତା ଯୋଗୁ ସେ ଆମନ୍ତ୍ରିତ କଲେ ମହମ୍ମଦ ଘୋରୀକୁ।

– କ’ଣ ସେ ପୃଥ୍ୱୀରାଜାଙ୍କୁ ପରାସ୍ତ କରିପାରୁନଥିଲେ କି ?

– ଶକ୍ତିଶାଳୀ ପୃଥ୍ୱୀରାଜଙ୍କ ସୈନ୍ୟବାହିନୀ ଥିବାରୁ ସେ ହିଁ ଷଡ଼ଯନ୍ତ୍ର କରି ପରାସ୍ତ କରିବା ସୁଯୋଗ ଖୋଜୁଥିଲେ। ମୋ ପିତା ଆମ ମହାରାଜାଙ୍କଠାରୁ ପରାସ୍ତ ହେବାପରେ ଆତ୍ମସମର୍ପଣ କରିଥିଲେ ନିଜ ଜୀବନ ଓ ରାଜ୍ୟର ପ୍ରଜାଙ୍କୁ ବଞ୍ଚାଇବା ପାଇଁ।

– ଆମ ରାଜ୍ୟ ଶକ୍ତିଶାଳୀ ଥିଲା କି ?

– ହଁ।

– ସେଠୁ କ’ଣ ହେଲା ?

ଯଦିଓ ପୃଥ୍ୱୀରାଜଙ୍କୁ ପ୍ରତିଶ୍ରୁତି ଦେଇଥିଲେ ଜୟଚନ୍ଦ୍ର ତାଙ୍କ ସପକ୍ଷରେ ଲଢ଼ିବେ ବୋଲି ତଥାପି ସେପଟରେ ଘୋରୀଙ୍କ ପକ୍ଷରୁ ଲଢ଼େଇ କରି ଯୁଦ୍ଧରେ ଅବତୀର୍ଣ୍ଣ ହେବେ ବୋଲି ମଧ୍ୟ ପ୍ରତିଶ୍ରୁତି ଦେଇଥିଲେ । ଯା ଫଳରେ ଦ୍ୱିତୀୟ ତିରୋରୀ ଯୁଦ୍ଧରେ ଯଦିଓ ପୃଥ୍ୱୀରାଜ ବୀରତ୍ୱ ସହକାରେ ଯୁଦ୍ଧ ଜାରି ରଖିଥିଲେ ତଥାପି ସେଠି ଜୟଚନ୍ଦ୍ର ଓ ମହମ୍ମଦ ଘୋରୀଙ୍କ ମିଳିତ ସୈନ୍ୟଦ୍ୱାରା ପରାଜିତ ହେଲେ । ଦିଲ୍ଲୀ ସିଂହାସନ ଅଧିକାର କଲେ ମହମ୍ମଦ ଘୋରୀ । ଜୟଚନ୍ଦ୍ରଙ୍କ ଦିଲ୍ଲୀ ସିଂହାସନର ସମ୍ରାଟ ହେବାର ସ୍ୱପ୍ନ ଧୂଳିସାତ ହେଲା । କିନ୍ତୁ ବିଦେଶୀଙ୍କୁ ବିଶ୍ୱାସ କରି ନିଜ ଆମ୍ମୀୟ ରାଜାଙ୍କ ପ୍ରତି କରିଥିବା ବିଶ୍ୱାସଘାତକତା ତାଙ୍କୁ ହିଁ ଭୋଗିବାକୁ ପଡ଼ିଲା ସେତେବେଲେ । ବିଦେଶୀର ଆଗମନର ପଥ ଖୋଲିଥିଲେ ଜୟଚନ୍ଦ୍ର । ତେଣୁ ରାଜ୍ୟଜୟର ଲାଲସା ମହମ୍ମଦ ଘୋରୀଙ୍କୁ ଆଉ ପାଦେ ଆଗେଇ ନେଇଥିଲା । ସେ ବିଶ୍ୱାସଘାତକତା କରି ଜୟଚନ୍ଦ୍ରଙ୍କୁ ହତ୍ୟାକରି କନୌଜକୁ ନିଜ ଅକ୍ତିଆରକୁ ନେଇଗଲେ । ଯା ଫଳରେ ଦିଲ୍ଲୀ ଓ କନୌଜର ଧନଦୌଲତ ଲୁଣ୍ଠନ କଲେ ମହମ୍ମଦ ଘୋରୀ । ପୁଣି ପ୍ରଜାଙ୍କ ପ୍ରତି କଠୋର ଆଭିମୁଖ୍ୟ ପ୍ରକାଶ କଲେ । ଥରେ ବିଦେଶୀ ହାତରେ ରାଜ୍ୟ ଓ ତା'ର ଶାସନଭାର ଢଳିଗଲେ ସେ ପଡ଼ୋଶୀ ରାଜାଙ୍କୁ ଆକ୍ରମଣ କରିବା ନିଶା ରଖିବ । ଏଥିରୁ ବୁଝିଥିବୁ ବିଦେଶୀ ଶତ୍ରୁତାର ଆଗମନର କାରଣ ଈର୍ଷାପରାୟଣତା ଓ ପରଶ୍ରୀକାତରତା ।

– ରାଣୀମା' ତୁମେ ଏହି ବହି ସବୁ ପଢ଼ିଛ କି ?

– ହଁ, ଆମ ରାଜାଙ୍କ ଲାଇବ୍ରେରୀରେ ଅନେକ ପୋଥି ତାଳପତ୍ର ଥିଲା । ଏବେ ସେଥିରୁ କେତେ ନଷ୍ଟ ହୋଇଗଲାଣି । ତାକୁ ଉଦ୍ଧାର କଲେ ଆମ ପୂର୍ବପୁରୁଷଙ୍କର ଇତିହାସ ବିଷୟରେ ଜାଣିପାରିବା ।

– ସେୟା ନୁହେଁ ତ କ'ଣ ? ଏବେ ମୋ ଝିଅ ଏହିସବୁ ବହି ପଢ଼ି ଅନେକ କଥା ମୋତେ ଶୁଣାଏ । ମୁଁ ପାଠ ପଢ଼ିନି ବେଶୀ ତେଣୁ ବୁଝିପାରେନି କିଛି ରାଜୁଡ଼ାଙ୍କ ଶାସନ କଥା ।

– ତୋର ପାଠ ପଢ଼ିବା ପାଇଁ ସୁବିଧା ସେତେବେଲେ ହୋଇପାରିଲା ନାହିଁ ।

– ରାଣୀମା' ମୁଁ ତୁମକୁ କିଛି ଦୋଷ ଦେଉନି କଦାପି । ମୋ ଭାଗ୍ୟରେ ଯାହା ଅଛି ଭୋଗିଲି । କିନ୍ତୁ ଆମ ରାଜାମାନେ ଏତେ ଅବୁଝ ହୋଇ ବିଦେଶୀ ଶତ୍ରୁମାନଙ୍କୁ ନିଜ ମାଟିରେ ସ୍ଥାନ ଦେଲେ କେମିତି ?

ସବୁ ସାମୟିକ ସ୍ୱାର୍ଥ ସାଧନ ପାଇଁ । ଇଂରେଜମାନେ ଯାହାହେଉ ଶେଷରେ ଛାଡ଼ିଗଲେ । ୧୫ ଅଗଷ୍ଟ ୧୯୪୭ ଦିନ ଆମ ଦେଶ ସ୍ୱାଧୀନତାର ତ୍ରିରଙ୍ଗା ପତାକା ଉଡ଼ାଇଲା । ଏବେ ଆମେ ଗଣତନ୍ତ୍ର ଦେଶର ପ୍ରଜା । ଯୁଦ୍ଧ ହିଁ ରାଜ୍ୟ କି ଦେଶର ଇତିହାସ ବଦଳାଇ ଦିଏ ।

ରାଣୀମା' ସଂଧାହେବାକୁ ବସିଲାଣି । ମୁଁ ଯାଉଛି । ଲାଇଟ୍ ଜଳାଇ ଦେଇଯିବି । ପୂଜାରୀ ଭାଇନା ଆସିବେ ମନ୍ଦିରକୁ ସଂଧା ଆଲତୀ କରିବାକୁ ।

ସଂଧା ଉତ୍ତୀର୍ଣ୍ଣ । ପୂଜାରୀ ଭାଇନାଙ୍କ ଘଣ୍ଟି ଘଣ୍ଟ ଶଦ ଶୁଣାଯାଉଛି ରାଜବାଟୀ ମନ୍ଦିରରୁ । ହାତ ଯୋଡ଼ିଲେ କୃଷ୍ଣା ଦେବୀ । ଆଉ ଉଠିଯିବାକୁ ବଳନାହିଁ । ଟିକିଏ ବସିବାକୁ ଚେଷ୍ଟା କଲେ । କିନ୍ତୁ ଠିକ୍‌ରେ ଉପବିଷ୍ଟ ହୋଇପାରୁନଥିଲେ । ଖଟରେ ଟିକିଏ ଆଉଜି ବସିଲେ ହାତ ଯୋଡ଼ି । ଆଲତୀ ସରିବାପରେ ପୁଣି ଗଡ଼ି ପଡ଼ିଲେ କୃଷ୍ଣା ଦେବୀ । ମନ ଭିତରକୁ ପଶିଆସୁଥିଲା ସ୍ୱାଧୀନତା ପରେ ଦେଶରେ ଗଣତନ୍ତ୍ର ପ୍ରତିଷ୍ଠା ହେଲା । ଅହିଂସାକୁ ଅସ୍ତ୍ର କରି ଗାନ୍ଧିଜୀଙ୍କର ବ୍ୟକ୍ତିତ୍ୱ ନିଦର୍ଶନକୁ ସାରା ଜଗତ କାଳକାଳକୁ ସ୍ମରଣ କରିବ । ଗାନ୍ଧିଜୀଙ୍କ ସହିତ ଅହିଂସା ଆନ୍ଦୋଳନରେ ହିନ୍ଦୁ, ମୁସଲମାନ, ଖ୍ରୀଷ୍ଟ, ବୌଦ୍ଧ, ଜୈନ ଆଦି ଧର୍ମର ଲୋକେ ଯୋଗ ଦେଇଥିଲେ । ସେତେବେଳେ ସେ ଯଦିଓ ଏହି ବାଣୀକୁ ଖବର ମାଧମରେ ପାଉଥିଲେ ତଥାପି ଯୋଗ ଦେଇନଥିଲେ ମହାରାଜା ଇଂରେଜ ଆନୁଗତ୍ୟ ହୋଇଥିବାରୁ । ଦେଶ ଇଂରାଜୀ ଶାସନ ବିରୁଦ୍ଧରେ ଲଢ଼ିବାବେଳେ ରାଜା ଇଂରେଜମାନଙ୍କ ସପକ୍ଷରେ ରହି ପ୍ରଜାଦ୍ରୋହୀ ରୂପେ ଗଣାଗଲେ । ଦେଶପ୍ରେମର ଝଲକ ଅପେକ୍ଷା ସ୍ୱାର୍ଥର ଝଲକ ବେଶୀ ହିଁ ରାଜାଙ୍କ ମନରେ ଗ୍ରାସ କରିଥିଲା । ପୁଣି ରାଜ ସିଂହାସନ ଛଡ଼େଇ ନେଇଯିବାର ଭୟ ମଧ ମନରେ ସଦେହ ସୃଷ୍ଟି କରୁଥିଲା । ତେଣୁ ସ୍ୱାଧୀନତା ଆନ୍ଦୋଳନରେ ଯୋଗ ନ ଦେଇ ନିଜ ପରାଧୀନତା ଭିତରେ ଖୁସି ଥିଲେ ଯେମିତି । କୃଷ୍ଣା ଦେବୀ ଅନେକ ଥର ଉପଦେଶ ଦେଇଛନ୍ତି ଇଂରେଜଙ୍କ ଗୋଲାମି ହେବା ଅପେକ୍ଷା ନିଜ ଦେଶପାଇଁ ଜୀବନ ଉତ୍ସର୍ଗ କରିବା ଶ୍ରେୟସ୍କର ।

ବିରକ୍ତ ପ୍ରକାଶ କରି ରାଜା ସାହେବ କହିଛନ୍ତି – ଆଗ ନିଜ ଚିନ୍ତାକର । ପରେ ରାଜ୍ୟ ଦେଶ ଚିନ୍ତା କରିବ ।

– ତେବେ ଝାନ୍‌ସୀ ରାଣୀ ଲକ୍ଷ୍ମୀବାଇ, ଟିପୁ ସୁଲତାନ ଆଦି ରାଜାମାନେ ନିଜ ଦେଶପାଇଁ ଲଢ଼ୁଥିଲେ କାହିଁକି ?

– ତେବେ ତୁମେ ଯାଇପାରିବନି ଆନ୍ଦୋଳନରେ ଯୋଗଦେବାକୁ । କାରଣ ଶୁଣ ତୁମେ ମୋ ରାଜ୍ୟର ରାଣୀ । ଏହି ରାଜ୍ୟ ଏବେ ଇଂରେଜ ଶାସନଭୁକ୍ତ ।

ସେଦିନ କୃଷ୍ଣା ଦେବୀଙ୍କ ମୁହଁ କଳା ପଡ଼ିଗଲା ଯେମିତି । ନିଜ ଦେଶପାଇଁ ଲଢ଼ିବା ଅପେକ୍ଷା ବିଦେଶୀ ଶକ୍ତିର ଆନୁଗତ୍ୟ ହେବା ଘୋର ଅପମାନ ! ଆଉ କିଛି ଉପାୟ ନାହିଁ ତାଙ୍କ ପାଖରେ । ଯଦି ସେ ରାଣୀମହଲରୁ ରୂପ କରି ଲୁଚି ବାହାରିଯାଆନ୍ତି ତେବେ ଇଂରେଜ ବିରୁଦ୍ଧରେ ଲଢ଼ି ପାରନ୍ତେ । କିନ୍ତୁ ରାଜପୁତ୍ରକୁ ଛାଡ଼ି ସେ ତ ଯାଇପାରିବେ ନାହିଁ । ବାଧ୍ୟହୋଇ ପଡ଼ିରହିବା ହିଁ ଶ୍ରେୟ ହେବ ତାଙ୍କ ପକ୍ଷେ ।

ଚିତ୍ରଲେଖା ପଶିଆସିଲା କୋଠରୀକୁ । ପାଦଛୁଇଁ ପ୍ରଣାମ କଲା ।

କୃଷ୍ଣା ଦେବୀ ଖୁସିହୋଇ କହିଲେ – ତୋର ତ ଦେଖା ଦର୍ଶନ ନଥିଲା ଆଉ ?

– ପରୀକ୍ଷା ଚଳିଥିଲା, ଆଜି ପରୀକ୍ଷା ସରିଲା ।

– ତୁ ତ ପାଠରେ ଏତେ ମନଯୋଗ ସ୍ଥିରକରି ବସିଛୁ ଯେ ଶୁଣି ଖୁସି ହେଲି । ଯାହାହେଉ ତୋ ଅଭିଳାଷ ପୂରଣ ହେବ ।

– ମା’ ମୋତେ ଏଠିକୁ ପଠାଇଲା ଆପଣଙ୍କ ସେବା କରିବାପାଇଁ । ଘରେ ବସି କ’ଣ ବା କରିଥାଆନ୍ତି ? ଆପଣଙ୍କ ସହ ସାକ୍ଷାତ କରିବାପାଇଁ ଚଳି ଆସିଲି ।

– ଭଲ କଲୁ । ତୋ ସହ କଥାବାର୍ତ୍ତା ହେବାର ସୁବିଧା ମିଳୁନଥିଲା କେବେ । ମୁଁ ଏବେ ଅକର୍ମଣ୍ୟ ପରି ଏଠି ପଡ଼ିରହିଛି ଯେ ଉଠି ବସିପାରୁନି । ଆଉ ତତେ ମୋ ପୁରୁଣା ଜିନିଷପତ୍ର ଦେଖାଇବି କେମିତି ? ଦେଖିଲେ ଜାଣନ୍ତୁ ଆମ ରାଜାରାଜୁଡ଼ା ଇତିହାସ ବିଷୟରେ ।

– ଯଦି ମୁଁ ଭବିଷ୍ୟତରେ ଗବେଷଣା କରେ ତେବେ ଏହି ରାଜପ୍ରାସାଦର ଇତିବୃତ୍ତି ଉପରେ ହିଁ କରିବି । ଆପଣଙ୍କ ବଂଶ ପରମ୍ପରା ଓ ଇତିହାସକୁ ନେଇ ମୋ ସନ୍ଦର୍ଭଟି ଲେଖାଯିବ ।

– ମୁଁ ଏବେ ବିଛଣା ଧରିଲିଣି। ଆଉ ମୋ ପରିତ୍ୟକ୍ତ କୋଠରୀ ଓ ପୁରୁଣା ଭଙ୍ଗା କୋଠରୀକୁ ଦେଖ୍ ତୁ ଯାହା କିଛି ସଂଗ୍ରହ କରିପାରିବୁ। ଆମ ପୁରୁଣା ପରିତ୍ୟକ୍ତ ଲାଇବ୍ରେରୀରେ ଅନେକ ପୁସ୍ତକ କୀଟଦୃଷ୍ଟ ହେଲାଣି। ତାକୁ ଉଦ୍ଧାର କରିପାରିଲେ ମୁଁ ଖୁସିହେବି।

ଅଳ୍ପ ହସି ଚିତ୍ରଲେଖା କହିଲା – ଦେଖାଯାଉ।

କୃଷ୍ଣା ଦେବୀ ଆଶ୍ୱସ୍ତି ହେବା ଶୈଳୀରେ କହିଲେ – ତୁ ତେବେ ଆମ ରାଜବାଟୀର ଇତିହାସକୁ ପୁନରୁଦ୍ଧାର କରିବୁ। ଭଲକଥା। ଯହା କିଛି ପ୍ରଶ୍ନ ପଚୈରିପାରିବୁ ପଚୈରେ ମୋତେ। ମୁଁ ସଠିକ୍ ଉତ୍ତର ଦେବି।

– ଆପଣଙ୍କ ରାଣୀ ଦିନର କିଛି କଥା ବ୍ୟକ୍ତ କରିପାରନ୍ତି।

– ସାଧାରଣତଃ ରାଜାରାଣୀମାନଙ୍କ ଜୀବନରେ ନିଜ ଅତୀତର ରାଜ୍ୟ, ରାଜ୍ୟ ସିଂହାସନ ଆଦିର ମହତ୍ତ୍ୱ ରହିଥାଏ। ନିଜ ରାଜ୍ୟର ଗୁରୁତ୍ୱପୂର୍ଣ୍ଣ ଭୂମିକା ପାଇଁ ହିଁ କେଉଁ ରାଜା ଗୌରବାନ୍ୱିତ ତ କେଉଁ କଳଙ୍କିତ। ମୋର ମନରେ ଅତୀତର ସ୍ମୃତି ଏବେ ମଧ୍ୟ ଉଙ୍କିମାରୁଛି। କିନ୍ତୁ ଆମମାନଙ୍କର ପ୍ରାଚୀନ ବିଶ୍ୱାସବୋଧ ଓ ରକ୍ଷଣଶୀଳତା ଯୋଗୁ ଆମେ ଏତେ ସହଜରେ ନୂତନତାକୁ ସ୍ୱାଗତ କରିବାକୁ ରୁହିଁ ମଧ୍ୟ ପାରୁନଥିଲୁ। ନଚେତ୍ ନାରୀ ଶିକ୍ଷାର ଗତି ଆମର ମନ୍ଥର ନଥାନ୍ତା। ଆମ ରାଜ୍ୟ ୧୫୬୮ ଖ୍ରୀଷ୍ଟାବ୍ଦରୁ ୧୭୫୧ ପର୍ଯ୍ୟନ୍ତ ମୁସଲମାନଙ୍କ ଶାସନାଧୀନ ହେଲା। ୧୭୫୧ରୁ ୧୮୦୩ ଖ୍ରୀଷ୍ଟାବ୍ଦ ପର୍ଯ୍ୟନ୍ତ ମରହଟ୍ଟାମାନଙ୍କ ଶାସନାଧୀନ ହେଲା। ପୁଣି ୧୮୦୩ରେ ବ୍ରିଟିଶ୍‌ମାନେ ଅନେକ ରାଜ୍ୟ ଅଧିକାର କଲେ। ଏତେ ବର୍ଷ ପରାଧୀନତାର ଶିକାର ହୋଇସୁଦ୍ଧା ସେମାନଙ୍କ ଶାସନ କଳ କିମ୍ୱା ସୈନ୍ୟବିଭାଗ ସହିତ ଆମ ଲୋକମାନେ ସଂଶ୍ଳିଷ୍ଟ ହେବାକୁ ଇଚ୍ଛାପ୍ରକାଶ କଲେନି। ଯା' ଫଳରେ ଅନ୍ୟ ରାଜ୍ୟର ଲୋକମାନେ ବିଦେଶୀଙ୍କ ଶାସନରେ ଛୋଟ ବଡ଼ କର୍ମଚାରୀ ଭାବରେ କାର୍ଯ୍ୟ କରି ପାରଦର୍ଶିତା ଦେଖାଇଥିଲେ। ଶିକ୍ଷାକ୍ଷେତ୍ରରେ ଆମ ରାଜ୍ୟର ପ୍ରଗତି ମଧ୍ୟ ଆଶାନୁରୂପ ଭାବରେ ହୋଇପାରୁ ନଥିଲା। ଦୀର୍ଘଦିନ ଧରି ମୁସଲମାନ, ମରହଟ୍ଟା ଓ ଇଂରେଜ ଶାସନ ଦ୍ୱାରା ପରିଚଳିତ ହେବାଫଳରେ ଆମ ରାଜ୍ୟର ପ୍ରଗତିରେ ବାଧା ଉପୁଜିଲା। କିନ୍ତୁ ରାଜାଙ୍କର ଭବିଷ୍ୟତ ଅଧିକାରାଚ୍ଛନ୍ନ ଥିଲେ ମଧ୍ୟ ସେମାନେ ଆମ୍ ଦୋଷକୁ

ପ୍ରଜାଙ୍କ ସମ୍ମୁଖରେ ଘୋଡ଼ାଇ ନିଜର ବିଳାସମୟ ଜୀବନର ସମୟ ଅତିବାହିତ କରିବା ଚିନ୍ତା ଛାଡ଼ିନଥିଲେ । ଅସହାୟ ଗରୀବ ପ୍ରଜାଙ୍କ ଉପରେ ଅତ୍ୟଧିକ କର ଲଦିଦେଇ ନିଜେ ସଫଳ ରାଜାର ପରିଚୟ ଦେଉଥିଲେ ବିଦେଶୀ ଆଗରେ । ଅନେକ ରାଜପରିବାର ନିଜ ରାଜ୍ୟ ପାଇଁ ବହୁତ କିଛି ଦାନ କରିଛନ୍ତି । ଏପରିକି ସେମାନେ ଦେଶ ପାଇଁ ସ୍ୱାଧୀନତା ଆନ୍ଦୋଳନରେ ଭାଗ ନେଇଛନ୍ତି । ଆମ ରାଜା ପ୍ରଜାମାନଙ୍କୁ ଶୋଷଣ ଓ ଅତ୍ୟାଚାର କରି ନିଜେ ଖୁବ୍ ଆରାମ୍‌ରେ ଜୀବନ ଅତିବାହିତ କରି ଖୁସିଥିଲେ । ଏହି ଦୁର୍ନୀତିକୁ ମୁଁ ଆଖିବୁଜି ସହ୍ୟ କରିଛି । କିନ୍ତୁ ମୋ ପୁଅ ପକ୍ଷେ ଏହା ସମ୍ଭବ ହେଲାନି । ସେ ବଡ଼ ହେଲାପରେ ଏବେ ଜନତାଙ୍କ ସେବାପାଇଁ ଆଗେଇ ଆସିଛି । ଦେଖାଯାଉ କିପରି ଭଲ କାମ କରି ନିଜ ନିର୍ବାଚନ ମଣ୍ଡଳୀର ସୁନାମ ଆଣୁଛି ।

◻

॥ ଏଗାର ॥

କୃଷ୍ଣା ଦେବୀ ଏକ ଆମ୍ଳିକତା ବିଭୋରପଣରେ ମଞ୍ଜିଗଲେ ଯେମିତି ! ସନ୍ତାନର ସୁଖ ଓ ମଙ୍ଗଳ ଦେଖ୍ବାକୁ ସେ ସର୍ବଦା ତତ୍ପର । ଅଥଚ୍ ସନ୍ତାନ ସତରେ ବୁଝିପାରେ କି ମା'ଟିର ମନ ? ଆଜିର ସମାଜରେ ଶ୍ରବଣ କୁମାର ଦୁର୍ଲ୍ଲଭ । ଯାହା ଭୋଗିବାକୁ ଥିବ ଭୋଗିବାକୁ ପଡ଼ିବ ଜୀବନର ଶେଷ ଦୌଡ଼ରେ । କିଏ ଚିରକାଳ ଏଠି ବଞ୍ଚି ରହୁଛିକି ? ଏବେ ଆଉ କିଛି ପାଇବାର ଦୁର୍ବାର ଲାଳସା ନାହିଁ । ଅନ୍ଧାର ଓ ଆଲୋକର ଖେଳରେ ଜୀବନରେ ଶୂନ୍ୟତା ତ ବେଳେବେଳେ ଗ୍ରାସ କରେ । ଏପରି ନୀରବତାକୁ ଭଙ୍ଗକରି କୃଷ୍ଣା ଦେବୀ ତଡ଼ିତ୍ ସ୍ୱରରେ ଚିତ୍ରଲେଖା, ଚିତ୍ରଲେଖା ଉଚ୍ଚାରଣ କଲେ ।

ଚିତ୍ରଲେଖା ରହିଁଥିଲା ଏକ ବଡ଼ ଲୁହାର ସିନ୍ଦୁକକୁ ଏକଲୟରେ । ଦୃଷ୍ଟିଫେରାଇ ଆଣି କହିଲା – ଆପଣ ଡାକିଲେ ତ ? କିଛି କହିବେ କି ?

– ତୁ ଆଗ ମୋ ପାଖରେ ପ୍ରତିଜ୍ଞା କରେ । ମୁଁ ଯାହା କହିବି କାହା ସମ୍ମୁଖରେ ପ୍ରଘଟ କରିବୁ ନାହିଁ । ଏହି ଗୁପ୍ତକଥାଟି ତୁ ମଧ ଜାଣିବା କଥା ।

ଶୀହରଣ ଖେଳିଗଲା ଚିତ୍ରଲେଖା ଦେହରେ । କ'ଣ ହୋଇପାରେ ପୁରୁଣା ଦିନର ସ୍ମତିର ଚିତ୍ରପଟ । ଦେହରୁ ସ୍ୱେଦ ନିର୍ଗତ ହେଲାଣି । ଏହି କଥାଟି ଶୁଣିଲା ପରେ ତା' ଘରେ ତୁମ୍ଭିତୁଫାନ ଆରମ୍ଭ ହେବନି ତ ?

ପୁଣି ନିବେଦନର ସ୍ୱର ଶୁଣାଗଲା କୃଷ୍ଣା ଦେବୀଙ୍କର – ତୁ ମୋ ବାକ୍ୟରେ ସମ୍ମତ ?

– ହଁ । କେବେ କାହାକୁ ଏକଥା ପ୍ରଘଟ କରିବି ନାହିଁ ।

ତେବେ ଶୁଣେ – ତୁ ହେଉଛୁ ଏ ରାଜାଙ୍କର ବଂଶଜ । ତୋ ଶରୀରରେ ରାଜାଙ୍କର ରକ୍ତ ପ୍ରବାହିତ ହେଉଛି ।

ଅବଶ ହୋଇପଡ଼ିଲା ଚିତ୍ରଲେଖାର ଶରୀର ଯେମିତି । ଭାବୁଥିଲା ତେବେ କିଏ ରାଜାଙ୍କ ସହିତ ସଂପର୍କ ରଖିଥିଲା ବୁଝିପାରୁନଥିଲା ।

ତୋ ଆଇ ହିଁ ରାଜକନ୍ୟା ଥିଲା । ସେ ରାଜାଙ୍କର ରାଜ ନର୍ତ୍ତକୀ ଥିଲା ।

ଆଉ ବୁଝିବାକୁ ବାକି ରହିଲାନି ଚିତ୍ରଲେଖାର ଯେ ରାଣୀମା'ଙ୍କ ସ୍ନେହ ଓ ଭଲ ପାଇବାର କାରଣଟିକୁ । ଚିତ୍ରଲେଖା କ୍ଷୀଣସ୍ୱରରେ କହିଲା – ମୋତେ ଏକଥା ନ କହିଥିଲେ ଭଲ ହୋଇଥାଆନ୍ତା । ରାଜାନ୍ତଅର ଓ ରାଜାପରିବାର ବିଷୟରେ ମୋର ଆଉ ଜାଣିବାର ଇଚ୍ଛାନାହିଁ । ମୁଁ ଓହରି ଯାଉଛି ଏହି ରାଜପରିବାର ଉପରେ ଲେଖୁଥିବା ସନ୍ଦର୍ଭରୁ ।

– ସତ୍ୟକୁ ସାମ୍ନା କରି ହୁଏ ନା ନାହିଁ ? କଷ୍ଟ ଲାଗୁଛି କି ?

– ନା ।

– ସେଥିପାଇଁ ମୋର ବିଦଗ୍ଧ ପ୍ରାଣରେ ଏବେ ମଧ୍ୟ ଗହନ କଥା ଲୁଚି ରହିଛି ।

ଚିତ୍ରଲେଖା ଚାହିଁଲା କୃଷ୍ଣା ଦେବୀଙ୍କ ମୁହଁକୁ । ଦୁଃଖ ଓ ଯନ୍ତ୍ରଣାର ଶରଶଯ୍ୟାରେ ସେ ତ ଅସହାୟ । ମୃତ୍ୟୁ ପୂର୍ବରୁ ନିଜର ମନଖୋଲା କଥା ଟିକିଏ କହିଦେଇ ଉଲ୍ଲସିତ ହେବା ତାଙ୍କର ମଧ୍ୟ ଅଧିକାର ଅଛି । ତେଣୁ ଚିତ୍ରଲେଖା ନିଜର କଥାଗୁଡ଼ିକ ଉପରେ ଅଙ୍କୁଶ ଲଗାଇଥିବାରୁ ଅନୁତପ୍ତ ହେଲା । ଟିକିଏ ଅନୁନୟ ହୋଇ କହିଲା – ମୋତେ କ୍ଷମା କରିବେ ରାଣୀମା' ।

– କାହିଁକି ?

– ଯଦି ମୋର କୌଣସି ବାକ୍ୟ ଆପଣଙ୍କୁ ଆଘାତ ଦେଇଥିବ ସେଥିପାଇଁ ମୁଁ ଦୁଃଖିତ ।

କୃଷ୍ଣା ଦେବୀଙ୍କ ମୁହଁରେ ହସର ଝୁଆର । କହିଲେ – ଏହି ଜୀର୍ଣ୍ଣଶୀର୍ଣ୍ଣ ମୁହଁରେ କି ଦେହରେ କିଏ ଛୁରୀ ପଶେଇଲେ ଆଉ ରକ୍ତ ଝରିବନି । ବହୁତ ସହି ଆସିଛି । ଏବେ ଶହେ ବର୍ଷ ଆଡ଼କୁ ଜୀବନ ତ ଦୌଡୁଛି । ରୁଗ୍ଣ ଶରୀରର ପ୍ରତିପାଳନ ପାଇଁ ଆଉ କାହାର ଇଚ୍ଛାନାହିଁ । କିନ୍ତୁ ଜୀବନ ସିନା ଝଲିଗଲେ ହେଲା । ବୋଧେ ତୋ ବାହାଘର ଓ ତୋ କଲେକ୍ଟର ମୁହଁର ବିଚକ୍ଷଣତାକୁ

ଦେଖିବାକୁ ଏହି ଜୀବନ ହିଁ ବଞ୍ଚଛି । ଭାବି ନେଇଛି ତ ହେମା ଅଛି ମୃତ୍ୟୁର ଶେଷ ସମୟରେ ମଧ । ଏତେ ବିଷର୍ଣ୍ଣତା କାହିଁକି ?

ଚିତ୍ରଲେଖା ମୁହଁଟି ତଳକୁ କରି କହିଲା – ଏହି ଭଲପାଇବା ଆମ ଦୁଇଜଣଙ୍କ ହୃଦୟରେ ବନ୍ଧା ଅନେକ ବର୍ଷ ପୂର୍ବରୁ । ଆଉ ଚିନ୍ତାକରନ୍ତୁ ନାହିଁ । ମୁଁ ଅଛି ଆପଣଙ୍କ ଦେଖାରୁହାଁ କରିବାକୁ ଓ ଆପଣଙ୍କ କଥା ଶୁଣିବାକୁ ।

– ମୁଁ ତେବେ ତୋ ପାଖରେ ରାଣୀ ହୋଇଯିବିନି ତ ?

– ମାୟାରେ ଆଚ୍ଛନ୍ନ ଜନ୍ମ ଓ ମୃତ୍ୟୁ । ଆମ୍ଭର ମୃତ୍ୟୁ କାହିଁ । ପ୍ରକଟ ହେଲେ ଜନ୍ମ ଓ ଅପ୍ରକଟ ହେଲେ ମୃତ୍ୟୁ । ହୃଦୟକୁ ତ ଯୋଡ଼ିଛି ଜୀବନ । ଏଠି ସର୍ଥହୀନ ଭଲପାଇବାର ଆଲୋକ ୫ରେ । ବିଗତ ଜନ୍ମର ହିସାବ କିଏ ଖୋଜୁଛି । ଜନ୍ମ ନୂଆ ଓ ଜୀବନ ନୂଆ । ସଂସାର ନୂଆ ତ ଲାଗୁଛି । ଆପଣ ମୋ ରାଣୀମା' । ମୁଁ ହିଁ ଚିତ୍ରଲେଖା । ମୁଁ ନୁହେଁ ଆଇ ହେମା ଦେଇ ।

କୃଷ୍ଣା ଦେବୀ ଆଉଁସି ଦେଲେ ଚିତ୍ରଲେଖାର କପାଳକୁ । ଇଏ କେବଳ ହେମାର ଯୁକ୍ତି । ହେମା ଖୁବ୍ ସ୍ନେହୀ ଥିଲା । ସର୍ଥହୀନ ଭଲପାଇବାର ବିକଳ୍ପକୁ ସେ କେବେ ଖୋଜିନି । ବ୍ୟଥା ଓ ଯନ୍ତ୍ରଣା ଭିତରେ ମଧ ତାଙ୍କୁ ସେ ଗଭୀର ବିଶ୍ୱାସରେ ସବୁକଥା ଖୋଲି କହୁଥିଲା । କେବେ ଭୁଲି ହୋଇପାରିବନି ତା'ର ଭାବଭଙ୍ଗୀ ଓ କୋମଳ ସ୍ୱରକୁ । ତା'ର ସ୍ମୃତି ତ ଏବେ ମଧ ଜାଗ୍ରତ ମନରେ । ପିଲାଦିନର ସ୍ମୃତି ଏହି ବୟସରେ ବେଶୀ ଜାଗ୍ରତ ହେଉଛି । ବରଂ ପରଜୀବନର ସ୍ମୃତିଭ୍ରମ ଘଟିଲାଣି । ଦୁହେଁ ଦୁହିଁଙ୍କୁ ଭଲପାଉଥିଲେ ତମାମ୍ ଜୀବନରେ । ଆଉ ଦୂରତା କେବେ ସେମାନଙ୍କ ମନକୁ ସ୍ପର୍ଶ କରିନଥିଲା । ହେମାର ଅନୁଭବ ହିଁ ଚିତ୍ରଲେଖାର ପାଦଚିହ୍ନ ଯେମିତି । କେତେ କଷ୍ଟ ଅନୁଭବ କରୁଥିବି ବୁଝିପାରୁଥିବୁ । ଭିଜାଭିଜା ସ୍ୱରରେ କୃଷ୍ଣା ଦେବୀ ଚିତ୍ରଲେଖାକୁ କହୁ କହୁ ଆଖିରୁ ନିଗିଡ଼ି ପଡ଼ିଲା ଲୁହ ।

– ଆପଣଙ୍କର ଭୟ କାହାକୁ ? ଚିତ୍ରଲେଖାର ପ୍ରଶ୍ନ ।

– ମୋ ପରିବାରକୁ । ରାଜପ୍ରସାଦର ସମ୍ମାନକୁ ।

– ତେବେ କଥାଟି ପ୍ରଘଟ ନକରି ଆଉ କେଇବର୍ଷ ରହିଥିଲେ କ୍ଷତି କ'ଣ ହୋଇଥାଆନ୍ତା କି ?

– ମୋ ଜୀବନ ଏଥୁରୁ ମୁକ୍ତ ନହେଲେ ସଂସାର ଛାଡ଼ିବନି ପରା । ତୋ ମା'କୁ ସବୁ କହିଦେଇଛି ନିଜ ମନକୁ ସାନ୍ତ୍ୱନା ଦେବାକୁ ।

– ବାପାଙ୍କୁ !

– ନା । ବାପାଙ୍କୁ ବାସ୍ତବତା ବିଷୟରେ କିଛି କହିବା ଉଚିତ ନୁହେଁ।

– ତେବେ ମୋତେ କହିବା କି ଲାଭ ?

ବିସ୍ମୟ ଦୃଷ୍ଟିରେ ରହିଁଲେ କୃଷ୍ଣ। ଦେବୀ ଚିତ୍ରଲେଖା ମୁହଁକୁ। ତା'ପରେ ବ୍ୟଥାତୁର ସ୍ୱରରେ କହିଲେ – ତୋ ମୁହଁର ଛବି ତୋ ଆଈ ହେମାର ନକଲ । ସେ ଥିଲା ମୋର ଭଗିନୀ, ସଖୀ ଓ ସୁଖ ଦୁଃଖର ସାଥୀ । ତା'ର ମୃତ୍ୟୁପରେ ମୁଁ ପୁରା ଏକା ହୋଇଯାଇଥିଲି । ତୋର ଜନମପରେ ମୋର ବ୍ୟାକୁଳିତ ମନରେ ଆଶା ଜାଗ୍ରତ ହେଲା ଯେ – ହେମା ଫେରିଆସିଛି ଚିତ୍ରଲେଖା ରୂପରେ। ତୋ ନାମକରଣ ମୁଁ କରିଛି । ତୋର କଥାବାର୍ତ୍ତା ଭାବଭଙ୍ଗୀ ସବୁଥିରେ ହେମାର ପ୍ରତିଫଳନର ଛବି । ଆଶ୍ଚର୍ଯ୍ୟର କଥା ମୋର ମୃତ୍ୟୁପୂର୍ବରୁ ହେମା ପୁଣି ମୋ ପାଖକୁ ଫେରି ଆସିଛି । ସେ କେବେ ମୋତେ ଭୁଲିପାରିବନି ? ସେ ମୋ ସୁଖ ଦୁଃଖର ସାଥୀ ଥିଲା ।

ନିରବୀ ଗଲା ଚିତ୍ରଲେଖା । ଭାବିଲା – ଏଇଟା ରାଣୀମା'ଙ୍କ ବୟସାଧିକ ପାଗଲାମୀ ନୁହେଁ କି ଆଉ ?

– ରହିଁଛୁ କ'ଣ ମୋ ମୁହଁକୁ ? ନିଅ ଏହି ସିନ୍ଦୁକର ଚାବି । ଖୋଲେ ସେହି ସିନ୍ଦୁକଟି । ହେମାର ଅନେକ ଛବି ତାରି ଭିତରେ ମୁଁ ସାଇତି ରଖିଛି । ଦେଖିଲେ ବୁଝିପାରିବୁ ତୁ କିଏ ? ତୋ ଜନ୍ମପରେ ସବୁ ତୁ ଭୁଲି ସାରିଥିବୁ। ଆଉ କ'ଣ ମନେଥିବ କି ?

ଉଦ୍‌ଭଟ ଚିନ୍ତାଧାରାରେ ବଶବର୍ତ୍ତୀ ହୋଇ ଚିତ୍ରଲେଖା ଚାବି ନେଇ ଖୋଲିଲା ସିନ୍ଦୁକଟି । ଦେହରୁ ଗମ୍ ଗମ୍ ଝାଳ ବୋହିଯାଉଥିଲା । କମ୍ପିତ ହାତରେ ଗୋଟିଏ ଫ୍ରେମ ବନ୍ଦେଇ ଚିତ୍ରଟିଏ ଉଠାଇ ଆଣି ରହିଁଦେଲା ବେଳେ ନିଜେ ମଧ ଚକିତ ହୋଇଗଲା – ଏ ମୋ ଫଟୋ ନୁହେଁ ତ ? ନା ଏହି ଚିତ୍ରଟି ତା'ର ନୁହେଁ । ପ୍ରାୟ ପରଣ ଷାଠିଏ ସତୁରୀ ବର୍ଷ ତଳର ଅଙ୍କା ଛବି । କାଗଜର ମଳିନତାରୁ ସ୍ପଷ୍ଟ ଯେ ବହୁତ ପୁରୁଣା ଚିତ୍ରଟିଏ ସାଇତା ହୋଇଛି ଭବିଷ୍ୟତ ସ୍ମୃତିକୁ ଜାଜୁଲ୍ୟମାନ କରିବାକୁ ଯେମିତି । ତେବେ ସେ ହେମା ନା ଚିତ୍ରଲେଖା ? ଏକ ସମ୍ମୋହନର ବ୍ୟାକୁଳତା ତା'ର ମନରେ ଖେଳିଗଲା ।

– ଏମିତି ଶଙ୍କିତ ହେବାର ଅର୍ଥ ନାହିଁ । ତୁ ହିଁ ହେମା । ଜୋର୍‌ଦେଇ କହିଲେ– ରାଣୀମା’ । କେବେ ଭାବିନଥିଲି ହେମା ସହ ଏହି ଜୀବନରେ ପୁନର୍ବାର ଦେଖା ହେବ ବୋଲି । ତତେ ଦେଖିଲାପରେ ମୋ ଭିତରେ ଅବଦମିତ ବକ୍ତବ୍ୟଟି ବ୍ୟକ୍ତ କରିବାକୁ ଇଚ୍ଛାହେଲା । ମୁଁ ଜାଣେ ତୁ ହେମା । କିନ୍ତୁ ତୁ ମୋତେ ଜାଣିବା ସମ୍ଭବ ନୁହେଁ । ଜନ୍ମ ଓ ମୃତ୍ୟୁପରେ ପରେ ମନୁଷ୍ୟ ଭୁଲିଯାଏ ପୂର୍ବଜନ୍ମ କଥା । ଏଥର ତୁ ହେମାର ଏଠାରେ ଗଚ୍ଛିତ ଥିବା କେତୋଟି ଜିନିଷକୁ ଭଲଭାବରେ ନିରୀକ୍ଷଣ କରେ । ତା’ କୋଠରୀ ଆଡ଼େ ଯାଇ ଦେଖିଆସେ କାଳେ ମନେପଡ଼ିବ ତୋ ପୂର୍ବଜନ୍ମ କଥା ।

– ରାଣୀମା’ ମୋର ଆଉ ପୂର୍ବଜନ୍ମ କଥା ସ୍ମରଣ କରି ବ୍ୟଥିତ ହେବାକୁ ମନ ନାହିଁ । ମୁଁ କଲେକ୍ଟର ହେବି । ମୁଁ ଚିତ୍ରଲେଖା । ମୋର ଆଉ ରାଣୀ ହଂସପୁରକୁ ପ୍ରବେଶ କରିବା ଉଚିତ ନୁହେଁ । ମୁଁ ଆପଣଙ୍କୁ ବହୁତ ଭଲପାଏ । କାହିଁକି ତା’ର ଉତ୍ତର ମଧ ମୋ ପାଖରେ ନାହିଁ । ମୁଁ ହୋଇପାରେ ହେମାର ପ୍ରତିରୂପ କିମ୍ବ ଆମ୍ବାର ପ୍ରତିଛବି କିମ୍ବ ଆମ୍ବାର ରୂପରେଖ । ମୁଁ ସବୁ ବିଷୟରେ ବର୍ତ୍ତମାନ ଅଙ୍କ । କାହିଁକି ସନ୍ତୁଳିତ ହେବି ବିଗତ ଜନ୍ମର ଅଦୃଶ୍ୟ ଅନ୍ଧାର ସ୍ମୃତିରେ । ବରଂ ଆପଣ ମୋତେ କିଛି ଗୁପ୍ତକଥା ପ୍ରକଟ ନ କରି ଯଦି ରୂପ୍‌ ରହିଥାଆନ୍ତେ ତେବେ ଭଲ ହୋଇଥାଆନ୍ତା । କୁହୁଡ଼ିଘେରା ଅତୀତ ଜୀବନର ଚିତ୍ରପଟ ଆଲୋକକୁ ଆଣିବା ମଧ ଦରକାର ନଥିଲା । ଉଦାସୀଗଲା ଚିତ୍ରଲେଖା ।

ରୂପ୍‌ ପଡ଼ିଗଲେ କୃଷ୍ଣା ଦେବୀ । ଭଲପାଇବାର ପୁନର୍ଜୀବନ କରି ଚିତ୍ରଲେଖା ଆଗରେ ଏକଥା ପ୍ରଘଟ କରିବା ଉଚିତ୍‌ ମଧ ତାଙ୍କର ନଥିଲା । ତଥାପି ପାଟି ଖୋଲିଗଲା କାହିଁକି ? ଶଙ୍କିତ ହୋଇ କହିଲେ– ତେବେ ମୋର ଭୁଲ ହୋଇଯାଇଛି । କ୍ଷମା କରିଦେବୁ । ଅତୀତର ସଭାର ଅନ୍ତ ପାଇଁ ମନ ମଧ ରଖୁନି । ଆଉ ଅଶାନ୍ତିରେ ଅତୀତକୁ ଖୋଜିବିନି ।

କୃଷ୍ଣା ଦେବୀଙ୍କୁ କୋଳେଇ ପକେଇଲା ଚିତ୍ରଲେଖା ଅଚାନକ । ତାଙ୍କୁ ଜାବୁଡ଼ି ଧରି କଇଁ କଇଁ ହୋଇ କାନ୍ଦି ଉଠିଲା । ଅସ୍ତ ବ୍ୟସ୍ତ ହୋଇ କହିପକାଇଲା – ଏବେ ମୁଁ କଲେକ୍ଟର ହେବାପାଇଁ ପରୀକ୍ଷା ଦେବି । ଆପଣ ଆଶୀର୍ବାଦ ଦେଲେ ସଫଳ ହେବି । ମୁଁ କିଏ ମୁଁ ଜାଣିନି । ଆପଣଙ୍କୁ ଦୋଷଦେବା ମୋର ଅଧିକାରଭୁକ୍ତ ନୁହେଁ । ମୋ ଜୀବନର ଲକ୍ଷ୍ୟ ଅଲଗା ।

– ମୁଁ ତୋ ଲକ୍ଷ୍ୟ ପଥରେ ଆଉ ବାଧା ଦେବିନି କେବେ । ଯେତେ ବାଧାବିଘ୍ନ ଆସିଲେ ମଧ ତୁ ଆଗେଇ ଯିବୁ ତୋ ଜୀବନରେ । ତୁ ମୋର ଚିତ୍ରଲେଖା । ମୋ ଇନ୍ଦ୍ରିୟକୁ ସଂଯତ କରିପାରିନଥିଲି ବୋଲି ତତେ ହେମା କହିଦେଲିଣି । ମୁଁ ଏଥର ତୋ ମନରେ କେବେ ହେମା ବିଷୟ ଅବଗତ କରାଇବି ନାହିଁ । ତୁ ଖୁବ୍ ମନଦେଇ ପରୀକ୍ଷା ଦିଏ । ମୋର ଆଶୀର୍ବାଦ ତୋ ଉପରେ । ତୁ ସଫଳତା ପାଇବୁ ନିଶ୍ଚୟ । ଏହି ବାର୍ତ୍ତାଳାପର ଅବ୍ୟକ୍ତ ଅନ୍ଧାରକୁ ଭୁଲିଯାଅ । ଜୀବନରେ ଅତୀତର ବିଷାଦ ଭରି ବର୍ତ୍ତମାନର ପରାଜୟ ବରଣ କରିବୁ ନାହିଁ ।

ଚିତ୍ରଲେଖା କୃଷ୍ଣା ଦେବୀଙ୍କ ପାଦଛୁଇଁ ପ୍ରଣାମ ଜଣାଇ ଫେରିଯାଉଯାଉ କୃଷ୍ଣା ଦେବୀ ଅନୁଭବ କଲେ ଯେମିତି ହେମା ଝୁଲୁଛି ତାଙ୍କ ସାମ୍ନାରେ । ଆଖିରେ ପଡ଼ିଯାଉଥିଲା ହେମାର ରୂପରେଖ ଯେମିତି । ଜୀବନର ସବୁ ସ୍ୱପ୍ନ ପୂରଣ ହୋଇପାରେନି କେବେ । ଅବୁଝ ଆଖିରୁ ଝରିପଡ଼ୁଥିଲା ଲୁହ । ଅତିପ୍ରିୟ ସଖୀ ଆଉ ନାହିଁ ତାଙ୍କ ମନ ବୁଝିବାକୁ ।

ଚିତ୍ରଲେଖା ଶୁଭ୍ରତାର ଏକ ପୂର୍ଣ୍ଣିମୀ ଚନ୍ଦ । ବହୁତ ଭଲ ପଢ଼େ । ଦେଖିବାକୁ ଯେମିତି ଗୋଟିଏ ଚଉଲରେ ଗଢ଼ା ଠିକ୍ ହେମାପରି । ତା'ର ପ୍ରତିଟି ରକ୍ତବିନ୍ଦୁରେ ରାଜରକ୍ତ ପ୍ରବାହିତ । କିନ୍ତୁ ସେମାନେ ବଞ୍ଚିତ ରାଜସମ୍ପତିରୁ । ସମସ୍ତେ ଅଜ୍ଞାତ ଲଳିତାର ଜନ୍ମ ବିଷୟରେ । ଆଉ ଚିତ୍ରଲେଖା ହିଁ ଜାଣେ ରାଜପ୍ରାସାଦରେ ଖଟୁଥିବା ଦାସୀର କନ୍ୟା ସେ । ତା'ର ବ୍ୟସନପତ୍ରରେ ରାଜପରିବାର ସଦସ୍ୟଙ୍କ ଛିଟା ନାହିଁ । ରାଣୀଙ୍କ ଅନୁଗ୍ରହ ଯୋଗୁ ଏହି ପ୍ରାସାଦରେ ରହିଛନ୍ତି ଦାସୀଙ୍କ ଘରଗୁଡ଼ିକୁ ଆପଣାର କରି । ରାଜା ଯୁଗ ଗଲା । ଦାସୀପ୍ରଥା ଉଠିଗଲା । ରାଜପ୍ରାସାଦର କୋଠରୀରେ ଏବେ ଅନେକ ତାଲା ଝୁଲୁଛି । ଯାହାହେଉ ରୁଚିବଖରା ଘର ସଜାଡ଼ି କରି ସେମାନେ ରହିଛନ୍ତି ବର୍ଷ ବର୍ଷ ଧରି । ଏଥରେ ସମ୍ପତି ଦାବୀରେ ପ୍ରଶ୍ନ ଉଠିବ କାହିଁକି ? ଯେତେ ସତ ଶୁଣିଲେ ମଧ ପ୍ରମାଣ ନ ମିଲିଲେ ସବୁର ମୂଲ୍ୟ କାହିଁ ? ଇତିହାସ ହିଁ ଏବେ ଜୀର୍ଣ୍ଣଶୀର୍ଣ୍ଣ । ଶୂନଶାନ ରାଣୀମହଲ କୋଠରୀମାନ । ବିଷଣ୍ଣତାର ପଦଚିହ୍ନରେ ଝିଲ୍‌ମିଲ୍ ଦିଶୁନି ରାଜପ୍ରାସାଦ । ଯୁଗଯୁଗରୁ ରାଜପ୍ରାସାଦର ଚଲି ଆସିଥିବା ନୀତିନିୟମକୁ ଏବେ କାନ୍ଥଛାନ୍ଥ କରାଗଲାଣି । ବେଲେବେଲେ ମନରେ ଭ୍ରମହୁଏ ଏହି ନବେ ଉପରେ ଦେଖିଥିବା ବର୍ଷଗୁଡ଼ିକର

ସମୟକୁ । ଏବେ ସେ ସ୍ମୃତିର ଗାଲିଚରେ ବନ୍ଦୀ । ନାହିଁ ଆଉ ସେଦିନର ଐଶ୍ୱର୍ଯ୍ୟମଣ୍ଡିତ ପ୍ରାସାଦ । ସ୍ୱରୂପହୀନ ହୋଇ ଆତ୍ମୀୟସ୍ୱଜନଙ୍କୁ ମଧ୍ୟ ଭୁଲିଗଲାଣି । ରାଜଉଦ୍ୟାନ ଏବେ ଅନାବନା ଘାସ ଓ ବୃକ୍ଷରେ ପରିବେଷ୍ଟିତ । ନାହାନ୍ତି ସୈନିକ, ମାଳୀ, ପ୍ରହରୀ, ଦାସୀ, ପୋଇଲି । ନାହିଁ ବନ୍ଦୀଶାଳା । ଆଉ ତୋପ ବନ୍ଧୁକ ଗୋଲାବାରୁଦ ନାହିଁ । କେତୋଟି ତୋପ ଗୋଟିଏ ଘରେ ପରିତ୍ୟକ୍ତ ଅବସ୍ଥାରେ ସାଇତା ହୋଇ ରହିଛି ସ୍ମୃତିଚରଣ ପାଇଁ । ଯୁଦ୍ଧର ଡାକରା ନାହିଁ କି ବିପ୍ଳବୀର ସ୍ୱର ନାହିଁ । ଏଠି ପରିଚୟହୀନ ହୋଇଗଲେଣି ଉଚ୍ଚପାରିଷଦଗଣଙ୍କ ପରିବାର । ରାଜପ୍ରାସାଦର ଏହି ଭଗ୍ନ ଅସ୍ମିତା ଉପରେ ସେ ଦିନେ ସ୍ୱାଧୀନ ହୋଇଥିଲେ । କିନ୍ତୁ ଏବେ ସ୍ୱାଧୀନତାର ଅସନ୍ତୋଷର ଜ୍ୱାଲା କିଏ ପରଖୁଛି ? ନିଜ ପରିବାର ଭିତରେ ବିଭିନ୍ନ ଦଳର ପ୍ରାର୍ଥୀ ଟିକେଟ ପାଇ ତ ପ୍ରତିଦ୍ୱନ୍ଦିତା ଚଳିଛି । କିଏ ଏମ୍.ଏଲ୍.ଏ. ବା କିଏ ଏମ୍.ପି. ହେବ ତାରି ପ୍ରତିଯୋଗିତା ଭାଇ ବନ୍ଧୁ କୁଟୁମ୍ବ ଭିତରେ ସୃଷ୍ଟିହୋଇ ଅଲଗା ପରିଚୟ ସୃଷ୍ଟି ହେଲାଣି ।

କୃଷ୍ଣା ଦେବୀଙ୍କ ଆଖିରେ ଅତୀତ ଆଲୋକର ଦୃଶ୍ୟ ଉଦ୍ଭାସିତ ହେଲା । ବୟସ ଆଠ କି ଦଶବର୍ଷ ହେବ । ତାଙ୍କ ପିତାଙ୍କ ପାଖରେ ଖବର ପହଞ୍ଚିଗଲା ଯେ ସେ ହେବେ ରାଜା । ପିତା ମହାରାଜା ତାଙ୍କୁ ରାଜା କରିବାର ସ୍ୱୀକୃତି ଦେଇସାରିଛନ୍ତି ରାଜସଭାରେ । ତାଙ୍କ ପିତାଙ୍କ ଗୁଣ ବୁଦ୍ଧିମତ୍ତା ପାଇଁ ସେ ହିଁ ଯୋଗ୍ୟ ପ୍ରାର୍ଥୀ ରାଜା ଭାବେ ।

କିନ୍ତୁ ଏକ ଅବିଶ୍ୱାସର ଛାଇ ଘେରିଯାଇଥିଲା ପିତାଙ୍କ ମନରେ । ସେ ଚିନ୍ତାମଗ୍ନ ହେଲେ । ଶୁଣାଇଦେଲେ – ମୋ ବଡ଼ଭାଇମାନେ ଥାଉ ଥାଉ ମୁଁ ରାଜା ହେବି କେମିତି ?

– ଆଜ୍ଞା ଆମ ରାଜ୍ୟର ଉତ୍ତରାଞ୍ଚଲକୁ ଆପଣଙ୍କ ବଡ଼ଭାଇ ଶାସନ କରିବେ । ବର୍ତ୍ତମାନ ଆପଣ ରାଜସିଂହାସନରେ ଉପବିଷ୍ଟ ହେବେ । ଏହି ଉର୍ବର ଭୂଖଣ୍ଡରେ ଆପଣଙ୍କୁ ରାଜାରୂପେ ଅବସ୍ଥାପିତ କରାଯିବ । ଏଇ ନିର୍ଦ୍ଦେଶ ଆପଣଙ୍କ ପିତା ମହାରାଜାଙ୍କର । ଆପଣଙ୍କୁ ମହାରାଜାଙ୍କ କକ୍ଷକୁ ଆସିବାକୁ ନିର୍ଦ୍ଦେଶ ମିଳିଛି ।

ଚିନ୍ତା ମଗ୍ନ ହୋଇଯାଇଥିଲେ କୃଷ୍ଣା ଦେବୀଙ୍କ ପିତା । ମୋ ମାତାଙ୍କ ପାଖକୁ ଆସି କିଛି ପରାମର୍ଶ ନେବା ପରିବର୍ତ୍ତେ ତତ୍ପର ହୋଇ ରାଣୀମାତାଙ୍କ କକ୍ଷରେ

ପ୍ରବେଶ କରିଥିଲେ । ରାଣୀ ମାତା ବିଚଳିତ ହେବା ପରିବର୍ତ୍ତେ ଶୁଣାଇଦେଲେ –
ଏବେ ମୋ ପୁଅ ରାଜାହେବ । ମୁଁ ହେବି ରାଜମାତା । ପାଟମହାରାଣୀ ସିନା
ହୋଇପାରିନଥିଲି କିନ୍ତୁ ମୋ ପୁତ୍ରକୁ ରାଜା ଏବେ କରିପାରିବି ।

– ମାତା, ମୁଁ ଏହି ନିର୍ଦ୍ଦେଶ ବିଷୟରେ ସମ୍ପୂର୍ଣ୍ଣ ଅଜ୍ଞ ଥିଲି ।

– ହୋଇପାରୁ । କିନ୍ତୁ ଅସମର୍ଥ ନୁହେଁ ରାଜଗାଦୀ ସମ୍ଭାଳିବାକୁ । ତୋର
ବୀରତ୍ୱ, ପାରଦର୍ଶୀତା ଓ ମଧୁର ବଚନ ହିଁ ରାଜ୍ୟରୁ ଅରାଜକତା ଦୂରକରି
ପାରିବ । ପ୍ରଜାଙ୍କ ମନକୁ ଚିହ୍ନିବାକୁ ତୁ ହିଁ ସମର୍ଥ ।

– ବଡ଼ଭାଇଙ୍କ ଅପରାଧ କ'ଣ ?

– କାହାକୁ କହୁଛୁ ବଡ଼ଭାଇ । ସେ ହିଁ ତୋର ଶତ୍ରୁ । ତୋ ଜନ୍ମ ବେଳେ
ପାଟମହାରାଣୀ ଅନେକ ଯୋଜନା କରିଥିଲେ ତତେ ଧରାରୁ ନିଶ୍ଚିହ୍ନ
କରିବାପାଇଁ । ସେହି ଦିନଠାରୁ ସେହି ସପତ୍ନୀ ମୋର ଚିର ଶତ୍ରୁ । ମହାରାଜାଙ୍କର
ମୁଁ ହିଁ ବିଶ୍ୱାସଭାଜନ ହୋଇପାରିଛି । ମୋର ଉଦ୍ଦେଶ୍ୟ ଏବେ ପୂରଣ ହେବ । ନିଜ
ସ୍ୱାର୍ଥ ପାଇଁ ଚିନ୍ତା କରେ । ଅନ୍ୟ କଥା ଚିନ୍ତାକରିବା ଉଚିତ୍ ନୁହେଁ ।

– ପ୍ରଜା ଆନ୍ଦୋଳନ ହୋଇପାରେ ।

– କିନ୍ତୁ ତୋ ପ୍ରତି ନୁହେଁ । ତୋ ଭାଇ ପ୍ରତି ହେବ । ସେ ହିଁ ରାଜସିଂହାସନରୁ
ବିଚ୍ୟୁତ ହେବ ।

– ରାଜସିଂହାସନ ପାଇଁ ଏତେ ଚକ୍ରାନ୍ତ କାହିଁକି ?

– ତୋର ଉଚିତ୍ ଅନୁଚିତ କଥା ବୁଝିବା ଦରକାର ନାହିଁ । ତୁ
ରାଜସିଂହାସନରେ ବସିବା ପାଇଁ ମୋର ଚେଷ୍ଟା ସଫଳ ହୋଇଛି । ତୋ ବଡ଼ଭାଇ
ନାଗେନ୍ଦ୍ର ଏବେ ଉତ୍ତରାଞ୍ଚଳ ରାଜ୍ୟରେ ଅରାଜକତା ସୃଷ୍ଟି କରିସାରିଲାଣି । ଅନେକ
ବାଣିଜ୍ୟ ଶକଟ (ଶଗଡ) ଆମରାଜ୍ୟର ପଥଦେଇ ଅନ୍ୟ ରାଜ୍ୟକୁ ଯାଆନ୍ତି ।
ସେମାନେ ଟିକସ ମଧ୍ୟ ପ୍ରଦାନ କରନ୍ତି । କିନ୍ତୁ ଏହି ସମୟରେ ରାଜକୋଷ ଭରିବା
ନିଶାରେ ନାଗେନ୍ଦ୍ର ବାଣିଜ୍ୟକର ଦ୍ୱିଗୁଣିତ କରି ଦେବାଫଳରେ ଆମ ରାଜ୍ୟର
ବଣିକ ଓ ପାଖ ରାଜ୍ୟର ବଣିକମାନେ ଅସନ୍ତୋଷ ପ୍ରକାଶ କଲେଣି । ପୁଣି
ପ୍ରଜାମାନେ ନିଜ ଜମିରୁ ସଂଗୃହିତ ଫସଲର ପ୍ରାପ୍ୟଭାଗ ଆଣି ଗ୍ରାମର ମୁଖ୍ୟକୁ
ଦିଅନ୍ତି । ଅଧୁନା ସେହି ଦେୟକୁ ଦେଢ଼ଗୁଣ ବଢ଼େଇଦେଇଛି ନାଗେନ୍ଦ୍ର । ଆମର

ଗୋଦାମ୍‌ମାନଙ୍କରେ ତୁଲା, ଧାନ, ମୁଗ, ବିରି ଆଦି ସଂଗୃହିତ ହୋଇ ରହିଥାଏ । କେତେ ବଣିକ ମଧ୍ୟ ମୁଦ୍ରା ଦିଅନ୍ତି କିମ୍ବା ସ୍ୱର୍ଷ ଦିଅନ୍ତି ନିଜର ବାଣିଜ୍ୟବ୍ୟବସାୟ ଚଲୁରଖିବାକୁ । ଏହାଦ୍ୱାରା ରାଜ୍ୟର ଉନ୍ନତିମୂଳକ କାର୍ଯ୍ୟ ଚଲୁରହେ । କୂପ, ପୁଷ୍କରିଣୀ ଖନନ ହୁଏ ଲୋକଙ୍କ ସୁବିଧା ପାଇଁ । ଆମ ରାଜକୋଷ ସମୃଦ୍ଧ ମଧ୍ୟ ହୁଏ । କିନ୍ତୁ ଏବେ ନାଗେନ୍ଦ୍ର କରରୁ ମୁକ୍ତିପାଇବାପାଇଁ ବେପାରୀ ବଣିକମାନେ ଚେରାପଥରେ ବ୍ୟବସାୟ ଚଲାଣ କରିବା ସୂଚନା ମହାରାଜଙ୍କ କର୍ଣ୍ଣରେ ପଡ଼ିଲାଣି । ପ୍ରଜାମାନଙ୍କ ଆକ୍ରୋଶ ଏବେ ନାଗେନ୍ଦ୍ର ଉପରେ । ତେଣୁ ରାଜକୋଷର ଧନହାନୀ ହେଲାଣି । କେତେ ରାଜଗୋଦାମ ଖାଲି ପଡ଼ିଛି । ଏପରି ଅବସ୍ଥାରେ ରାଜପଥ ନିର୍ମାଣ ହେଉ କି ରାଜପଥରେ ବୃକ୍ଷରୋପଣ କାର୍ଯ୍ୟ ତ୍ୱରାନ୍ୱିତ ହୋଇପାରୁନାହିଁ । ବେପାରୀମାନଙ୍କ ଅଭିଯୋଗ ମଧ୍ୟ ଆସିଲାଣି । ରାଜ୍ୟରେ କଳାବଜାରୀଙ୍କ ପ୍ରାଦୁର୍ଭାବ ଦେଖାଗଲାଣି । ଟିକିଏ ଭାବି ଦେଖିଲୁ ନାଗେନ୍ଦ୍ର ଠିକ୍‌ କିରଛି କି ? ନିଜ ମନ ଇଚ୍ଛାରେ ପ୍ରଜାଙ୍କୁ ଶାସନ କରାଯାଇପାରେନା । ରାଜା ପ୍ରଜାଙ୍କ ମଙ୍ଗଳ ପାଇଁ ସଦା ଚେଷ୍ଟିତ ହେବା ଦରକାର ।

– ନିଶ୍ଚୟ । ତୁମ କଥାରେ ମୁଁ ଏକମତ ମଧ୍ୟ ।

– ସେ ରାଜସିଂହାସନ ପାଇବା ଲାଳସାରେ ନିଜର ଜ୍ଞାନ ବିଦ୍ୟାକୁ ଅବହେଳା କଲା । ଏବେ ତୁ ଅନେକ ଭାଷାରେ ଜ୍ଞାନ ଅର୍ଜନ କରିଛୁ । ତୁମେ ମଧ୍ୟ ପିତୃଭକ୍ତ । ତୋର ଭଲଗୁଣ ଓ ଆନୁଗତ୍ୟ ପାଇଁ ମହାରାଜା ସିଂହାସନ ଦେବାକୁ ସ୍ଥିର କରିଛନ୍ତି ।

– ତଥାପି । କେମିତି ସମ୍ଭବ ?

ଅନ୍ୟାୟକୁ ପ୍ରଶ୍ରୟ ଦେଲେ ପ୍ରଜା ଆନ୍ଦୋଳନ ହିଁ ତେଜିବ । ଆମ ରାଜପଥରେ ବାଣିଜ୍ୟ ଯାନ ଯିବା ଆସିବା କରିବା ଉଚିତ୍‌। ଦ୍ରବ୍ୟ ଉପରେ ଖଜଣା ସଂଗ୍ରହ ହେବା ଆଇନାନୁମୋଦିତ । ଆମ ରାଜ୍ୟରେ ଜଳପଥର ସୁବିଧା ଅଛି । ସାଧବପୁଅମାନେ ବୋଇତରେ ଜିନିଷ ପତ୍ର ନେଇ ସମୁଦ୍ର ପାରିହୋଇ ଜଳପଥରେ ବାଣିଜ୍ୟ କରନ୍ତି ଜାଭା, ସୁମିତ୍ରା, ଇଣ୍ଡୋନେସିଆ, ବାଲି ଆଦି ଦ୍ୱୀପରେ । ସେମାନେ ମହାରାଜାଙ୍କ ଆନୁଗତ୍ୟ ଲାଭ କରିଥାଅନ୍ତି । ସଚୋଟ

ହୋଇ ଦ୍ରବ୍ୟ ଉପରେ କର ମଧ୍ୟ ପ୍ରଦାନ କରନ୍ତି । ରାଜକୋଷ ପରିପୁଷ୍ଟ ହୁଏ । ଯଦି ସେମାନଙ୍କୁ କର ଭାରରେ ଭାରାକ୍ରାନ୍ତ କରିଦେବ ତେବେ ସେମାନଙ୍କଠାରେ ସଚ୍ଚୋଟତା ରହିବ କି ଥାଉ ? ନାଗେନ୍ଦ୍ର ଅତି କଠୋର ଭାବରେ କର ଆଦାୟ କରୁଛି । ଏହା ଏକ ସମ୍ବେଦନଶୀଳ ବ୍ୟାପାର । ଘୃଣାରେ ପ୍ରଜାମାନେ କର ଦେଇପାରନ୍ତି । କିନ୍ତୁ କେଇବର୍ଷ ? ମୋର ଇଚ୍ଛା ତୁମେ ରାଜାହୋଇ ପ୍ରଜାଙ୍କ ସୁଖ ଦୁଃଖରେ ସାଥୀହୋଇ ରାଜ୍ୟ ଶାସନ କରିବ । ରକ୍ତପାତର ଆବଶ୍ୟକ ନାହିଁ । ଆମ ବେପାରୀମାନେ ଦକ୍ଷିଣର ଡାଲଚିନି, ଚନ୍ଦନ, ସିଂହଳରୁ ମହୁ, ତକ୍ଷଶୀଲାରୁ ରତ୍ନପଥର, ହାତୀଦାନ୍ତ, ଏପରି ସୁବାସିତ ଅତର ଓ ତୈଳ, ଖଡ୍ଗ, ସିଲ୍କ ଶାଢ଼ୀ ଆଦି ଦେଶକୁ ଆଣୁଥିଲେ ବିଭିନ୍ନଠାରୁ ସଂଗ୍ରହ କରି । ତୁମର ଏହି ଚମକ୍କାର ପୋଷାକରେ ଲାଗିଥିବା ମୋତିମାଣିକ ସବୁ ବେପାରୀଙ୍କର ଦାନ । ତୁମେ ଯୋଦ୍ଧା । ବିବାହିତ । ତୁମେ ରାଜକୋଷ ବିଷୟରେ ଜାଣିବା କଥା । ଏଠାକୁ ଆସୁଥିବା ବୋଇତମାନେ ଦଶଭାଗରୁ ଭାଗେ ଆମକୁ ଦାନ କରନ୍ତି । ପୁଣି ସମୁଦ୍ରରେ ଜଳଦସ୍ୟୁର ଆକ୍ରମଣ ହେଲେ ସାଧବମାନଙ୍କ ଜୀବନ ବିପନ୍ନ ହୁଏ । ତେଣୁ ରାଜାଙ୍କର ନିରାପଦ ରକ୍ଷୀ ଜଣେ ଜାହାଜରେ ରହିବା କଥା । ଅଥଚ୍ ବୋଇତମାନେ ନିଜର ରକ୍ଷା ପାଇଁ ନିଜପକ୍ଷ ଲୋକଙ୍କୁ ନିଅନ୍ତି । ବେଳେବେଳେ ନିଜଲୋକ ହିଁ ଜଳଦସ୍ୟୁଙ୍କ ସହିତ ସଲାସୁତୁରା ହୋଇ ସାଧବମାନଙ୍କ ଧନ ଜୀବନ ହାନୀ କରନ୍ତି । ଏହାଦ୍ୱାରା ରାଜକୋଷର କ୍ଷତି ହୁଏ । ନାଗେନ୍ଦ୍ର ଏବେ ଜଳଦସ୍ୟୁଙ୍କ ଦମନ କରିବା ପରିବର୍ତ୍ତେ ସେମାନଙ୍କ ସହଚର ହୋଇ ଅଧିକ ଧନ ଆଣି ରାଜକୋଷ ଭରୁଛି । ବଣିକମାନେ ଦୁଃସ୍ଥ ହୋଇ ଘରକୁ ଫେରିଛନ୍ତି । ଯାଫଳରେ ବୋଇତ ଆଉ ଜଳପଥରେ ଚଲାଚଳ ନକଲେ କର ଆଦାୟ କମିବ । ସାମୟିକ ଧନ ମୋହରେ ଉଲ୍ଲସିତ ହୋଇ ଭବିଷ୍ୟତ କଥା ନ ଭାବିବା କେତେ କ୍ଷମଣୀୟ ତୁ କହ । ଜଳରାପଥରେ ବ୍ୟବସାୟ ବଢ଼ିଲାଣି । ଜନ ଅସନ୍ତୋଷ ପ୍ରବଳ ହେବା ପୂର୍ବରୁ ତୁ ରାଜ୍ୟକୁ ସମ୍ଭାଳିନେବୁ ବୋଲି ମହାରାଜା ରୁହୁଁଛନ୍ତି । ମୋ ଆଶୀର୍ବାଦ ନେଇ ଯାଆ ରାଜସଭାକୁ । ସେଠି ରାଜ୍ୟ ପରିଷଦକୁ ସମ୍ମାନର ସହ ନିଜ ତୀକ୍ଷଣ ବୁଦ୍ଧିର ପରିଚୟ ଦେବୁ । ଏହି ରାଜ୍ୟ ତୋର । ତୁ ହିଁ ଉପଯୁକ୍ତ ଓ ଶ୍ରେଷ୍ଠ ହେବୁ ରାଜସିଂହାସନ ପାଇଁ ।

ସେଦିନ ଦ୍ୱନ୍ଦ୍ୱରେ ମାତା ପାଖରୁ ଫେରିଯାଉଯାଉ ଜଣେ ଗୁପ୍ତଚର ଶୁଣାଇ ଦେଲା ଯେ – ନାଗେନ୍ଦ୍ର, ମହାରାଜାଙ୍କ ସିଂହାସନ ପାଇଁ ଆଗମନ କରୁଛନ୍ତି । ସେ ପିତାଙ୍କ ନିଯୁକ୍ତି ସପକ୍ଷରେ ନାହାନ୍ତି । ତେଣୁ ବିଶ୍ୱସ୍ତ କ୍ଷେତ୍ରରୁ ଗୁପ୍ତ ଖବର ପାଇ ଏବେ ରାଜ୍ୟମୁହାଁ ହୋଇ ଅଶ୍ୱଚାଳନା କରି ଅନେକ ସୈନିକଙ୍କୁ ନେଇ ଆସୁଛନ୍ତି । କାଲି ସୁଦ୍ଧା ପହଞ୍ଚ ଯିବେ । ତେଣୁ ଆପଣ ହିଁ ଆଜି ରାଜସିଂହାସନ ଅକ୍ତିଯାର କରନ୍ତୁ । ନଚେତ୍ କାଲି ବିଦ୍ରୋହ ହେବ ଏହି ରାଜ୍ୟ ସିଂହାସନକୁ ନେଇ ।

– ପ୍ରଜାମାନେ କାହା ସପକ୍ଷରେ ଅଛନ୍ତି ?

ଆପଣଙ୍କ ସପକ୍ଷରେ ପ୍ରଜା ଓ ମନ୍ତ୍ରୀପରିଷଦ ଅଛନ୍ତି । କିନ୍ତୁ ଉଚ୍ଚଜାତିର ଅନେକ ସଦସ୍ୟ ନାଗେନ୍ଦ୍ରଙ୍କ ଅନୁଗ୍ରହରେ ପାଲିତ । ସେମାନଙ୍କ ଯୁକ୍ତି ମହାରାଣୀଙ୍କ ପୁଅ ଯୁବରାଜ ଓ ସେ ହିଁ ସିଂହାସନ ଆରୋହଣ କରିବ । ଶିବପୂଜାଙ୍କ ପ୍ରାଧାନ୍ୟକୁ ନାଗେନ୍ଦ୍ର ସ୍ୱୀକାର କରନ୍ତି । ତେଣୁ ଅନେକ ଶିବଭକ୍ତ ଏବେ ନାଗେନ୍ଦ୍ରଙ୍କ ସୈନିକ ବେଶରେ ସଜ୍ଜିତ ହୋଇଛନ୍ତି ଓ ଆଗମନ କରୁଛନ୍ତି ।

– ଆମ ରାଜ୍ୟରେ ଶିବଙ୍କ ପୂଜାକୁ ଗୁରୁତ୍ୱ ଦିଆଯାଏ । ଆମେ ଶିବଭକ୍ତ ଓ ବିଷ୍ଣୁଭକ୍ତ ।

– କିନ୍ତୁ ଆପଣଙ୍କ ମାତା ତ ନୁହଁନ୍ତି । ସେ ମହାରାଜାଙ୍କ ପତ୍ନୀ ହିସାବରେ ଶିବ ପୂଜାରେ ଶ୍ରଦ୍ଧା ରଖିନାହାନ୍ତି ।

– କିନ୍ତୁ ବିରୋଧ କେବେ କରନ୍ତି ନାହିଁ । ପିତାଶ୍ରୀ ସବୁକ୍ଷେତ୍ରରେ ଚୁପ୍ ରହିଛନ୍ତି ।

– ବର୍ତ୍ତମାନ ଆପଣ ହସ୍ତୀପୃଷ୍ଠରେ ବସିଯିବାକୁ ନିର୍ଦ୍ଦେଶ ଆସିଛି ମହାରାଜାଙ୍କର । ଆପଣ ନିଜର ବିଜ୍ଞତା ପାଇଁ ରାଜ୍ୟ ଶାସନ କରିବେ । ପ୍ରଜାମାନେ ରଖାଁନ୍ତି ନ୍ୟାୟ ।

ପିତାମହାରାଜା ସେଦିନ ଅବିଚଳିତ ହୋଇ ପ୍ରବେଶ କରିଥିଲେ ରାଜସଭାରେ । ମନ୍ତ୍ରୀମାନଙ୍କ ଉଚ୍ଛ୍ୱସିତ ଅନୁକମ୍ପା ଓ ଆଗ୍ରହ ଯୋଗୁ ସିଂହାସନରେ ବସିଗଲେ ପିତା । ରାଜସଭାରେ ପୁରା ରାଜ୍ୟକର୍ମଚାରୀମାନେ ଖୁସି ଥିଲେ । ଖୁବ୍ ଆଡ଼ମ୍ୱର ଓ ଜାକଜକମରେ ନୀତିନିୟମ, ରୀତିନୀତି ଅନୁସାରେ ସିଂହାସନ ହସ୍ତାନ୍ତର କରାଗଲା କୃଷ୍ଣାଙ୍କ ପିତାଙ୍କୁ । ମାତା ଓ କୃଷ୍ଣା ଦେବୀ ମଧ୍ୟ ସେଠି ଉପସ୍ଥିତ

ଥିଲେ । ପିତାମହୀ ଖୁବ୍ ଆନନ୍ଦରେ ପୁରୋହିତମାନଙ୍କୁ ସ୍ୱର୍ଷ୍ଣମୁଦ୍ରା ଦାନ କରୁଥିଲେ । ପୁରରାଜ୍ୟବାସୀଙ୍କୁ ବସ୍ତ୍ର ଓ ଅନ୍ନଦାନର ବ୍ୟବସ୍ଥା କରାଯାଇଥିଲା । ରାଜ ପରିଷଦର ସଭ୍ୟମାନେ ପ୍ରତିକଥାରେ ସ୍ୱୀକୃତି ଦେଇଚାଲିଥାଆନ୍ତି । ଶେଷରେ ପିତାଙ୍କ ମସ୍ତକରେ ମୁକୁଟ ପିନ୍ଧାଇ ରାଜସିଂହାସନରେ ବସାଇ ନିଷ୍ଠୁରି ଅପରିବର୍ତ୍ତନୀୟ ବୋଲି ଦୃଢ଼ସ୍ୱରରେ ସମସ୍ତେ ସ୍ୱୀକାର କଲେ । ପିତା ରାଜଦଣ୍ଡ ଗ୍ରହଣ କଲେ ।

ଭାବନାର ଖିଅକୁ ଚହଲେଇ ପହଁଞ୍ଚିଯାଇଥିଲା ଲଳିତା ଉଦ୍‌ବିଗ୍ନ ହୋଇ । ଗମ୍ଭୀର ସ୍ୱରରେ କହିଲା – ରାଣୀମା' ଚିତ୍ରଲେଖାର କିଛି ଅସୁବିଧା ହେଲା କି ଏଠି ?

– ଏଠୁ ଯିବାପରେ ଖୁବ୍ ଗମ୍ଭୀର ହୋଇଯାଇଛି ଯେ । ସବୁବେଳେ ହସ ଖୁସି ଥଟ୍ଟାମଜା କରୁଥିବା ଝିଅଟି ହଠାତ୍ ଚୁପ୍ ହୋଇଯାଇଛି କାହିଁକି ? କିଛି ଖବର ଏଠୁ ପାଇଯାଇଛି କି ?

– ହଁ । ତା' ଆଇର ଫଟୋ ଦେଖି ସେ ଚମକିଗଲା । ମୋ ସଖୀ ହେମା ପରି ଆଉ କିଏ ହେବ କହିଲୁ ? ତୋ ଝିଅ ଚିତ୍ରଲେଖା ରୂପରେ ଜନ୍ମ ହୋଇଛି ହେମା ପୁଣି ।

– ରାଣୀମା' ଏହା ହୋଇପାରେ ?

ଆଜି ମୋ ମନ ମାନିଲାନି କାହିଁକି ? କହୁ କହୁ ଅନେକ କଥା କହିଦେଇଛି ଚିତ୍ରଲେଖାକୁ । କିନ୍ତୁ ସେ ମୋ ପାଖରେ ଶପଥ କରିଛି ପ୍ରକାଶ ନକରିବାକୁ ।

– ସେ ମୌନ ରହିଛି । ତା' ପାଠରେ କିଛି ବ୍ୟାଘାତ ସୃଷ୍ଟି ହେବନି ତ ?

– କେବେ ନୁହେଁ । ପୂର୍ବ ଗୌରବ କଥା ଶୁଣି ସେ ଆହୁରି ଉଜ୍ଜଳିତ ହେବ । ସେ ସାଧାରଣ ଘର ଝିଅ ନୁହେଁ । ଜଣେ ରାଜକନ୍ୟାର ନାତୁଣୀ ।

ତା'ର ଚୁପକୁ ଦେଖି ମୁଁ ପୁରାପୁରି ଭାବରେ ଡରିଗଲି । ଭାବିଲି ଏଠିକି ଆସି ଯିବାପରେ କାହିଁକି ମୌନମୂର୍ତ୍ତୀ ଧରିଲା । ସେଥିପାଇଁ ଦୌଡ଼ି ଆସିଛି । ତାକୁ ସୁବିଧା ଦେଖି ସବୁ ବୁଝାଇଦେବି । ଏତେଦିନ ଯାଏ ମୋ ସ୍ୱାମୀକୁ ମୋ ଜନ୍ମକଥା ଲୁଚାଇ ରଖିଛି । ଆଉ କେତେଦିନ ରଖିବି କହନ୍ତୁ ଟିକିଏ । ସେ ମୋତେ ଖୁବ୍ ବିଶ୍ୱାସ କରନ୍ତି ।

– ସମୟ ଆସିଲେ ଜଣାଇବୁ । ଏବେ ନୁହେଁ ।

– କେବେ ସେ ସମୟ ଆସିବ ଆଉ ?

– ମୋ ମୃତ୍ୟୁପରେ ଆସିପାରେ । ଅନ୍ୟମନସ୍କ ହୋଇପଡ଼ିଲେ ରାଣୀମା' ।

– ଆପଣ ଏପରି କୁହନ୍ତୁ ନାହିଁ । ମୋର ପାଇଁ ଆପଣ ଦେବୀ ସମାନ । ଆପଣ ହିଁ ମୋ ବିବାହ କରି ମୋ ସଂସାରକୁ ଖୁସିରେ ରଖିବାକୁ ସବୁବେଳେ ରହିଁଛନ୍ତି । ମୋ ଜନ୍ମ କଥାର ଦ୍ୱାର ବନ୍ଦ ରହିଲେ କ୍ଷତି କ'ଣ ? ବିଡ଼ମ୍ବିତ ଅତୀତରେ କାହିଁକି ମନଦୁଃଖ କରିବା ।

– ସତକଥା ତୁ ଓ ତୋ ଝିଅ ଜାଣିଲଣି । ଆସ୍ତେ ଆସ୍ତେ ତୋ ପରିବାର ସଦସ୍ୟ ଅତୀତ ବିଷୟରେ ମଧ ଜ୍ଞାତ ହେବେ । ହେମା ମୋ ଭଉଣୀ ପରି । ମୋ କାକାଙ୍କ ଝିଅ ଥିଲା । ଯେତେବେଳେ ମୋ ପିତାଙ୍କୁ ସଂକଟ ଘନେଇ ଆସିଥିଲା ସେତେବେଳେ ମୋ କାକା ହିଁ ତାଙ୍କ ପଛରେ ଥିଲେ । ମୋ ଜେଜେବାପା ଓ ସାନଜେଜେବାପା ଦୁହେଁ ତ ଏକା ମନ ନେଇ ଚଲୁଥିଲେ । କେବେହେଲେ କାକା ବାପାଙ୍କ ବିରୁଦ୍ଧରେ ଠିଆ ହୋଇନଥିଲେ । ଏଥିପାଇଁ ମୋ ବାପାଙ୍କ ବଡ଼ଭାଇ ଶତ୍ରୁପାଲଟି ଯାଇଥିଲେ ଆମ ପରିବାରର । ମୋ ବଡ଼ ରାଣୀମା'ଙ୍କ ବ୍ୟବହାରରେ ଅତିଷ୍ଠ ହୋଇ ମୋ ପିତାମହ ବିବାହ ପୁଣି କଲେ । କିନ୍ତୁ ବାରମ୍ବାର ମୋତେ ଓ ମା'କୁ ମାରିବା ଚକ୍ରାନ୍ତରେ ବିଫଳ ହୋଇଥିଲେ ବଡ଼ ରାଣୀମା' । ମୋ ବାପା ଏକପତ୍ନୀ ବ୍ରତ ଧାରଣ କରିଥିଲେ ।

– ବଡ଼ ରାଣୀ କ'ଣ ରାଜାଙ୍କ ସପକ୍ଷରେ ନଥିଲେ କି ?

– ନା ସେ ନିଜେ ରାଜ୍ୟର ସବୁ ଦାୟିତ୍ୱ ନିଜ ଅଧୀନରେ ରଖିବାକୁ ରହିଁ ନିଜ ପୁତ୍ରକୁ ସେପରି ପାଳନ କରି ବଢ଼ାଇଥିଲେ । ପିତାମହ ଓ ପିତାମହୀ ମଧ ଅସନ୍ତୁଷ୍ଟ ଥିଲେ ବଡ଼ ରାଣୀମା'ଙ୍କ ଉପରେ । ତେଣୁ ମୋ ବାପାଙ୍କୁ ରାଜଗାଦୀ ଦେଇ ଆଶ୍ୱସ୍ତ ହେଲେ ।

– ସେଇ ଅତୀତଗାଥା ଶୁଣିବାରେ ଆଉ କି ଲାଭ ଅଛି ? ଯାଏ ସେପଟରେ ମୋତେ ଅପେକ୍ଷା କରି ବସିଥିବେ ଘରେ । ସବୁକିଛି ବିଧ୍ ନିର୍ଦ୍ଦିଷ୍ଟ ଏଠି ।

– ବିରଞ୍ଚି ଘରେ ଅଛି କି ?

– ହଁ । ଦେହ ଆଜି ବେଶି ଭଲ ଲାଗୁନି । ତେଣୁ ରୁଲି ଆସିଲେ ସଅଳ ଘରକୁ ।

– ତା' ବ୍ୟବସାୟ ଠିକ୍ ଚଳିଛି ଏବେ କି ?

– ହଁ । ସେଥିରୁ ଖର୍ଚ୍ଚ ବାଟର୍ଚ ହୋଇ ବିବାହ ଦେଲେଣି ଝିଅଙ୍କୁ । କେତେ ଆପଣ ସାହାଯ୍ୟ କରିବେ । ଆପଣଙ୍କର ଆଉ ଆଗ ପରି କାଟ୍ତି ତ ନାହିଁ । କେତେ ପୁଅ ଆଗରେ ଆମ ସପକ୍ଷରେ ଯୁକ୍ତି କରିବେ । ମୋ ପୁଅଟି କୂଲରେ ଲାଗିଗଲେ ଆମେ ଏତୁ ଚଳିଯିବୁ । ଅବସର ପରେ ଖାଲିଟାରେ ଘରେ ବସିଥାଆନ୍ତେ କାହିଁକି ?

ହଁ । ମୁଁ ଏହି ରାଜପ୍ରାସାଦରୁ ଶବ ହୋଇଯିବାପରେ ତୋର ରହଣି ଏଠି ହେବ କି ନାହିଁ ସନ୍ଦେହ । ତେଣୁ ଏହା ପୂର୍ବରୁ ତୋ ନାଁରେ ଥିବା ଜାଗାରେ ଘର ତୋଲେ । ମୁଁ ମୋ ପାଖରେ ଥିବା ଟଙ୍କା ତତେ ଦେବି । ଏବେ ମଧ୍ୟ ମୋ ପାଖରେ ଅନେକ ସୁନାଗହଣା ଲୁକ୍କାୟିତ ହୋଇ ପଡ଼ିଛି । ଏହି ପ୍ରାସାଦ ଭାଙ୍ଗିଲେ ମଧ୍ୟ କେଉଁଠୁ କେତେ ଧନ ମିଳିପାରେ । ଆମର ରାଣୀମାନଙ୍କ ମହଲ ଓ ଭଣ୍ଡାର ଘରେ ତ ଗୁପ୍ତସ୍ଥାନ ନିଶ୍ଚୟ ଥାଏ । କେଉଁ ପୂର୍ବପୁରୁଷରୁ ଏହି ମହଲା ତୋଲା ହୋଇଛି । ଆଉ କୋଠରୀ ବଢ଼ି ବଢ଼ି ସଂପ୍ରସାରଣ ହୋଇଛି । ଏଇ ମାସରେ ଶୁଭଦିନ ଦେଖି ଖାଲି ଜମିରେ ନିଅଁ ପକା । ମୋ ପାଖରେ ଟଙ୍କା ଅଛି । ଦେବି ।

– ସେମାନେ କିଏ ନେବାକୁ ଚହିଁବେ ନାହିଁ । ମୁଁ ଭଲଭାବେ ଜାଣେ ଏକଥା ।

– ତୋର ସ୍ୱାଭିମାନ ତ କମ୍ ନୁହେଁ । ଆଉ ଅନ୍ୟମାନଙ୍କ କଥା କହୁଛୁ କାହିଁକି ? ତୋର ଇଚ୍ଛା ନାହିଁ ବୋଲି କହିବୁ ।

– ମା' ଅଭାବ ହେଲେ ମଧ୍ୟ ଦେହରେ ରାଜରକ୍ତ ପରା ପ୍ରବାହିତ ହେଉଛି ।

ହସିଲେ କୃଷ୍ଣା ଦେବୀ । ଲଲିତାର ମୁଣ୍ଡକୁ ଆଉଁସି ଦେଉଦେଉ କହିପକାଇଲେ ହେମା ବଞ୍ଚିଯାଆନ୍ତା ହେଲେ । କମ୍ ବୟସରେ ମୃତ୍ୟୁଲୋକକୁ ପ୍ରାପ୍ତ ହେଲା ।

ନୀରବି ଗଲା ଲଲିତା । କୃଷ୍ଣା ଦେବୀ କହିଲେ – ଯିବୁପରା କହୁଥିଲୁ ଯା' । ପରେ ଆସିବୁ । ଢେର ସମୟ ମୋ ପାଖରେ ଅଟକି ଗଲୁଣି ।

◻

॥ ବାର ॥

କୋଠରୀର ଏକେଲାପଣରେ କୃଷ୍ଣା ଦେବୀଙ୍କ ମନରେ ପୁଣି ନାଚିଗଲା ସେହି ବାଲ୍ୟକାଳର ଦୃଶ୍ୟ । ପିତା ରାଜା ହେବା ଖୁସିରେ ତାଙ୍କ ମା' ଓ ସେ ମଧ ଖୁବ୍ ଆନନ୍ଦିତ ହେଲେ । ହଠାତ୍ ମା'ଙ୍କ କୋଠରୀ ଭିତରକୁ ପଶିଆସିଲେ ବଡ଼ ମାତାମହୀ । ଖୁବ୍ କର୍କଶସ୍ୱରରେ କହିଥିଲେ – ମୋ ସପତ୍ନୀ ଚକ୍ରାନ୍ତ କରି ନିଜପୁତ୍ରକୁ ରାଜସିଂହାସନ ଦେଇଛି । ତେଣୁ ସେ କେବେହେଲେ ସିଂହାସନକୁ ଭୋଗ କରିପାରିବିନି । ନିଶ୍ଚୟ ମୁଁ ଏହାର ପ୍ରତିଶୋଧ ନେବି । ମନେ ରଖିବ ମୋ ପରି ତୁମେମାନେ ଦିନେ ରାଜ୍ୟ ଶୂନ୍ୟ ହେବ ।

ଅଚଳ ମୂର୍ତ୍ତୀ ପରି ଠିଆହୋଇଥିଲା ମା' । ତା'ର କିଛି ଦୋଷ ନଥିଲା ।

କ୍ଷତାକ୍ତ ସିଂହୀପରି ବଡ଼ ମାତାମହୀ ଘୁଲିଗଲେ । ତୀବ୍ରବେଗରେ ନାଗେନ୍ଦ୍ର ପ୍ରବେଶ କଲେ ରାଜସଭାରେ । ନିଜ ଆଖିରେ ଭ୍ରାତା ମସ୍ତକରେ ମୁକୁଟ ଦେଖି ଉତ୍ତେଜିତ ସ୍ୱରରେ ପଚାରିଲେ – ପିତାଶ୍ରୀ, ତୁମ ଠିକ୍ କରିନ । ଅନ୍ୟାୟ କରିଛ, ରାଜ୍ୟରେ ବିଦ୍ରୋହକୁ ଜନ୍ମ ଦେଇଛ କାହିଁକି ? ଅନ୍ତତଃ ବଡ଼ପୁଅ କଥା ଭାବିପାରିଥାଆନ୍ତ ।

ସେତେବେଳେ ପିତା ମହାରାଜା ଜୋର ଦେଇ ଯୁକ୍ତି କରିଥିଲେ – ପ୍ରଜାମାନେ ନ୍ୟାୟ ପାଇବାପାଇଁ ସବୁବେଳେ ଝୁହାନ୍ତି । ସେମାନଙ୍କୁ ମଣିଷ ପରି ବ୍ୟବହାର କରିବା କଥା । ମୋ ମନ୍ତ୍ରୀମାନେ ଅବୋଧ ରାଜାଙ୍କୁ ପ୍ରଶ୍ରୟ ଦେବେନି । ତୁମେ ପ୍ରଜାମାନଙ୍କୁ ନିତିଦିନ ନିଜ ଇଚ୍ଛାଶକ୍ତିରେ ଜୋରରେ ଖଟ'ଉଛ । ତୁମେ ସେମାନଙ୍କୁ ଦୁଇଗୁଣା କର ବସାଇ ଶୋଷଣ କରୁଛ । ଏଇଟା ନିମ୍ନଧରଣର ରାଜାଙ୍କ କର୍ମ । ନିଜର ଶାଳୀନତା ଦ୍ୱାରା ତୋ ଭାଇ ପ୍ରଜାଙ୍କ ହୃଦୟ ଜିତିପାରିଛି ।

– ମୋତେ ଏଠୁ ଦୂରରେ ଅବସ୍ଥାପିତ କରିବା ଚକ୍ରାନ୍ତ ତୁମର । ତୁମର ଆଜ୍ଞାମାନି ମୁଁ ଉତ୍ତରାଞ୍ଚଳକୁ ଯାଇଥିଲି । ଭାବିଥିଲେ ସିଂହାସନ ମୋର । ମୋର

ରାଜକୋଷ ଭରପୁର । ମୋର ଚତୁରତା ହିଁ ମୋ ବୁଦ୍ଧିର ପରାକାଷ୍ଠା । ଆମେ ତ ଶୈବଭକ୍ତ । ମୋ ସହଚରମାନଙ୍କ ଶାସନର ପରାକାଷ୍ଠାରେ ବିଜ୍ଞତା ଓ ଶକ୍ତିର ପାରଦର୍ଶିତା ରହିଛି । ଅନେକ ବେପାରୀ ରେରାବାଟ ଦେଇ ବିଶେଷ ଲାଭାନ୍ବିତ ହୋଇ କର ଦେବାକୁ କୁଣ୍ଠାବୋଧ କରନ୍ତି । ସେମାନଙ୍କଠାରୁ ଦ୍ବିଗଣ କର ନେଲେ ମଧ ସେମାନଙ୍କ ଲାଭ କମ୍ ନୁହେଁ । ଜଳଦସ୍ୟୁମାନଙ୍କୁ ପାଉଣା ଦେଇ ସେମାନେ ମଧ ମୋ କର ଫାଙ୍କନ୍ତି । ମୋ ଦାୟିତ୍ବକୁ ମୁଁ ଠିକ୍ ଭାବରେ ତୁଲାଇଛି । ମୋ ଶାସନ ନୀୟମରେ ଆପଣ ଯଦି ଖୁସି ନୁହଁନ୍ତି ତେବେ ମୋତେ ସିଂହାସନରୁ ବିଚ୍ୟୁତ୍ କରିବା ମଧ ଉଚିତ ନୁହେଁ । ମୋ ଅଧିକାର ଅଛି ଏଠି । ଆପଣ ବର୍ତ୍ତମାନ ରାଜ୍ୟକୁ ଦୁଇଭାଗରେ ବିଭକ୍ତ କରନ୍ତୁ । ମୋର ଉତ୍ତରାଞ୍ଚଳ ଓ ଧର୍ମେନ୍ଦ୍ରର ଦକ୍ଷିଣାଞ୍ଚଳ । ନଚେତ୍ ଏଠି ହିଁ ଯୁଦ୍ଧ ଘୋଷଣା କରିବି ମୁଁ ।

ମୋ ପିତା ଏକଥା ଶୁଣି ହାତଯୋଡ଼ି ଭାଇଙ୍କୁ କହିଲେ – ଆପଣ ଏ ରାଜ୍ୟର ରାଜା ଓ ସିଂହାସନର ଅଧିକାରୀ । ରକ୍ତପାତ ମୁଁ ରୁହେଁ ନାହିଁ । ଆସନ୍ତୁ । ମୁଁ ଫେରାଇ ଦେବି ଆପଣଙ୍କ ରାଜ୍ୟ ।

ଏହି ସମୟରେ ମନ୍ତ୍ରୀମାନଙ୍କ ମିଳିତସ୍ବର ଶୁଣାଗଲା ଏହା କଦାପି ହୋଇପାରିବ ନାହିଁ । ରାଜପରିବାର କଳିରେ ପ୍ରଜାମାନେ ବଳିପଡ଼ିବେ ନାହିଁ ।

ମହାରାଜାଙ୍କ ସ୍ବରରେ କମ୍ପନ ସୃଷ୍ଟି ହେଲା । ସେ ମୋ ପିତାଙ୍କୁ ଆଶୀର୍ବାଦ ଦେଇ କହିଲେ – ପ୍ରିୟ ପୁତ୍ର ଧର୍ମେନ୍ଦ୍ର ତୋ ତ୍ୟାଗ ପାଇଁ ମୁଁ ଆନନ୍ଦିତ । ତେବେ ଉତ୍ତରାଞ୍ଚଳ ହିଁ ନାଗେନ୍ଦ୍ର ଶାସନାଭୁକ୍ତରେ ରହୁ । ଦକ୍ଷିଣାଞ୍ଚଳର ମହାରାଜା ତୁ । ଏହିକ୍ଷଣି ନାଗେନ୍ଦ୍ରକୁ ମଧ ଉତ୍ତରାଞ୍ଚଳ ରାଜ୍ୟର ରାଜାରୂପେ ଘୋଷଣା କରାଯିବ । ମୁଁ ଏବେ ଅସୁସ୍ଥ । ତେଣୁ ଏହି ପାରିବାରିକ କଳିକୁ ଆଉ ବଢ଼େଇବା ଉଚିତ୍ ନୁହେଁ । ତାର ବଡ଼ ରାଜ୍ୟ ହେବ ।

ଅନେକ ମନ୍ତ୍ରୀଙ୍କ ଦୃଢ଼ସ୍ବର ଶୁଣାଗଲା ରାଜ୍ୟକୁ ଭାଗ କରି ଦୁଇଟି ସିଂହାସନରେ ବିଭକ୍ତ ହୋଇପାରିବନାହିଁ । ଆମ ରାଜ୍ୟ ଛୋଟ ରାଜ୍ୟରେ ପରିଗଣିତ ହେବ । ରାଜ୍ୟ ଭାଗହୋଇ କ୍ଷୁଦ୍ରହେଲେ ଅନ୍ୟରାଜ୍ୟମାନଙ୍କ ଆକ୍ରମଣର ଶିକାର ହେବା ସହଜ ।

– କିନ୍ତୁ ଶତ୍ରୁ ଆକ୍ରମଣ ବେଳେ ଦୁଇରାଜ୍ୟର ସୈନିକ ଏକାଠି ହୋଇ ଶତ୍ରୁର ମୁକାବିଲା କରିବେ । ସେଠି ବିଦ୍ବେଷ ଭାବ ରହିବ ନାହିଁ ।

– ଏହା କ'ଣ ସମ୍ଭବ ?

– ହଁ । ଦୁଇଭାଇଙ୍କ ଭିତରେ ସୀମା ନିର୍ଦ୍ଧାରଣ ହେବ । କିନ୍ତୁ ରାଜ୍ୟ ବିଭାଜନ ତ ନୁହେଁ । ଦୁହେଁ ଦୁଇ ଅଞ୍ଚଳର ସିଂହାସନର ଉତ୍ତରାଧିକାରୀ । ଏଥର ଦୁଇ ଭାଇଙ୍କ ଚେଷ୍ଟାରେ ଆମ ରାଜ୍ୟ ପ୍ରଗତି କରିବ ।

– ଏହା କିପରି ସମ୍ଭବ ହେବ ?

– ପରିବର୍ତ୍ତନର ଧାରାରେ ବିଦ୍ବେଷକୁ ଦୂର କରିବାକୁ ଏ ନୀୟମ କ'ଣ ସମୟ ଉପୋଯୋଗୀ ନୁହେଁ କି ?

ମହାରାଜାଙ୍କ ଜୟରେ ଗଗନ ପ୍ରକମ୍ପିତ ହେଲା । ତଥାପି ନାଗେନ୍ଦ୍ର ଖୁସି ହୋଇପାରୁନଥିଲେ ପିତାଶ୍ରୀଙ୍କ ନିଷ୍ପତ୍ତିରେ । ଏହି ନିୟୁକ୍ତିରେ ସେ ଅତି ଦୁଃଖିତ ହେଲେ । ଭାବୁଥିଲେ ତାଙ୍କର ନ୍ୟାଯ୍ୟ ଅଧିକାରକୁ ଖଣ୍ଡିତ କରି ଭାଇଙ୍କୁ ଖୁସି କରାଗଲା । ସାନ ମା'ଙ୍କ ପୁତ୍ର ହେତୁ ତାଙ୍କୁ ଅତ୍ୟଧିକ ଭଲପାଇବା କାରଣରୁ ଏହି ନିଷ୍ପତ୍ତି ସାନରାଣୀ ମା'ର ହିଁ । ତେଣୁ ସେ ରାଜସଭାକୁ ପରିତ୍ୟାଗ କରି ବିନା ବାକ୍ୟରେ ରାଣୀ ମହଲ ଆଡ଼କୁ ଗମନ କଲେ ନିଜ ମାତାଶ୍ରୀଙ୍କୁ ଭେଟିବାକୁ । ମା'ଙ୍କୁ ପ୍ରଣାମ କରି ନାଗେନ୍ଦ୍ର କିଛି କହିବା ପୂର୍ବରୁ ରାଣୀମା'ଙ୍କ ଅସନ୍ତୋଷର ସ୍ବର ଶୁଣାଗଲା – ମହାରାଜା ଠିକ୍ କରିନାହାନ୍ତି । ସାନପୁଅର ସିଂହାସନ ଆରୋହଣ କର୍ମଗୁଡ଼ିକ ଖୁବ୍ ତତ୍ପର ହୋଇ ପୁରୋହିତମାନଙ୍କ ଗହଣରେ ସମ୍ପାଦନ କରି ରାଜ୍ୟ ବିଭାଜନ ସୃଷ୍ଟି କହିଛନ୍ତି । ମନ୍ତ୍ରୋଚ୍ଚାରଣ, ବେଦପାଠ, ଯଜ୍ଞ ବଳି, ଘୃତାନ୍ନ ଆଦି ଅର୍ପଣ କରିଛନ୍ତି ଦେବତାମାନଙ୍କୁ ଏହି ସିଂହାସନ ଆରୋହଣର ପବିତ୍ର କର୍ମରେ । ନିଜେ ସାନପୁଅ ହାତରେ ସ୍ବର୍ଣ୍ଣମୁଦ୍ରା ଓ ଅନେକ ଉପହାର ବଣ୍ଟନ କରିଛନ୍ତି ପ୍ରଜାଙ୍କୁ । ତେଣୁ ଦୁଇଭାଇଙ୍କ ଭିତରେ ଶତ୍ରୁତା ସୃଷ୍ଟି କରିଛନ୍ତି ତୁମର ପିତାଶ୍ରୀ । ମୁଁ କଦାପି ଖୁସି ନୁହେଁ । ତଥାପି ତୁମକୁ ନିଜ ରାଜ୍ୟପାଇଁ ଖୁସି ରହିବାକୁ ହେବ । ପିତାଙ୍କ ବିରୁଦ୍ଧରେ ବିଦ୍ରୋହ ଉଚିତ କର୍ମ ନୁହେଁ ।

– ମୁଁ ବର୍ତ୍ତମାନ କ'ଣ କରିବି ?

– ଏବେ ଏଠି ତୁମର ବିଜୟ ଅସମ୍ଭବ । ତୁମେ ଏହି ଅଞ୍ଚଳର ଶାସକ ନୁହଁ । ତେଣୁ ଏଠି ପ୍ରଜାମାନେ ତୁମକୁ ରାଜାରୂପେ ସ୍ବୀକାର କରି ନ ପାରନ୍ତି । ଏହି

ଅବସ୍ଥା ବୁଝି ତୁମେ ଫେରିଯାଅ ନିଜ ରାଜ୍ୟକୁ । ସେଠି ସୁଶାସନ କରି ପ୍ରଜାଙ୍କ ପ୍ରିୟ ହୁଅ । ତୁମ ପତ୍ନୀ ଓ ପୁତ୍ରଙ୍କୁ ନେଇ ଅତି ଖୁସିରେ ରୁହ । ନିଜକୁ ଶକ୍ତିଶାଳୀ କଲାପରେ ଏହି ଦକ୍ଷିଣାଞ୍ଚଳକୁ ନିଜ ଆୟତରେ ନେବାକୁ ପ୍ରସ୍ତୁତ ହୁଅ । ମୋ ଇଚ୍ଛା ଅପୂର୍ଣ୍ଣ ରହିଗଲା ମଧ ।

କ୍ରୋଧ ଜର୍ଜରିତ ହୋଇ ନାଗେନ୍ଦ୍ର ବାହାରିଯାଇଥିଲେ ରାଣୀମହଲରୁ । କିନ୍ତୁ ପ୍ରତିଶୋଧର କ୍ରୋଧାଗ୍ନିରେ ଭାଇ ପ୍ରତି ଘୃଣାକୁ ଜନ୍ମଦେଇ ସାରିଥିଲେ । ତେଣୁ ନିଜ ରାଜ୍ୟରେ ଆଇନାନୁଯାୟୀ ଖଜଣା କମ୍ କଲେ । ଅନେକ ଜମିରେ ଜଳସେଚନର ସୁବିଧା କଲେ । ରାଜପଥକୁ ସଂପ୍ରସାରଣ କରି ଗେଟ୍‌ରେ ରାଜକର୍ମଚାରୀ ନିଯୁକ୍ତ କରି ଟିକିନିକି ହିସାବ ରଖିଲେ ବେପାର ପାଇଁ ବ୍ୟବହୃତ ଯାନର । ଅନେକ ଜନ ହିତକର କାମ କରି ପ୍ରଜାଙ୍କର ପ୍ରିୟଭାଜନ ହୋଇପାରିଥିଲେ ପାଞ୍ଚବର୍ଷ ଭିତରେ । ଧର୍ମକାର୍ଯ୍ୟ ଆଦିରେ ବ୍ରାହ୍ମଣମାନଙ୍କୁ ଅନେକ ଦାନ ପୂଣ୍ୟ କଲେ । ତେଣୁ ଶୁଖିଲା ଜମିର ଗଛପତ୍ର କଅଁଳିଲା ବର୍ଷାର ପ୍ରଭାବରୁ । ଯଜ୍ଞକୁ ଗୁରୁତ୍ୱ ଦେବାରୁ ବର୍ଷାର ପ୍ରଭାବ ବେଶୀ ହେଲା ଓ ଦୁର୍ଭିକ୍ଷ ଦୂର ହେଲା ବୋଲି ଆଶାପୋଷଣ କଲେ ନାଗେନ୍ଦ୍ର । ବ୍ରାହ୍ମଣ ପରିଷଦର ନିୟମ ଅନୁଯାୟୀ ଚଳିଲେ ଯାଦ୍ୱାରା ସେମାନଙ୍କ ପ୍ରିୟଭାଜନ ସାଜିଙ୍କୁ ପ୍ରଜାଙ୍କର ସ୍ୱୀକୃତି ପାଇ ସନ୍ଦେହ ଚକ୍ଷୁରୁ ଦୂରେଇ ଗଲେ । କିନ୍ତୁ ବଡ଼ମାତା ବିଦ୍ୱେଷ ଭାବରେ ଆକ୍ରାମାକ୍ରା ଥିବାରୁ ପିତାଶ୍ରୀଙ୍କୁ ଯୁଦ୍ଧରେ ପରାସ୍ତ କଲେ ମହେନ୍ଦ୍ରଙ୍କ ସହାୟତାରେ । ଏହି ପରାଜୟ ପରେ ପିତାଶ୍ରୀ ଆତ୍ମସମର୍ପଣ କଲେ କିନ୍ତୁ ରାଜ୍ୟଟି ମିଶିଗଲା ମହେନ୍ଦ୍ରଙ୍କ ରାଜ୍ୟରେ । ସେତେବେଳେ କାକାଙ୍କ ଜୀବନ ଅଗଣାରେ ହତାଶାର ଦୁଃଖ ଭରିଗଲା । ବାରମ୍ବାର ଜେଜେମା'ଙ୍କ ସ୍ୱର ଥିଲା– ମୁଁ ଥିଲି ବିଷ୍ଣୁଭକ୍ତ । ଏହି ଯୋଗୁ ମୋ ସପତ୍ନୀ ମୋର ଘୋର ବିରୁଦ୍ଧାଚରଣ କଲା । ତୋ ଜେଜବାପା ଆନନ୍ଦରେ ଆରମ୍ଭ କରିଥିଲେ ହରିହର ପୂଜା । ଯଦିଓ ସେମାନେ ଶିବଧର୍ମାବଲମ୍ବୀ ଥିଲେ ତଥାପି ଅନ୍ୟ ଦେବତାଙ୍କ ପ୍ରତି ଶ୍ରଦ୍ଧା ରଖୁଥିଲେ ।

କୃଷ୍ଣା ଦେବୀ ରହିଁଲେ ରାଜପ୍ରାସାଦ ଭିତର ଶକ୍ତି ମନ୍ଦିରଙ୍କୁ । ସେ ମହେନ୍ଦ୍ରଙ୍କୁ ବିବାହ କରି ଆସିବାପରେ ଦୁର୍ଗା ଉପାସନାର ମୂଖ୍ୟ ଭୂମିକା ନେଲେ । ରାଜବାଟୀର ଆରାଧ୍ୟଦେବୀ ଦୁର୍ଗା । କିନ୍ତୁ ସେ ସର୍ବଦା ସବୁଦେବତାଙ୍କ ପ୍ରତି ଶ୍ରଦ୍ଧା

ରଖନ୍ତି । ବାପାଙ୍କ ପାଖରେ ପିଲାଟି ଦିନରୁ ଶିବ ଆରାଧନା ଦେଖ ଆସିଥିଲେ ଓ ମାତାଙ୍କ ପାଖରେ ବିଷ୍ଣୁ ଆରାଧନା । ବିବାହ ପରେ ଦୁର୍ଗାସ୍ତୁତି । ଜୀବନକୁ ସାଉଁଟିଲେ ସୁଖ ଦୁଃଖର ଅନୁଭୂତି ନିଶ୍ଚୟ ମିଳିବ । ଏହି ଦୀର୍ଘ ଜୀବନ ହିଁ ବିଭୁଙ୍କ କୃପାରୁ ଲାଭ ହୋଇଛି ।

ପଶ୍ଚିମ ଆକାଶରେ ସୂର୍ଯ୍ୟାସ୍ତର ଦୃଶ୍ୟ । ବେଳେବେଳେ ନୀରବତାର ଆଚ୍ଛନ୍ନ ଭିତରେ ଆଖିପିଛୁଳାକେ ମା'ର ସ୍ପର୍ଶ ଚମକାଇ ଦେଲାପରି ଲାଗେ କୃଷ୍ଣା ଦେବୀଙ୍କୁ । ଦିନେ ମହାରାଜା କ୍ଷୁବ୍ଧ କଣ୍ଠରେ କହିଲେ – କୃଷ୍ଣା, ତମ ରାଜ୍ୟକୁ ଜୟ କରିବାକୁ ତୁମ କାକା ହିଁ ମୋତେ ଉସକାଇଥିଲେ । ତମର ଚିତ୍ରଲିପିର ଛବି ସେ ହିଁ ମୋତେ ଦେଇଥିଲେ । ସେଇ ଛବି ଦେଖିଲା ପରେ ସେଇ ମୁହୂର୍ତ୍ତରେ ଭାବପ୍ରବଣ ହୋଇ ତୁମକୁ ପାଇବାପାଇଁ ଚେଷ୍ଟାରେ ଲାଗିଲି । ଏହି ଷଡ଼ଯନ୍ତ୍ର ମିଆଦ ପ୍ରାୟ ବର୍ଷେ ପୂର୍ବରୁ ପରିକଳ୍ପନା ହୋଇଥିଲା । ତୁମ ରାଜ୍ୟର ସବୁ ଗଲା ପୁଣି ତୁମ କାକାଙ୍କ ରାଜ୍ୟ ଦଖଲ କଲି ମୁଁ । ତୁମ ରାଜ୍ୟର ସବୁ ଉତ୍ତରାଞ୍ଚଳ ଓ ଦକ୍ଷିଣାଞ୍ଚଳକୁ ମୋ ରାଜ୍ୟରେ ମିଶାଇ ଦେଇଛି । ଦେଖିଲ ମୋ ପରାକ୍ରମ । ଯଦି ନିଜ ଭିତରେ ଶତ୍ରୁତା କରିବ ତେବେ ନିଜର ହିଁ ପରାଜୟ ହେବ । ତୃତୀୟ ଜଣକ ଫାଇଦା ପାଇଯିବ ।

– ହଁ ଜେଜେବାପାଙ୍କ ବିଶ୍ୱାସରେ ବିଷ ଦେଇଗଲେ ନାଗେନ୍ଦ୍ର କାକା । ସେ କେବେ ହେଲେ ମୋ ପିତାଙ୍କୁ ତାଙ୍କ ସମକକ୍ଷ ଯୋଦ୍ଧା ଭାବନ୍ତି ନାହିଁ । କିନ୍ତୁ ନିଜେ ନିଶାସକ୍ତ ହୋଇ ରାଜ୍ୟର ଅସ୍ତିତ୍ୱକୁ ଆପଣଙ୍କୁ ସମର୍ପି ଦେଇଛନ୍ତି ।

– କିନ୍ତୁ ମୁଁ ମୋର ବନ୍ଧୁ ରାଜାମାନଙ୍କଦ୍ୱାରା ଚତୁଃପାର୍ଶ୍ୱରୁ ଆକ୍ରମଣ କରି ତମ କାକାଙ୍କୁ ନିଶ୍ଚୟ ପରାଜିତ କରିବି ବୋଲି କ'ଣ ସେ ଜାଣି ନଥିଲେ ।

– ଏଇଟା ଆପଣଙ୍କ ରଣକୌଶଳ ହୋଇପାରେ । ମୋ ପିତାଙ୍କ ରାଜ୍ୟକୁ ଦୁଇଭାଗରେ ବିଭକ୍ତ କଲାବେଳୁ ଆମ ରାଜ୍ୟ ଅସ୍ତିତ୍ୱରେ ଆଞ୍ଚ ଆସିଥିଲା । ଆମ ବିଲୁପ୍ତ ଇତିହାସକୁ ତର୍ଜମା କଲେ ଜଣାପଡେ ଯେ କେତେ ରାଜା ନିଜର ଅଧିକାର ସାବ୍ୟସ୍ତ କରି ଏହି ରାଜ୍ୟଶାସନ କରି ଯାଇଛନ୍ତି କେଇବର୍ଷପାଇଁ । ଭାତୃବିବାଦ ଲାଗି ଆସିଛି ରାଜସିଂହାସନ ପାଇଁ । ବାପା ଓ କାକାଙ୍କ ମଧ୍ୟରେ ଏହି ତିକ୍ତତା ଲାଗିଥିଲା କେଇବର୍ଷରୁ । ବାସ୍ ତା'ପରେ ଦୁହେଁ ରିକ୍ତହେଲେ ରାଜସିଂହାସନରୁ ।

ତତ୍‌ପରେ ଉତ୍ତେଜନାର ଅବସାନ ହେଲା । ରାଜ୍ୟ ହାରିବା ପରେ କାକାଙ୍କ ଭିତରେ ଅପମାନ ବୋଧ ହେଲା । ସେ ନିଜକୁ ନିର୍ବାସିତ କରି ପୁଣି ସଫଳତାର ସ୍ୱାଦ ଚାଖିବାକୁ ରହିଁଲେ । କିନ୍ତୁ ମହେନ୍ଦ୍ରଙ୍କ ସୈନ୍ୟବଳ ସାମ୍‌ନାରେ ବାରମ୍ବାର ଯୁଦ୍ଧରେ ହାରିବାପରେ ଦିନେ ରଣକ୍ଷେତ୍ରରେ ମୃତ୍ୟୁବରଣ କଲେ । ନିଜ ରାଜ୍ୟ ହରେଇବା ଲଜ୍ଜାରେ ପିତାମହାରାଜାଙ୍କୁ ରୋଗ ମାଡ଼ି ବସିଲା । ସେ ପୁତ୍ରମାନଙ୍କୁ ଦୋଷଦେଇ କହୁଥିଲେ – ନିଜ ଭିତରେ ଶତ୍ରୁତା କରି ତୁମେ ଦୁହେଁ ପରାଜିତ ହେଲ ତୃତୀୟ ଜଣଙ୍କ ପାଖରେ । ମୋ ପୂର୍ବପୁରୁଷଙ୍କ ରାଜ୍ୟକୁ ମଧ ସମ୍ଭାଳି ପାରିଲ ନାହିଁ । ତୁମପରି ଅଯୋଗ୍ୟ ଉତ୍ତରାଧିକାରୀଙ୍କୁ ଦେଖିଲା ପରେ ମୁଁ ବାନପ୍ରସ୍ତ ଯାଉଛି । ଏବେ ତୁମେ ତୁମର ନିଜର କର୍ମଫଳ ଉପରେ ବଞ୍ଚିବ । ଆଉ କିଏ କାହାକୁ ଦୋଷ ଦେଇପାରିବ ନାହିଁ । ତୁମେମାନେ ଯଦି କ୍ଷମତାଲିପ୍ସୁ ଥିଲ ତେବେ ରାଜ୍ୟପ୍ରତି ମମତା ଜାଗି ଉଠିନଥିଲା କାହିଁକି ?

ବୁଝିଲ କି କୁରୁକ୍ଷେତ୍ରର ଯୁଦ୍ଧରେ ନିହିତ ଥିଲା ପାରିବାରିକ କଳହ । ଏହି ଯୁଦ୍ଧ ଯେମିତି ବ୍ରାହ୍ମଣ ସହିତ କ୍ଷତ୍ରୀୟମାନଙ୍କର ଥିଲା । ରାଜା ଯଯାତିଙ୍କ ଦୁଇରାଣୀ ଥିଲେ ଦେବଯାନୀ ଓ ଶର୍ମିଷ୍ଠା । ଦୁହେଁ ଅନ୍ତରଙ୍ଗ ସଖୀ ଥିଲେ । ଶୁକ୍ରାଚାର୍ଯ୍ୟଙ୍କ କନ୍ୟା ଦେବଯାନୀ ହିଁ ମହାରାଣୀ ଥିଲେ । ବ୍ରାହ୍ମଣ ଶୁକ୍ରାଚାର୍ଯ୍ୟଙ୍କ କନ୍ୟାକୁ ଜଣେ କ୍ଷତ୍ରୀୟ ରାଜା ଯଯାତି ବିବାହ କରିଥିଲେ ନିଜର ପ୍ରଭାବ ବଢ଼େଇବା ପାଇଁ । କିନ୍ତୁ ଶର୍ମିଷ୍ଠାଙ୍କୁ ରାଣୀର ମର୍ଯ୍ୟଦା ଦେଇଥିଲେ । ଅଥଚ୍‌ ବିଶୁଦ୍ଧ କ୍ଷତ୍ରୀୟ ରକ୍ତର ଶର୍ମିଷ୍ଠାଙ୍କ ପୁତ୍ରକୁ ଯଯାତି ସିଂହାସନର ଉତ୍ତରାଧିକାରୀ ରୂପେ ରଖୁଁଥିଲେ ଯାହାଫଳରେ ମୃତ୍ୟୁପର୍ଯ୍ୟନ୍ତ ରାଜସିଂହାସନର ତୃଷ୍ଣା ଛାଡ଼ି ପାରିନଥିଲେ । ପୁତ୍ରମାନେ ପ୍ରତୀକ୍ଷା କରିବାରେ ଅଧୈର୍ଯ୍ୟ ହୋଇ ନିଜର ଭାଗ୍ୟ ଗଢ଼ିବାକୁ ନୂଆ ରାଜ୍ୟ ପ୍ରତିଷ୍ଠା କଲେ । କିନ୍ତୁ ମହାରାଣୀ ଦେବଯାନୀର ବଡ଼ ପୁତ୍ର ଯଦୁ ପ୍ରକୃତରେ ଉତ୍ତରାଧିକାରୀ ଥିଲେ । କିନ୍ତୁ ସବୁ ପୁତ୍ର ହତାଶ ହୋଇ ନିଜ ଭାଗ୍ୟ ଗଢ଼ିବାବେଳେ ଶର୍ମିଷ୍ଠାର କନିଷ୍ଠ ପୁତ୍ର ପୁରୁ ଜରାଗ୍ରସ୍ତ ପିତାଙ୍କୁ କର୍ତ୍ତବ୍ୟ ଭାବି ସେବାଶୁଶ୍ରୁଷା କଲେ । ତା'ର ପିତୃଭକ୍ତିରେ ସନ୍ତୁଷ୍ଟ ହୋଇ ଯଯାତି ପୁରୁକୁ ରାଜ୍ୟ ସିଂହାସନ ଅର୍ପଣ କଲେ । କିନ୍ତୁ ଦେବଯାନୀଙ୍କ ପୁତ୍ର ଯଦୁ ହିଁ ରାଜ୍ୟ ସିଂହାସନ ପାଇବା ଯୁକ୍ତି କଲେ ଶୁକ୍ରାଚାର୍ଯ୍ୟଙ୍କ ଶିଷ୍ୟମାନେ । ଦେବଯାନୀଙ୍କ ଦୁଇପୁତ୍ର ଓ ଶର୍ମିଷ୍ଠାଙ୍କ ବଡ଼ ଦୁଇପୁତ୍ର ନିଜ ରାଜ୍ୟ

ପ୍ରତିଷ୍ଠାରେ ସଫଳ ହେଲେ । ଯଦୁବଂଶ ପ୍ରତିଷ୍ଠା କଲେ ଯଦୁ । ଯଯାତିଙ୍କ ରାଜ୍ୟର ଭୂଖଣ୍ଡରେ ପୁରୁ ହିଁ ଅସଲ ମହାରାଜା ହୋଇ ରାଜତ୍ୱକଲେ । କୌରବ ବଂଶର ଅସଲଧାରା ପୁରୁଠାରୁ ଆରମ୍ଭ ହେଲା । ରାଜା ହସ୍ତୀ ମଧ୍ୟ ପୁରୁବଂଶର ଉତ୍ତରାଧିକାରୀ ହୋଇ ହସ୍ତିନାପୁର ପ୍ରତିଷ୍ଠା କଲେ । ତାଙ୍କ ପୁତ୍ର କୁରୁ ନିଜର ରାଜ୍ୟ ବିସ୍ତାର କରି କୌରବ ନାମରେ ଏକ ରାଜ୍ୟବଂଶର କୀର୍ତ୍ତି ବହନ କଲେ । କିନ୍ତୁ ରାଜଉତ୍ତରାଧିକାରୀଙ୍କ ରକ୍ତରେ ବିଭିନ୍ନ ରକ୍ତର ମିଳନ ହୋଇ ସାରା ଭାରତରେ ବିଛାଇ ହୋଇଯାଇଥିଲା । ବଂଶମୂଳରେ କୌରବ ପାଣ୍ଡବମାନଙ୍କର ବିବାଦ ମୂଳରେ ଅଛି ରକ୍ତବନ୍ଧନ । ଦେବଯାନୀ ଓ ଶର୍ମିଷ୍ଠାଙ୍କ ଉତ୍ତରଧାରୀଙ୍କ ମଧ୍ୟରେ ମୂଳତଃ ହିଁ ପ୍ରଥମରୁ ଗୋଷ୍ଠୀ କନ୍ଦଲ ଲାଗିଥିଲା ।

ସେଥିପାଇଁ ମୋ ପିତାମହ ପ୍ରତିଜ୍ଞା କରି କହିଥିଲେ ଆଉ କେହି ମୋ ଉତ୍ତରାଧିକାରୀ ଦ୍ୱିତୀୟ ପତ୍ନୀ ଗ୍ରହଣ କରିବ ନାହିଁ ମୋ ରାଜ୍ୟରେ । ଦୁଇପୁତ୍ରଙ୍କ ବିବାହ କରେଇବାପୂର୍ବରୁ ଏହି ନିୟମକୁ ଲିପିବଦ୍ଧ କରି ଥିଲେ ରାଜ୍ୟ ଆଇନ୍‍ରେ । ପିତା ହିଁ ସଚ୍ଚରିତ୍ର ଆଖ୍ୟାରେ ପ୍ରିୟଭାଜନ ହୋଇପାରିଥିଲେ ରାଜ୍ୟରେ । କିନ୍ତୁ ମହେନ୍ଦ୍ରଙ୍କର ତ ଅନେକ ସନ୍ତାନ ଥାଇପାରନ୍ତି ଦାସୀ, ନର୍ତ୍ତକୀ, ରକ୍ଷିତାଙ୍କ ସହିତ ସମ୍ପର୍କରେ ଥିବାରୁ । ସେମାନେ ମଧ୍ୟ ରାଜ୍ୟ କାର୍ଯ୍ୟରେ ନିୟୋଜିତ ଥିଲେ । ଦେଶ ସ୍ୱାଧୀନ ହେଲାପରେ ବଦଳିଗଲା ରାଜ୍ୟର ରୂପ । ନିଜର ଜ୍ଞାନ, କର୍ମ ଅନୁସାରେ ଯିଏ ଯେଉଁ ପେଶାରେ ନିଯୁକ୍ତି ହେଲେ । ଏହାର ହିସାବ କେବେ କୃଷ୍ଣା ଦେବୀ ଖୋଜିନଥିଲେ । କିନ୍ତୁ ହେମା ପ୍ରତି ଥିବା ଅହେତୁକ ଭଲପାଇବା ଯୋଗୁ ସେ ଲଲିତା ପ୍ରତି ବିଶ୍ୱାସଘାତକତା କରିପାରିନଥିଲେ । ସେ ଲଲିତାକୁ ନିଜର କନ୍ୟାର ଆସନରେ ବସାଇବାକୁ ରଖିଥିଲେ କିନ୍ତୁ ମହାରାଜାଙ୍କର ଭୟ କାରଣରୁ ତା'ର ଜନ୍ମ ଅପ୍ରକାଶ ହୋଇ ରହିଯାଇଥିଲା ସମସ୍ତଙ୍କ ଆଗରେ । ଏବେ ତ ହେମାର ପରିବାର ପାଇଁ କଉଁବ୍ୟରେ ହେଲା କରିନାହାନ୍ତି । ତେଣୁ ସେମାନଙ୍କ ମୁହଁରେ ହସର ଲହରୀ ଦେଖିବାକୁ ସେ ଆଜି ପର୍ଯ୍ୟନ୍ତ ସବୁବେଳେ ତତ୍‍ପର । ଏଥିପାଇଁ ପୁଅ ଅନେକଥର ପ୍ରଶ୍ନ କରେ – ତୁମେ ଲଲିତା ପରିବାରର ବୋଝ ଏତେ ବୋହୁଛ କାହିଁକି ?

– ଅତୀତର ଅନେକ ଘଟଣା ଲଲିତା ମା' ସହିତ ଜଡ଼ିତ । ସେ ମୋ ବାନ୍ଧବୀ ଥିଲା – ଉଦାସ ସ୍ୱରରେ କହନ୍ତି କୃଷ୍ଣା ଦେବୀ ।

ପ୍ରଶ୍ନଭରା କଣ୍ଠରେ କହନ୍ତି ରାଜପୁତ୍ର – ତେବେ ତୁମର ସେବାରେ ସେମାନଙ୍କ ନିଯୋଜିତ କରି ନିଜର ସ୍ୱାର୍ଥସାଧନ କରୁନ କି ?

– ଆଶ୍ଚର୍ଯ୍ୟ । ସେ ତା' କର୍ତ୍ତବ୍ୟର ପାଉଣା ପାଉଛି । ତା'ପରି କିଏ ଏତେ ସ୍ନେହ କରିନପାରେ ମୋତେ । ସେ କେବେ କର୍ତ୍ତବ୍ୟରେ ହେଳା କରୁନି ।

– ଠିକ୍ ଅଛି । ତମ ଇଚ୍ଛା । ତମ ଖୁସିରେ ମୁଁ ଖୁସି । କିନ୍ତୁ ବଡ଼ରାଜରାଣୀ ଦୁଇଟି ଭଉଣୀ କ'ଣ ତୁମକୁ ଉପେକ୍ଷା କରନ୍ତି କି ?

– ନା । ସେମାନେ ମଧ ମୋର କନ୍ୟା । ସେମାନଙ୍କୁ ବିମାତାର ସ୍ନେହ ଦେଇ ବଢ଼ାଇନାହିଁ । ସେମାନେ ଏବେ ମଧ ନିଜ ମା'ପରି ମୋତେ ଭାବନ୍ତି । ତୁ ମୋର ଗୋଟିଏ ପୁଅ ଆଉ ସେ ଦୁଇଜଣ ଝିଅ ହିଁ ମୋ ରାଜ୍ୟ ସମ୍ପତ୍ତିର ଉତ୍ତରାଧିକାରୀ । ମୋର ମୃତ୍ୟୁପରେ ଏହି ରାଜଉଆସ ହିଁ ଅଲୋଡ଼ା ହୋଇ ପଡ଼ିବ ।

– ଲଳିତା ରହିବନାହିଁ କି ?

– କିଏ କହିବ ସେ ରହିବ କି ନାହିଁ ଏହି ଭଗ୍ନ ଉଆସରେ । ତା'ର ପିଲାମାନେ ଏବେ ରୁକିରାୟା ହୋଇ ରହିବେ ବାହାରେ । କିନ୍ତୁ ସେ ତା'ର ମନୋଭାବ ନ ବଦଲାଇ ମୋ ସେବାରେ ନିଯୁକ୍ତ ହୋଇଛି । ତେଣୁ ତାକୁ ଖଣ୍ଡେ ଜମି କି ଜାଗା ଦେଲେ ବିଚାରୀ ଘରତୋଲି ପାରନ୍ତା । ମୋର ମଧ ଇଚ୍ଛା ସେମାନଙ୍କୁ କିଛି ସଞ୍ଚିତ ସମ୍ପତ୍ତି ଦାନ କରିବାକୁ ।

– ତେବେ ତୁମେ ଯଦି ରୁହଁଚ୍ଛ ତେବେ ଖଣ୍ଡିଏ ଜମି ଏହି ରାସ୍ତାର ପାର୍ଶ୍ୱରେ ଦେଇପାରିବୁ ଆମେ । ସେଠି ଘର ମଧ ତୋଲିପାରିବ ।

– ତୁମର ଦୟା ହେବ । ମୋ ପରେ ସେଠି ହିଁ ସେ ରହିଯିବ । ସେ କେବେ ମୋଠାରୁ କୌଣସି ଜିନିଷ ନେବାକୁ ରୁହଁନି । ଯଦି ତା' ନାମରେ ଜମିଖଣ୍ଡିକ ତୁ କରିଦେଇପାରୁ ତେବେ ମୁଁ ଖୁସିରେ ଶେଷନିଃଶ୍ୱାସ ତ୍ୟାଗ କରିପାରିବି ।

– ଏହି କଥା ମୋତେ ଆଗୁଆ କହିପାରିଥାଆନ୍ତ ତ ? ଏତେ ସଂକୋଚ କାହିଁକି ?

– ବୃଦ୍ଧାବେଳେ ମାତା ହିଁ ପୁତ୍ରର ଆଶ୍ରୀତା । ଯଦି ତୁ ମୋର ଏହି ଆଶା ପୁରଣ କରିନପାରିବୁ ବୋଲି ରୋକ୍ଠୋକ୍ ଶୁଣେଇ ଦେଇଥାଆନ୍ତୁ ତେବେ କେତେ କଷ୍ଟ ମନରେ ପାଇଥାଆନ୍ତି ତୁ ବୁଝିପାରିବୁ ନାହିଁ ।

– ତେବେ ଏଇ ମାସରେ ଏ କାର୍ଯ୍ୟଟି ପୁରଣ କରିଦେବି । ତୁମେ ଖୁସି ନିଶ୍ଚୟ ହେବ ।

ଏକ ଆଶ୍ୱସ୍ତିଭରା ଦୃଷ୍ଟିରେ କୃଷ୍ଣା ଦେବୀ ରହିଁଲେ ପୁତ୍ର ମୁହଁକୁ । ଭାବିଲେ ତାଙ୍କ ବ୍ୟକ୍ତବ୍ୟ ଅନିବାର୍ଯ୍ୟ ଥିଲା କହିବାକୁ ପୁତ୍ର ସମ୍ମୁଖରେ ।

– ମା', ତୁମେ ନିଃସଦେହରେ ମୋ କଥାକୁ ବିଶ୍ୱାସ କରିପାର । ତୁମ ଇଚ୍ଛାକୁ ମୁଁ କେବେ ଅସମ୍ମାନ କରିନି । ଆଉ କି ଇଚ୍ଛା ଅଛି ତୁମର ?

– ମୃତ୍ୟୁ ପାଖେଇ ଆସିଲାଣି । ମୁଁ ରାଜ ଉଆସ ଛାଡ଼ି ସହରକୁ ଯାଇପାରୁନି । ତୁମେମାନେ ଏମିତି ଆସି ଦେଖ୍ୟାଉଥିବ ମତେ । କିଛି ଟଙ୍କା ଦେଇପାରୁ ଲଳିତାକୁ ।

– ତୁମେ ପୁରାପୁରି ଅଡ଼ି ବସିଛ ଯେ ଏ ରାଜଉଆସ ଛାଡ଼ିବ ନାହିଁ ।

– ହଁ ବୋଧେ ସେଥିପାଇଁ ଶତାୟୁ ହେବାକୁ ଜିଇଁଛି କହି ହସିଲେ କୃଷ୍ଣା ଦେବୀ । ବ୍ୟାଖିଣିଲେ – ଏହି ରାଜପ୍ରାସାଦରେ ମୋର କଟିଗଲାଣି ଅଶୀ ଉପରେ ବର୍ଷ । ଜଣେ ପରାଜିତ ରାଜକନ୍ୟାକୁ ତୋ ପିତା ନେଇ ଆସିଥିଲେ ବିବାହ କରି । ତୋ ଅଜାଙ୍କ ରାଜତ୍ୱ କାଳରେ ପ୍ରଜାମାନେ ସୁଖରେ ଶାନ୍ତିରେ ଥିଲେ । କିନ୍ତୁ ସେ ଯୁଦ୍ଧପ୍ରିୟ ନଥିଲେ ।

– ସେଥିପାଇଁ ପରାଜିତ ହେବା ସୁନିଶ୍ଚିତ । ଜଣେ ବୀର ପୁରୁଷ ହିଁ ସମ୍ରାଟ ହୋଇପାରିବ । ଶାନ୍ତି ଓ ଯୁଦ୍ଧ ଦୁଇଟିର ନିର୍ଣ୍ଣୟର ପାର୍ଶ୍ୱ ଦୁଇଟି ବିପରୀତ । ସମ୍ରାଟ ଅଶୋକ ନିଜର ବୀରତ୍ୱ ପାଇଁ ଯେତିକି ଖ୍ୟାତି ଅର୍ଜନ କରିଥିଲେ ତାଠାରୁ ବେଶୀ ଖ୍ୟାତି ପାଇଥିଲେ ବୌଦ୍ଧଧର୍ମର ପୃଷ୍ଟପୋଷକତା ପାଇଁ । ରାଜ୍ୟ ଶାସନ ପାଇଁ ଓ ତା' ସଂପ୍ରସାରଣ ପାଇଁ ତ ଦିଗ୍‌ବିଜୟୀ ହେବା ଆବଶ୍ୟକ । ଶକ୍ତିମାନ ବୀର ସୁର ରାଜାଙ୍କୁ ଜୟ କରିବା କଷ୍ଟ । ଯଦି ଅଜାଙ୍କ ନୀତି ଶାନ୍ତି ପ୍ରିୟ ଥିଲା ତେବେ ସେ ରାଜ୍ୟ ହରେଇବା ସୁନିଶ୍ଚିତ । ପିତା ମହାରାଜା ସେଥିପାଇଁ ଅକ୍ଲେଶରେ ତୁମ ରାଜପ୍ରାସାଦରେ ପ୍ରବେଶ କରିପାରିଥିଲେ ।

– ମୁଁ ଥିଲି ଦଶବର୍ଷର ରାଜଝେମା । କିଛି ବୁଝିବା ପୂର୍ବରୁ ତୁମ ପିତା ମୋତେ ନେଇ ଆସିଥିଲେ ନିଜ ରାଜ୍ୟକୁ । ମୋ ପିଉସୀ ବଡ଼ହେଲା ପରେ ସ୍ୱୟଂୱରେ

ଅବତୀର୍ଣ ହୋଇ ନିଜ ପତି ଚୟନ କରିଥିଲେ । କିନ୍ତୁ ମୁଁ ରାଜାଙ୍କୁ ହିଁ ପତି ରୂପେ ଗ୍ରହଣ କରିବାକୁ ବାଧ୍ୟ ହୋଇଥିଲି ।

    – ସମୟ ସାଙ୍ଗରେ ଆମେ ଢୁଲି ଆସିଲେଣି । ତୁମେ ଏବେ ସେହି ପୁରୁଣା କ୍ଷତକୁ ଭାବି ଦୁଃଖିତ ହେବା କଥା ନୁହେଁ । ଆଉ ସେ ରାଜାଙ୍କ ଶାସନର ଯୁଗ ନାହିଁ । ସ୍ୱାଧୀନ ଭାରତରେ ଆମ ରାଜ୍ୟ ମିଶିଯାଇଛି । ମହାପ୍ରତାପୀ କି ଦୁର୍ଦ୍ଧାନ୍ତରାଜାର ଭୂମିକା ଏଠି ଦେଖିବାକୁ ମିଳିବ ନାହିଁ । ରାଜ୍ୟ ପାଇଁ ନିଜର ସାମର୍ଥ୍ୟକୁ ଉପଯୋଗ କଲେ ଭୋଟ୍ ମିଳିପାରେ ।

    – ତୁ ମୋ ପିତାଙ୍କ ପରି ଆଚରଣ କରେ । ଏଠି ଏବେ ଆଉ ପରାକ୍ରମ ଯୁଗ ନାହିଁ । ତୁ ନିଜ ଚରିତ୍ର ଓ ବ୍ୟବହାରରେ ମନ୍ତ୍ରୀପଦ ପାଇବୁ ନିଶ୍ଚୟ । ଏଥିରେ ଦ୍ୱିମତ ହେବାର ନାହିଁ । ଏବେ ତୋର ପ୍ରଶଂସା ଶୁଣିବାକୁ ମିଳୁଛି ଅନେକଙ୍କ ମୁହଁରେ ।

    – ସତରେ ମୁଁ ଏଥର ନିର୍ବାଚନରେ ଜିତିପାରିବି ବୋଲି ଭାବୁଛ ?

    – ନିଶ୍ଚୟ । ମୋ ଆଶିଷ ତୋ ଉପରେ ଅଛି ସବୁବେଳେ ।

    ଅନ୍ୟମନସ୍କ ହୋଇପଡୁଥିଲେ ପୁତ୍ର ରାଜେନ୍ଦ୍ର । ମା'ଙ୍କୁ ପ୍ରଣାମ କରି ଫେରିଯିବାକୁ ବାହାରିଲାବେଳେ କୃଷ୍ଣା ଦେବୀ ପୁତ୍ରର ମସ୍ତକ ଛୁଇଁ କହିଲେ – ଜୟ ହୁଅ ।

□

|| ତେର ||

କୃଷ୍ଣା ଦେବୀଙ୍କ ମନର ଭାବନାରେ ରାଜରାଣୀର ବେଶଭୂଷା କି ଅମୂଲ୍ୟ ସମ୍ପଦ ଓ ପଦମର୍ଯ୍ୟଦା ଉପହାସିତ ହେଲାପରି ଲାଗିଲା । କେବେ ହେଲେ ପାର୍ଥିବ ସମ୍ପଦ ସ୍ଥାୟୀ ନୁହେଁ । ଏବେ ସେ ଗୁରୁତର ଅସୁସ୍ଥ । ଡାକ୍ତରଙ୍କ ତତ୍ତ୍ୱାବଧାନରେ ତାଙ୍କର ପଞ୍ଚମହାଭୂତ ଶରୀରର ଗତି ଚଳିଛି । ଡାକ୍ତରଙ୍କ ନିର୍ଦ୍ଦେଶ ଅନୁଯାୟୀ ଔଷଧ ସେବନ କରୁଛନ୍ତି । ଅମୂଲ୍ୟ ସମ୍ପଦର ମୂଲ୍ୟ କିଛି ନାହିଁ । ଅତୀତର ଯଶଖ୍ୟାତି ଚତୁର୍ଦ୍ଦିଗରେ ବ୍ୟାପିଯାଉଥିଲା । ସେହି ରାଜରାଣୀଙ୍କ ନିକଟରେ ପ୍ରଜାଙ୍କର ମଥା ସ୍ୱତଃ ପ୍ରଣିପାତ କରୁଥିଲା । ନଗର ଭ୍ରମଣ ବେଳେ ମହାରାଜାଙ୍କର ପ୍ରଚଣ୍ଡ ପରାକ୍ରମ ଭୟରେ ପ୍ରଜାମାନେ ମଥା ନୁଆଁଇ ଦଣ୍ଡାୟମାନ ହେଉଥିଲେ । ଯଦିଓ ପ୍ରଜାମାନେ ଅଧିକ କର ପ୍ରଦାନ କରୁଥିଲେ ତଥାପି ରୁପ ରହୁଥିଲେ ଦଣ୍ଡ ଭୟରେ । ରାଜାଙ୍କୁ ଆପତ୍ତି କରିବାର ସାହସ ଜୁଟାଇ ପାରୁନଥିଲେ । କିନ୍ତୁ ତାଙ୍କର ପିତା ପ୍ରଜାମାନଙ୍କ ଦୁଃଖ ଦୁର୍ଦ୍ଦିନକୁ ମର୍ମେ ମର୍ମେ ହୃଦୟଙ୍ଗମ କରିପାରି ବନ୍ୟା ଓ ମରୁଡ଼ି ବେଳେ କର ଛାଡ଼ କରୁଥିଲେ । ପୁଣି ଜେଜେବାପାଙ୍କ ସମୟରେ ପ୍ରଚଳିତ କର ଅର୍ଦ୍ଧେକ କରି ଆଦାୟ କଲେ । ପ୍ରଜାମାନେ ସେଥିପାଇଁ ଖୁସି ଥିଲେ ରାଜାଙ୍କ ଉପରେ । ପିତା ମହାରାଜାଙ୍କ ସଭାରେ ବିଦ୍ୱାନମାନଙ୍କୁ ଗୁରୁତ୍ୱ ଦିଆଯାଉଥିଲା । ପିତା କହୁଥିଲେ – ବିଦ୍ୟା ହିଁ ମହାଧନ । ତାକୁ ଅପହରଣ କରିବାର ସାମର୍ଥ୍ୟ କାହାର ନାହିଁ । କୌଣସି ରାଜା କ୍ରୋଧାନ୍ୱିତ ହୋଇ ବିଦ୍ୱାନ ପଣ୍ଡିତଙ୍କୁ ନିଜ ରାଜ୍ୟରୁ ବିତାଡ଼ିତ କରିପାରନ୍ତି । କିନ୍ତୁ ସେମାନଙ୍କ ପାଣ୍ଡିତ୍ୟକୁ କେବେ ବିତାଡ଼ିତ କରିପାରିବେ ନାହିଁ । ରାଜକୋଷରେ ଗଚ୍ଛିତ ସ୍ୱର୍ଣ୍ଣ, ରନ୍, ହୀରା ନୀଳାଠାରୁ ମୂଲ୍ୟବାନ ହିଁ ବିଦ୍ୟା । ତେଣୁ ବିଦ୍ୱାନମାନଙ୍କ ସମ୍ମୁଖରେ ଅହଂଭାବ ପ୍ରଦର୍ଶନ ରାଜାଙ୍କର ଅହମିକାର ପରିଚୟ । ବଚନରୂପକ ଭୂଷଣ ସର୍ବଦା ଅକ୍ଷୟ ରୁହେ । ତେଣୁ ମଧୁର ଓ ପ୍ରିୟ କଥା କହିବା ଉଚିତ । ତିକ୍ତ ଓ ମଧୁର ବାକ୍ୟରେ ସଂପର୍କର

ଦୃଢ଼ତା ନିର୍ଭର କରେ । ତେଣୁ ପିତାଙ୍କ କଥାର ମୋହିନୀମନ୍ତ୍ରରେ ପ୍ରଜାମାନେ ଆନନ୍ଦିତ ହେଉଥିଲେ । ପିତା ନିଜ ଜିହ୍ୱାକୁ ଅତି ସଂଯତ ଭାବରେ ଓ ଗଭୀର ଚିନ୍ତାକରି ବ୍ୟବହାର କରନ୍ତି । କିନ୍ତୁ ନିଜର ପରାଜୟ ପରେ ଗଭୀର ଭାବରେ ଭାଙ୍ଗିପଡ଼ିଲେ ପିତାମହାରାଜା । କାରଣ ନାଗେନ୍ଦ୍ର କାକାଙ୍କ ଛଳନାପୂର୍ଣ୍ଣ ଓ ଶଠତା ଆଚରଣରେ ଉଭୟ ରାଜ୍ୟର ପରିସୀମାର ବିଲୁପ୍ତ ଘଟିଲା । ପରେ ସାଧାରଣ ଜନତା ଶୋଷଣର ଶିକାର ହେଲେ ମହେନ୍ଦ୍ରଙ୍କଠାରୁ ।

ଆଖିରେ ନାଚୁଥିଲା ସୋମନାଥ ମନ୍ଦିରର ଦୃଶ୍ୟ । ଆରବସାଗର ଢେଉ ଲହଡ଼ି ଭାଙ୍ଗୁଛି ସୋମନାଥ ମନ୍ଦିରର ପରିସୀମା କାନ୍ଥରେ । କିନ୍ତୁ ମନ୍ଦିରର କ୍ଷତି କରିନି ସାଗର । ଅଥଚ୍ ଗଜନୀର ସୁଲତାନ ମାମୁଦ୍ ୧୦୨୪ ମସିହାରେ ଆକ୍ରମଣ କରି ସୋମନାଥ ମନ୍ଦିରରେ ଗଚ୍ଛିତ ଥିବା ମହଣ ମହଣ ସୁନା, ରୂପା, ହୀରା ନୀଳା, ମାଣିକ୍ୟ ଆଦି ଲୁଟି କରି ନେଲା ନିଜ ପରାକ୍ରମ ଦେଖାଇ । ସବୁ ନେଇ ନିଜ ରାଜ୍ୟ ଗଜନୀ ଝୁଲିଗଲା । ସୋମନାଥ ରାଜ୍ୟର ରାଜା ଭୀମ ଦେଓ ସୁଲତାନ୍ ମାମୁଦ୍ର ପରାକ୍ରମୀ ସୈନ୍ୟସାମନ୍ତଙ୍କୁ ପ୍ରତିରୋଧ କରିପାରିନଥିଲେ । ଠାକୁରଙ୍କ ସମ୍ପଦ ଲୁଟିନେଇ ୧୦୩୦ ମସିହାରେ ମାମୁଦ୍ ହିଁ ପ୍ରାଣତ୍ୟାଗ କଲା । ଏହିପରି କେତେ ରାଜ୍ୟ ଲୁଟି ହୋଇ ପୁଣି ନିଜର ଅସ୍ତିତ୍ୱ ଓ ସମ୍ପଦ ବଢ଼େଇଛନ୍ତି । ପିତା କିନ୍ତୁ କାହିଁକି ଅବସନ୍ନ ହୋଇପଡ଼ିଥିଲେ କୃଷ୍ଣାକୁ ବିବାହ ଦେବାପରେ ମହେନ୍ଦ୍ରଙ୍କ ସହ ? ବୋଧେ କେଉଁ ସଖା ରାଜାଙ୍କୁ କଥା ଦେଇଥିଲେ କି ନିଜ କନ୍ୟାର ବିବାହ ତାଙ୍କ ପୁଅପାଇଁ କରିବାକୁ ନା ପିଉସୀଙ୍କ ପରି ସ୍ୱୟଂବର କରି ବର ଚୟନ କରିବାକୁ । ସେତେବେଳେ ପାଞ୍ଚବର୍ଷର ଝିଅ ଥିଲେ କୃଷ୍ଣା ଦେବୀ । ବିଦେଶୀ ଶାସନର ଅତ୍ୟାଚାରର ବିଭୀଷିକା ସବୁ ରାଜ୍ୟରେ ସୀମାଟପୁ ଥିଲା । ରାଜାମାନେ ବିଦେଶୀଶାସକ ହାତରେ ନିଜ ରାଜ୍ୟ ଅର୍ପଣ କରି ବିଦେଶୀଙ୍କ କାଠ କଣ୍ଢେଇ ସାଜିଥିଲେ । ପ୍ରଜାମାନେ ବଣଜଙ୍ଗଲ ଭିତରେ ମେଲିକରି ବିଦେଶୀ ଶାସକକୁ ହଟେଇବା ପାଇଁ ଆନ୍ଦୋଳନ ତେଜୁଥିଲେ । ପିତା ମଧ୍ୟ ବିଦେଶୀ ବିରୁଦ୍ଧରେ ଲଢ଼ିବାକୁ ବଦ୍ଧପରିକର ଥିଲେ । ଯାହାଫଳରେ ପ୍ରଜାମାନଙ୍କୁ ପ୍ରକାରନ୍ତରେ ସୁବିଧା ଯୋଗାଇ ଦେଇ ଆତ୍ମତୃପ୍ତି ପାଉଥିଲେ । ଆଉ ରାଜା ମହେନ୍ଦ୍ର ବିଦେଶୀ ସହିତ ସାଲିସ୍ କରି ଛୋଟବଡ଼ ରାଜ୍ୟ ହାସଲ କରିବାରେ

ସକ୍ଷମ ହେଉଥିଲେ । ବାପା କହୁଥିଲେ – ଆମ ଦେଶର ଅନେକ ଲୋକଙ୍କୁ ବାଧ୍ୟ କରି ଭିନ୍ନ ଧର୍ମରେ ଦୀକ୍ଷିତ କଲେଣି । ଲୋକଙ୍କ ଭିତରେ କୋକୁଆ ଭୟ ସୃଷ୍ଟି ହେଲାଣି । ଧର୍ମ ଉପରେ ଅତ୍ୟାଚାର କରିବା କଥା ନୁହେଁ । ନିଜ ପରମ୍ପରା ସଂସ୍କାର ଅନୁସାରେ ଈଶ୍ୱରଙ୍କୁ ପ୍ରାର୍ଥନା କରାଯାଏ । ଈଶ୍ୱର ହିଁ ସର୍ବଶକ୍ତିମାନ । ଯିଏ ଯେଉଁ ରୂପରେ ପୂଜାକଲା ସେ ସେଇ ରୂପରେ ପ୍ରତୀୟମାନ ହୁଅନ୍ତି । କିନ୍ତୁ ଜୋରଜାର ମୂଲକ ତାର ନୀତିକୁ ଲଦିଦେବା ଉଚିତ ନୁହେଁ ।

ସେତେବେଳେ କୃଷ୍ଣା ଧର୍ମକୁ ନେଇ ଏତେ ଭାବିପାରୁନଥିଲେ । ସେମାନେ ତ ଶିବ ବିଷ୍ଣୁଙ୍କୁ ପୂଜା କରନ୍ତି । ସେ ତାଙ୍କର ମନର ଠାକୁର । ଆଉ ଚିନ୍ତା କ'ଣ ? ସେ ସବୁ ଠିକ୍ କରିଦେବେ ଯେ । ଶୁଣିଥିଲେ ପିତାମହାରାଜାଙ୍କ ମୁହଁରୁ – ଅନେକ ପ୍ରଜାମେଲିର ମୁଖ୍ୟମାନଙ୍କୁ କଳାପାଣିରେ ବନ୍ଦୀ କରିଦେଲେଣି ବ୍ରିଟିଶ୍ ଶାସକ । ରାଜା ମଧ୍ୟ ବନ୍ଦୀ ହେଲେଣି । ସେଠାକୁ ଗଲେ ଫେରିବା ମୁସ୍କିଲ । ଭାରି କଠିନ ଦଣ୍ଡ ଦେବା ଦ୍ରବ୍ୟ ସେଠି ସାଇତି ରହିଛି ।

– ସେହି ବନ୍ଦୀଶାଳ କେମିତି ? ଖୁବ୍ ଉତ୍ସାହରେ ପଚାରିଥିଲେ କୃଷ୍ଣା ଦେବୀ ।

– ପ୍ରତିବନ୍ଦୀଙ୍କ ପାଇଁ ଗୋଟିଏ ବଖରା । ଭିତରେ ଶୋଇବାକୁ ସିମେଣ୍ଟ ଖଟ ଓ ଗୋଟିଏ ମାଠିଆ ରଖାଯାଇଥିଲା ।

– ଏତେ କଷ୍ଟରେ ବନ୍ଦୀମାନେ ରହୁଥିଲେ । ତଥାପି ଆନ୍ଦୋଳନ କରୁଥିଲେ କେଉଁ ଶକ୍ତିରେ ।

ନିଜ ଦେଶ ପ୍ରୀତିର ପରିଚୟ ଦେବାକୁ ଯାଇ କେତେ ରାଜା ରାଣୀ ଶହୀଦ୍ ହୋଇଛନ୍ତି ମଧ୍ୟ । ଝାନ୍ସୀ ରାଣୀ ଲକ୍ଷ୍ମୀବାଈଙ୍କ ସାହସିକତା ତୁ ଜାଣିବା କଥା । ସେ ହିଁ ଦେଶର ବୀର ରାଣୀ ଥିଲେ । ଇଚ୍ଛା ଶକ୍ତି ହିଁ ମନୋବଳ ବଢ଼ାଏ ।

– ପିତାମହାରାଜ ମୁଁ ରାଣୀ ଲକ୍ଷ୍ମୀବାଈଙ୍କ ପରି ଯୁଦ୍ଧବିଦ୍ୟା ଶିଖିବି । ଏହି ରାଜ୍ୟକୁ ଶତ୍ରୁ ଆକ୍ରମଣରୁ ରକ୍ଷାକରିବି । କିନ୍ତୁ ଦୁର୍ଭାଗ୍ୟର ବିଷୟ ଯେ ସେ ପରାଧୀନ ରାଜକନ୍ୟା ରୂପେ ଅସହାୟ ହୋଇପଡ଼ିଥିଲେ । ତାଙ୍କର ବିଶ୍ୱାସର ମୂଲ୍ୟ ନଥିଲା ନିଜ ମର୍ଜିରେ ଚଳିବାକୁ ।

ଅତୀତର ମୋହ ଏବେ ଆଉ ନାହିଁ । ନିଜ ଜୀବନଧାରାକୁ ଅନୁଧ୍ୟାନ କରୁକରୁ ଅନେକ ବର୍ଷ ଅତିକ୍ରାନ୍ତ ହୋଇସାରିଛି । ରାଜ୍ୟ ଓ ରାଜବଂଶର ଇତିହାସ ରାଜପରିବାରଙ୍କ ସାହିତ୍ୟକୃତି ଓ ତମ୍ରପାତ୍ରରେ ଲିଖିତ ହୋଇ ରହିଛି । ପିତା ମହାରାଜା ପରାଜିତ ପରେ ମହେନ୍ଦ୍ରଙ୍କ ହାତରେ କୃଷ୍ଣାଙ୍କୁ ଅର୍ପଣ କରି ଶତ୍ରୁ ବଦଳରେ ମିତ୍ର ହୋଇଗଲେ । ସେତେବେଳେ କାକା ନାଗେନ୍ଦ୍ର ଛତ୍ରଭଙ୍ଗ ଦେଇଥିଲେ ମହେନ୍ଦ୍ରଙ୍କ ସୈନ୍ୟବଳର ପରାକ୍ରମରେ । ନିଜେ ଚକ୍ରାନ୍ତ କରି ନିଜର ସର୍ବନାଶ ହିଁ କରିଥିଲେ । ଯୁଗଯୁଗରୁ ରାଜ୍ୟରେ ଚଲୁଥିବା ପରମ୍ପରାକୁ ହତ୍ୟାକଲେ ମହେନ୍ଦ୍ର । ତାଙ୍କ ପିତା ନୀରବ ଥିଲେ ନିଜ ପରାଜୟରେ ବାଧ୍ୟହୋଇ । ଇତିହାସକୁ ସ୍ମୃତିଚରଣ କଲାବେଳେ କୃଷ୍ଣା ମନ ଭିତରେ ଯେମିତି ଉତ୍ତେଜିତ ହୋଇପଡ଼ୁଥିଲେ । ଏହି ପରିଣତି ପାଇଁ ଦାୟୀ ହିଁ କାକା ନାଗେନ୍ଦ୍ର । ଦୁଇ ଭାଗରେ ବିଭକ୍ତ ହେଲା ଗୋଟିଏ ରାଜ୍ୟ । ତା'ପରେ ବିଶ୍ୱାସଘାତକତାରେ ବିଷ ଦେଲେ ଯେ ମହେନ୍ଦ୍ରଦେବ ନେଇଯାଇଥିଲେ ଦୁଇ ବିଖଣ୍ଡିତ ରାଜ୍ୟକୁ । ଏହି ବିପର୍ଯ୍ୟସ୍ତ ପାଇଁ ଦାୟୀ ହିଁ ମନର ଈର୍ଷା । ଧର୍ମ ଭାବନା ରାଜା ହିଁ ମନରେ ରଖିବା କଥା । ନିମ୍ନ ଧରଣର କାର୍ଯ୍ୟକଳାପ ଗ୍ରହଣୀୟ ନୁହେଁ । ପ୍ରଜାମାନେ ନ୍ୟାୟ ପାଇବାକୁ ସବୁବେଳେ ବ୍ୟାକୁଳ । ପ୍ରଜାଙ୍କୁ ପଞ୍ଜୁରି ଭିତରେ ରଖିଲେ ପ୍ରଜାମେଲି ସଂଗଠିତ ହେବ । ସେମାନେ ମଣିଷ ଭଳି ବ୍ୟବହାର ମଧ୍ୟ ରୁହାନ୍ତି ଶାସକ ଗୋଷ୍ଠୀଙ୍କଠାରୁ । ପିତାମହାରାଜ ହସ୍ତୀ ପୃଷ୍ଠରେ ଉପବିଷ୍ଟ ହୋଇ ରାଜପ୍ରସାଦରୁ ବାହାରି ପ୍ରଜାଙ୍କ ସୁଖ ଦୁଃଖ ବୁଝିବାକୁ ନଗର ଭ୍ରମଣ କରନ୍ତି । ଅଭାବୀର ଖଜଣା ଛାଡ଼ କରନ୍ତି । ମୁହୂର୍ତ୍ତକପାଇଁ ଭାବନାର ଦିଗ ବଦଳିଗଲା କୃଷ୍ଣା ଦେବୀଙ୍କର । କାହିଁକି ରାଜବୈଦ୍ୟ ମାତାଙ୍କୁ ସୁସ୍ଥ କରିପାରିନଥିଲେ । ସେଦିନ ହୃତ୍ସ୍ପନ୍ଦନ ଶିଥିଳ ହୋଇ ପଡ଼ିଲାବେଳେ ପିତା ଆପଣି ଉଠାଇ କହିଥିଲେ – ଆପଣ କ'ଣ ଅସହାୟ ଏହି ରୋଗ ଦୂର ପାଇଁ ।

ରାଜବୈଦ୍ୟ ଥରଥର କଣ୍ଠରେ କହିଥିଲେ – ମୁଁ ବଞ୍ଚେଇ ପାରିବନି ରୋଗୀଙ୍କୁ । ଚିକିତ୍ସା କରିବି କେମିତି ? ନଚେତ୍ ଅନ୍ୟ ପାଖରେ ଚିକିତ୍ସା କରନ୍ତୁ । ରାଣୀମା' ଅତ୍ୟଧିକ ଅସୁସ୍ଥ । ତାଙ୍କର ଅନିୟମିତ ହୃଦ୍‍ଗତି ଚାଲିଛି । ଏହି ସମୟରେ ନିଦ ଔଷଧ ଦେଇ ହେବନି ।

ରାଜା ବିଚଳିତ ହୋଇ ରାଜ୍ୟର ଚୁରିଆଡ଼େ ନୂତନ ବୈଦ୍ୟର ଅନୁସନ୍ଧାନ କରିବାକୁ ଦୂତ ପ୍ରେରଣ କଲେ । କିନ୍ତୁ ଘଣ୍ଟାଏ ଭିତରେ ମାତାଙ୍କର ମୃତ୍ୟୁ ହୋଇଗଲା । ପିତା ଭାଙ୍ଗି ପଡ଼ିଥିଲେ ରାଜ୍ୟ ଓ ସ୍ତ୍ରୀକୁ ହରେଇବାପରେ । ତାଙ୍କର ମାନସିକସ୍ଥିତି ଭଲ ନଥିଲା । କୃଷ୍ଣା ଦେବୀଙ୍କ ବିବାହ ଦେବାପରେ ସେ ମଧ୍ୟ ଇହଧାମ ତ୍ୟାଗ କଲେ କେତେବର୍ଷ ପରେ । ସବୁ ଯେମିତି ବିଧ୍ୱ ନିର୍ଦ୍ଦିଷ୍ଟ ଥିଲା । ଜୀବନର ସୁଖଦ ମୁହୂର୍ତ୍ତ ଅପସରିଗଲା ଯେମିତି ! ମହେନ୍ଦ୍ରଙ୍କ ରାଣୀ ହୋଇ ମଧ୍ୟ ସେ ଭୁଲିପାରୁନଥିଲେ ଅତୀତର ଚିତ୍କାରକୁ – ପିତା ମହାରାଜ, ପିତା ମହାରାଜ ମୋତେ ରକ୍ଷା କର । ମୁଁ କେବେ ଯାଇପାରିବିନି ଏହି ବିଜୟୀ ରାଜାଙ୍କ ସହ ।

ଏହି ଚରମ ବାକ୍ୟର ପ୍ରତିଫଳନ ସତ୍ୟ ଯଦିଓ ସେ ବଞ୍ଚିରହିବାର ଅଧିକାରକୁ ରାଣୀଭାବରେ ଜାବୁଡ଼ି ଧରିଛନ୍ତି । ଭାରି କଷ୍ଟ ହୁଏ ବେଳେବେଳେ । କିନ୍ତୁ ତାଙ୍କର ଦୃଷ୍ଟିକୋଣ ତ ମହେନ୍ଦ୍ରଙ୍କ ଦୃଷ୍ଟିକୋଣଠାରୁ ବିପରୀତ ଥିଲା । ବଞ୍ଚି ଥାଉ ଥାଉ ବେଳେବେଳେ ଜୀବନ ଅସହ୍ୟ ହୋଇପଡେ । ଆଜି ମହେନ୍ଦ୍ର ନାହାନ୍ତି । ରାଜାପ୍ରାସାଦ ଜନଶୂନ୍ୟ । ତଥାପି ସମ୍ପର୍କର ସଂଜ୍ଞାକୁ ନେଇ ସେ ହେମା ସହ ଆଉ ଦ୍ୱିମତ ହୋଇପାରିବେ ନାହିଁ । ଯେମିତି ହେଲେ ଲଳିତାକୁ ଘର ତୋଳିବାକୁ ଉସ୍ଲାହିତ କରିବେ । ପୁଅ ଜମି ଦେବାକୁ ପ୍ରସ୍ତୁତ । ଆଉ ସେ କିଛି ସଞ୍ଚିତ ଅଳଙ୍କାର ବିକ୍ରିକରି ଲଳିତାକୁ ଦେଇ ଘରଟି ସମ୍ପୂର୍ଣ୍ଣ କରିପାରିବେ ନିଶ୍ଚୟ ।

ଶୁଣାଗଲାଣି ପଞ୍ଜଜନ୍ୟ ଶଙ୍ଖର ଧ୍ୱନି । ସଂଧ୍ୟା ଆଗମନ । ହାତ ଯୋଡ଼ିଲେ କୃଷ୍ଣା ଦେବୀ । ଏହି ଶଙ୍ଖକୁ ରାଜପରିବାରରେ ବଜାଯାଉଥିଲା । ପୂଜକ ଆସିଗଲେଣି ନିଜ ପୂଜାରେ ଅବହେଳା ନକରି । ମନଭିତରକୁ ପଶି ଆସିଲାଣି ପଞ୍ଜଜନ୍ୟ ଶଙ୍ଖର କାହାଣୀ ।

ସାନ୍ଦୀପନି ଆଶ୍ରମରେ ନୀରବତା ଘେରିଯାଇଥିଲା । ବଳରାମ କୃଷ୍ଣ ପହଁଞ୍ଚିଥିଲେ ସାନ୍ଦୀପନି ଆଶ୍ରମରେ । ତାଙ୍କ ପତ୍ନୀ କାନ୍ଦରେ ଅଥୟ ହେଲେଣି । ଏହାର କାରଣ ବୁଝୁ ବୁଝୁ ଜଣାପଡ଼ିଲା ପ୍ରଭାସତୀର୍ଥକୁ ସ୍ନାନ କରିବାକୁ ଯାଇଥିଲେ ସାନ୍ଦୀପନିଙ୍କ ବାରବର୍ଷର ଏକମାତ୍ର ପୁତ୍ର । କିନ୍ତୁ ସେଠୁ ଫେରିପାରିନଥିଲେ । ଗୁରୁ ସାନ୍ଦୀପନିଙ୍କ ବାକ୍ୟ ଶୁଣାଗଲା – ଯଦି ତୁମେ ଆମର ପୁତ୍ରକୁ ସଶରୀରେ ଫେରାଇ ଆଣିପାରିବ ତାହା ହିଁ ହେବ ତୁମର ଗୁରୁଦକ୍ଷିଣା ।

ବଳରାମ ଓ କୃଷ୍ଣ ଗୁରୁଙ୍କ ପାଦଛୁଇଁ କହିଲେ – ଆପଣ ନିଶ୍ଚିନ୍ତ ରୁହନ୍ତୁ। ଆମେ ଆପଣଙ୍କ ପୁତ୍ରକୁ ଫେରାଇ ଆଣିବୁ ଆପଣଙ୍କ ସମୀପକୁ।

ପ୍ରଭାସ ତୀର୍ଥ। ପ୍ରାଚୀ ଓ ସରସ୍ଵତୀର ସଙ୍ଗମ ସ୍ଥଳ। ନୀଳ ଲହଡ଼ି, ସୁବିସ୍ତୃତ ବାଲୁକା ଶଯ୍ୟା। ଦଣ୍ଡାୟମାନ ଜଣେ ଅଚିହ୍ନା ବ୍ୟକ୍ତି। କୃଷ୍ଣ ବିନୟ ସ୍ଵରରେ ପରଶିଲେ – ଆପଣ କିଏ ସେ ମହାମ୍ଯା।

– ମୁଁ ବରୁଣ। ଆପଣଙ୍କ ଅପେକ୍ଷାରେ ଦଣ୍ଡାୟମାନ।

– ଶୀଘ୍ର ଫେରାଇ ଦିଅ ଆମ ଗୁରୁ ସାନ୍ଦୀପନିଙ୍କ ପୁତ୍ରକୁ।

– ମୁଁ କାହାକୁ ଲୁଚାଇ ରଖିନି। ଦୁଷ୍ଟ ଜୀବ ଶଙ୍ଖ ଏ କାମରେ ଓସ୍ତାଦ ଥିଲା। ସେ ମୃତ। ତା'ର ପୁତ୍ର ପଞ୍ଚଜନ୍ୟ ଅଛି। ତା' ବିଷୟରେ ମୁଁ କିଛି ଜାଣିନି। ତେଣୁ ଆପଣ ନିଜେ ଖୋଜିପାରିବେ।

ଅବିଳମ୍ବେ କୃଷ୍ଣ ଲଂଘଦେଲେ ଜଳରାଶିକୁ। ଅତଳ ଜଳ ରାଶିରେ ଏଭଳି ଦୁଃସାହସିକତା ଦେଖାଇବା ଦ୍ଵାରା ବଳରାମ ଚିନ୍ତାଗ୍ରସ୍ତ ହୋଇପଡୁଥିଲେ। କିନ୍ତୁ କୃଷ୍ଣ ଏକ ଉଜ୍ଜଳ ଶଙ୍ଖ ଧରି ଜଳ ଉପରକୁ ଉଠିଥିଲେ। ଅତି ଆଗ୍ରହରେ କହିଲେ – ପଞ୍ଚଜନ୍ୟ ଶଙ୍ଖ ମିଳିଗଲା। ନେଇ ଆସିଛି।

ବଳରାମ ଉଦ୍‌ବିଗ୍ନ ହୋଇ କହିଲେ – ଜଳରେ ସ୍ନାନ କରୁଥିବା ବାଳକ ଯଦି ଏଠି ନାହିଁ ତେବେ ଧର୍ମରାଜ ନେଇଥିବେ ନିଶ୍ଚୟ।

– ତେବେ ଆମେ ଧର୍ମଦେବତାଙ୍କ ପାଖକୁ ଧର୍ମପୁର ଯିବା। ସେଠି ଖୋଜିବା।

– ଧର୍ମପୁର କେଉଁଠି ତ ଜାଣିନେ ଆମେ।

– ତୁମେ ଆଗ ସ୍ନାନକର। ଯିବା ଧର୍ମନିବାସ।

ଦୁଇଭାଇ ଧର୍ମ ନିବାସ ସମ୍ମୁଖରେ ଶଙ୍ଖନାଦ କଲେ। ପ୍ରଥମଥର ପାଇଁ କୃଷ୍ଣ ପଞ୍ଚଜନ୍ୟ ଶଙ୍ଖ ବଜାଉଥିଲେ। ବହୁକାଳପରେ ପଞ୍ଚଜନ୍ୟ ଶଙ୍ଖର ଅପୂର୍ବ ଅନନ୍ୟ ଧ୍ଵନିରେ ମୋହିତ ହୋଇ ସ୍ଵୟଂ ଧର୍ମରାଜ ଦ୍ଵାରଦେଶକୁ ଆସି ଦୁଇଭାଇଙ୍କୁ ପାଛୋଟି ନେଲେ ନିଜ ପୁରକୁ। କୃଷ୍ଣ କହିଲେ – ଆମ ଗୁରୁ ସାନ୍ଦୀପନିଙ୍କ ପୁତ୍ରକୁ ତୁମ ଦୃତ ଧରି ଆସିଛନ୍ତି ଏଠିକୁ। ଫେରାଇ ଦିଅ ଆମକୁ। ଆମେ ଗୁରୁଙ୍କୁ କଥା ଦେଇ ଆସିଛୁ ଖୋଜିବାକୁ।

ଯମ କିଛି ଯୁକ୍ତି କରିବାକୁ ସମୟ ପାଇବା ପୂର୍ବରୁ ଗୁରୁପୁତ୍ର ସମ୍ପୂର୍ଣ୍ଣ ଅକ୍ଷତ ଅବସ୍ଥାରେ ଗୋଟିଏ ଅନ୍ଧକାର ପ୍ରକୋଷ୍ଠରୁ ବାହାରି ଆସିଥିଲେ । ଯ୍ୟାପରେ ଗୁରୁପୁତ୍ରଙ୍କୁ ଯମପୁରରୁ ଉଦ୍ଧାର କରି ଆଣିଥିଲେ କୃଷ୍ଣ ବଳରାମ ।

ଏହି କାହାଣୀ ମାତା ଅନେକଥର କୃଷ୍ଣା ଦେବୀଙ୍କୁ ଶୁଣାଇ ହିନ୍ଦୁ ବିଶ୍ୱାସର ଗୁରୁତ୍ୱ ଆରୋପ କରୁଥାଆନ୍ତି । ଆଖ୍ରୁ ମାତା ଲୁହ ଝରାଇ ବାଷ୍ପରୁଦ୍ଧ ହୋଇ କହନ୍ତି– ଈଶ୍ୱର ବିଶ୍ୱାସକୁ ସବୁବେଳେ ଦୃଢ଼ କରିବୁ । ବିପଦରେ ବିଚଳିତ ହେବୁନି । ତୁ ଏବେ ଶାସ୍ତ୍ର ଓ ଶସ୍ତ୍ର ଶିକ୍ଷା କରୁଛୁ । ଯ୍ୟାପରେ ରଣନୀତି, ରାଜନୀତି ଓ ଶାସନ ପରିଚାଳନା ବିଷୟରେ ଗୁରୁ ଶିକ୍ଷା ଦେବେ ।

– ସତରେ ମୁଁ ଝାନ୍‌ସୀ ରାଣୀ ଲକ୍ଷ୍ମୀବାଇଙ୍କ ପରି ରଣନୀତି ଆପଣେଇ ପାରିବି ? ପିତାଙ୍କ ସହ ମୁଁ ମଧ୍ୟ ଯୁଦ୍ଧକ୍ଷେତ୍ରରେ ଅବତୀର୍ଣ୍ଣ ହେବି ।

କିନ୍ତୁ ମହେନ୍ଦ୍ରଙ୍କ ସମ୍ମୁଖରେ ସେ ଥରୁଥିଲେ ହିଁ କେବଳ । ପିତା ମହାରାଜ ତାଙ୍କ ମସ୍ତକରେ ହାତରଖି କହିଥିଲେ – ତୁ ମହାରାଣୀ ହେବୁ । ଆଉ ଭୟ କାହିଁକି ?

କୃଷ୍ଣା ଦେବୀଙ୍କ ଆଖ୍ରେ ଦୃଶ୍ୟମାନ ଅତୀତ ଯୁଦ୍ଧର ବିଭୀଷିକାର ଛବି ଅଙ୍କିତ ହୋଇଉଠୁଥିଲା । ସେ ଅନେକ ପ୍ରଜାଙ୍କ ବିଧବା ନାରୀ ଓ ମାତାଙ୍କ ରୋଦନ ଶୁଣି ବିଚଳିତ ହୋଇ ଉଠୁଥିଲେ ସେହି ଦଶବର୍ଷବେଳେ ମଧ୍ୟ । ସେ ଜୋର ଦେଇ ପିତାଙ୍କୁ ଶୁଣାଇଥିଲେ – ମହେନ୍ଦ୍ରଙ୍କୁ କେମିତି ମୋର ପତି ବରଣ କରିବି । ଶତ୍ରୁରାଜାଙ୍କୁ ପତିରୂପେ କାହିଁକି ବରଣ କରିବି ?

ଏ ସବୁ ବିଧ୍ୱ ନିର୍ବିଷ୍ଟ ବୋଲି ପିତା ବୁଝାଇବାକୁ ଚେଷ୍ଟା କରି ବିବାହ ପରେ ମହେନ୍ଦ୍ରଙ୍କ ରାଜ୍ୟକୁ ନିଜ ରାଜ୍ୟ ବୋଲି ଭାବିବାକୁ ପରାମର୍ଶ ଦେଲେ । ବର୍ତ୍ତମାନ ଆଉ ପିତାଙ୍କ ଛାୟା କି ମହେନ୍ଦ୍ରଙ୍କ ଅନ୍ଧକାରମୟ ଶାସନର ଛାୟା ନାହିଁ । ଦେଶ ସ୍ୱାଧୀନ । ରାଜ୍ୟ ସ୍ୱାଧୀନ । ସବୁ ନାଗରିକ ବର୍ତ୍ତମାନ ସ୍ୱାଧୀନତାର ସ୍ୱାଦରେ ମସ୍‌ଗୁଲ । କିନ୍ତୁ ଭୋଟ୍‌ବେଳେ କେତେଜଣ ସ୍ୱାଧୀନ ମତକୁ ଅନ୍ୟଙ୍କ ପ୍ରୋଚ୍‌ନାରେ ବଦଳାଇ ଦିଅନ୍ତି କାହିଁକି ? ସେମାନଙ୍କ ବିବ୍ରତ ମାନସିକତା ଚେତିବ କେବେ ଆଉ ? ଦୀର୍ଘଶ୍ୱାସ ପକେଇଲେ କୃଷ୍ଣା ଦେବୀ । ଏହି

ରାଜନୀତିରେ ପାଦ ଥାପି ପୁଅ ଠିକ୍ କରିଛି କି ନାହିଁ ବୁଝିପାରୁନଥିଲେ। ରାଜବଂଶରୁ ବିଚ୍ଛିନ୍ନ ହୋଇ ଏବେ ମନ୍ତ୍ରୀ ପଦ ପାଇଁ ଆଗ୍ରହ ପ୍ରକାଶ କରିବା କ'ଣ ଯୁକ୍ତିଯୁକ୍ତ! ଯଦି ମନ୍ତ୍ରୀହେବ ତେବେ ନିଜ ଅଞ୍ଚଳର ଉନ୍ନତିର ପ୍ରଗତି ପଥରେ ଅଣ୍ଟାଭିଡ଼ିବା କଥା। ଏପରି ପୁତ୍ର କଲେ ସେ ନିଜକୁ ଧନ୍ୟ ମନେ କରିବେ। ହଁ ବୟସ ଆଉ ନାହିଁ ଯେ କାହାପାଇଁ ସ୍ୱପ୍ନ ଦେଖିବାକୁ। ଏବେ ଭାବନାମୁକ୍ତ ହେବା କଥା। ନାତି ନାତୁଣୀମାନେ ନିଜ ଋକିରୀରେ ଖୁସି। ପୁଅ ବୋହୁଙ୍କର ଏବେ ସ୍ୱପ୍ନ ଦେଖିବା ସମୟ ପଡ଼ିଛି। କୃଷ୍ଣା ଦେବୀ ପୁଣି ଆଖି ବୁଜି ଶୋଇବାର ଅଭିପ୍ରାୟ ଜାରି ରଖିଲେ।

ଏକ ଭୟାତୁର ଚିତ୍ର ଆଖି ଆଗରେ ଭାସମାନ ହେଲା। ରାଜାଙ୍କର କଠୋର ରୂପକୁ ସେ ଅଙ୍ଗୀନିଭାଇଛନ୍ତି। ତାଙ୍କର ଶତ୍ରୁ ହେଲେ ସେ କେବେହେଲେ କ୍ଷମା ଦେବାପାଇଁ ପ୍ରସ୍ତୁତ ନଥାନ୍ତି। ବନମାଳୀ, ହେମାର ପରିଣାମର ପରିସ୍ଥିତିରେ ନିଃସଙ୍ଗ ଜୀବନକୁ ଭରିଦେଇ କି ସୁଖ ପାଇଲେ ମହେନ୍ଦ୍ର। ସେ ଆଉ କିଛି ସାହାଯ୍ୟ ନ କରି ପାରି ନିର୍ବିକାର ପରି ପ୍ରେମିକ ପ୍ରେମିକାଙ୍କୁ ଅଲଗା କରି ବଞ୍ଚିତ କଲେ ସେମାନଙ୍କୁ ହକ୍ ଦେବାକୁ। ରାଜା ହୁଅନ୍ତୁ କି ମନ୍ତ୍ରୀ ଶାସନ କଲାବେଳେ ନିଜର ସ୍ୱାର୍ଥପାଇଁ ଏମିତି ଦୟାମାୟାକୁ ଭୁଲିଯାଆନ୍ତି। ମାନବିକତା ବିହୀନ ହୋଇ ସୁଶାସନର ଢିଣ୍ଢିମ ବଜାନ୍ତି। ଦେଖାଯାଉ ପୁଅ ନିଜ ଅଞ୍ଚଳରେ କିପରି ଜନସେବା କରିବ।

ପ୍ରାୟତଃ ସଂଖ୍ୟାଧିକ ପ୍ରଜା ଶାସକମାନଙ୍କଦ୍ୱାରା ଧାର୍ମିକ, ସାଂସ୍କୃତିକ ଓ ନୈତିକ ଆଧିପତ୍ୟର ଶିକାର ହୁଅନ୍ତି। ଦୃଢ଼ରାଜନୈତିକ ଇଚ୍ଛାଶକ୍ତି ଯୋଗୁ ରାଜ୍ୟକୁ ବିପଦ ମୁଖକୁ ଠେଲି ଦେଇଛନ୍ତି ଅନେକରାଜା, ଯାହାଫଳରେ ସମୁଦ୍ର ଅଭିଯାନ କରି ପ୍ରଥମେ ପର୍ତ୍ତୁଗାଲ ଓ ସ୍ପେନ୍ ନାବିକମାନଙ୍କ ସଂଘବଦ୍ଧ ପ୍ରଚେଷ୍ଟାରୁ ଔପନିବେଶିକବାଦର ଭିତ୍ତିପ୍ରସ୍ତର ସ୍ଥାପନ ହେଲା। ବ୍ରିଟିଶ୍ ନୌଶକ୍ତିର ଆଧିପତ୍ୟ ହେତୁ ସାମ୍ରାଜ୍ୟବାଦୀ ଶକ୍ତି ରୂପେ ଭାରତରେ ଅବତୀର୍ଣ୍ଣ ହେଲା। ପରିଣାମ ସ୍ୱରୂପ ଆମ ଦେଶ ବ୍ରିଟିଶ ସାମ୍ରାଜ୍ୟର ଶାସନରେ ଅନ୍ତର୍ଭୁକ୍ତ ହୋଇଗଲା। ଅନେକରାଜା ପରାଜିତ ହୋଇ ନିଜ ରାଜ୍ୟ ହରେଇଲେ। କିନ୍ତୁ ରାଜପ୍ରସାଦର ଲୁଣ୍ଠନ ହୋଇ ପରିପୁଷ୍ଟ ହେଲା ବ୍ରିଟିଶ୍ ରାଜକୋଷ। ଭାରତରୁ ବ୍ରିଟିଶ୍ ଶାସନ କାଳରେ ଏକ

ଟ୍ରିଲିଅନ (ଏକ ଲକ୍ଷ କୋଟି) ଡଲାର ଲୁଟ୍ ହୋଇଥିଲା। କୋହିନୂର ହୀରା, ଅନେକ ମୋତିମାଣିକ୍ୟ ମଧ ଲୁଟ୍ କରିଥିଲେ। ବ୍ରିଟିଶ୍ ଆଧିପତ୍ୟରେ ଆମର ଅର୍ଥନୀତି ଗଭୀର ଭାବରେ କ୍ଷତିଗ୍ରସ୍ତ ହେଲା। ବ୍ରିଟିଶ୍ ଅର୍ଥଶାସ୍ତ୍ରୀ ଅଙ୍ଗସ ମେଡିସନଙ୍କ ମତରେ ଅଷ୍ଟାଦଶ ଶତାବ୍ଦୀ ପ୍ରାରମ୍ଭରେ ବିଶ୍ୱ ଅର୍ଥନୀତିକୁ ଭାରତର ଅବଦାନ ଶତକଡ଼ା ସତେଇଶି ଥିଲା। ଏହା ଥିଲା ସମଗ୍ର ୟୁରୋପର ମୋଟ୍ ଅବଦାନ ସହ ସମାନ। ଅଥଚ ବ୍ରିଟିଶ୍ ଭାରତ ପରିତ୍ୟାଗ କରିଲାବେଳକୁ ଭାରତର ଅର୍ଥନୀତି ତିନି ଭାଗକୁ ହ୍ରାସ ହେଲା। ବଙ୍ଗ ଦୁର୍ଭିକ୍ଷ ନିମନ୍ତେ ବ୍ରିଟିଶ୍ ଶାସକ ହିଁ ଦାୟୀ। ଲକ୍ଷ ଲକ୍ଷ ଲୋକ ମୃତ୍ୟୁବରଣ କରିଥିଲେ ଅନାହାରରେ। ଶାସକ ନିଜର ସ୍ୱାର୍ଥପାଇଁ ସଦା ଥିଲା ଚେଷ୍ଟିତ। ପ୍ରଜାଙ୍କଠାରୁ କର ଆଦାୟ କରି ନିଜ ସାମ୍ରାଜ୍ୟର ସ୍ୱାର୍ଥ ନିମନ୍ତେ ଥିଲା ଜଡ଼ିତ। କେଇ ଜଣ ଏଥରୁ ବାଦ୍ ପଡ଼ିଛନ୍ତି। ଯେମିତି ତାଙ୍କର ପିତାଙ୍କୁ ସେ ଦେଖୁଛନ୍ତି ସେମିତି ଆଦର୍ଶ ରାଜା ଆଜି ପର୍ଯ୍ୟନ୍ତ ଆଉ କାହାକୁ ପାଇନାହାଁନ୍ତି।

□

|| ଚଉଦ ||

ସ୍ଥିର ପାହାଚରେ ଚଢ଼ିବା ଓ ଓହ୍ଲାଇବା ଏକ ନିତିଦିନିଆ ଅନୁଭବ ହୋଇଗଲାଣି । ଆପ୍ତୀୟଙ୍କୁ ମନେ ପକେଇ ଅନ୍ତରଙ୍ଗ ମୁହୂର୍ତ୍ତମାନଙ୍କୁ ଗୋଟାଇବା ଏବେ ତ ଏହି ନିସ୍ତବ୍ଧ ସମୟର ବାସ୍ତବରୂପ । ପତିଧର୍ମ ପାଳନକୁ ଏକମାତ୍ର ଧର୍ମ ବୋଲି ସେ ଜୀବନରେ ଗ୍ରହଣ କରି ପତିଙ୍କ ଆଦେଶକୁ ଶିରୋଧାର୍ଯ୍ୟ ମନେକରିଗଲେ । ଆଉ ନିଜ ଇଚ୍ଛା ଅନୁସାରେ ଚଲିଲେ କେତେବେଳେ ?

ଅନ୍ଧାରକୁ ଦୂର କରି ଘରର ଆଲୁଅଟି ଜଳିଉଠିଲା । କୃଷ୍ଣା ଦେବୀ ଟିକିଏ ଗମ୍ଭୀର ସ୍ୱରରେ କହିଲେ – କିଏ ଲଳିତା ? ଆସିଲୁଣି କି ?

– ନାଁ, ମୁଁ ଚିତ୍ରଲେଖା ।

– ଭଲ କଲୁ । ଏଠିକୁ ଟିକିଏ ଆସେ । ମୋ ପାଖରେ ବସିବୁ ।

– ରାଣୀମା', ମା' ସଂଧ୍ୟା ଦେଇ ଆସିବା ବିଳମ୍ୱ ହେବ ବୋଲି ମୁଁ ଚାଲି ଆସିଛି ।

– ତୁ ମୋ ଉପରେ ରାଗିଛୁ କି ?

– ନାଇଁ । କାହିଁକି ରାଗିବି ?

– ମୋଠାରୁ ଅନେକ କଥା ଶୁଣି ତୋ ମନରେ ନିଶ୍ଚୟ ବିଦ୍ରୋହ ସୃଷ୍ଟି ହୋଇଥିବ ।

– ସ୍ୱାଭାବିକ କଥା । ମୋ ଆଇକୁ ବନ୍ଦୀକରି ରଖିବା ମଧ ଅପରାଧଭୁକ୍ତ ଥିଲା ।

– ମୋର ଦୋଷ କ'ଣ ?

– ଆପଣ ରହିଁଥିଲେ ମୋ ଆଇ ନିଜରାଜ୍ୟକୁ ଫେରିଯାଇ ପାରିଥାଆନ୍ତା ।

— ସେଠିକି ଯାଇ ସେ କେବେ ନିରାପଦ ସ୍ଥାନ ପାଇନଥାନ୍ତା । ମୋ ପିତାଙ୍କ ରାଜ୍ୟ ଆଉ ନଥିଲା ସ୍ୱାଧୀନ ରାଜ୍ୟ ହୋଇ । ନିଜ ଇଚ୍ଛାରେ ଝିଅମାନଙ୍କୁ ଆଣି ପାଖରେ ରଖିପାରିବାର ଅଧିକାର ଥିଲା ରାଜାଙ୍କର । ରାଜ୍ୟ ଉପରେ ସର୍ବେସର୍ବା ଥିଲେ ରାଜା ।

— ଯାହାହେଉ ଆମପରି ଝିଅ ସ୍ୱାଧୀନ ଦେଶରେ ଜନ୍ମ ହୋଇଛୁ !

— ତଥାପି ଝିଅମାନେ ଝେରି ହୁଅନ୍ତି କାହିଁକି ?

— ସେଇ ମାଫିଆମାନଙ୍କ ବଣିଜପାଈଁ ।

— କିନ୍ତୁ ରଜାଆମଳରେ ଝିଅମାନଙ୍କ ଝେରି କିମ୍ବ ଶୋଷଣ ନଥିଲା । ରାଜା ନିଜେ ହିଁ ଏହାର ରକ୍ଷା କରୁଥିଲେ । ବାଲ୍ୟବିବାହ ପ୍ରଥା ଯୋଗୁ ଝିଅମାନେ ତିନି ପାଞ୍ଚ କି ସାତ ବର୍ଷରୁ ବିବାହିତ ହୋଇଯାଉଥିଲେ ।

— ଏଇ ରାଜାମାନଙ୍କ ନଜରରୁ ରକ୍ଷାପାଇବା ପାଈଁ ନୁହେଁ କି ?

— ସମାଜରେ ଏତେ କୁକର୍ମ ଘଟୁନଥିଲା । ଆଜିକାଲି ହତ୍ୟାକାଣ୍ଡ ଓ ମରାମରି ଅତ୍ୟଧିକ ମାତ୍ରାରେ ବଢ଼ିଗଲାଣି । ରାଜାଙ୍କ ଦଣ୍ଡ ଯୋଗୁ ପ୍ରଜାମାନଙ୍କ ମନରେ ଭୟ ହେଉଥିଲା । ଅନୀତି କାର୍ଯ୍ୟ ପ୍ରତି ବିମୁଖ ହେଉଥିଲେ । ଏବେ ସମାଜ ବେଶୀ କଲୁଷିତ ହେଲାଣି ।

ଚିତ୍ରଲେଖା ଯୁକ୍ତି ନ କରି ଉଠିଲା । କହିଲା – ମୁଁ ଯାଏ । ମୋର ପଢ଼ା ଅଛି । ମା' ଆସିବେ । ହେଇ ତ ମା' ଆସିଲାଣି ।

ଚିତ୍ରଲେଖା ରୁମ୍‌ରୁ ବାହାରି ଯାଉ ଯାଉ ଲଲିତା ପଶି ଆସିଲା । କହିଲା – ରାଣୀମା', ଚିତ୍ରଲେଖା କ'ଣ କହୁଥିଲା ?

— କିଛି ନୁହେଁ । ସେ ରୁଲିଗଲାଣି ପରା । ଖୋଲିଲୁ ମୋର ସେଇ ଅନ୍ଧାର ଘର ସିନ୍ଦୁକଟି । ଦିନବେଲେ କାହା ନଜରରେ ପଡ଼ିଯିବ ଘଟଣାଟି । ନେ ଋବି ଖୋଲେ । ମୁଁ ମୋର ହାର ମାଲି କେତେଟା ଅଛି ଗଣିବି ।

— ରାଜାବାବୁ ଜାଣିଲେ ବିଗିଡ଼ିବେ ।

— ସେ ଜାଣିଛି ଏଇଟା ଅଗଡ଼ମଗଡ଼ ସିନ୍ଦୁକଟିଏ । ସେ ଜାଣିନି ଏଠାରେ ସୁନାରୂପା ଗଚ୍ଛିତ ଥିବା କଥା । ଅନେକ ଗହଣା ସେମାନେ ପାଇଲେଣି । ତୁ ଟିକିଏ

ପାଇଯାଆ । ତୋ ମା'ର ଅନେକ ଗହଣା ଏହା ଭିତରେ ଅଛି । ସବୁ ତୋ ମା'ର । ମୋର ନୁହେଁ । ରାଜାଙ୍କ ଉପହାରରେ ସେ ମଣ୍ଡି ହୋଇଥିଲା । ତା' ବାକ୍ସ ସେମିତି ଅଫିଟା ହୋଇ ପଡ଼ିଛି । ଯାହା ପାଇବୁ ନେଇଯାଆ ତୋ ମା'ର ସନ୍ତକ ଭାବି । ସେ ରୁବି ମୁଁ ମୋ ଆଲମାରିର କାଠ ଫରୁଆରେ ରଖିଛି । ନେଇ ଆସେ ।

ଥର ଥର ସ୍ୱରରେ ଲଳିତା ଅମଙ୍ଗ ହେଲା ଏଇ କଥାରେ । ଯୁକ୍ତି କଲା – ମା' ଯଦି କିଛି ନ ନେଇ ଏହି ରାଜପ୍ରାସାଦରୁ ବିଚ୍ଛିନ୍ନ ହେଲା ତେବେ ମୁଁ ନେବି କାହିଁକି ?

– ମୁଁ ପରା କହୁଛି ତୋ ମା'ର ଧନ । ଅଲବତ୍ ନେବୁ ।

– ମୋତେ ପ୍ରେରଣା କହିବେ ।

– କିଏ ?

– ଆପଣଙ୍କ ପରିବାର । ସେମାନଙ୍କ ସାମ୍ନାରେ ଖୋଲିବି । ଦେଲେ ନେବି ।

– ସେମାନେ ତୋ ମା'ର ଧନ ଦେଖ୍ ନିଜର କରିନେବେ । ମୁଁ ବଞ୍ଚିଛି । ତୁ ନେଇଯାଆ ।

ରାଣୀମା'ଙ୍କ କାକୁତି ମିନତିର ସ୍ୱର ଶୁଣାଗଲା – ମୋ କଥା ତୁ କ'ଣ ରଖିବୁ ନାହିଁ ? କହୁଛି ପରା ରୁବି ଖୋଲେ ।

ଅତି ବାଧ୍ୟବାଧ୍ୟକତାରେ ଲଳିତା ପେଡ଼ି ଭିତରୁ ରୁବି ନେଇଗଲା ତାଲା ଖୋଲିବାକୁ । ବହୁଦିନ ହେଲା ବନ୍ଦ୍ ଥିବାରୁ ତାଲା ଖୋଲିବା ଏତେ ସହଜ ହେଉନଥିଲା । ରାଣୀମା' ରହିଁଥିଲେ ସିନ୍ଦୁକ ଆଡ଼େ । କହୁଥିଲେ – ଏତେ ଡେରି ଲାଗୁଛି କାହିଁକି ? ଖୋଲନ୍ତୁ । ପୁଅ ଆଜି ଆସିବାର ଥିଲା । ଏଯାଏଁ ଆସିନି କାହିଁକି ?

– ସେ ଆସିଲେ ତାଙ୍କ ସାମ୍ନାରେ ତାଲା ଖୋଲିବା । ତାଙ୍କୁ ସତକଥା ଶୁଣେଇବେ ।

– ମୋର ଇଚ୍ଛାହେଉଛି ଆଜି ଏବେ ତାଲାଖୋଲି ତୋ ମା'ର ଗହଣା ଗୁଡ଼ିକ ଦେଖ୍ ତତେ ହସ୍ତାନ୍ତର କରିବାକୁ । ତୋ ମା' ସମ୍ପତ୍ତି ତୋର । ଏଥରେ ଆମର କାହାର ଅଧିକାର ନାହିଁ ।

– ମୋତେ ବେଶୀ ଭୟ ଲାଗୁଛି । ମୁଁ ମୋ ପରିବାରଙ୍କୁ ଏ ବିଷୟରେ ଜଣାଇନି ମଧ୍ୟ ।

– ମୁଁ ପରା ବଞ୍ଚିଛି । ମୁଁ ତୋ ପରିବାରର ସାକ୍ଷୀହୋଇ ଛିଡ଼ାହେବି । ତୋ ଝିଅ ଚିତ୍ରଲେଖା ଅତୀତର କିଞ୍ଚିତ ଆଭାସ ପାଇଛି ମଧ୍ୟ ।

ପ୍ରାୟ ଘଣ୍ଟାଏ ପରେ ତାଲା ଖୋଲିଲାବେଳକୁ ଲଳିତା ସିନ୍ଦୁକ ଉପର କବାଟ ଟେକିଲା । ତା’ ଭିତରେ କେତେ ଗହଣା ଗାଣ୍ଠିର ସମାହାର ଦେଖି ଚକିତ ହୋଇ ରାଣୀମା’ଙ୍କୁ କହିବାକୁ ଲାଗିଲା – ରାଣୀମା’ ମୋ ମା’ର ଏସବୁ ଗହଣା ସତରେ ।

ହୁଁଟିଏ ଶୁଭିଲା ରାଣୀମା’ଙ୍କ କଣ୍ଠରୁ । କୃଷ୍ଣା ଦେବୀ ସେମିତି ରୁହିଁ ରହିଥିଲେ ଗହଣା ସିନ୍ଦୁକ ଆଡ଼େ ଉସ୍ସାହିତ ହୋଇ । ଇତ୍ୟବସରରେ ରାଜାବାବୁଙ୍କ କୋଠରୀ ଭିତରକୁ ଆଗମନ । ସେ ଏହି ଦୃଶ୍ୟ ଦେଖି ଚିଲେଇ ଉଠିଲେ – ଲଳିତା, ତୁ ମୋ ମା’ଙ୍କ ସିନ୍ଦୁକରୁ ଗହଣା ଚେରୀ କରିବାକୁ ବସିଛୁ । ଏତେ ଦିନର ସ୍ନେହର ପରଦା ପଛର କାହାଣୀ କ’ଣ ଏୟା ? ତୋ ହାତରେ ଏ ସିନ୍ଦୁକର ଚାବି ଆସିଲା କେମିତି ? ଆମେ ଏହାର ଚାବି କେବେ ପାଇନୁ । ତୁମମାନଙ୍କୁ ଆମେ ସାହାଯ୍ୟ କରି ନିଜ ଉଆସରେ ରଖିବାର ପରିଣତି ଏୟା ଥିଲା ବୋଲି ଜାଣିଥିଲେ ତୁମକୁ ଦାଣ୍ଡ ରାସ୍ତାରେ ଭିକାରୀ କରି ଛାଡ଼ି ଦେଇଥାଆନ୍ତୁ । ମୋ ମା’ଙ୍କ ଆଖିରେ ଧୋକା ଦେଇ ନିଜ ବଞ୍ଚିବାର ଇଚ୍ଛାକୁ ସାର୍ଥକ କରିବାକୁ ବସିଛୁ ସମୟ ସୁବିଧା ରୁହିଁ ? ଏତେଦିନ ଆମମାନଙ୍କୁ ଭଲପାଇବାର ମାନସିକତାରେ କେତେ ଛଳନା ତୁମମାନଙ୍କର ମନରେ ଭରିଥିଲା । ଆଉ ନୁହେଁ, ଏ ଉଆସରୁ ତୁମେ ବାହାରିଯାଅ ଏଇକ୍ଷଣି ।

ରାଜାବାବୁ, ମୋର କିଛି ଅଭିପ୍ରାୟ ନାହିଁ । ପଚାରନ୍ତୁ ରାଣୀ ସାହେବାଙ୍କୁ । ସେ ବାଧ୍ୟକରି ଏହି ସିନ୍ଦୁକର ନିଜେ ଚାବିଦେଇ ରୁହିଁଛନ୍ତି ଅଳଙ୍କାର ଦେଖିବାକୁ ।

– କେବେ ନୁହେଁ । ମୋ ବିନା ଅନୁମତିରେ ମା’ କାହାକୁ ଚାବି ଦେଇ ପାରିବେ ନାହିଁ । ତୁ ନିଜେ ଏ ଚାବି ନେଇଛୁ ଜୋର୍ ଜବରଦସ୍ତି କରି ।

– ପଚାରନ୍ତୁ ରାଣୀମା’ଙ୍କୁ ।

– ରାଜାବାବୁ କଠୋରୀ ଭିତରକୁ ପ୍ରବେଶ କରି ମା’ଙ୍କ ଉଦ୍ଦେଶ୍ୟରେ କହିଲେ – ସତରେ ମା’ ତୁମେ ଲଳିତାକୁ ଚାବିଦେଇଛ ଖୋଲିବାକୁ ସେ ସତ କହୁଛି ?

କିଛି ଉତ୍ତର ମିଳିଲାନି ରାଣୀମା'ଙ୍କ ପାଖରୁ । ରାଜାବାବୁ ପାଖକୁ ଆସି ହଲେଇ ଦେଇ ଦେଖିଲାବେଳକୁ ଦୁଇ ଆଖି ବନ୍ଦ ହୋଇଗଲା । ଏ କ'ଣ ହେଲା ଭାବିବାପୂର୍ବରୁ ତାଗିଦ୍ ସ୍ୱରରେ କହିଲେ – ଲଳିତା ତୁ ଏଇକ୍ଷଣି ତୋ ପରିବାରକୁ ନେଇ ରାଜପ୍ରାସାଦ ଛାଡ଼ି ଝିଲିୟା । ନଚେତ୍ ଜେଲ୍‌ରେ ପଶେଇବି । ତୋର ଏତେଦିନର ସେବାଶୁଶ୍ରୁଷା ପାଇଁ ତୋ ଚ୍ଛେରଣୀ ଗୁଣକୁ କ୍ଷମା ଦେଲି । ଆଉ ତୋ ମୁହଁ ମୋତେ ଦେଖାନି ।

– ରାଜାବାବୁ, ରାଣୀମା'ଙ୍କୁ ପଚରନ୍ତୁ ମୋ କଥା ସତ ନା ମିଛ । ସେ ପ୍ରମାଣ ଦେବେ । ରାଣୀମା', ରାଣୀମା' କହି ଜୋରରେ ବିଳପି ଉଠିଲା ଲଳିତା ।

– ଆଉ ଯୁକ୍ତି କରେନା । ସେ ଆଉ ବଞ୍ଚ ନାହାଁନ୍ତି ତୋ ସଚ୍ଚୋଟତାର ପ୍ରମାଣ ଦେବାକୁ । ତୁ ହିଁ ମୋ ମା'ଙ୍କୁ ମାରି ଦେଇଛୁ । ଚୁପ୍‌ଚପ୍ ଏଠୁ ବାହାରିଯାଆ । ତୋ ଛଲନା ବୁଝିପାରିଛି ଏବେ ମୁଁ ।

– ନାଇଁ ବାବୁ ମୁଁ ଏକାମ କରିନି । ସେ ମୋ ମା' ଥିଲେ । ତାଙ୍କ ଭଲ ଚ୍ଛହେଁ ।

– ହଁ ହଁ ତୋ ବ୍ୟତୀତ ଏଇ କାମ ଆଉ କିଏ କରିପାରିବ ? ତୁ ଆମ ସହ ବିଶ୍ୱାସଘାତକତା କରିଛୁ । ବାହାରିଯାଆ ଶୀଘ୍ର । ନଚେତ୍ ଜୀବନରେ ଶେଷ କରିଦେବି । ମୋ ମା' ତୋ ମା' ହେଲା କେମିତି ? ମୋ ମା'କୁ ମାରି ଦେଇଛୁ ତୁ ।

ଲଳିତା କାନ୍ଦି କାନ୍ଦି ବାହାରି ଯାଉ ଯାଉ ଅବୁଝ କଥାର ଖିଅରେ ଘାଣ୍ଟିହୋଇ ଭାବୁଥିଲା– ଭଲପାଇବାର ଶୁଭ୍ର ରଙ୍ଗରେ କଳାରଙ୍ଗ ବୋଳି ହୋଇଯାଇଛି କାହିଁକି ? କାହିଁକି ? ଆଉ ରାଣୀମା'ଙ୍କ ନିରବ ଓଠରୁ ଖୋଲିବନି ତା' ସଚ୍ଚୋଟତାର ପ୍ରମାଣ ଦେବାକୁ । ତେବେ ସେ ପୁଣି ନିଷ୍ଫଳ ପ୍ରୟାସର ଏକ ଅପରାଧିନୀଟିଏ ହୋଇ ସମସ୍ତଙ୍କ ଦୃଷ୍ଟିରେ ଦଣ୍ଡାୟମାନ ହୋଇଯାଇଛି ଯେମିତି । କ'ଣ କରିବ ସେ ? କେମିତି ସାକ୍ଷୀ ଯୋଗାଡ଼ କରିବ ? ଏୟା ତେବେ କ'ଣ ତା' ଭାଗ୍ୟର ବିଡ଼୍ୟମ୍ବନା କି ? କି ଉତ୍ତର ରଖିବ ବିରଞ୍ଜ ପାଖରେ ଓ ପରିବାର ସମ୍ମୁଖରେ ? ଏଇ ଦାଗ ତା'ର ରାଣୀମା'ଙ୍କ ଅତ୍ୟଧିକ ଭଲପାଇବାର ମୋହ

ନୁହେଁ ତ ଆଉ କ'ଣ ? ଏଇ ଉଆସରେ ଅମୃତଫଳ ମଧ୍ୟ ବିଷଫଳ ପାଲଟି ଯାଉଛି । କେତେ ଛାଇମାନେ ଅନ୍ଧାରକୁ ଏଠି ଚନ୍ଦନପରି ଦେହରେ ବୋଳିହୋଇ ଅସତ୍ୟ ଓ ଅବିଶ୍ୱାସର ଆମ୍ରଗ୍ଲାନିରେ ଜର୍ଜରିତ ହୋଇଛନ୍ତି ତା'ର ହିସାବ କାହିଁ ? ଏଠି ହିଁ ସମର୍ପିତ ମନଟିକୁ ନିଃଶେଷ କରିନେବାକୁ ତତ୍ପର ସମସ୍ତେ । ରହସ୍ୟ ଘେରରେ ଏଠାର ମାଟି ଓ ପାଣିପବନ । ଯେତଶୀଘ୍ର ଏଠୁ ପଲାଇ ଯିବା ହିଁ ଭଲ । ଆଉ ଡେରି କାହିଁକି ? କ୍ଷିପ୍ର ଗତିରେ ଲଳିତା ଯାଉଥିଲା ଆଗକୁ ପାଦ ପକେଇ । ରାଣୀ ଉଆସର ଗୁପ୍ତକଥା ହିଁ ବିସ୍ମରିଯାଉଥିଲା ମନରୁ ସତେ ଯେମିତି ! ତାକୁ ଘେରିଆଡ଼ି ଅନ୍ଧକାରାଚ୍ଛନ୍ନ ଦିଶୁଥିଲା । ସେ ଯିବ କୁଆଡ଼େ ? ଦୁର୍ବିସହ ହୋଇ ପଡ଼ୁଥିଲା ଭାଗ୍ୟ ଘୃଣ୍ୟ ଦଣ୍ଡ ଭାରରେ । ବିନାଦୋଷରେ ଲାଞ୍ଛନାର ଅନୁଭବରେ ତା ମା'ର ମୁହଁଟି ମଳିନ ଦିଶୁଥିଲା ତା ସାମ୍ନାରେ ଯେମିତି ।

❑

ଏହି ଲେଖିକାଙ୍କ ପ୍ରକାଶିତ ପୁସ୍ତକ:

ଉପନ୍ୟାସ

୧. ମାୟା, ପାଦଟୀକା, କଟକ, ୨୦୦୨ (ଏଡସ୍ ଉପରେ ପ୍ରଥମ ଉପନ୍ୟାସ)

୨. ମରୁଭୂମିର ଶୋଷ, ଶୌର୍ଯ୍ୟ ପ୍ରକାଶନ, କଟକ, ୨୦୦୬

୩. ଧୂମାୟିତ ଧରିତ୍ରୀ, କିତାବ ଭବନ, ଭୁବନେଶ୍ୱର, ୨୦୧୪

୪. ବାଘର ପଞ୍ଝା, କିତାବ ଭବନ, ଭୁବନେଶ୍ୱର, ୨୦୧୫ (କଳିଙ୍ଗ ପୁସ୍ତକମେଳା ପୁରସ୍କାର, ୨୦୧୬)

୫. ନିର୍ବାସନ, ଆରୋହୀ, କଟକ, ୨୦୧୬

୬. ବିଷଣ୍ଣ ବୈଶାଖ, ଲଳିତ ପ୍ରକାଶନୀ, ଭୁବନେଶ୍ୱର, ୨୦୧୬

୭. ଅସମ୍ପୂର୍ଣ୍ଣା, କିତାବ ଭବନ, ଭୁବନେଶ୍ୱର, ୨୦୧୭

୮. ପଦ୍ମାଲୟା ପ୍ୟାଲେସ୍, ଶକ୍ତି ପବ୍ଲିଶର୍ସ, କଟକ, ୨୦୧୭

୯. ମୀରା ମାଈ, କିତାବ ଭବନ, ଭୁବନେଶ୍ୱର, ୨୦୧୮ (ଉପନ୍ୟାସ ସମଗ୍ର ପାଇଁ 'ସୁଧନ୍ୟା ଉପନ୍ୟାସ ସମ୍ମାନ', ୨୦୧୮)

୧୦. ନୀଳ ଜହ୍ନ, ଜ୍ଞାନଯୁଗ ପବ୍ଲିକେଶନ, ଭୁବନେଶ୍ୱର, ୨୦୧୯

୧୧. ଚକ୍ରବ୍ୟୂହ, ଜ୍ଞାନଯୁଗ ପବ୍ଲିକେଶନ, ଭୁବନେଶ୍ୱର, ୨୦୨୧

୧୨. ତଥାପି ଶୂନ୍ୟତା, ବ୍ଲାକ୍ ଇଗଲ ବୁକ୍, ଓହିଓ, ଆମେରିକା, ୨୦୨୨

୧୩. ରକ୍ତ ତର୍ପଣ, କିତାବ ଭବନ, ଭୁବନେଶ୍ୱର, ୨୦୨୨

୧୪. ଅମୁହାଁ ସୁଡ଼ଙ୍ଗ, ସୁଧନ୍ୟା ପ୍ରକାଶନୀ, ଭୁବନେଶ୍ୱର, ୨୦୨୨

୧୫. ମୁଁ ବି କର୍ଣ୍ଣ, ବ୍ଲାକ୍ ଇଗଲ ବୁକ୍ସ, ଓହିଓ, ଆମେରିକା, ୨୦୨୩

ଉପନ୍ୟାସିକା ସଂକଳନ

୧୬. ଆରୋହଣ, କାହାଣୀ, କଟକ, ୨୦୧୧

୧୭. ପଞ୍ଚପର୍ଣ୍ଣା, ପାଦଟୀକା, କଟକ, ୨୦୧୭

ଗଳ୍ପ ସଂକଳନ

୧୮. ଅବ୍ୟକ୍ତ ସ୍ୱର, ପାଦଟୀକା, କଟକ, ୨୦୦୨

୧୯. ଯେ ମନ ଉଡ଼େ ଯେତେ ଦୂର, କାହାଣୀ, କଟକ, ୨୦୦୬

୨୦.   ଜୟନ୍ତ, ତୋ ମା' ଜିତିଯାଇଛି, ଅନ୍ଵେଷଣ ପ୍ରକାଶନୀ,
        ଭୁବନେଶ୍ଵର, ୨୦୦୭

୨୧.   ଅଜଣା ଠିକଣା, ସୁଧନ୍ଵା ପ୍ରକାଶନୀ, ଭୁବନେଶ୍ଵର, ୨୦୦୮

୨୨.   ତର୍ପଣ, କାହାଣୀ, କଟକ, ୨୦୧୧

୨୩.   ଧୂମକେତୁର ଶୋଷ, ଜ୍ଞାନଯୁଗ ପବ୍ଲିକେଶନ, ଭୁବନେଶ୍ଵର, ୨୦୧୪

୨୪.   ଅଜ୍ଞାତବାସ, ସୁଧନ୍ଵା ପ୍ରକାଶନୀ, ଭୁବନେଶ୍ଵର, ୨୦୧୪

୨୫.   ଛଅଣାଶର ଆଖ୍, ଜ୍ଞାନଯୁଗ ପବ୍ଲିକେଶନ, ଭୁବନେଶ୍ଵର, ୨୦୧୪

୨୬.   ଲଜ୍ଜା, ଜ୍ଞାନଯୁଗ ପବ୍ଲିକେଶନ, ଭୁବନେଶ୍ଵର, ୨୦୧୫

୨୭.   ରୁଦ୍ଧଦ୍ଵାରର ଶଂଖ, ଜ୍ଞାନଯୁଗ ପବ୍ଲିକେଶନ, ଭୁବନେଶ୍ଵର, ୨୦୧୬

୨୮.   ଶୂନ୍ୟ ଭାବନା, ଅନ୍ଵେଷଣ ପ୍ରକାଶନୀ, ଭୁବନେଶ୍ଵର, ୨୦୧୭

୨୯.   ସନ୍ଯାସିନୀ, ଜ୍ଞାନଯୁଗ ପବ୍ଲିକେଶନ, ଭୁବନେଶ୍ଵର, ୨୦୧୮
        (ଗଳ୍ପ ସମଗ୍ର ପାଇଁ ଶ୍ଵେତସଂକେତ ଗଳ୍ପ ସମ୍ମାନ, ୨୦୧୮)

୩୦.   ଜୀବନ ବଗିଚାରେ, କିତାବ ଭବନ, ଭୁବନେଶ୍ଵର, ୨୦୧୯

୩୧.   ସୁମିତ୍ରାର କାନ୍ଦ, କିତାବ ଭବନ, ଭୁବନେଶ୍ଵର, ୨୦୨୦

୩୨.   ଅଦୃଶ୍ୟ ଆଖ୍, କିତାବ ଭବନ, ଭୁବନେଶ୍ଵର, ୨୦୨୦

୩୩.   ମୁଠାଏ ପ୍ରତିଶ୍ରୁତି, ବ୍ଲାକ ଇଗଲ ବୁକ୍ସ, ଓହିଓ, ଆମେରିକା, ୨୦୨୧

୩୪.   ଛାୟାବଳୟ, ଜ୍ଞାନଯୁଗ ପବ୍ଲିକେଶନ, ଭୁବନେଶ୍ଵର, ୨୦୨୨

କବିତା   ସଂକଳନ

୩୫.   ଉଦ୍‌ବେଲିତ ତରଙ୍ଗ, ସୁଧନ୍ଵା ପ୍ରକାଶନୀ, ଭୁବନେଶ୍ଵର, ୨୦୦୮

୩୬.   ବିଷ କନ୍ୟା, ଅନ୍ଵେଷଣ ପ୍ରକାଶନୀ, ଭୁବନେଶ୍ଵର, ୨୦୧୬

ଜନପ୍ରିୟ   ବିଜ୍ଞାନ   ପୁସ୍ତକ

୩୭.   ଫଳ ଖାଇବା ସୁସ୍ଥ ରହିବା (ସହଲେଖିକା), ଜ୍ଞାନଯୁଗ ପବ୍ଲିକେଶନ,
        ଭୁବନେଶ୍ଵର, ୨୦୨୩

୩୮.   ଜହ୍ନମାମୁଁ ଓ ମଙ୍ଗଳ ମାଉସୀ, ଜ୍ଞାନଯୁଗ ପବ୍ଲିକେଶନ,
        ଭୁବନେଶ୍ଵର, ୨୦୨୩

❑